中國語言文字研究輯刊

二 編

許 錟 輝 主編

第 17 冊

玄應音義的音系及其方音現象

吳 敬 琳 著

花木蘭文化出版社

國家圖書館出版品預行編目資料

玄應音義的音系及其方音現象／吳敬琳 著 — 初版 — 新北市：花木蘭文化出版社，2012〔民 101〕

目 4+244 面；21×29.7 公分

（中國語言文字研究輯刊 二編；第 17 冊）

ISBN：978-986-254-873-8（精裝）

1. 釋玄應 2. 學術思想 3. 音位學

802.08 101003103

ISBN-978-986-254-873-8

中國語言文字研究輯刊

二 編 第十七冊 ISBN：978-986-254-873-8

玄應音義的音系及其方音現象

作 者	吳敬琳
主 編	許錟輝
總 編 輯	杜潔祥
出 版	花木蘭文化出版社
發 行 所	花木蘭文化出版社
發 行 人	高小娟
聯 絡 地 址	新北市永和區中正路五九五號七樓之三
	電話：02-2923-1455／傳眞：02-2923-1452
網 址	http://www.huamulan.tw 信箱 sut81518@gmil.com
印 刷	普羅文化出版廣告事業
初 版	2012 年 3 月
定 價	二編 18 冊（精裝）新台幣 40,000 元

玄應音義的音系及其方音現象

吳敬琳　著

作者簡介

吳敬琳，台中市人，1979 年生。於國立高雄師範大學國文系取得學士學位，國立彰化師範大學國文所取得碩士學位，現職新竹市立三民國中國文科教師。攻讀碩士班三年內曾發表七篇論文，分是：〈晉語「嵌 1 詞」與「帶 1 複聲母」之探究〉、〈從《法華經》密咒看中古舌音之分化〉、〈踐仁與盡忠——論史上中國刺客與日本武士之異同〉、〈〈伯夷列傳〉句讀間音韻的對稱規律〉、〈玄應音系爲關東音考——從韻母系統考察〉，以及〈漢語方言「虹」字音讀的來源與發展〉與〈玄應音義的方言分區再議——論周法高先生「玄應書中的方言區域」〉，末二篇於 2009 年、2010 年先後獲全國大專生聲韻學優秀論文獎碩士生組第二名。

提　要

圖補苴前賢論點的疏漏。

就玄應音系觀之，前賢從玄應注音的依據判斷玄應所操音系的性質，大別兩種論點：一是認爲玄應注音引自古籍，充其量顯示古籍音系，與玄應本身無涉；二是主張玄應注音根據實際語音，該時音正反映玄應自身的音系。前者徵引說的論述多見偏隅，支持的學者不多，主因是玄應注音雖部分徵引古籍音切，但不足表示全書音系即古籍音系。後者時音說爲多數學者接受，筆者亦同意該說，不過，前賢多以高僧久居的駐錫地論斷玄應注音的依據是初唐長安音，並進而推論玄應音系性質亦當如此，此等論述恐怕尙有可議處，試想玄應生平史載未詳，不明里籍、語音習成之所，僅知久居長安，至於何時駐錫，是否足以左右其語音習成尙未可知，竊以爲，注音依據的方音可以受當時通語影響而移易，但一個人的語音基礎卻和其語音習成之所密不可分，當時長安貴爲國都，以長安音爲全國通用標準音乃勢之必然，加上玄應久居長安，熟稔長安音並取之作爲標注字音的依據是相當合理的，但如何斷定玄應注音的依據即爲玄應的語音基礎？在不明高僧語音習成之所的情況下，應該將玄應注音與音系分別探討，前者從高僧注音的形式判斷其注音多取向關中音，即長安音，後者針對玄應音系中的聲母與韻母系統考察，採韻系爲主，聲系爲輔的處理方式，首先確立韻系的南北屬性，其次聚焦韻目分合的特徵，取時代相當的詩人用韻與梵漢對音所得的韻目析合互資比較，得玄應的語音基礎爲關東音，最後再以玄應聲系反映的語音特徵驗證自韻系考察的結果，發現無論玄應聲系或韻系都一致指向關東地區的語音特徵，與玄應注音取向不同，證實筆者的假設。

就書中方音現象來看，前賢多指出方音間音韻地位的差異，甚少說明造成方音歧異的原因爲何，唯徐時儀從上古同源與否的觀點切入，可惜徐氏著重詞彙方面的討論，對語音的探究不夠完整與深入。爲了尋究書中的方音現象，首先查索玄應使用的區域名稱，以掌握方言分區的基本架構，得玄應分區以關西、山東、江南三大地域爲基幹，各自下轄或多或少的區域名稱。其次全面翻檢摘錄書中歧異的方音，除了描寫方音音韻上的不同外，更進一步尋索造成方音歧異的原因，察得的原因有十，方音歧異分別來自辨別字義、地域不同、文字假借、歷史音變、歷史層次不同、語流音變、書音俗音不同、經師別讀、聲符類化，以及開合口訛讀等十種不同因素。值得一提，書中方音乃玄應所記，討論方音現象的同時，勢必以玄應音系性質爲憑據，因此，前一議題研究的結果等於是替後一議題的進行奠定基礎，二者息息相關。

誌　謝　辭

　　白駒過隙，轉眼三年我與聲韻朝夕相伴的時光即將落幕。猶記三年前毅然擱下教職，只圖重溫學生身分的傻勁，迄今仍不悔當初的決定。

　　再度拾起書本是大學畢業五年後的事，五年的間斷對甫入研究殿堂的我多少成了學習上的阻力，摸索試探之初，幸而有張慧美老師與蘇建洲老師的提攜與鼓勵。張老師教學功力可謂學界武林高手，總能將枯燥難懂的授課內容講述得趣味易曉；蘇老師全心致力研究的不懈精神則令我肅然起敬，原來，學術是值得花一輩子的時間苦心耕耘。

　　能夠順利考上彰師大並無後顧地涵泳自己喜愛的聲韻中，實在是一件幸福的事。回顧三年研究生涯，由衷感謝這段時日曾經助我一臂之力的貴人。若無張老師的引薦，我無緣成為恩師竺家寧教授的門生，遑論瞻仰大師風采並受其指導。竺老師善於啓發學生，撰寫過程中，老師適切地給予我諸多寫作上的建議與指正，令我獲益匪淺更助於論文順利進展。若非蘇老師曾鼓勵我多請益領域內不同的師長，我便無此榮幸認識王松木老師與宋韻珊老師。王老師面對問題總能積極正向思考，當我論文發表不如意時，老師的勉勵堪足讓我重新燃起鬥志；從宋老師身上使我明瞭，做學問須嚴謹以對，但生活中還有許多美好事物值得佇足關注，學術並非生活的全部。每當苦思論文不得其法，這番話竟不時縈繞耳際，步出圖書館瞧瞧，乍見童稚無邪的笑容，是的，世間有諸多可親

可愛的事，不如暫時放下心中的困惑吧！

拜學位論文口試之賜，讓我很幸運地認識江俊龍老師，感謝江老師與張老師百忙中撥冗詳細審查這本「佶屈聱牙」的學位論文，兩位老師都給予我最寶貴的建議，江老師還提供一份相當重要的參考資料，對於我修改論文有莫大裨益；張老師更不厭其煩地逐字翻檢考校論文中徵引原典的內容，著實令我感佩。

最後，感謝一路支持我的家人及朋友，生活中沒有你們，我的日子將乏味難嚥，因為有你們，我才有動力鑽研聲韻，套句過時卻最足簡明道盡內心感激的話語：有你真好！

吳敬琳謹誌於台中

2010 年 5 月 25 日

目

次

圖次、表次

第一章　緒　論

初唐釋玄應撰《一切經音義》二十五卷，原稱《大唐眾經音義》，釋道宣序及所撰《大唐內典錄》卷五均用此名。其後《開元釋教錄》卷五著錄此書，易名《一切經音義》。「一切經」指大藏經，是全部佛教經典的總稱，可見釋玄應撰著乃為佛教服務。據徐時儀統計，全書約四十萬字，共釋佛經 458 部，收錄詞語約有 9430 條，除去重複後約有 7960 條。〔註1〕以下為方便講述，玄應《一切經音義》皆簡稱《玄應音義》。

《玄應音義》是一部「音義」性質的撰著。「音義」本屬傳統訓詁學中的術語，辨音之書言「音」，釋義之書言「義」，合稱為「音義」。周祖謨指出：

> 音義書專指解釋字的讀音和意義的書。古人為通讀某一部書而摘舉其中的單字或單詞而注出其讀音和字義，這是中國古書中特有的一種體制。根據記載，漢魏之際就有了這種書。魏孫炎曾作《爾雅音義》是其例。自晉宋以後作《音義》的就多起來了。〔註2〕

傳統音義著作興於魏晉，至陸德明《經典釋文》問世，堪稱總匯魏晉六朝音義著述的集大成，其體例為日後佛教音義的產生奠定基礎，如《玄應音義》編纂

〔註1〕　徐時儀：《玄應《眾經音義》研究》（北京：中華書局，2005 年），頁 50。

〔註2〕　詳《中國大百科全書・語言文字》（北京：中國大百科全書出版社，1988 年），頁452。

體例即仿照《經典釋文》，每卷前先標列經目，之後按經目次第逐卷摘引難字、難詞進行注釋。然佛經音義與傳統音義最顯著的差別在於，佛經音義專爲佛典中的字詞辨音、釋義，使披讀講解佛經的人能正確理解經文意涵，以達弘揚佛法、宣揚教義的目的，不似傳統音義服務的對象是儒家典籍。

關於《玄應音義》的版本源流，徐時儀主張《玄應音義》的版本大致可分爲兩大系列：一爲高麗藏、趙城金藏及《慧琳音義》轉錄部分等，以高麗藏本爲代表；一爲磧砂藏、永樂南藏、宛委別藏本、海山仙館叢書本等，以磧砂藏本爲代表。〔註3〕徐氏又將前者謂之「高麗藏系」，後者稱爲「磧砂藏系」，之所以區別二系，肇因於所據刊刻的版本同中有異，磧砂藏系以開寶藏爲祖本，高麗藏系則兼容開寶藏與契丹藏。開寶藏是中國第一部木刻本大藏經，始刻於北宋太祖開寶四年（971），完成於太宗太平興國八年（983），之後咸平、天禧和熙寧年間均作過修訂增補，北宋仁宗乾興元年（1022）還以天禧修訂本贈遼。根據徐時儀的研究，開寶藏的祖本可能是從中原流傳到蜀地益州的寫本藏經，而契丹藏在宋贈遼天禧修訂本之前已開始刊刻，刊刻過程中可能參照開寶藏天禧修訂本，同時又依據當時北方幽燕地區流傳的寫本藏經而有增補，〔註4〕造成開寶藏與契丹藏之間的差異，而這差異也促使磧砂藏系與高麗藏系有別，二系雖同以開寶藏爲祖本，然高麗藏系比磧砂藏系多納入契丹藏作底據，使二系呈現的面目各異，四部藏本的關係簡圖如下：

開寶藏（從中原傳到益州的寫本）　　⟶　磧砂藏系

契丹藏（開寶藏＋幽燕地區的寫本）　⟶　高麗藏系

由上圖知，四部藏經刻本具有先後的歷時承繼關係，以開寶、契丹藏爲先，磧砂、高麗藏在後，而磧砂與高麗藏系顯著的不同，即高麗藏系多出「幽燕地區」的寫本內容是磧砂藏系所無。倘若再根據于亭考察版本間的差異，至少能列出「版式的差異」、「用字字形的差異」、「文本的差異」、「被釋辭目的差異」、「被釋經目的差異」等五項，〔註5〕以本論文較切身的反切爲例，卷一大方廣佛華嚴

〔註3〕徐時儀：〈敦煌寫本《玄應音義》考補〉，《敦煌研究》第 1 期（2005 年），頁 95。

〔註4〕徐時儀：〈玄應《一切經音義》寫卷考〉，《文獻季刊》第 1 期（2009 年 1 月），頁 37。

〔註5〕于亭：〈玄應《一切經音義》版本考〉，《中國典籍與文化》第 4 期（2007 年），頁

經第六卷「圜圃」條注「圃」音「補五反，江東音布二音。」乃高麗藏本、趙城金藏本所錄，磧砂藏本與永樂南藏本則刻「補、布二音」，未明「布」音是江東圃字音讀；又卷一大集月藏分經第四卷「蕃息」條注「嬎」音「匹万反」，出於高麗藏本與趙城金藏本，而磧砂藏本與永樂南藏本作「芳万反」，切上字用字不同。逢版本不同造成的歧異，本論文處理方式俱以高麗藏本爲準，理由有三：

其一，根據徐時儀統計，磧砂藏系釋佛經 444 部，高麗藏系釋佛經 458 部，〔註6〕後者收錄佛經部目較完整。

其二，高麗藏本與唐代敦煌寫本有較多雷同處。敦煌寫本是今日所見最早的傳本，保存較多漢唐佛經原貌，據徐時儀研究，高麗藏本與敦煌寫本相近處有：收釋的佛經部目、收釋的詞語、釋文、用字等四項。〔註7〕以敦煌寫本一反切爲例，S.3538 存卷七《集一切福德經》中卷「蠆蝲」條：「他達反，下勒達反。」高麗藏系注二字反切同敦煌寫本，而磧砂藏系的宛委別藏、海山仙館叢書本則改「蠆」音爲「他邁反」，與寫本聲同韻異，筆者從近佛典原貌的寫本，高麗藏本多與寫本同，故以高麗藏本爲底據。

其三，周法高嘗以日本弘教書院排印的高麗藏本與磧砂藏本對校，得前者優於後者。〔註8〕周氏編製索引的《玄應一切經音義》即影印自弘教本所收高麗藏本玄應音義，並將叢書集成本的頁數著於上端，叢書集成本乃根據海山仙館叢書本影印，屬磧砂藏系的版本，顯示周氏以高麗藏本爲底據，磧砂藏本僅止提供頁數參考。

鑑於上述三點理由，本論文取擇收錄佛經部目較完整、較能呈現佛典原貌的高麗藏本當作文本的依據，爲了方便讀者查考本論文引例詞條於音義書的出處，筆者盡以周法高編製索引的《玄應一切經音義》爲底本，利用藏本卷數與上端頁碼相輔檢索，即可快速查得。

38。

〔註6〕徐時儀：〈敦煌寫本《玄應音義》考補〉，《敦煌研究》第 1 期（2005 年），頁 95。

〔註7〕徐時儀：〈玄應《一切經音義》寫卷考〉，《文獻季刊》第 1 期（2009 年 1 月），頁 32～41。

〔註8〕日本弘教書院縮刷藏本爲日本明治十二年（1880）至十八年（1885）用鉛字排印，以增上寺所藏高麗藏爲底本，以宋元明藏校勘。詳于亭：〈玄應《一切經音義》版本考〉，《中國典籍與文化》第 4 期（2007 年），頁 40。

　　玄應對於書中詞語的處理，可分成辨正字形、標注字音、解釋字義等三大範疇，本論文聚焦玄應音系及其書中方音現象二個議題進行考察，屬「字音」範疇。底下分三節依序論述引發議題的動機、前賢研究成果的回顧與探討，以及筆者採行的研究方法。

第一節　研究動機

　　本論文選擇《玄應音義》中的音系與方音現象作爲討論主題，緣於前賢在這兩方面的研究未成定論，尚有可開拓的空間。就玄應音系觀之，學界探討玄應注音的依據大別兩種論調，一是徵引古籍說，主張《玄應音義》書中反切引自古籍，不能反映玄應本人的語音基礎，充其量顯示徵引古籍的音系，如唐蘭主張玄應注音引自《韻集》，日本學者太田齋以爲徵引《玉篇》，黃淬伯則認爲引自當代最具代表性的韻書《切韻》。此說疏漏在於學者論述多偏一隅，如唐蘭以玄應少部分徵引《韻集》音注來判定全書注音的依據；太田齋比對《玄應音義》與《玉篇》的釋文、反切，發現二書一致性相當高，卻無法合理解釋切語上存在少部分的不一致；黃淬伯以釋道宣對《玄應音義》的評論爲據，認爲評語中「隨音徵引」即明白道出玄應注音根據古籍，卻忽略釋道宣另譽玄應著書心態是「務存實錄」，而反映時音正是實錄必備的。以上論述皆見一端，很難令人信服，故支持該說的學者不多。

　　至於玄應注音依據的另一說法是認爲其注音足以反映當時語音，此說蔚爲學界大宗，前賢以爲玄應長年駐錫西京長安，便順理推想玄應操持的語言是當地長安方音，主張者如周法高、葛毅卿、王力。再者是不出長安範疇的雅言和經音，主張者爲黃坤堯。抑或主張玄應依據的是長安地區的標準語，但標準語內容尚未可知，提出者爲周玟慧。回顧當前學界研究玄應音系的成果，主張玄應音系屬長安音是多數，少數異議看法則有早先持長安方音論的周法高，後來更易爲玄應根據的是長安士大夫所操的洛陽舊音。董志翹則以玄應書中行文用語爲據，主張其使用的是當時讀書音，而非某地方音。爾後徐時儀學位論文《玄應《眾經音義》研究》亦支持當時讀書音的說法。前賢憑判玄應語音系統的切入點不盡相同，推導的結論也有或多或少的差異，然玄應音系的語音基礎究竟爲何，主流壓倒性指向長安方音，但持不同看法的學者亦提出證據推駁，其中

不乏卓見引人深省，顯示玄應音系的語音基礎未成定論，待後人繼續發掘研究。

　　繼玄應音系之後，本文探討的第二主題是《玄應音義》中的方音現象。當前學者對此議題已論述的有徐時儀、儲泰松、黃坤堯。徐氏學位論文《玄應《眾經音義》研究》，其中第四章「詞彙研究」除了針對徐氏整理出音義書中七十餘條方俗口語詞進行詞彙方面的探究，也偶涉語音方面的討論。論及語音的有二十五個字，徐氏解讀這些字之所以方音歧異的原因，大別爲上古來源相同與上古來源不同。徐氏將同字於中古產生方音歧異的原因，尋溯至上古同源與否來思考，是極具參考價值的，不過，徐氏探討語音的二十五字中歸入上古同源者竟高達二十三字，這二十三字是否如其所述，仍有商榷餘地。且徐氏論述重心在詞彙，不在語音，語音僅就二十五字討論，尚未通盤檢視書中方言歧異呈現的音韻關係，值得吾人進一步研究。

　　儲泰松於 2004 年發表〈唐代音義所見方音考〉一文，內容針對有唐一代音義書中的方音作爲研究對象，唐人佛典、史書音義盡於此疇，語料的時代最早上推初唐顏師古《漢書音義》，最遲下迄五代後晉可洪的《新集藏經音義隨函錄》，不另以時期、斷代分別考察，屬綜合性的討論。儲氏整理出音義書所載唐代的方音特徵，又於文末歸納方音現象呈現的地理分布，該作法不僅清楚展示語料的價值，更讓人通過作者的解析，進而掌握唐代方言區域之間語音的差異。不過，儲氏對於語料的處理，多指出方言間音韻上的歧異，甚少說明原因。同樣的疏失也見於黃坤堯撰寫的文章中。黃氏於 2006 年發表〈玄應音系辨析〉一文，旨在探究玄應音系性質，對於音義書中呈現的方言差異，僅略舉十六筆詞條講述。黃氏處理語料的優點在於善用玄應書中詳列方音來源的切語，取之比對《廣韻》，得韻書收音來源，可惜僅列部分詞條，無法掌握書中方言差異的全貌，又同儲氏僅指出方言音韻地位上的歧異，未能詳述原因。

　　鑑於以上三位學者論述不全處，筆者希冀承前人步伐再次針對此議題深入討論，不但完整呈現《玄應音義》中方音的歧異現象，更進一步了解造成方音歧異的原因，以期實踐「知其然亦知其所以然」的研究精神。

第二節　文獻探討

　　本論文討論的議題有二，一是《玄應音義》中反映的音系性質爲何，即考

察玄應的語音基礎；二是探討玄應書中的方音現象，主要透過玄應記錄的方音，尋索造成方音歧異的原因。前後議題並非毫無相關，前者玄應音系眾家說法紛紜，尚有許多待討論的空間，而後者玄應書中方音現象的探究，迄今還未見學者深入討論，值得耕耘。由於玄應記錄的方音是根據玄應本身操持的語音系統而記，所以音系的確立乃探討方音現象的前提，唯掌握玄應音系，觀察玄應記錄的方音才有立足點。底下文獻探討分成兩部分進行，先討論前賢對玄應音系的主張，後討論當前學者對玄應書中方音現象的處理。

（一）關於玄應音系

玄應音系的性質眾說紛紜，攸關玄應在音義書中的注音依據為何，有學者認為出自古籍徵引，非來自當時語音實錄，如唐蘭主張玄應音注本於《韻集》，此說已被徐時儀合理推翻，[註9] 況且玄應於書中明白標寫反切引自古籍者，不只有《韻集》一書，尚有引自《字林》與《三蒼》，唐蘭說法顯然失於片面。日本學者太田齋取《玄應音義》釋文、反切比對顧野王《玉篇》，雖然音義書中明寫引自《玉篇》的切語僅一例，且太田也證實此例屬後人增訂，非原本面目，意即全書無一處明示徵引自《玉篇》。太田逐一比對二書釋文與反切後，發現二書有很高的一致性，並根據玄應與《玉篇》反切的一致程度，主張《玄應音義》反映的音韻體系與《玉篇》無太大差異，也就是說玄應音系與《玉篇》音系相似。[註10] 關於《玄應音義》訓釋與注音在相當程度上來自《玉篇》的說法，于亭在個人撰著《玄應《一切經音義》研究》中也深表贊同，並繼太田之後，再次從書中尋找十筆內證支持這樣的論點。[註11] 不過，即便二書反切關係密切，太田也不得不承認音義書中存在一些和《玉篇》切語不一致且無法解釋清楚的部分，[註12] 或許這正如于亭所說「玄應使用《玉篇》，態度非常現實，並非盲目鈔撮，於音切、於釋義、於書證，都有甄擇去取，合則從，不合則自為

〔註9〕 詳徐時儀：《玄應《眾經音義》研究》（北京：中華書局，2005年），頁177～181。

〔註10〕〔日本〕太田齋著，何琳譯：〈玄應音義中《玉篇》的使用〉，《音史新論》（北京：學苑出版社，2005年），頁227。

〔註11〕 詳于亭：《玄應《一切經音義》研究》（北京：中國社會科學出版社，2009年），頁210～213。

〔註12〕〔日本〕太田齋著，何琳譯：〈玄應音義中《玉篇》的使用〉，《音史新論》（北京：學苑出版社，2005年），頁232。

之……」〔註13〕以反切爲例，《玉篇・食部》注「餳」字「徒當反」，《玄應音義》「蜜餳」（第十三 617-10）條下注「餳」音「似盈、徒當二反」，〔註14〕較《玉篇》多出「似盈反」一音；又《玉篇・手部》注「攬」字「力甘反」，《玄應音義》「擥彼」（第十一 495-2）條下注「擥」音「力敢反」，擥是攬的或體，《玉篇》注平聲，《玄應音義》注上聲，聲調不同。筆者以爲，玄應反切固有部分徵引《玉篇》，但徵引的同時當考量實際語音情形作斟酌取捨，既然經過甄擇，就很難將玄應音系視作《玉篇》音系看待。黃淬伯則根據〈大唐眾經音義序〉評玄應撰著音義書的態度是「隨字刪定，隨音徵引」，〔註15〕認爲所謂「隨音徵引」意即玄應注音引自古籍，且應取自當時具有代表性的韻書《切韻》。〔註16〕書序乃唐僧道宣撰，釋道宣對《玄應音義》的評價尚見《大唐內典錄》，其中讚譽玄應撰書秉持「徵覈本據，務存實錄」，〔註17〕所謂「務存實錄」不就意味玄應注音足以反映當時語音，兩處均是釋道宣的書評，黃氏偏隅「隨音徵引」，不言「務存實錄」，明顯失於一端。由於玄應注音依據古籍引錄的說法證據稍嫌薄弱，當前少有學者支持，筆者也不認同玄應音切徵引古籍，當屬實際語音的反映，因此下文僅針對主張玄應注音根據時音者作討論。歸納前賢時俊研究成果，最具代表性的主張有五，分述如下。

1、主張玄應音系為長安方音

主張玄應音系屬長安方音的說法佔多數，堪稱主流。率先提出此說的學者是周法高，周氏的作法是，將玄應音義書中的切語加以系聯並作考證，所得出的音類與《切韻》十分接近。《切韻》成書於隋仁壽元年（601），玄應音義起撰

〔註13〕于亭：《玄應《一切經音義》研究》（北京：中國社會科學出版社，2009 年），頁 213。

〔註14〕詞目「蜜餳」右側括號內標示出處，筆者以周法高編製索引的《玄應一切經音義》爲底本，「第十三」指每頁左側版心所標卷數，「617」指頁面上欄天頭處所示的數碼，「10」表由數碼而下的第十個詞目。

〔註15〕詳〔唐〕道宣：〈大唐眾經音義序〉，《玄應一切經音義》（台北：中央研究院歷史語言研究所，1962 年），頁 1。

〔註16〕黃淬伯：〈切韻「內部證據」論的影響〉，《南京大學學報》（人文科學）第 2 期（1959 年 10 月），頁 97。

〔註17〕詳《大正新脩大藏經》第 55 冊目錄部全（台北：新文豐出版社，1983 年），頁 283。

之時，據道宣〈大唐眾經音義序〉云：「有大慈恩寺玄應法師，博聞強記……貞觀末曆，勑召參傳，宗經正緯，咨為實錄。因譯尋閱，捃拾藏經，為之音義……」〔註18〕玄應奉召參與玄奘譯場的時間是貞觀十九年（645），正值末曆。由引文可知玄應是勑召參傳後，在「因譯尋閱，捃拾藏經」的機緣下，得以「為之音義」。因此，玄應音義起撰不會早於貞觀十九年，倘若以貞觀十九年為起撰時間的下限，音義起撰距《切韻》成書至少遲了四十四年，有無可能音義抄襲《切韻》？周法高從音義書中求證，排除這一疑慮，他說：

> 玄應書中從未提及陸法言《切韻》，音義中一字一音可以有幾條不同
> 的反語，和《切韻》也不大同。採用像《切韻》這樣嚴密的聲韻系
> 統，而隨便改換其切語上下字，本身雖非韻書，而大體不致錯亂，
> 並不是一件容易的事。〔註19〕

在排除玄應抄襲《切韻》的可能後，周氏認為二者音系如此接近，勢必有一個相同的實際語音當作藍本，於是推測「牠們時代相近，都是久居長安，最大的可能當然是七世紀上半首都所在地的長安方音」。〔註20〕再者，「玄應書中往往說梵文譯名舊譯的訛誤而注明『正言』、『具言』、『具正云』某某等，和玄奘譯經及西域記的梵文譯名大致相合」。〔註21〕玄應於貞觀十九年（645）以京師大總持寺沙門的身分加入玄奘長安弘福寺的譯場，主要擔任校勘考正文字的職務，由是周法高篤定地說：「當時的譯名根據長安音也是理所當然的」。〔註22〕

關於玄應書中更正舊譯訛誤的結果與玄奘譯經大致相合，又玄應、玄奘都在長安譯經，譯名根據長安音似乎成為必然的論點，筆者另有歧見。倘若玄奘

〔註18〕周法高編製索引：《玄應一切經音義》（台北：中央研究院歷史語言研究所，1962年），頁1。

〔註19〕周法高：〈玄應反切考〉，1948年重訂於南京，《歷史語言研究所集刊》第20冊上冊（北京：中華書局，1987年），頁376。

〔註20〕周法高：〈玄應反切考〉，1948年重訂於南京，《歷史語言研究所集刊》第20冊上冊（北京：中華書局，1987年），頁376。

〔註21〕周法高：〈玄應反切考〉，1948年重訂於南京，《歷史語言研究所集刊》第20冊上冊（北京：中華書局，1987年），頁376。

〔註22〕周法高：〈玄應反切考〉，1948年重訂於南京，《歷史語言研究所集刊》第20冊上冊（北京：中華書局，1987年），頁376。

譯名與玄應正舊譯訛誤「大致相合」此說足信的話，玄應的語音基礎可能與玄
奘相近，而周氏以為二人同時同地譯經，發生相合情形並非偶然，應是共同使
用長安方音所致。這樣推論無不合理，但玄奘是否使用長安方音譯經，本身是
個待商榷的問題，施向東於 1983 年為文述及「玄奘（公元 600～664 年）出生
在洛陽附近的緱氏，形成自己的語音習慣的時代是在洛陽度過的。因此，他所
操的方音當為中原方音。」〔註 23〕若此，玄應音系豈非就洛陽遠長安？從玄奘
年譜觀之，玄奘十九歲以前都沒離開過洛陽，十九歲因中原兵亂隨兄入蜀，至
二十三歲去蜀東行荊州、吳會暫住，二十六歲西赴長安，旅居三年後又西行取
經，四十六歲回國後長住國都長安直至圓寂，其間一年陪從高宗返洛陽譯經。
〔註 24〕值得注意的是，玄奘青少年時期居住洛陽，所謂「少小離家老大回，鄉
音無改鬢毛衰」，「少小離家」而能「鄉音無改」，說明幼年學習語言的環境影響
日後最深刻也最久遠。玄奘二十六歲才西赴長安，也不過旅居三年，即便取經
榮歸後久居京師近二十年的時間，也是中年以後的事了，很難想像青年旅居三
年與中年以後長住的京師，其影響力凌越青少年學習語言的黃金階段。由此可
知，洛陽方音才是玄奘譯經的語音基礎。

　　玄應正舊譯訛誤與玄奘譯名「大致相合」，若非玄應音系接近玄奘的中原方
音，就是長安方音與中原方音十分相近，主張後者的話，等於確立玄應音系以
長安方音為基礎語音，但審視周氏之說，仍舊在「久居長安」、「長安為首都」
打轉，駐錫地真能左右一個人的音系嗎？可惜文獻記載玄應生平語焉不詳，生
年、籍貫不詳，對其生平最早的了解載於玄奘弟子慧立所撰的《大慈恩寺三藏
法師傳》，卷六云：

　　（貞觀十九年）三月己巳，法師自洛陽還至長安，即居弘福寺。
　　將事翻譯，乃條疏所須證義、綴文、筆受、書手等數，以申留守
　　司空梁國公房玄齡，玄齡遣所司具狀發使定州啟奏。令旨依所須
　　供給，務使周備。夏六月戊戌證義大德，諳解大小乘經論為時輩
　　所推者一十二人至。……又有字學大德一人至，即京大總持寺沙

〔註 23〕施向東：〈玄奘譯著中的梵漢對音和唐初中原方音〉，《語言研究》第 1 期（1983 年），
　　　　頁 27。
〔註 24〕詳楊廷福：《玄奘年譜》（北京：中華書局，1988 年）。

門玄應。〔註25〕

從引文可知，玄應專擅字學，至少貞觀十九年已駐錫京師長安大總持寺，六月戊戌之後投身玄奘譯經事業，在此以前，玄應成長地、駐錫地，史料闕如，無怪前賢多據文獻確載之駐錫地推測玄應的語音基礎，以免妄言又不失嚴謹。可是以玄奘爲例，筆者認爲玄奘所操音系乃青少年習成，而非中歲久居長安所致。據周法高考證玄應卒年應是龍朔元年（661）左右，〔註26〕黃坤堯則推估玄應大約生於隋代大業年間（605～618），〔註27〕若以貞觀十九年（645）爲玄應駐錫長安的下限，大業十四年（618）爲玄應生年的上限，其不早於二十七歲居住長安。二十七歲值人生青壯年，已過學習語言的黃金期，然玄應二十七歲以前事蹟未載史籍，在不明學習語言始自何處的情況下，爲探究玄應音系預留了更多的討論空間。

　　繼周法高之後，葛毅卿於 50 年代至 70 年代間窮畢生心力撰寫《隋唐音研究》一書，書中專立一節探討「玄應音讀所代表的時間和區域」，內容多承繼周法高〈玄應反切考〉的說法，除了更加條理陳述周氏前說外，葛毅卿亦提出其他證據，證明玄應憑恃的語音基礎確爲「代表 650 年左右的長安音」。〔註28〕

　　內文分三段，首先爲玄應編撰音義書的時間定界，認爲「玄應《一切經音義》的編撰，著手於唐太宗李世民貞觀十九年（645），大約到唐高宗李治龍朔元年（661）左右死時絕筆」。〔註29〕音義書是否確實起撰貞觀十九年，從玄應同窗道宣所撰〈大唐眾經音義序〉述玄應是「因譯尋閱，捃拾藏經，爲之音義」，然有此因緣起於「貞觀末曆，勑召參傳」，貞觀末曆即貞觀十九年（645），可知音義書起撰應在貞觀十九年之後。至於是否確爲勑召參傳的當年編撰，葛氏的

〔註25〕詳《大正新脩大藏經》第 50 冊史傳部二（台北：新文豐出版社，1983 年），頁 253～254。

〔註26〕周法高：〈從玄應音義考察唐初的語音〉，《學原》卷 2 期 3（1948 年），頁 41。

〔註27〕黃坤堯：〈玄應音系辨析〉，《佛經音義研究》（上海：上海古籍出版社，2006 年），頁 2。

〔註28〕葛毅卿著，李葆嘉理校：《隋唐音研究》（南京：南京師範大學出版社，2003 年），頁 13。

〔註29〕葛毅卿著，李葆嘉理校：《隋唐音研究》（南京：南京師範大學出版社，2003 年），頁 10。

語氣稍顯武斷，之後論點敘述也多少落入此臼，如同理校葛氏遺稿的李葆嘉所說：「從遺稿的字裡行間，可以看出他的執拗乃至武斷……」〔註30〕眞是一針見血，非謬矣。

第二段以認同周法高論點起筆，說明玄應編著音義書是根據「實際語音」自作切語，並從三面向觀察得知，節錄如下。葛氏云：

> 第一，玄應在《音義》中時常批評舊譯之不當，假使玄應沒有一種實際讀音作爲根據，他從什麼地方來批評舊譯之不當？很顯然，他一定根據一種實際讀音作爲出發點，才能進行批評。……

> 第二，同一個字、同一個音卻用了好多不同的反切。多的有十幾個，這正說明玄應在定音時自作反切，並非照韻書直抄。……〔註31〕

葛氏第一論述甚是有理，若非以實際音讀爲憑據，何以正舊譯訛誤？所謂「訛誤」，也不是早先譯經者有意或無心的翻譯錯誤，多因語音古今變化導致今音不同昔音，若以今音審度昔音，勢必認爲今是古非而用今音改易昔音的舊譯。第二論述應是脫胎周法高〈玄應反切考〉中「音義中一字一音可以有幾條不同的反語，和《切韻》也不大同」一句，〔註32〕可以看作是周氏觀點的換句話說，核心思想是一致的。第二論述雖承襲前人，但第三論述可謂葛氏觀察所得的創見，他說：

> 第三，佛經中的偈咒不能讀錯，讀錯了算是有罪的……玄奘譯了好多有偈咒的經，譬如說《心經》。這些偈咒非用當時實際讀音譯出不可。玄應替玄奘所譯的經做正字工作，如果說譯經的人用當時的實際讀音，而替他做正字工作的人卻要根據一種不切實際的歷史音讀，顯然不會有這麼一回事。〔註33〕

〔註30〕李葆嘉：〈葛毅卿遺著《隋唐音研究》導讀〉，《隋唐音研究》（南京：南京師範大學出版社，2003 年），頁 6。

〔註31〕葛毅卿著，李葆嘉理校：《隋唐音研究》（南京：南京師範大學出版社，2003 年），頁 10。

〔註32〕周法高：〈玄應反切考〉，1948 年重訂於南京，《歷史語言研究所集刊》第 20 冊上冊（北京：中華書局，1987 年），頁 376。

〔註33〕葛毅卿著，李葆嘉理校：《隋唐音研究》（南京：南京師範大學出版社，2003 年），

佛典中的偈咒又稱「眞言」、「陀羅尼」（dhāraṇī），屬玄奘法師「五種不翻」裡的「祕密故不翻」，〔註34〕意在講究唸咒時讀音準確，才能上達天聽，祈求佛祖賜福消厄，倘若誦讀眞言不標準，神靈是會降禍的。至於眞言內容所述意義爲何，出家人認爲無關緊要，所以玄奘把它列入「不照字義翻譯」的範疇，僅求音譯精準爲要。如此，音譯眞言必得憑恃當時實際語音，否則何以講求準確。

第三段接續第二段的思路，進一步推測這種實際語音就是當時的長安音。此說亦承繼周法高早先主張，葛氏除了立足前人見解，充分闡釋外，也不乏提出高見。其主張長安音的理由有三，摘錄如下。他說：

> 第一，玄應從貞觀十九年起到龍朔元年左右死時爲止，一直在長安工作了約 16 年。長安是當時的京都，玄應在《音義》中屢次提到「正言」，所謂正言一定是指京都長安音。〔註35〕

關於玄應卒年，文獻未詳載，據前賢考證的結果，目前有四種說法。最先提出的是周法高。他善用日本學者神田喜一郎考訂玄應譯經時間的研究成果，推測玄應「大概在龍朔元年（661）夏，至晚龍朔二、三年間示寂」。〔註36〕第二位提出者是陳垣（陳援庵）。陳氏根據道宣《大唐內典錄》卷五云：

> 應博學字書，統通林苑，周涉古今，括究儒釋。昔高齊沙門釋道慧爲一切經音，不顯名目，但明字類，及至臨機，搜訪多惑。應憤斯事，遂作此音。徵覈本據，務存實錄。即萬代之師宗，亦當朝之難偶也。恨敘綴纔了，未及覆疎，遂從物故。惜哉！〔註37〕

道宣同玄應在玄奘法師門下聽講佛法，從引文中不難看出道宣對玄應推崇備

頁 11。

〔註34〕「五種不翻」見於宋·釋法云《翻譯名義集·十種通號》「婆伽婆」條下：唐玄奘法師明五種不翻：一祕密故不翻，陀羅尼是。二多含故不翻，如薄伽梵含六義故。三此無故不翻，如閻浮樹。四順古故不翻，如阿耨菩提，實可翻之，但摩騰已來存梵音故。五生善故不翻，如般若尊重，智慧輕淺，令人生敬，是故不翻。

〔註35〕葛毅卿著，李葆嘉理校：《隋唐音研究》（南京：南京師範大學出版社，2003 年），頁 11。

〔註36〕周法高：〈玄應反切考〉，1948 年重訂於南京，《歷史語言研究所集刊》第 20 冊上冊（北京：中華書局，1987 年），頁 361。

〔註37〕詳《大正新脩大藏經》第 55 冊目錄部全（台北：新文豐出版社，1983 年），頁 283。

至，稱譽他是「萬代之師宗」與「當朝之難偶」，並明白道出玄應擅長字學、作音義書之因，以及書未定稿便示寂。陳垣以道宣內典錄撰於高宗麟德元年（664），玄應之卒當在麟德以前。〔註 38〕這是很合理的推測，但「麟德以前」的哪一年，範圍過大，不似周法高縮小至較易掌握又可信的年限。第三位繼而提出的是周祖謨。他觀察玄應音義書末兩卷在智昇《開元釋教錄》卷八所記，這兩卷經論都是玄奘法師在永徽五年（654）譯成，顯慶以後玄奘所譯皆未見音義，又道宣說「敘綴纔了，未及覆疎，遂從物故」，表示玄應剛撰成初稿尚不及整理修訂就圓寂了，因而順理推想「玄應不卒於永徽末（655），即卒於顯慶初（656）」。〔註39〕值得一提，周法高與周祖謨都據玄應譯經時間判斷應之卒年，何以結果二致？差別在周祖謨單就玄應音義書中末兩卷考覈，而周法高採神田氏的研究成果，是根據玄奘翻譯諸經末尾記有「玄應正字」字樣為準，如：大毘婆沙論卷第一（大正藏第二十七卷所收）顯慶元年七月二十七日於長安大慈恩寺翻經院，三藏法師玄奘奉詔譯。……大慈恩寺沙門玄應正字。〔註 40〕便知玄應顯慶元年（656）還在世，與周祖謨說法不同。

最後集大成者是徐時儀。徐氏大致承繼周法高之說，另據《東域傳燈目錄》卷上載有玄應所撰《大慧度經音義》三卷，然「此經共六百卷，始譯於顯慶五年（660），至龍朔三年譯完」，〔註41〕玄應僅撰其三，可想見只作了部分音義，於是徐氏推測「其示寂時可能正在為此經撰音義」，〔註42〕因此得出「玄應的卒年不可能早於顯慶五年（660），而只能是在龍朔（661～663）年間」的結論，〔註43〕與周法高估算的範圍若合符節。從葛毅卿為文的時代來看，葛氏認為玄應卒年當在「龍朔元年左右」，顯然援引周法高考證的結果，即便提及「正言」，也是據周法高觀點闡發，周法高認為玄應正舊譯之訛所標「正言」，與玄奘譯名大致相合，兩人應有共同的語音基礎，而這語音正是他們所處的譯地長安方音。

〔註38〕陳垣：《中國佛教史籍概論》（北京：中華書局，1962 年），頁 56。

〔註39〕周祖謨：〈校讀玄應一切經音義後記〉，《問學集》（北京：中華書局，1966 年），頁 192。

〔註40〕周法高：〈玄應反切考〉，1948 年重訂於南京，《歷史語言研究所集刊》第 20 冊上冊（北京：中華書局，1987 年），頁 360。

〔註41〕徐時儀：《玄應《眾經音義》研究》（北京：中華書局，2005 年），頁 30。

〔註42〕徐時儀：《玄應《眾經音義》研究》（北京：中華書局，2005 年），頁 30。

〔註43〕徐時儀：《玄應《眾經音義》研究》（北京：中華書局，2005 年），頁 30。

葛氏則將周氏想法分置第二段「實際語音」與第三段「當時的長安音」敘寫。不同於周氏的是，葛毅卿突出正言的「正」是以京都長安爲標準音。接著葛氏提出主張長安音的第二個理由，他說：

> 第二，《音義》說：「今江南謂所削木片爲柿，關中謂之札或曰柿札。」但在同書另一處地方又說：「江南名柿，中國曰札，山東名朴。」可知玄應筆下的「中國」實指關中……玄應譯訂梵文時當然用中國音，他既然用中國音字樣指代關中音，那他譯訂梵文時必然用關中音。
> 〔註44〕

二詞條下分見玄應釋義「關中謂之札或曰柿札」與「中國曰札」，葛氏以爲中國即指關中。周法高早在葛氏以前，就使用相同的依據衡定「中國」的意涵，周氏以「今中國人言坑，江南言髖」，另見「江南名髖，北人名髖」（案：髖是坑的異體字），推敲玄應指的「中國」就是北方之意，而「關中」與「中國」互見，除了說明關中時而指首都所在的關中地區，也可能如同中國泛稱北方。〔註45〕

關於「中國」的內涵爲何，竊以爲尚有詳議處。周法高主張中國代表北方，葛毅卿直言中國等同關中，周玟慧亦對此發表高見，認爲「中」字兼具地域之中與語音標準的意涵，適與悉曇學的「中」義謀合；又梵語有方言之別，其中以北方方言「中天」爲正音，跟漢語以北方方言爲標準話如出一轍，是以玄應於音義中以「中國」稱之。〔註46〕從玄應的佛門背景切入，結合釋家思維闡述「中」字意蘊，論證可謂擲地有聲。不過，周玟慧進一步闡發所謂「地理正中」、「語音標準」究竟是北方何地時，失當援引李涪《刊誤》一段話佐證「中國」乃京師中心之中。〔註47〕李涪《刊誤》云：「凡中華音切莫過東都，蓋居天地之中，稟氣特正。」〔註48〕明示地域正中和語音準則是在東都洛陽而非西京長安。

〔註44〕葛毅卿著，李葆嘉理校：《隋唐音研究》（南京：南京師範大學出版社，2003年），頁11。

〔註45〕周法高：〈從玄應音義考察唐初的語音〉，《學原》卷2期3（1948年），頁45。

〔註46〕周玟慧：《從中古音方言層重探《切韻》性質》（台北：國立台灣大學出版委員會，2005年），頁75。

〔註47〕周玟慧：《從中古音方言層重探《切韻》性質》（台北：國立台灣大學出版委員會，2005年），頁75。

〔註48〕詳〔唐〕李涪：《刊誤》卷下「切韻」條（台北：台灣商務印書館，1971年《景印

周玟慧於引文後仍舊指稱中國乃京師長安中心之中，豈不自相矛盾？筆者倒認為李涪所言正足爲「中國」實指洛陽或洛陽所在的中原地區作註腳，這可以從三方面來看：

第一，北魏楊衒之的《洛陽伽藍記》中提及「白馬寺，漢明帝所立也，佛教入中國之始」。〔註49〕南北朝正值史上動亂時代，同時也是佛教臻於鼎盛的世代。楊衒之通過筆墨記述北魏京城洛陽佛寺的園林風物，不僅結合時局情勢、掌故傳聞，更寄託作者對國家治亂興亡的無限感慨。既與佛教有關，又早於玄應問世，或可和釋門玄應用語參佐。根據引文上下銜接關係來看，白馬寺地處洛陽，後云「佛教入中國之始」，推得此「中國」應指洛陽所在地「中原」。此外，文中尚出現「蒲萄實偉於棗，味並殊美，冠於中京」一段，〔註50〕其中「中京」即「中原」，范祥雍爲之校注云：「京音原，亦作原字，見《禮記・檀弓》釋文。」〔註51〕文人恐同一詞語前後重複出現，文章詞藻顯得呆板無味，故而改以中京表示中原，究根柢與中國代表的意涵無二。由此可得，無論中國抑或中京，楊衒之所稱述的「中」盡直指「中原」，而非「關中」。

第二，與玄應同爲初唐人的顏師古（581～645）所撰《漢書註》中亦使用「中國」當作方言地域的稱呼，如：《漢書・高帝紀》師古註：「今中國通呼爲靨子，吳楚俗謂之誌。」〔註52〕此釋高祖左股有七十二黑子的「黑子」。顏氏指稱的「中國」，應代表與南方吳楚相對的北方，至於屬北方何地，另以兩條稱舉「關中」之例參較：

1、《漢書・景十三王傳》師古註：「尊章猶言舅姑也。今關中俗婦呼舅姑爲鍾。鍾者章聲之轉也。」〔註53〕

四部善本叢刊》），頁 10。

〔註49〕 〔魏〕楊衒之撰，范祥雍校注：《洛陽伽藍記校注》（台北：華正書局，1980 年），頁 196。

〔註50〕 〔魏〕楊衒之撰，范祥雍校注：《洛陽伽藍記校注》（台北：華正書局，1980 年），頁 196。

〔註51〕 〔魏〕楊衒之撰，范祥雍校注：《洛陽伽藍記校注》（台北：華正書局，1980 年），頁 199。

〔註52〕 〔漢〕班固撰，〔唐〕顏師古注：《漢書》（北京：中華書局，1962 年），卷 1 上，頁 2。

〔註53〕 〔漢〕班固撰，〔唐〕顏師古注：《漢書》（北京：中華書局，1962 年），卷 53，頁

2、《漢書‧東方朔傳》師古註:「寄生者,芝菌之類,淋潦之日,著
　樹而生,形有周圓象簒數者,今關中俗亦呼爲寄生。」〔註54〕

《漢書註》出現「中國」的地域名稱僅〈高帝紀〉一條,稱舉「關中」的僅〈景
十三王傳〉與〈東方朔傳〉二條。從顏師古行文方式觀之,中國連寫「通」呼,
關中下接「俗」呼,一「通」一「俗」,或許意味二名代表不同的兩處,關中明
顯指向首都長安轄地關中地區,而中國以「通」稱之,可能泛指北方大域,不
過再援《漢書註》另例觀察:

《漢書‧司馬相如傳》師古註:「鶬鴰也。今關西呼爲鴰鹿,山東通
　謂之鶬,鄙俗名爲錯落。」〔註55〕

此條釋「鶬」字。顏氏舉山東時亦連書「通」謂,但山東非北方泛稱,其範圍如
董忠司所云:「『山東』殆即『關東』。」〔註56〕指潼關、函谷關以東的地區,與
關西、關中相對。若中國的「通」呼性質如同山東的「通」謂,意即專指某地的
普遍講法,而非泛稱北方,已知中國位於北方,排除中國等同關中的假設,中國
最有可能指稱北方的中原地區。玄應、顏師古生處時代相當,地域觀念當不會有
太大出入,說不定可以通過顏師古窺見玄應地域名稱「中國」的實際意涵。

　　第三,洛陽地位不因隋唐遷都長安而江河日下,其重要性甚至凌駕長安。
從政治地位觀之,武后稱帝後將國都東遷洛陽,經過二十餘年的經營,洛陽儼
然成爲政治、經濟、文化中心。從經濟地位觀之,洛陽是江淮租米漕運轉輸之
地,東西交通要道,比長安還富庶。據說隋代以來,關中每逢歉收,當地的農
產不能供給長安統治集團消耗時,皇帝便率領宮衛百官「就食」洛陽。〔註57〕

2430。

〔註54〕〔漢〕班固撰,〔唐〕顏師古注:《漢書》(北京:中華書局,1962年),卷65,頁
　　　　2845。

〔註55〕〔漢〕班固撰,〔唐〕顏師古注:《漢書》(北京:中華書局,1962年),卷57上,
　　　　頁2543。

〔註56〕董忠司:《七世紀中葉漢語之讀書音與方俗音》(台北:台灣省政府教育廳,1988
　　　　年),頁29。

〔註57〕《隋書‧食貨志》云:「(開皇)十四年,關中大旱,人飢。上幸洛陽,因令百姓
　　　　就食。從官並准見口賑給,不以官位爲限。」詳〔唐〕魏徵:《隋書》(台北:鼎
　　　　文書局,1987年),卷24,頁685。

宋人李格非於〈書洛陽名園記後〉一文中，述及「方唐貞觀、開元之間，公卿貴戚開館列第于東都者，號千有餘邸。」〔註58〕指出唐代盛世即便國都爲長安，官僚貴族除了在長安置產外，於洛陽也建築了許多府第，西京、東都往來頻繁可見一斑，透顯東都洛陽繁盛景況不遜京師。然洛陽勢力不止於貞觀、開元之際，連晚唐李涪也在《刊誤》承認：「凡中華音切莫過東都，蓋居天地之中，稟氣特正。」〔註59〕而不以國都長安爲正音，若非洛陽具有政經、文化的影響力何以致之？因此依筆者鄙見，中國應指洛陽或洛陽居處的中原地區，葛毅卿所言「玄應筆下的『中國』實指關中」便不攻自破，倘若「玄應譯訂梵文時當然用中國音」，這「中國音」就是「中原正音」而非關中音了。

最後，葛毅卿提出主張長安音的第三個理由，也是最具新意的觀點，他說：

> 第三，唐時《韻銓》的韻部基本上和玄應的韻類合。《北夢瑣言》：「曾見《韻銓》鄙薄《切韻》，改正吳音，亦正核當。」慧琳《音義》中引《韻銓》的地方很多，據考《韻銓》代表秦音。……〔註60〕

《韻銓》乃武玄之撰，其成書於何時，史籍未詳載，不過從《新唐書・藝文志》有錄而《舊唐書・經籍志》未見的情形觀之，《韻銓》應成於〈經籍志〉著錄圖書以後。據後晉劉昫〈經籍志〉總序所述，群書總目錄自盛唐開元的四部諸書，該書目於開元七年（719）官借繕寫，至九年（721）元行沖奏上。〔註61〕又〈藝文志〉著錄《韻銓》緊鄰孫愐《唐韻》之後、玄宗《韻英》之前，《唐韻》成於

〔註58〕〔宋〕李格非：〈書洛陽名園記後〉，《全宋文》第129冊（上海：上海辭書出版社，2006年），頁283。

〔註59〕詳〔唐〕李涪：《刊誤》卷下「切韻」條（台北：台灣商務印書館，1971年《景印四部善本叢刊》），頁10。

〔註60〕葛毅卿著，李葆嘉理校：《隋唐音研究》（南京：南京師範大學出版社，2003年），頁11～12。

〔註61〕〈經籍志〉總序云：「開元三年，左散騎常侍褚无量、馬懷素侍宴，言及經籍。玄宗曰：『內庫皆是太宗、高宗先代舊書，常令宮人主掌，所有殘缺，未遑補緝，篇卷錯亂，難於檢閱。卿試爲朕整比之。』至七年，詔公卿士庶之家，所有異書，官借繕寫。及四部書成，上令百官入乾元殿東廊觀之，無不駭其廣。九年十一月，殷踐猷、王愜、韋述、余欽、毋煚、劉彥眞、王灣、劉仲等重修成《群書四部錄》二百卷，右散騎常侍元行沖奏上之。」詳〔後晉〕劉昫等撰：《舊唐書》（台北：鼎文書局，1976年），卷46，頁1962。

天寶十載（751），《韻英》撰於天寶十四載（755），《韻銓》極可能在《唐韻》與《韻英》之間問世，無怪定於開元九年（721）的圖書目錄不見此書。與玄應音義成書時間相較，音義書成同玄應卒年，約莫龍朔元年（661），《韻銓》成書在天寶十載（751）之後，二書相距近百年，其間語音或有更革轉移，葛氏取後編纂的《韻銓》與先成書的玄應音義相較，是否妥貼？

再者，武玄之《韻銓》與天寶年間（742～756）編撰的兩本《韻英》（王國維分別稱《天寶韻英》、元廷堅《韻英》，前者即〈藝文志〉著錄的玄宗《韻英》）韻部分合大異其趣。王國維云：

> 《韻銓》之作根據唐音，雖與《韻英》同，然《韻英》大分析舊韻部目，而《韻銓》則大合併其部目，非所根據之唐音不同，乃其分部之見地異也。考玄之書久佚，然其部目見於日本僧安然所著《悉曇藏》……《韻銓》平韻共五十部……視唐諸家韻少「戈脂諄殷痕桓刪銜凡」九韻，而自侵部別出岑部，亦諸家所無。〔註62〕

葛毅卿參考《悉曇藏》引錄的《韻銓》韻部來比對玄應韻類，大抵用四點說明二者韻目分合實際上是相同的，摘錄如下：〔註63〕

> 第一，《韻銓》缺「戈」而有「歌」，缺「殷」而有「文」，缺「痕」而有「魂」，缺「桓」而有「寒」，這分明是開口合口韻的分合問題，或者是韻目名稱的不同問題，並不是實質問題。

> 第二，玄應《音義》中之韻字跑入脂韻中的更多，《韻銓》把之、脂合併，標成之韻。

> 第三，玄應時期山、刪韻中字，咸、銜韻中字分別有相混的。《韻銓》把山、刪合併為一韻，咸、銜合併為一韻。

> 第四，岑部是侵韻照二組字，照二組字在後來的演變中，主要元音常讀得開些，例如《切韻》臻韻字到慧琳時已併入殷韻。〔註64〕

〔註62〕王國維：《觀堂集林》（台北：河洛圖書出版社，1975年），頁390～391。

〔註63〕原文無「第一」等序號，序號為筆者所加。

〔註64〕葛毅卿著，李葆嘉理校：《隋唐音研究》（南京：南京師範大學出版社，2003年），頁12。

葛氏認爲上述四點均能合理解釋武玄之《韻銓》與玄應音義書韻目分合之相應關係。既然「《韻銓》代表秦音」，音義分韻又與之相合，毋寧是「玄應音代表當時長安音的明證」。〔註65〕筆者以爲，葛氏言之鑿鑿卻尚存可議處。誠如王國維述及，《韻銓》、《韻英》編纂時代相當，且根據共同語音——秦音，仍因其「分部之見地」不同而產生分析與合併部目之別。玄應撰寫的是一部音義書，本與武玄之編寫的《韻銓》有目的上的差異，前者爲弘法而修，後者爲審音而著，且時間先後相距近百年，若二者憑據是同一方音，難說沒發生語音變化，而韻目分合卻顯一致，似不合理。反之，若二者根據不同方音，其韻目相符情形或可視作偶然，畢竟，王國維亦云：「玄之何地人，又所據爲何處方言，均不可考。」〔註66〕既然武玄之的生平事蹟不詳，就無法絕對認定其據語音必是秦音，因此，《韻銓》音系基礎爲何，也成爲待考究的問題。

持玄應音系屬長安音說的尚有王力。王力於 1982 年發表〈玄應《一切經音義》反切考〉一文，主要反駁周法高於 1948 年發表〈玄應反切考〉主張玄應與《切韻》音系非常接近的說法。王力認爲「他（引者按：玄應）所作的反切，和《切韻》的反切不同。不但反切用字不同，語音系統也不盡相同。」〔註 67〕之後周法高針對王力該文於 1984 年發表〈玄應反切再論〉，討論前說與王文中聲類、韻類分合之觀點，並援引他證再次確立早先的論述。縱使周、王二人對於玄應和《切韻》音系是否接近的看法相左，不諱言地，王力贊同周氏早先主張玄應基礎音系爲長安音的觀點，他說：

> 玄應是唐初的和尚，貞觀末年爲大慈恩寺翻經法師，著有《一切經音義》二十五卷。……玄應既是長安的和尚，他的反切必能反映唐初首都長安的語音系統。〔註68〕

顯然王力憑恃玄應駐錫於長安，所操語言定是長安當地的語音系統。由於王力撰文目的意在比較玄應與《切韻》音系之異同，以證明「陸法言的《切韻》並

〔註65〕葛毅卿著，李葆嘉理校：《隋唐音研究》（南京：南京師範大學出版社，2003 年），頁 13。

〔註66〕王國維：《觀堂集林》（台北：河洛圖書出版社，1975 年），頁 391。

〔註67〕王力：〈玄應《一切經音義》反切考〉，《語言研究》第 1 期（1982 年），頁 1。

〔註68〕王力：〈玄應《一切經音義》反切考〉，《語言研究》第 1 期（1982 年），頁 1。

不反映隋代的長安語音系統」，〔註69〕因此玄應音系的考證非王力著文重心，故僅上述引文爲玄應語音依據立基。

2、主張玄應音系爲洛陽舊音

提出者爲周法高。周法高於 1952 年修正玄應音系爲長安方音的說法，肇因於周氏對昔日以爲的《切韻》性質有了轉變。周氏原先主張《切韻》性質屬長安方音，後來向陳寅恪主「洛陽舊音」的觀點靠攏，而玄應音類接近《切韻》，玄應音系由是隨《切韻》易爲「洛陽舊音」。陳寅恪的論述詳見 1949 年發表的〈從史實論切韻〉一文，由題目便知陳氏以史實視角探究《切韻》基礎音系，他說：

> 陸法言之寫定《切韻》，其主要取材之韻書，乃關東江左名流之著作。其決定原則之群賢，乃關東江左儒學文藝之人士。夫高齊鄴都之文物人才，實承自太和遷都以後之洛陽，而東晉南朝金陵之衣冠禮樂，亦源自永嘉南渡以前之京邑（即洛陽），是《切韻》之語音系統，乃特與洛陽及其附近之地域有關，自易推見矣。又南方士族所操之音聲，最爲接近洛陽之舊音；而《切韻》一書所遵用之原則，又多所取決於南方士族之顏蕭。然則自史實言之，《切韻》所懸之標準音，乃東晉南渡以前，洛陽京畿舊音之系統，而非楊隋開皇仁壽之世長安都城行用之方言也。〔註70〕

陳氏從《切韻》取材、決定者、南北統治核心的歷史淵源三方面考究，主張《切韻》音性質當爲「洛陽舊音」，並進一步解釋其內涵「不僅謂昔日洛陽通行之語音，亦兼指謝安以前洛生詠之音讀，特綜集各地方音以成此複合體之新音者，非陸法言及顏蕭諸賢，而是數百年前之太學博士耳。」〔註71〕周法高解析陳氏說法，認爲「《切韻》所懸之標準音，乃東晉南渡以前，洛陽京畿舊音之系統」一句，似表明《切韻》根據的是一種語言，而非雜湊各地方音的著作；但後來陳氏接續說洛陽舊音既兼包謝安以前的書音，又綜集各地方音，無非採行一種單一與綜合音系的折衷論調。〔註72〕因此，周法高雖接受陳氏「洛陽舊音」主

〔註69〕王力：〈玄應《一切經音義》反切考〉，《語言研究》第 1 期（1982 年），頁 1。

〔註70〕陳寅恪：〈從史實論切韻〉，《嶺南學報》卷 9 期 2（1949 年 6 月），頁 16。

〔註71〕陳寅恪：〈從史實論切韻〉，《嶺南學報》卷 9 期 2（1949 年 6 月），頁 18。

〔註72〕周法高：〈三等韻重唇音反切上字研究〉，《歷史語言研究所集刊》第 23 本（北京：

張，但該音內容，周氏堅持舊說《切韻》音代表單一音系，只不過由原先提出的長安方音修正爲洛陽舊音。

至於玄應音系的語音基礎是否同《切韻》改弦易轍？根據周法高早先論及「玄應《音義》和《切韻》的音類非常相近」，〔註73〕並指出「二書的作者有一個相同的、活的方言做藍本」，〔註74〕可見玄應隨《切韻》音系修正爲「洛陽舊音」應不成問題。周氏雖未指明玄應音系亦是洛陽舊音，但從他接受陳寅恪主張《切韻》音當爲洛陽舊音之後，不禁提問「玄應的系統也和這所謂『洛陽音』的系統大體吻合，是怎麼一回事呢？」〔註75〕問話中便透露玄應音系與洛陽舊音關係密切。可惜提問後未能扣合問題回應，又回頭討論《切韻》音系，再次爲《切韻》音性質背書，他說：

> 我們不妨說《切韻》音代表隋唐首都長安士大夫階級所公認的標準
> 音；此標準音可能淵源於「洛陽舊音」之系統。〔註76〕

顯然承續陳氏觀點而發。縱使周氏於 1952 年發表的〈三等韻重唇音反切上字研究〉中未能明白道出玄應音系根據的是洛陽舊音，然而他在 1984 年發表〈玄應反切再論〉，開宗即言：

> 我在那篇文章（案：指 1948 年發表的〈玄應反切考〉）中認爲「陸
> 法言和玄應所根據的……最大的可能當然是七世紀上半首都所在
> 地的長安方音」，附和高本漢的說法，那未免是一種錯誤。所以我
> 在看見了陳寅恪先生在一九四八年發表的〈從史實論切韻〉，我就
> 在一九五二年修正爲「我們不妨說《切韻》音代表隋唐首都長安
> 士大夫階級所公認的標準音，此標準音可能淵源於『洛陽舊音』

中華書局，1952 年），頁 405～406。

〔註73〕周法高：〈玄應反切考〉，1948 年重訂於南京，《歷史語言研究所集刊》第 20 冊上冊（北京：中華書局，1987 年），頁 375。

〔註74〕周法高：〈玄應反切考〉，1948 年重訂於南京，《歷史語言研究所集刊》第 20 冊上冊（北京：中華書局，1987 年），頁 376。

〔註75〕周法高：〈三等韻重唇音反切上字研究〉，《歷史語言研究所集刊》第 23 本（北京：中華書局，1952 年），頁 406。

〔註76〕周法高：〈三等韻重唇音反切上字研究〉，《歷史語言研究所集刊》第 23 本（北京：中華書局，1952 年），頁 407。

之系統」。〔註77〕

周氏言〈從史實論切韻〉於 1948 年發表，陳寅恪實發表於 1949 年，當周氏誤植。周氏撰〈玄應反切再論〉意在針對玄應音系進行討論，文中卻僅提及《切韻》音淵源於「洛陽舊音」，豈不怪哉？若與前作〈玄應反切考〉參看，不難發現玄應音系事實上也是淵源於「洛陽舊音」，因為前作已明「二書的作者有一個相同的、活的方言做藍本」，既然周氏表示《音義》與《切韻》的作者所操語音相同，沒理由《切韻》音淵源洛陽舊音，玄應音反道而行；又周氏於〈玄應反切再論〉指出：「凡是玄應音和《切韻》一致的地方，都能夠代表公元六四五～六六一年間長安士大夫階級的讀書音。」〔註78〕透露了兩個訊息，其一：玄應音和《切韻》一致處即周氏所言「洛陽舊音」。其二：周氏在 1952 年說洛陽舊音是長安士大夫階級公認的「標準音」，參照 1984 年的「讀書音」說法，意即「標準音」類同或等同「讀書音」。就探討玄應音系而言，周法高先後提出不同主張，皆影響後人深遠，完全承繼者有之，如：葛毅卿、王力，支持玄應音系為長安方音的論述；亦不乏部分採納者，如：董志翹、徐時儀、黃坤堯等，汲取周氏標準音類同或等同讀書音的觀點。群賢研究玄應音系莫不自方音或書音出發，追溯源頭都是由周法高率先論述，著實功不可沒。

3、主張玄應音系為長安地區的標準語

提出者為周玟慧。他在學位論文《從中古音方言層重探《切韻》性質》中提及玄應音系，主要介紹周法高前後不同的主張，進而提出下面幾個問題，他說：

> 周氏於此揭出一個事實，《切韻》和《玄應音義》有相合之處，也留
> 下一個值得研究的問題，究竟《玄應音義》的語音基礎為何？所謂
> 的長安音與洛陽音的實際內容又有何差異？我們以為依玄應法師活
> 動地點來看，《玄應音義》所據的語言必然是長安地區的標準語，然
> 此標準語的內容為何，是洛陽舊音？金陵音？還是長安方音？尚待
> 進一步研究。〔註79〕

〔註77〕周法高：〈玄應反切再論〉，《大陸雜誌》卷 69 期 5（1984 年 11 月），頁 197。

〔註78〕周法高：〈玄應反切再論〉，《大陸雜誌》卷 69 期 5（1984 年 11 月），頁 203。

〔註79〕周玟慧：《從中古音方言層重探《切韻》性質》（台北：國立台灣大學出版委員會，2005 年），頁 28。

由於該學位論文旨在藉重《玄應音義》內含的長安音成分，考覈《切韻》音是否也具備這樣的性質，並非因此認定玄應與《切韻》的語音基礎都是長安音，而是明瞭該音系中除了基礎語音之外，部分存有長安音。職是，在周文中無法確知其所謂「長安地區的標準語」內涵究竟爲何，不過可確定的是，周玟慧從悉曇學「中」義、《音義》的注解編排與條目用字三方面觀察，認定玄應是以北方方言爲正音。

　　他首先論述玄應使用一地域名稱「中國」，此「中」兼有地域之中與語音標準雙重意涵，類同悉曇學的「中」義。然梵語以北方方言「中天竺」爲標準語，因而推想玄應指稱的「中國」，當屬北方，其所操語音當爲標準語。〔註80〕其次，由《音義》的注解編排也能察得玄應將正音定位北方，周文云：

> 《玄應音義》列舉各地方方言時，雖然沒有明言正俗，然由釋文用字與經文條目，可略窺其擇法，如據「舂䄧」條：「……《廣雅》䄧，舂也。今中國言䬳，江南言䄧。」（卷十八 845-1）舂米一詞，北方方言使用「䬳」一詞，而南方方言使用「䄧」。在解釋「𥻦」字時，謂：「今江南䬳米爲𥻦」（卷十八 854-4）「䬳米」正是北方話，可見玄應法師以北方方言爲準。〔註81〕

最後，周氏由《音義》條目用字，亦窺見玄應以北方方言爲正的基本態度，他說：

> 《玄應音義》共二十五卷，前二十卷所音義者爲舊譯經論，後五卷則爲玄奘法師新譯經。……《玄應音義》中前二十卷，錄及方言差異時，條目所用字或北方方言或南方方言字，駁雜不一，如米汁一語南方名「潘」，北方名「泔」，前者有「潘殿」（卷九 410-8）、「米潘」（卷十五 710-5）、「潘中」（卷十六 770-5）等條；後者如卷十四有「泔汁」一條（673-8）……總此，前二十卷均是南詞北語間雜，後五卷則以北方語爲多。〔註82〕

〔註80〕周玟慧：《從中古音方言層重探《切韻》性質》（台北：國立台灣大學出版委員會，2005 年），頁 74～75。

〔註81〕周玟慧：《從中古音方言層重探《切韻》性質》（台北：國立台灣大學出版委員會，2005 年），頁 75～76。

〔註82〕周玟慧：《從中古音方言層重探《切韻》性質》（台北：國立台灣大學出版委員會，

後五卷乃高僧玄奘所譯，玄奘家鄉、駐錫地皆在北方，使用北方話翻譯佛經屬人情之常，玄應擇取譯經中的詞語爲之音義，是否能據此表示玄應同玄奘慣以北方話爲準，似乎無法構成必然關係，也難成爲玄應視北方方言爲正的有力證據。不過，就周氏第一、二論點，其實也足堪爲玄應的正音觀進行佐證，唯一美中不足的是，周氏除了解釋玄應所稱「中國」的內容爲北方，尚直指該「中國」即「京師中心之中」，倘若論述合理自當無可厚非，失在其徵引李涪《刊誤》：「凡中華音切莫過東都，蓋居天地之中，稟氣特正。」〔註83〕佐證自己的論點，除非周氏所言的京師非指西京長安而是東都洛陽，否則很難自圓其說。歸納上述，周玟慧認爲玄應操持的語言是長安地區的標準語，其內容爲北方方言，至於屬北方何地語音，乍看下似指京師長安，但礙於引證失當，又似爲東都洛陽，在此不便評斷孰是孰非，保留討論空間。

4、主張玄應音系為當時讀書音

提出玄應音系爲當時讀書音的第一位學者是董志翹，他根據玄應在《音義》中的行文用語，推駁周法高早先主張玄應持長安方音的論調，董氏云：

> 在玄應書中，談到方音，共有江南、山東、關中、關西、中國、巴
> 蜀、幽州、冀州等等。若玄應在爲經注音時是採用的長安音，則在
> 方音中不當再言「關中」，若以洛陽音爲標準，則又不當再言「中國」。
> 由此看來，玄應《一切經音義》決不可能是長安方音，而是一種近
> 於當時讀書音的語音體系。〔註84〕

引文道出的訊息至少有二。其一，董氏以爲玄應指稱「關中」即表示長安音，「中國」代表洛陽音，筆者贊同此說。其二，玄應音系非以方音立基，而是書音。這點與周法高後來修正爲「洛陽舊音」的說法似有貌合處，但細究董志翹定義的讀書音，相較周氏更形複雜，董氏云：

> 從史實上看，從東漢劉秀開始，即已定都洛陽，洛陽成了政治、經濟、

2005 年），頁 76～77。

〔註83〕詳〔唐〕李涪：《刊誤》卷下「切韻」條（台北：台灣商務印書館，1971 年《景印
四部善本叢刊》），頁 10。

〔註84〕董志翹：〈《切韻》音系性質諸家說之我見〉，《中古文獻語言論集》（成都：巴蜀書
社，2000 年），頁 374～375。

文化中心，近三百年中形成了以洛陽話爲基礎的官話系統。〔註85〕

董氏認爲洛陽音成爲官話的基礎方言可以上溯至東漢劉秀，進而提出永嘉之亂以前，南北士人的共同書音便是立基於洛陽話，他說：

> 晉社未遷之前，政治文化中心就在洛陽，南北士人正是以共同的讀書音作爲繫聯的，讀書音本身就有一定的歷史繼承性和使用地域的廣闊性。不過也應看到，金陵士大夫的讀書音與洛陽官話也不是毫無差別的，北方士大夫所操的洛音當帶著更濃的北音特點，而南方士大夫所操的讀書音當帶上更多的南方色彩。〔註86〕

從董氏述及「以洛陽話爲基礎的官話系統」與「讀書音本身就有使用地域的廣闊性」來看，其所謂官話的定義似乎類同或等同讀書音，在文章他處亦可屢見端倪，最明顯莫過提及書音或雅言時，並旁括號註明另一名稱，如：以書音（雅言）爲主要標準（董文頁 380）、至於當時雅言（讀書音）的語音體系（董文頁 383）。據此推測董氏將二者同指一事應無大誤。另外，引文亦顯示董氏說的「讀書音」，在晉室南渡以前存有南北地域之別，因而總結：「從淵源上追溯他們是一脈相通的，但實屬兩種流派。」〔註 87〕然晉室南渡以後的讀書音面目如何，董氏進一步說：

> 晉社南遷，使這兩種流派匯成一股，形成了一種有異於洛陽方音的新的官話系統。〔註88〕

由上述兩段引文可知，自永嘉之亂劃界，晉社未遷的書音呈現南北地域性，南遷之後的書音則雜揉南北語音特點，突顯其綜合性亦點出書音的時間性，不僅因地而異，也與時俱變。明白董氏所言「讀書音」的實質內容後，尋索其主張

〔註85〕董志翹：〈《切韻》音系性質諸家說之我見〉，《中古文獻語言論集》（成都：巴蜀書社，2000 年），頁 380。

〔註86〕董志翹：〈《切韻》音系性質諸家說之我見〉，《中古文獻語言論集》（成都：巴蜀書社，2000 年），頁 380。

〔註87〕董志翹：〈《切韻》音系性質諸家說之我見〉，《中古文獻語言論集》（成都：巴蜀書社，2000 年），頁 380。

〔註88〕董志翹：〈《切韻》音系性質諸家說之我見〉，《中古文獻語言論集》（成都：巴蜀書社，2000 年），頁 380。

玄應音系是一種「近於當時讀書音的語音體系」，所謂「當時讀書音」的內涵爲何，是金陵雅言抑或北方洛音？董文並未明示，但云《切韻》音系性質「實質上就是用金陵士大夫的雅言來作爲標準」。〔註89〕已知玄應音系近於《切韻》，當時讀書音或恐指《切韻》依據的金陵士大夫雅言，即晉室南渡後，由南北書音匯流而成的新官話系統。

徐時儀也認爲玄應音系是當時讀書音，他自音義書考察玄應注音的依據，明顯可見的音注來源有二：一是相承音，如卷十五釋《僧祇律》第七卷哬耳之哬：「相承音古學反。耳邊語也。未詳何出。」據周法高推測，相承音可能取自北齊釋道慧《一切經音》等舊音加以改正。〔註90〕玄應撰作音義之因，乃懲道慧《一切經音》之失，《大唐內典錄》謂其「不顯名目，但明字類，及至臨機，搜訪多惑。」〔註91〕《開元釋教錄》評之「依字直反，曾無追顧，致失教義，寔迷匡俗。」〔註92〕玄應爲去此弊，撰著音義則「隨字刪定，隨音徵引」，〔註93〕並要求「徵覈本據，務存實錄」。〔註94〕可知玄應編纂音義是前有所本，周氏言「相承音」可能自道慧音書改正，無不合理。二是前代古籍音注，如卷九釋《大智度論》第六卷不槷之槷：「……《字林》工內反，謂平斗斛者也。」《字林》是晉代呂忱所撰，時代在玄應之前，玄應取其音注「槷」字反切，可能意在廣異聞以存古音，或該切語拼切的音讀與玄應當代相合，如「如槷」詞條下云：「槷，平斗斛木也。……關中工內反。」表示槷的關中音與《字林》音注相合。然音義書中未標「相承音」，亦非來自「前代古籍音注」的音讀所據爲何？徐時儀認爲，這些音的依據正是當時的通語讀書音。徐氏理由如下：〔註95〕

〔註89〕董志翹：〈《切韻》音系性質諸家說之我見〉，《中古文獻語言論集》（成都：巴蜀書社，2000年），頁382。

〔註90〕周法高：〈玄應反切考〉，1948年重訂於南京，《歷史語言研究所集刊》第20冊上冊（北京：中華書局，1987年），頁364。

〔註91〕詳《大正新脩大藏經》第55冊目錄部全（台北：新文豐出版社，1983年），頁283。

〔註92〕詳《大正新脩大藏經》第55冊目錄部全（台北：新文豐出版社，1983年），頁562。

〔註93〕詳（唐）道宣：〈大唐眾經音義序〉，《玄應一切經音義》（台北：中央研究院歷史語言研究所，1962年），頁1。

〔註94〕詳《大正新脩大藏經》第55冊目錄部全（台北：新文豐出版社，1983年），頁283。

〔註95〕原文無第一、第二序號，序號爲筆者所添。

第一，玄應懲前代所出經論諸音之弊，所撰音義旨在求正存雅，自然以公認的語言規範爲準則。

第二，他在釋義時往往指出北土、江南、中國、山東等地域之別，以方言與通語相對，這表明他解釋詞語是有標準語觀念的，並以之爲準則來注音。〔註96〕

第二論點實脫胎董志翹的看法。董氏據玄應行文用語，認爲玄應若採方音爲基準標注字音，便不當言中國、關中……等地域名稱，因而主張玄應所操音系非某地方音，而是「一種近於當時讀書音的語音體系」。〔註97〕徐時儀將董氏觀點闡發得更爲明晰，直指玄應釋義帶有「方言與通語相對」的觀念，並採標準語注音。然徐氏的「通語」意涵是否承繼董氏，將它類同或等同「讀書音」？從第三論點可以窺見端倪，他說：

《玄應音義》與《玉篇》的注音有許多相同之處，正透露出《玄應音義》與《玉篇》的音系有相同之處，即皆根據當時的通語讀書音而自造反切。〔註98〕

徐氏並寫「通語」和「讀書音」，類似董志翹寫其一並旁括號註明其二的表現，應是表達「通語」和「讀書音」屬同一概念。至於《音義》與《玉篇》音系有相同處，徐氏認爲這不足證明《音義》的音注抄襲《玉篇》，而合理推測「那可能是由梁至唐，讀書音的音系基本上尚一脈相承」。〔註99〕徐氏以爲各時地的書音來自同一源頭發展，即便時空轉移，語音隨時地不同而摻入相異元素，原生的共同成分也不會由是湮滅，所以徐氏說：「《玄應音義》與《玉篇》、《切韻》乃至《韻集》的基本音系相同」，〔註100〕相同的原因在於諸書注音依據都是「當時的通語讀書音」，若進一步考究徐氏所述該讀書音是取何地爲基礎語音，文中未明言，故懸而不論。

〔註96〕徐時儀：《玄應《眾經音義》研究》（北京：中華書局，2005年），頁182。

〔註97〕董志翹：〈《切韻》音系性質諸家說之我見〉，《中古文獻語言論集》（成都：巴蜀書社，2000年），頁375。

〔註98〕徐時儀：《玄應《眾經音義》研究》（北京：中華書局，2005年），頁182～183。

〔註99〕徐時儀：《玄應《眾經音義》研究》（北京：中華書局，2005年），頁182。

〔註100〕徐時儀：《玄應《眾經音義》研究》（北京：中華書局，2005年），頁184。

5、主張玄應音系為長安雅言和經音

提出者為黃坤堯。黃氏援引葛毅卿「唐時《韻銓》的韻部基本上和玄應的韻類合」之論點，肯定玄應音系反映初唐長安音，並與陸德明、陸法言的音系對照，推測「玄應音系可能就是長安的雅言和經音了。」〔註101〕黃氏所言的「經」，指儒家經籍，非指佛教經典，故「經音」意思等同「書音」。雅言和書音並寫，亦見於董志翹、徐時儀。細究黃氏雅言和書音的關係，透過他觀察《經典釋文》、《切韻》、《玄應音義》三家音注的心得可以窺見，他說：

> 三家的反切用字不一，但整體的音韻系統基本一致，大同小異。這
> 表示當時全國各地的書音、經音以至詩文押韻都有一個共通的語言
> 背景……大概是源於傳統的雅言，也就是秦漢「書同文」以來所衍
> 生的讀音系統……〔註102〕

書音和雅言的聯繫在於書音承繼傳統雅言，黃氏認為三書既以書音作切，該書音的源頭又都是傳統雅言，自同源發展而來，基礎音系理應相同，但不免受地域影響，摻入具有地方色彩的質素，使各地書音或雅言同中有異，因此，黃氏指稱三家所據雅言的同時，一律在前面冠上地域名，他說：

> 相對於陸德明的南音音系（金陵的雅言）、陸法言的綜合音系（洛陽、
> 金陵的雅言），那麼玄應音系可能就是長安的雅言和經音了。〔註103〕

冠上地域名稱，用以說明各地雅言雖自同源而出，卻因地域殊異加入足以區辨異同的異質成分，黃氏說法事實上和董志翹「同源異流」觀點無二，〔註104〕僅差在董氏以晉社未遷的南北書音立論，黃氏就隋唐三書的音注系統闡釋，如此而已。

〔註101〕黃坤堯：〈玄應音系辨析〉，《佛經音義研究》（上海：上海古籍出版社，2006 年），頁 6。

〔註102〕黃坤堯：〈玄應音系辨析〉，《佛經音義研究》（上海：上海古籍出版社，2006 年），頁 4。

〔註103〕黃坤堯：〈玄應音系辨析〉，《佛經音義研究》（上海：上海古籍出版社，2006 年），頁 6。

〔註104〕「同源異流」四字濃縮自董志翹「從淵源上追溯他們是一脈相通的，但實屬兩種流派」的論述。詳董志翹：〈《切韻》音系性質諸家說之我見〉，《中古文獻語言論集》（成都：巴蜀書社，2000 年），頁 380。

　　值得一說，黃氏徵引前人論點時，或有誤解前說之處，試舉二例說明：誤解一，引述葛毅卿論點確立黃氏主張。〔註105〕葛氏主張玄應音系乃長安方音，與黃氏主張長安雅言和經音在內容上不同，前者是地方音、口語音，後者是標準語、讀書音，雖然所指地域都是長安，黃氏也承認雅言帶有地方色彩，但方音、雅言畢竟不同，此處引證似欠周詳。誤解二，徵引周法高「中國」的地域內涵以佐證黃說「中國等同關中」。〔註106〕中國同義關中的說法見於葛毅卿，葛氏舉《音義》中二個詞條的釋義內容，試圖理解玄應所謂「中國」的意涵為何，他說：

> 《音義》說：「今江南謂所削木片為柿，關中謂之札或曰柿札。」但在同書另一處地方又說：「江南名柿，中國曰札，山東名朴。」可知玄應筆下的「中國」實指關中⋯⋯〔註107〕

周法高則以「今中國人言垸，江南言𡏭」，另見「江南名𡏭，北人名睆」（案：睆是垸的異體字），解釋玄應指的「中國」就是北方大域，而「關中」與「中國」互見，除了說明關中時指京師所在的關中地區，也可能同中國指涉北方。〔註108〕總之，葛氏與周氏同樣取內證為例，觀察角度不同，詮釋結果便迥異，黃坤堯與其徵引周氏說法確立己見，不如引述葛氏之說更妥貼。

　　綜上所述，玄應音系的主張大別方音與書音，前者主長安方音，後者細分洛陽舊音、長安地區的標準語、當時讀書音，以及長安雅言和經音四項，合前面方音說共五種看法。各論述均有其獨到處，而周法高堪稱方音說與書音說的始祖，之後學者提出的高見莫不自周氏闡發，論述莫不從周氏開展，其初創之功筆墨猶難道盡。除了前賢時俊所持論點，玄應音系是否還有研究餘地？答案是肯定的。李葆嘉便指出：

> 玄應久居長安，從他所從事的譯經（中國翻譯向來就有「信、雅、

〔註105〕詳黃坤堯：〈玄應音系辨析〉，《佛經音義研究》（上海：上海古籍出版社，2006 年），頁 5～6。

〔註106〕詳黃坤堯：〈玄應音系辨析〉，《佛經音義研究》（上海：上海古籍出版社，2006 年），頁 6。

〔註107〕葛毅卿著，李葆嘉理校：《隋唐音研究》（南京：南京師範大學出版社，2003 年），頁 11。

〔註108〕周法高：〈從玄應音義考察唐初的語音〉，《學原》卷 2 期 3（1948 年），頁 45。

達」的傳統，其中的「雅」就是「雅言」，即文學語言）工作來看，
也沒有任何根據斷定他所自作反切的語音系統就是唐代初年的長安
口語方音。〔註109〕

李葆嘉推駁前人以駐錫地論音系的說法，對玄應持長安方音的主張提出質疑。
周玟慧雖主玄應所操音系是長安地區標準語，但對標準語的實質內容爲何，則
語帶保留以「北方方音」稱之，尚未明指是據北方何地作基礎方言，是西京長
安抑或東都洛陽？此外，主張玄應注音依據時音者，疏於從注音本身考察玄應
取音的傾向。試想玄應里籍不詳，語音習成之所未知，在不明高僧語音習自何
地的情況下，長安音究竟能否表示高僧的語音基礎，抑或僅是受當時通語影響，
成爲高僧注音時的依據，卻不足反映音系性質？因此，筆者將於第三章試圖探
求玄應注音的取向，與玄應音系分別討論，以查考二者之間的關係。

（二）關於書中的方音現象

當前研究玄應音義書中的方音現象，最具代表性的學者有三位，分別是徐
時儀、儲泰松、黃坤堯。徐時儀專著《玄應《眾經音義》研究》一書，分章探
討玄應音義版本、各本異切、詞彙、學術價值等四個議題，其中第四章「詞彙
研究」除了針對徐氏整理出音義書中七十餘條方俗口語詞進行詞彙方面的探
究，也偶涉語音方面的討論。論及語音的有二十五個字，徐氏解讀這些字之所
以方音歧異的原因，大別爲上古來源相同與上古來源不同。上古來源相同者，
又細分今聲母不同、韻母不同、聲韻皆不同三個項目討論，「今」指玄應記錄方
音時的初唐而言。從徐氏分出的大類可以推測，他認爲玄應記錄某字若出現方
音歧異，該歧異的原因可追溯至上古同源與否，有些上古本同源，至中古分途
發展而產生歧異，有些則上古本不同源，至中古也不相同。筆者以爲，徐氏將
同字於中古產生方音歧異的原因，尋溯至上古同源與否來思考，是極具參考價
值的，不過，徐氏探討語音的二十五字中歸入上古同源者竟高達二十三字，這
二十三字是否完全如其所述，應該還有商榷的餘地，試舉二例說明。

一是「䫻」字，玄應書中「䫻語」條云：「是鹽反，又音鹽，世俗間語耳。」
（第十九 875-3）切語「是鹽反」與直音「鹽」皆爲「䫻」的注音，前者音韻

〔註109〕李葆嘉：〈葛毅卿遺著《隋唐音研究》導讀〉，《隋唐音研究》（南京：南京師範大
學出版社，2003 年），頁 24。

地位是禪母鹽韻，後者是以母鹽韻，徐氏對此方音歧異的解讀爲「以母爲喻四，喻四與定母接近，禪母與定母上古音相近」，〔註110〕意即中古以母與禪母可以追溯至上古和定母相近，因此有同源關係。但「諂」字二讀，除了徐氏以爲上古同源至中古分途外，或許有另一種思考：世俗間語指的是閭里百姓的讀法，意同「俗語」，諂字不似一般常用字，鄉民野人很可能犯「有邊讀邊」的訛讀，諂字聲符爲「閻」，閻音恰同鹽，世俗間語讀諂音鹽，或許正是受聲符閻音類化。

　　二是「揣」字，玄應書中「揣觸」條云：「初委反，……江南行此音。又音都果反，……北人行此音。」（第十七 800-5）江南音與北人音都是指「揣」字音讀，徐氏對此南北音歧異的解釋是：

> 揣，據玄應所釋，北音都果反，江南音初委反。《廣韻》一爲丁果切，端母戈韻，即玄應所釋都果反；一爲初支切，初母支韻，即玄應所釋江南音初委反。初母屬照二莊組，據潘悟雲先生的擬音，丁果切爲 k·lool＞tool，初支切爲 skhrol＞stʰol＞tʂhoi，揣的南北讀音上古同源。〔註111〕

徐氏論述首要修正的是《廣韻》揣音「丁果切」隸上聲「果韻」非平聲戈韻，又音也不是平聲支韻，而是「初委切」，隸上聲紙韻。玄應揣音南北切語的音韻地位與《廣韻》盡合，不過《廣韻》於二音底下的釋義不同，「丁果切」釋作「搖」義，「初委切」釋作「度也、試也、量也、除也」等義，顯然二音屬辨義異讀。姑且不論徐氏擬的二音音值上古是否同源，所謂「同源」，除了要求讀音必須近同外，更重要的是務必建立在意義相同的基礎上，玄應記錄南北揣音的意義分明不同，徐氏視作上古同源恐失妥貼。

　　對於上古不同源的字例，徐氏僅指出方音歧異處，不似處理上古同源的字例詳述讀音歧異的原因，如「蕃」字。玄應書中「蕃息」條云：「父袁反。……今中國謂蕃息爲嬔息，音匹万反。」（第一 45-2）切語「父袁反」是「蕃」字注音，「匹万反」注的是「嬔」字音讀，徐氏對此的理解是：

> 據玄應所釋，蕃音父袁反，中國謂蕃息爲嬔息，嬔音芳萬反。《廣韻》蕃有二切：一爲甫煩切，非母元韻；一爲附袁切，奉母元韻。玄應

〔註110〕徐時儀：《玄應《眾經音義》研究》（北京：中華書局，2005 年），頁 324。

〔註111〕徐時儀：《玄應《眾經音義》研究》（北京：中華書局，2005 年），頁 334。

> 所釋父袁反與《廣韻》附袁切同。《廣韻》嬔亦有二切，一爲芳萬反，
> 敷母元韻；一爲芳遇反，敷母虞韻。玄應所釋中國音芳萬反與《廣
> 韻》同。蕃、嬔爲送氣與不送氣之別和平聲與去聲之別。〔註112〕

首先須說明音義書中「嬔」字僅出現一次，高麗藏本玄應注「嬔」字也僅「匹萬反」一音，而磧砂藏本刻「嬔」音「芳万反」，切上字用字不同，徐氏寫「嬔音芳萬反」當據磧砂藏本。其次要修正《廣韻》嬔字只有「芳萬切」一個切語，無「芳遇切」，「芳遇切」小韻下有一「娩」字，意指兔子，與嬔義不符，不是嬔的異體字，而娩字亦有「芳萬切」一音，徐氏恐將嬔字誤作娩字。文末徐氏指出蕃、嬔音韻上的差別，據此認定蕃嬔二字上古來源不同，使人不禁問，蕃嬔音韻關係接近，上古可能同源，且《廣韻》蕃音「附袁切」下釋義爲「茂也、息也、滋也」，嬔字釋義爲「嬔息也」，蕃、嬔義合，當符合上古同源的條件，徐氏何以認定二字上古不同源？在不明原因的情況下，竊以爲徐氏的判斷難取信於人。

　　儲泰松於 2004 年發表〈唐代音義所見方音考〉一文，內容針對有唐一代音義書中的方音作爲研究對象，唐人佛典、史書音義盡於此疇，語料的時代最早上推初唐顏師古《漢書音義》，最晚下迄五代後晉可洪的《新集藏經音義隨函錄》，不另以時期、斷代分別考察，屬綜合性的討論。儲氏整理出音義書所載唐代的方音特徵，又於文末歸納方音現象呈現的地理分布，該作法不僅清楚展示語料的價值，更讓人通過作者的解析，進而掌握唐代方言區域之間語音的差異。不過，儲氏論述也是白璧微瑕，值得討論的地方有三處。一是儲氏對於語料的處理，多見指出方言間音韻上的歧異，少見原因說明。如玄應書中「狗齩」條注齩音「五狡反，中國音也。又下狡反，江南音也。」（第一 51-7）以及「或齾」條云：「又作齩同，五狡反，關中行此音。又下狡反，江南行此音。」（第二十一 959-7）儲文泛以唐代音義書爲例，由於筆者討論重心是玄應書中的方音現象，舉例盡取玄應音義，不列其他。儲氏云「狗齩」、「或齾」的齩音呈現的方音差異是「中原及關中讀疑紐，淮河以南讀匣紐。」〔註113〕此話指出方言音韻上的不同，也隱約透露儲氏對玄應地域用語的解讀，以爲玄應所謂「中國」等

〔註112〕徐時儀：《玄應《眾經音義》研究》（北京：中華書局，2005 年），頁 337～338。

〔註113〕儲泰松：〈唐代音義所見方音考〉，《語言研究》第 2 期（2004 年 6 月），頁 75。

同「中原」,「江南」意即「淮河以南」,但不知所憑何據,對方音歧異的原因也未能詳加說明。

　　再者,儲氏對玄應標注字音體例的掌握不夠精確。如玄應於詞條「中囆」下記囆音為「郭璞音霜智反,北土行此音。又所隘反,江南行此音。」(第十四649-5)儲氏則謂:「《漢書・宣帝紀》顏注:『囆音所懈反,又音所智反。』以卦韻為正讀,寘韻為又讀,與玄應不同,顯示南方對北方的影響。」〔註114〕儲氏以玄應記北音「霜智反」為正讀,記南音「所隘反」為又讀,事實上僅適用於此條,倘若詳玄應於他條標注的囆音,如「暴囆」(第一56-7)與「捩囆」(第十五695-7),玄應注囆字均是「所懈反」一音,讀卦韻,不見玄應取寘韻音讀,顯然玄應同顏師古將卦韻音視作正讀而非又音,所以單憑書中一處詞條來判斷玄應注音的正又,其實是不周全的。

　　最後,儲氏根據語料反映的實際情形,歸納方音現象呈現的地理分布,意在比較區域間存在的語音歧異,如他認為:

　　　陰聲變入聲,是北方尤其是關中地區的現象,而入聲變陰聲,則主
　　　要見於蜀、吳、關中等地。關中地區既有陰聲讀同入聲現象,又有
　　　入聲讀同陰聲現象。〔註115〕

必須注意,儲氏所選語料時代乃自初唐延展至五代,得到的研究結果當反映各方言區語音現象「歷時」的積累,若欲了解某一斷面方言區間曾發生的「共時」差異,就很難從儲文中得知。

　　黃坤堯於2006年發表〈玄應音系辨析〉一文,旨在探究玄應音系性質,對於音義書中呈現的方言差異,僅略舉十六筆詞條講述。處理方式是列出一字兩讀聲韻上的差異,並藉由玄應標明該音切的方音來源,比對《廣韻》收錄的切語,若二者音韻地位相同,便得《廣韻》收音的來源。如詞條「蜂螫」(第二70-5),玄應記「螫」字關西音「舒赤反」,書母昔韻,記山東音「呼各反」,曉母鐸韻,黃氏云:「昔、鐸不同,聲紐審、曉亦異。《廣韻》僅列施隻切一讀。玄應兼注兩讀,《廣韻》注長安音,不取山東音。」〔註116〕審母即書母,黃氏

〔註114〕儲泰松:〈唐代音義所見方音考〉,《語言研究》第2期(2004年6月),頁77。

〔註115〕儲泰松:〈唐代音義所見方音考〉,《語言研究》第2期(2004年6月),頁82。

〔註116〕黃坤堯:〈玄應音系辨析〉,《佛經音義研究》(上海:上海古籍出版社,2006年),

先明關西音與山東音音韻地位上的不同，再透過玄應顯示的方音來源，得知《廣韻》收錄螯字的語音依據。

又玄應於詞條「鎔銷」（第四 207-4）注鎔音「與鍾反」，以母鍾韻，另於詞條「及鎔」（第二十二 1005-5）記鎔音「以終反，江南行此音。」江南音「以終反」屬以母東三韻，黃氏謂：「鍾、東不同，同為三等。《廣韻》餘封切，鍾韻。《廣韻》注長安音，不取江南音。」〔註117〕從黃氏解讀某音切隸屬的方音來看，凡玄應記錄的關西音或玄應本身對某字的音注，黃氏均視作「長安音」，這與黃氏主張玄應音系性質為長安雅言和經音有關，正因為音系性質如此，標注的字音理當屬長安音，而長安位於關西境內，玄應記錄關西語音最具代表性的也莫過首都長安，由是將二者等同長安音看待。

黃氏處理語料的優點在於善用玄應書中詳列方音來源的切語，取之比對《廣韻》，得韻書收音來源，可惜僅列部分詞條，無法掌握書中方言差異的全貌，黃氏講述完十六筆詞條後，也不得不承認：「以上各條多屬讀音及詞語的差異，沒有比較集中的音韻現象出現，南北方言也沒有明顯的規律可尋……」〔註118〕或許肇因於片面觀察，以致無法察得南北方言語音上的規律，且黃氏同儲氏僅指出方言音韻地位上的歧異，卻未能詳述原因，在不明原因的情況下，方音間的歧異是否純粹來自方言本身的語音變化尚未可知，遑論從中尋找規律？

鑑於以上三位學者論述玄應書中方音現象尚有可開拓的空間，筆者不揣固陋，試圖全盤掌握玄應記錄的方音，不僅指出方音在聲韻方面的歧異，更進一步尋索造成方音歧異的原因，希冀在這塊園地略盡棉薄。

第三節　研究方法

周法高於玄應音系聲類、韻類析合的考究上不遺餘力，其根據《玄應音義》中的切語加以系聯，操作過程嚴謹，對疑處又能詳加考證，研究結果值得信賴，

頁 21。

〔註117〕黃坤堯：〈玄應音系辨析〉，《佛經音義研究》（上海：上海古籍出版社，2006年），頁 20。

〔註118〕黃坤堯：〈玄應音系辨析〉，《佛經音義研究》（上海：上海古籍出版社，2006年），頁 22。

因此筆者不另外系聯書中反切，直接援引周氏研究成果。本論文採用音義書的版本以周法高編製索引的《玄應一切經音義》爲底據，此本出自日本弘教書院縮刷藏經本，據高麗藏本印行，刻工較精，錯字較少，屬版本較佳者，行文中標明經文出處者盡以此爲本，方便讀者查考。以下針對論文探討的兩個議題分述研究方法。

（一）考察玄應音系的方法

　　前賢多根據玄應駐錫地與國都所在地認爲玄應音系性質當屬長安音，筆者以爲，玄應生平事蹟史載未詳，在不明里籍、語音習成之所的情況下，單憑其久居長安便斷定玄應語音基礎，可能欠周詳。若說駐錫地與國都所在地影響的是高僧注音時取音的偏向，這未嘗不能成爲一個思考的方向。試想玄應編纂目的爲弘揚教法，意在推廣普及，標注難字音讀勢必採用當時通語，時國都長安，長安音很可能是全國通行語，又玄應久居於此，對此地方音熟稔不在話下，取長安音當作注音依據也顯合乎情理，但高僧注音取向是否代表其所操音系也是如此，必須將玄應注音取向與音系性質分別考察，才能了解箇中關係。

　　欲了解玄應注音的取向，非得從音義書中觀察不可。玄應自造的切語大多數無注明方音來源，唯少部分注出，而這些少部分注出方音來源的切語將成爲判斷玄應注音取向的依據。如「狗齘」條云：「五狡反，中國音也。又下狡反，江南音也。」（第一 51-7）括號內注明詞條「狗齘」的出處，以周法高編製索引的《玄應一切經音義》爲底本，「第一」指每頁左側版心所標卷數，「51」指頁面上欄天頭處所示的數碼，「7」表示由數碼而下的第七個詞目。由詞條內容得，玄應記中國音「齘」爲「五狡反」，疑母巧韻，記江南音爲「下狡反」，匣母巧韻。玄應不僅標示齘音反切，於切語之後更注明方音來源，筆者將這些玄應標明方音來源的音讀，均視作玄應「記錄」的方音，簡稱「記音」。已知齘字中國音與江南音的差異，但不能確定玄應本身注齘音以何者爲據，於是再尋找書中玄應標注的齘音，得詞條「齘齧」云：「五狡反。」（第九 422-6）玄應在未明方音來源的情況下注齘音「五狡反」，該音當是玄應本身對齘音的解讀，與玄應記音的反切參看，便得玄應注音的取向。玄應注齘音和記錄的中國音相同，可見玄應注齘音取中國音，不取江南音。以上舉例僅其一，尚不能斷定玄應注音取向即中國音，必須查索書中所有標明方音來源的切語與玄應的音注相互對

照，得到的結論才可信。

　　玄應音系性質究竟為何，別於前賢多以高僧駐錫地為憑判準則，筆者試圖從玄應音系本身尋索。玄應音系聲類與韻類的析合完全參考周法高研究成果，筆者先從音系中的韻母系統考察玄應語音基礎，再以聲母系統驗證韻系所得的結論，理由是：基於前賢多以為玄應音系性質屬長安音，與玄應生處時代相當的顏師古，根據董忠司研究，顏師古《漢書註》顯示的音系性質即長安音，取玄應音系與顏師古音系相較，得二人聲母系統幾乎一致，唯師古唇音明微不分，〔註119〕其餘二人聲類分合均無二；比較韻母系統，則有六處不同。二者聲母系統一致性高，與韻母系統相較，後者更具比較價值，而韻母系統間的差異正可能反映二者音系本不相同，玄應音系屬長安音的論點也因此備受考驗。顏師古生平史載詳盡，據其里籍判斷其語音基礎屬長安音應無大誤，反觀玄應生平不詳，光憑久居長安便以為所操音系亦不出長安範疇，若此，玄應韻母系統與顏師古之間的差異又如何解釋？難道完全歸咎於作切者審音精粗不同，導致韻母析合不一？我們不排除作切者審音精粗不同也可能是造成韻系二致的因素之一，但審音精粗的背後是否有影響力更大的方音支配著，而這方音正昭示作切者的音系基礎，意即所操方音有別，韻系自然歧異。職是，玄應與師古韻系間的不同更值得我們留意。至於玄應與顏師古的聲系雖僅一處不同，仍不容忽視其重要性，倘若能自玄應韻系確立其語音基礎的地域範圍之後，再透過聲母系統反映的語音特徵加以驗證，相信有助於強化結論的可信度。

　　由於不明玄應里籍，無從得知高僧語音習成之所，為求謹慎，首先掌握玄應音系隸屬南北哪一大域，考量玄應撰著體式屬「音義書」，取擇與玄應相較的南北音系亦採自音義書，南方取隋代曹憲《博雅音》，北方擇初唐顏師古《漢書註》，二書成書時間與《玄應音義》相距不遠，可降低時間造成的誤差。確定玄應音系隸屬的南北大域後，再針對韻目分合的特點進一步尋索韻系所據方音的可能範圍，因為是考察韻母，筆者藉重前人研究「詩人用韻」與「梵漢對音」的成果，前者選擇南北朝晚期至初唐的詩人作為考察對象，摘取用韻情形與玄應韻目分合相同者，由於詩人用韻絕大部分反映詩人方音，除非情況特殊，否

〔註119〕董忠司：《顏師古所作音切之研究》（台北：政治大學中國文學研究所博士論文，1978 年），頁 15。

則詩人憑恃的方音端視里籍而定，檢視用韻情形符合玄應韻目的詩人，其里籍多集中何地，藉此推測玄應語音基礎的可能範圍。後者「梵漢對音」主要用來彌補「詩人用韻」方法上的不足，畢竟作詩押韻不計介音，而玄應韻目析合卻考量介音有無，「梵漢對音」得出的韻母系統恰可補苴此一使用上的局限，並檢驗「詩人用韻」方法上的可行性。考察玄應聲系的作法大致與韻系的處理模式相同，首先確定玄應聲系的南北屬性，也是取曹憲、顏師古聲系與玄應比較，由於三家聲系的比較已有前賢董忠司撰文論述，其論述過程精當而嚴謹，筆者直接援引董氏研究成果，不另作檢討。待南北範圍確立後，同韻系作法，鎖定玄應聲系呈現的語音特徵，試圖尋索該特徵可能座落的地域範圍。

　　通過上述研究方法得知玄應注音取向與音系性質後，比較二者異同，異者表示注音取向不代表音系性質，玄應只不過以自身音系去記錄當時通語，而該通語的方音基礎和玄應的語音基礎二致；同者表示玄應注音與所操音系是建立在相同的語音基礎上。無論結果是哪一種，對於本論文探討的第二個議題「書中的方音現象」都有莫大助益。議題著眼玄應書中一字兩讀現象，並聚焦玄應標示方音來源的音讀，如「顣頵」條云：「而甘反，江南行此音。又如廉反，關中行此音。」（第十九 877-2）玄應分別記錄江南、關中「頵」字音讀，二讀皆標明方音來源。也包含僅注明一音來源者，如「日虹」條云：「胡公反。江東俗音絳。」（第一 47-7）只知玄應記虹音「絳」的方音來自江東俗音，而玄應注虹音「胡公反」所據方音為何，勢必從玄應的注音取向得知；再者，玄應記錄的方音是根據玄應本身操持的語音系統而記，掌握了音系性質，觀察玄應記錄的方音才有立足點。因此，考察玄應注音取向與音系性質，是研究書中方音現象以前萬不能等閒視之的重要環節。

（二）探究方音歧異的方法

　　討論音義書中的方音現象以前，除了掌握玄應注音取向與音系性質外，尚需瞭解玄應書中使用的區域名稱及其涵蓋地域。就目前資料觀之，周法高率先探勘玄應書中的方言區域，之後學者僅行文時約略提及個人看法，並不深入。周氏首創之功實不可沒，或許正因先發，其論述仍有增補與待商榷的空間。筆者嘗試立足於周氏研究基礎上，再次釐清玄應劃界的方言區域範圍，並增補周氏文章未提而確實出現在玄應書中的區域名稱。

　　前賢對於玄應書中方音現象的探究，多著眼方言音韻部分的差異，甚少說明原因，即便說明原因，也僅照上古同源與否來闡釋，且上古同源者佔絕大部分，不排除作者過分解讀；對上古非同源的音讀，又未能詳其原因，止於音韻方面的比較。竊以為，前賢已探討之處是掌握方音歧異的第一步，筆者希冀延續前人的步伐，跨出下一步，尋索造成方音歧異的原因。徐時儀把中古方音歧異的原因追溯至上古同源與否來考究，這是極具參考價值的。除了從上古同源而後中古分化乃致異讀的思路尋求原因外，單憑《玄應音義》是「音義書」的屬性，就不能忽視音義書注音的特徵。方孝岳曾指出，音義書與韻書注音的目的不同，他說：

> 韻書所以備日常語言之用，書音（引者按：即音義書）則臨文誦讀，
> 各有專門。師說不同，則音讀隨之而異。往往字形為此而音讀為彼，
> 其中有關古今對應或假借異文、經師讀破等等，就字論音有非當時
> 一般習慣所具有者，皆韻書所不收也。〔註120〕

因此，面對玄應書中方音歧異的處理，不能排除或恐因師承不同導致的經師別讀，而玄應記錄同字異讀的方音現象可能正反映這種差異，自是無法用上古同源與否來解釋概括。

　　至於如何判斷玄應本身標注的字音或記錄的方音是來自經師別讀，按照方孝岳所言韻書與音義書之間的差異，音義書的反切於韻書無收錄者，便很可能來自假借異文與經師讀破，且韻書詳載字音搭配的字義，將音義書的反切與之比對，不但能辨明該音是否為日常所用，也能藉此明白兩讀的情況是同義抑異義。韻書選用王仁昫《刊謬補缺切韻》（以下簡稱《全王》）與陳彭年《廣韻》，少用《集韻》，因方孝岳認為音義書與韻書屬性之差異，在《廣韻》以前界域分明，「至宋人《集韻》乃混而一之，凡書音中異文改讀之字皆認為與本字同音，濫列一處，作為重文」，〔註121〕也就是《集韻》收音範圍包括音義書中假借異文與經師讀破，取之比對音義書中的切語無多大意義，除非不得已必須參考《集

〔註120〕方孝岳：〈論《經典釋文》的音切和版本〉，《中山大學學報》第 3 期（1979 年），
　　　　頁 51。

〔註121〕方孝岳：〈論《經典釋文》的音切和版本〉，《中山大學學報》第 3 期（1979 年），
　　　　頁 53。

韻》佐證，否則盡量不使用。倘若音義書中的切語不見韻書，初步判斷該音恐非用於日常，玄應記錄一字兩讀的方音現象，很可能來自不同地域的經師別讀，爲檢驗假設的可能性，筆者取擇陸德明《經典釋文》、曹憲《博雅音》、慧琳《一切經音義》三本與《玄應音義》同屬音義性質的書籍，已知陸德明操南方金陵音、曹憲操江都音、慧琳操北方秦音，〔註122〕同字之下，三人音注與玄應記錄的方音比對，觀察其間是否存在地域不同而造成的經師別讀。

當然，造成方音歧異應該不只有「上古同源與否」和「經師別讀」兩種因素，對於其他因素的研判，筆者參考初唐顏師古撰寫的《匡謬正俗》與唐宋筆記小說中收錄的方音現象，二者與玄應時代近同，可以藉此說明或印證玄應記錄的方音，必要時，更從現代漢語方言中尋索初唐的語音現象迄今是否存在，有無古時殘跡，以明瞭語音中古之後的發展。

〔註122〕詳林燾：〈陸德明的《經典釋文》〉，《中國語文》第 3 期（1962 年）；董忠司：《曹憲博雅音之研究》（台北：政治大學中國文學研究所碩士論文，1973 年）；以及黃淬伯：《慧琳一切經音義反切考》（台北：中央研究院歷史語言研究所，1931 年）。

第二章　玄應注音體例之確立

　　釋玄應編纂音義書的目的乃爲佛門服務，書中所摘詞語盡出佛典，玄應對這些詞語的訓釋不出辨正字形、標注字音、解釋字義三大範疇，由於本論文著眼玄應音系及其書中方音現象，側重語音方面的考察，因此僅探究玄應「注音」體例。底下分成兩節講述，首先掌握玄應標注字音的普遍原則，並細究其中有無特殊處值得注意，其次爬梳玄應記錄方音的形式，取之作爲搜羅書中方音語料的依據。

第一節　玄應注音的通則

　　玄應於音義書中注音的形式以一字一音、一字兩讀、兩字連讀佔絕大部分，其中一字兩讀包羅的種類最複雜也最值得關注，底下依序分述之。

（一）一字一音例

玄應標注一字一音的方式有反切、直音、徵引古籍音切等三種，如下所示：

1、沃野：<u>於梏反</u>。《字林》云溉灌名沃，沃，澆也，濕也，亦美也。（第十三 587-1）

2、須楓：<u>音風</u>。（第八 379-1）

3、三捼：<u>《三蒼》奴迴反</u>。手按也。《說文》捼，摧也，一曰兩手相切也。（第十五 730-5）

4、掃篲：又作彗。《字林》囚芮反，謂掃竹也。律文作撢，于桂反。《廣
雅》撢，裂也。（第十五 709-1）

上面各條引例底線乃筆者添加，為突顯玄應注音體例，原文無，下皆仿此，不
復述。玄應訓釋詞語大致由詞目、正形、注音、釋義四個部分構成，例4即四
個部分俱全，「掃篲」是詞目，辨析字形作「彗」，篲字注音取自古籍《字林》，
解釋詞義多引經據典。由上面四筆引例可知，玄應訓釋詞語時並不講求四個部
分齊備，詞目是必需的，其他部分則依訓釋需要或增或減，如例2除了詞目以
外就只有「注音」一項。例1例2注音形式分別為反切與直音，與例3例4相
較，後者反切引自古籍，可能為了保存古音，而前者未標明音切來源，當屬玄
應自造的音切。

（二）一字兩讀例

玄應標注一字兩讀的方式最複雜，兩讀中其一屬玄應標注的本音，另一音
可能屬該字的「又音」、「某地方音」、「俗音」、「古籍音切」等，抑或兩讀盡是
玄應記錄某字於兩地的方言音讀，例字如下：

5、爆聲：古文爆爆二形同。方孝反，又普剝反。《說文》爆，灼也，謂
皮散起也。（第六 276-10）

6、髦尾：又作𩮾同。莫高反，又音蒙。《說文》髦，髮也，髮中豪者也。
（第四 211-6）

玄應注例5「爆」音「方孝反」，幫母效韻，注例6「髦」音「莫高反」，明母豪
韻，標注又音的方式有反切，如「爆」又音「普剝反」，滂母覺韻，也有直音，
如「髦」又音「音蒙」，明母東一韻。

7、園圃：補五反。江東音布二音。蒼頡解詁云種樹曰園，種菜曰圃也。
詩云無踰我園。傳曰有樹也。又云折柳樊圃。傳曰菜圃也。皆其義矣。
（第一 16-4）

玄應注「圃」音「補五反」，幫母姥韻，記錄江東圃字音讀則直音「布」，幫母
暮韻，二者差別在聲調不同，前者讀上聲，後者讀去聲。

8、色虹：胡公反。郭璞《尒雅音義》云虹雙出鮮盛者為雌雄曰虹，暗者
為雌，雌曰蜺，蜺或作霓，霓音五奚反。俗音古巷反。青虹也。（第
十九 865-6）

玄應注「虹」音「胡公反」，匣母東一韻，記錄俗音則是「古巷反」，見母絳韻，二者音韻地位差異甚迥，聲、韻、調都不同。

9、彗星：蘇醉反，《字林》囚芮反。《釋名》云彗星星光稍稍似彗也。《尒雅》彗星攙槍。孫炎曰妖星也。四曰彗，郭璞曰亦謂之孛。《釋名》云言其孛孛然似掃彗也。攙音叉銜反，槍又行反。（第二 83-1）

10、童齔：初忍反，古文音差貴反。毀齒曰齔。《說文》男八月生齒，八歲而為之齔，女七月生齒，七歲而毀齒。字從齒從匕聲，《釋名》云齔，洗也，毀洗故齒更生新也。（第四 206-1）

11、齮齕：丘奇反。《漢書》韋昭音墾。《蒼頡篇》云齊人謂齧咋為齮，側齕也。（第七 309-6）

12、愚戇：竹巷反。李登《聲類》《韻集》音丑巷反。戇亦愚也。（第十八 850-5）

玄應注例 9「彗」音「蘇醉反」，心母至韻，引自古籍的音讀為「囚芮反」，邪母祭韻，二音不同，造成彗音兩讀，與前面例 5 至例 8 不同處在於此處兩讀有明顯的古今之分，以玄應注音為今，古籍音切為古。玄應注例 10「齔」音「初忍反」，初母軫韻，古文音應當也是出自古籍，只是不明所引何書，其齔音為「差貴反」，初母未韻，與今音差在韻母不同。例 11「齮」，玄應注「丘奇反」，溪母支韻，韋昭直音「墾」，溪母很韻，二音也差別在韻母不同。例 12「戇」，玄應注「竹巷反」，知母絳韻，古籍音讀為「丑巷反」，徹母絳韻，古今音差在聲母送氣與否，今聲母讀不送氣，古讀送氣音。

13、揣觸：古文敵同。初委反。謂測度前人也。江南行此音。又音都果反。揣，量也、試也。北人行此音。案論意字宜作㨔，初委反。㨔，摸也。《通俗文》捫摸曰是㨔也。（第十七 800-5）

玄應記錄江南「揣」音為「初委反」，初母紙韻，記錄北人「揣」音為「都果反」，端母果韻，南北揣音聲、韻差別大，對照《廣韻》揣音也注錄二個音切，一是「初委切」，音韻地位同玄應記錄的江南音，釋義為「度也、試也、量也、除也」；二是「丁果切」，音韻地位同玄應記錄的北人音，釋義為「搖也」，可見揣音二切是為了辨別字義而有不同讀法，即玄應雖記錄揣音南北異讀，其異讀原因實字義不同所致，並非相同字義之下產生的方言異讀。

　　玄應標注一字兩讀的形式除了上述例5至例13於同一詞條內分別注記的方式外，尚見兩讀接連標注，並於標注的兩切語下方以「二反」表示。底下取上文已出現的例字爲例，對比玄應標注一字兩讀在形式上的差異。

14、爆火：<u>方孝、普剝二反</u>。《聲類》爆，熻起也。郭璞注《山海經》云爆謂皮散起也。（第十 450-3）

15、園圃：<u>補護、布五二反</u>。詩云無踰我園。傳曰有樹也。又云折柳樊圃。傳曰菜圃也。三蒼種樹曰園，種菜曰圃。（第十九 893-5）

16、彗星：<u>囚芮、蘇醉二反</u>。《釋名》云彗星星光稍稍似彗。經文從手作摔，音于桂反。《廣雅》摔，裂也。摔非字義。（第四 208-8）

17、摶食：<u>徒官反</u>。《說文》摶，圜也。《三蒼》摶飯也。經文作揣，<u>丁果、初委二反</u>。揣，量也。揣非字義。（第二 108-3）

玄應將例14爆火的「爆」音兩切語連寫，倘若比對例5爆聲的「爆」，「方孝反」屬玄應標注的本音，「普剝反」屬又音，得例14兩切語性質爲本音與又音。例15園圃的圃字兩讀的關係亦可自例7取得，「補護反」音同江東音布，「布五反」音同補五反，得例15兩切語性質爲玄應記錄的江東音與標注的本音。例16彗星的彗字兩讀性質可透過例9得知，「囚芮反」徵引自《字林》，「蘇醉反」則是玄應標注的本音。例17揣字兩讀分是玄應記錄的北人音與江南音，核對例13揣觸的揣音便知。以上一字兩讀無論又音是「某地方音」或「古籍音切」，均可能另以「二反」的形式出現，獨又音屬「俗音」性質的未見玄應取之與本音連寫，推測玄應以爲俗音不登大雅之堂，不足和本音連寫，僅於數例詞條錄之以示聞見。

　　然而，上述又音於他處詞條有無可能成爲玄應注音的主要依據，底下再以「爆」、「虹」、「齔」三字爲例。

18、爆其：古文作㸐㷋二形同。<u>方孝反</u>。皮散起也。（第十三 616-3）

19、白虹：古文蚵同。<u>胡公反</u>。《說文》螮蝀，虹也。俗呼美人。江東呼爲雩。《釋名》虹，攻也。純陽攻陰氣也。（第四 205-1）

20、齔齒：<u>初忍反</u>。毀齒曰齔。《說文》男八月生齒，八歲而爲齔，女七歲而毀齒也。字從齒匕聲。（第二十 917-9）

例 18 爆其，玄應注「爆」音「方孝反」，與例 5 爆聲的爆字本音同，全書不見以又音「普剝反」當本音的詞條。例 19 白虹，虹音「胡公反」，與例 8 色虹的虹字本音相同，全書未見以俗音「古巷反」當本音的詞條。例 20 齔齒，玄應注「齔」音「初忍反」，與例 10 童齔的齔字本音相同，全書未見以古文音「差貴反」當本音的詞條。凡一字兩讀的「又音」、「俗音」、「古籍音切」，玄應僅錄之而不作注音依據，也許意在傳聞見或示博聞，似承繼陸德明於《經典釋文》中標出「又音、或音、一音」的作法，[註1] 顯示音義書別於韻書的功能。附帶一說，古籍音切若置於首，而非置於本音之後，該音就很可能成為玄應注音的依據，以「氀」字為例：

21、毛氀：《字林》力于反。虎罽也。《通俗文》毛布曰氀。又所俱反，氀氎也，音瞿。（第十四 658-3）

22、氀氎：力于反。《廣雅》氀氎，罽也，組罽也。《聲類》毛布也。（第二 95-7）

23、氀衣：力俱反。《通俗文》毛布曰氀。《廣雅》氀，罽橐草，公道反。《說文》橐，稈也，即乾草也。（第十五 695-3）

例 21 氀字有兩讀，玄應將古籍音切置於首，《字林》音切「力于反」的音韻地位是「來母虞韻」，玄應另注又音「所俱反」，生母虞韻。例 22 玄應注氀音與《字林》切語用字相同，當引自古籍反切，並作為氀字注音依據。再對照例 23 玄應注的氀音「力俱反」，切下字有別《字林》用字，屬玄應自造的反切，代表當時實際語音，音韻地位也是「來母虞韻」，可見玄應將古籍音切置於首，除了說明玄應注音可能根據該音切外，也連帶指出古籍音切足以反映今音，所以玄應援之作注。

以上一字兩讀的又音性質如「某地方音」、「俗音」、「古籍音切」等，倘若置於本音之後，該又音就不會被玄應視作其他詞條的注音依據，而玄應記錄某字於兩地的方言音讀卻不能如是觀，以為置於首的第一個方音相當於本音的地

<hr>

[註1] 陸德明《經典釋文》中〈序錄·條例〉云：「其或音一音者，蓋出於淺近，示傳聞見，覽者察其衷焉。」明書中標注「或音一音」乃為「傳聞見」。本論文所引《經典釋文》為黃坤堯、鄧仕樑校訂索引《新校索引經典釋文》（台北：學海出版社，1998 年）以通志堂本為底本。

位，事實並非如此，底下舉三例說明。

24、顄髯：子移反，下又作顋同。而甘反，江南行此音。又如廉反，關中行此音。說文口上之須曰顄，下頰須毛也。經文作髭近字也。（第十九 877-2）

25、蜂蠆：舒赤反。《說文》虫行毒也。關西行此音。又呼各反，山東行此音。蛆，知列反，東西通語也。（第二 70-5）

26、中曬：又作㬥。《方言》曬，暴也，乾物也。郭璞音霜智反，北土行此音。又所隘反，江南行此音。（第十四 649-5）

例 24 顄髯，玄應記「髯」的江南音爲「而甘反」，日母談韻，記關中音爲「如廉反」，日母鹽韻，究竟何音是玄應注「髯」音的依據，從書中另一詞條「黃髯」的髯音可證，「黃髯」條下云：「如廉反。髯，頰毛也。論文有作髮字也。」（第九 419-9）玄應取關中音注髯字音讀，表示關中音雖然在詞條「顄髯」底下看似「又音」地位，實際上它才是玄應心目中的標準音。同理，例 25「蠆」與例 26「曬」兩讀的關係也是如此，玄應記關西「蠆」音爲「舒赤反」，書母昔韻，記山東音爲「呼各反」，曉母鐸韻，另見詞條「蝮蠆」下云：「𢆉六反，下呼各反。蝮有牙最毒，鼻上有針是也。」（第七 308-13）玄應注蠆音取山東音，看似又音的地位實爲玄應心目中的標準音。玄應記北土「曬」音爲「霜智反」，生母寘韻，記江南音爲「所隘反」，生母卦韻，北土音以郭璞音爲據，表示晉人郭璞注曬的音切符合初唐北方曬字音讀，玄應直取該音切表示。至於何者爲玄應心目中的標準音，另見詞條「暴曬」下云：「蒲卜反，下所懈反。《說文》暴，晞乾也。……」（第一 56-7）玄應注曬音「所懈反」，音韻地位同「所隘反」，唯切下字用字不同，於詞條「中曬」看似又音的江南音，實際上才是玄應注曬音的依據。全書出現玄應記錄某字含兩地方音的詞條，不計重複者共十五筆，其中不以置首的方音當作他條注音依據的就有上述例 24、25、26 三筆，占全部五分之一，不可謂少數，因此，判斷該類兩讀何者是正讀何者屬又音，得謹慎處理。

（三）兩字連讀例

玄應摘詞釋義以兩字組成的詞彙居多，就注音觀之，有取兩字中的一字注音，如上述的一字一音例與一字兩讀例，也有兩字都注上音讀的，形式如下：

27、谿谷：苦奚、古木反。《尒雅》水注川曰谿，注谿曰谷。《說文》泉之
　　通川曰谷。（第六 283-4）

28、匾㢸：《韻集》方殄、他奚反。《纂文》云匾㢸薄也。今俗呼廣薄爲匾
　　㢸。關中呼𤗚遞。𤗚，補迷反。經文作胹睇，近字也。（第六 292-7）

29、蜈蚣：音吳公。《字林》蝍蛆也，甚能制虵。大者長尺餘，赤足者良，
　　黃足者不堪用，人多炙之令赤，非眞也。蝍音即，蛆子餘反。（第六
　　274-3）

30、氤氳：一隣反，下紆文反。元氣也，謂天地未分之始氣也。（第七 321-3）

31、鐃鏡：奴交反，下音竟，未詳所出。案《周禮》金錞以和鼓，金鐃以
　　止鼓，應是也。錞音常均反。（第七 308-1）

例 27 谿谷，玄應連注兩個反切「苦奚、古木反」，前者切語省略「反」字，「苦
奚」拼切的音讀是「谿」音，後者「古木反」切出的讀音是「谷」音，與一字兩
讀的「二反」形式相較，「二反」雖然也是兩個反切連寫，但其標注的是同一字
的兩個音讀，而本類連寫的兩個反切是標注不同字的讀音，且「反」字上方無「二」
字，相當於一字一音。翻檢全書，察得一例是體例中的例外，如「磬欬」條下云：
「空頂、苦代二反。《通俗文》利喉曰磬字。從言。律文作磬咳，音苦徑反，樂
器名也。下胡來反，嬰咳也。並非字體。」（第十四 654-1）空頂、苦代是磬欬二
字連讀的反切，各自標注上字磬與下字欬，核對玄應注音通例，「二反」用於一
字兩讀，顯然不符此條，「二」是衍字，宜刪。例 28 匾㢸，玄應徵引《韻集》反
切替二字作注，音韻地位分別是幫母銑韻與透母齊韻，檢視書中他條「匾㢸」的
音切，玄應於「遍遞」條下云：「補顯反，下他奚反。《纂文》云遍遞，薄也，不
圓也。」（第十九 879-5）遍遞是匾㢸的另一書寫形式，字體多形、形符趨同，
是聯綿詞，遍音幫母銑韻，遞音透母齊韻，音同《韻集》反切，不同是，遍遞乃
玄應根據時音自造的反切，匾㢸音注則引自古籍，玄應將古籍音切置於首，極可
能因古籍音切符合時音，足反映語音事實，所以直取作注並標明出處。例 29 以
直音的方式連注「蜈蚣」二字音讀，且直音取被注字的聲符作注音字。例 30、
31 別於例 27、28、29 將標注的兩字音讀連寫，兩字音切間多一「下」字，表示
底下音切屬第二字的音讀，例 30 兩字注音方式都採反切，例 31 上字「鐃」用反
切作注，下字「鏡」採直音，且以聲符「竟」當注音字。

綜觀上述，玄應書中「一字一音」、「一字兩讀」、「兩字連讀」等三種注音形式，皆出現引自古籍的音切，當這類音切置於詞條的首位，玄應極可能於他處詞條將之視作注音的依據，或省略古籍出處，如例22，或改變切語用字，如例23，無論何種作法，都表示古籍音切符合初唐實際語音，玄應才會直取作注，反之，古籍音切若置於本音之後，表示玄應意在存古，不在以古示今，所以這類古籍音切不會當作他處注音的依據。職是，前賢以為玄應反切引自古籍，充其量反映古籍音系，不一定顯示時音，事實上，從玄應注音體例可知，置於首的古籍音切不僅表示該音切引自古籍，更說明該音切符合初唐時音，既然符合時音，又怎能說這類音切不足反映時音？另外，玄應置於本音之後的「又音」、「某地方音」、「俗音」，這些音切也不會當作他處注音的依據，唯記錄一字具有兩地方音的詞條，不能依據方音放置的先後位置判定字音的正讀與又音，如例 24，看似又音的關中音，其實是玄應他處詞條注音的依據，判斷此類音讀的正又須格外小心。

第二節　辨識方音的方法

本論文第二個議題主要以《玄應音義》中的方音為探討對象，筆者搜羅書中方言語音材料的依據有三，也將之視作玄應記錄方音的形式，分述如下。

（一）表明方言音讀

玄應標注某字音切時，於音切之前或之後清楚寫出音切的方音來源，此類最易辨識，且佔所有語料的絕大部分，由於本論文的第四章第二節將詳列所有語料的內容，底下僅舉最具代表性的數例說明，其餘但見詞目與出處，不顯詞條內容，下皆仿此，不復述。

1、杜<u>髀</u>：古文踔同，<u>蒲米反，北人行此音</u>。又<u>必尒反，江南行此音</u>。（第二 89-2）

2、<u>讅</u>語：是鹽反，又<u>音鹽，世俗間語耳</u>。（第十九 875-3）

例 1 與例 2 都是於音切之後，玄應明白標示方音來源。例 1「蒲米反」記的是北人髀字音讀，「必尒反」記的是江南髀字音讀；例 2 直音「鹽」記的是世俗間語讅字讀法，這種直音之後標明方音來源的詞條僅此一例，不似例 1 這類反切之後標明方音來源的詞條為多，書中尚有「狗齩」（第一 51-7）、「蜂螫」（第二 70-5）、「氣陳」（第十 471-2）、「中曬」（第十四 649-5）、「須銚」（第十四 658-2）、

「鼾睡」（第十四 666-3）、「八篇」（第十七 809-9）、「搏食」（第十八 830-4）、「頭髥」（第十九 877-2）、「及鎝」（第二十二 1005-5）等十筆詞條，玄應盡於反切之後標明方音來源。

3、榷子：徒角反。<u>俗音徒格反</u>。郭璞曰謂木无枝柯梢擢長而煞者也。（第十五 689-9）

4、瘵下：又作㿈同。《字林》竹世反。瘵，赤痢也。<u>關中多音滯</u>。《三蒼》瘵，下病也。《釋名》云下重而赤白曰瘵，言屬㿈而難差也……（第二 84-3）

5、<u>齝</u>食：又作齛。毛詩傳作呞同。勑之反。《爾雅》牛曰齝。郭璞云食已復出嚼之也。《韻集》音式之反。<u>今陝以西皆言詩也</u>。（第十四 681-7）

例 3 例 4 均是玄應於音切之前標示方音來源。例 3「徒格反」記的是俗音榷的音讀，同這類反切之前標明方音來源的有「厭人」（第一 29-2）、「明㲉」（第二 106-4）、「耳鉋」（第八 395-5）、「淰水」（第十六 750-8）、「胡菱」（第十六 757-10）、「色虹」（第十九 865-6）、「茫怖」（第十九 874-2）、「一睫」（第二十四 1117-4）等八例。例 4 直音「滯」記的是關中瘵字讀法，同這類直音之前標明方音來源的有「園圃」（第一 16-4）、「日虹」（第一 47-7）、「跊地」（第十三 606-3）、「疼痛」（第十四 648-1）、「刀鞘」（第十四 679-5）、「蟙螚」（第十七 791-1）等六筆。例 5 玄應云「今陝以西皆言詩」，陝以西指函谷關以西，即關西地區，此句意指初唐關西地區齝字讀成「詩」音，「詩」當是玄應記錄關西齝字音讀的記音字，與此相同出現記音字的詞條尚有「潷飯」（第五 247-5）一例。

上述記錄方音的形式都是單筆詞條內僅一種記音方式，不是將方音來源標於音切之前，就是標於音切之後，然音義書中亦不乏單筆詞條同時出現方音來源標於音切之前與之後者，如詞條「如<u>槩</u>」云：「<u>古代反</u>。《蒼頡篇》槩，平斗斛木也。<u>江南行此音</u>。<u>關中工內反</u>。」（第十七 808-4）玄應記江南槩音為「古代反」，方音來源置於反切之後，記關中槩音「工內反」，方音來源則置於反切之前，相同情形亦見詞條「不劈」（第十九 868-5）一例。

歸納上述，表明方言音讀的詞條共 32 筆，方音來源標於音切之後的有 12 筆，標於音切之前的有 18 筆，兼括二者的詞條有 2 筆，玄應注音多探「反切」，凡 24 筆，直音只有 8 筆，其中直音之後甚少標示方音來源，上述資料僅見一例，

而直音之前標明方音來源的詞條有七筆，明顯增加許多。

（二）方言詞在前，注音在後

此類方音形式較特殊，玄應先指出某地對某詞的稱呼，該稱呼當屬某地方言詞，再於方言詞之後標注音切，舉例如下：

> 6、蕃息：父袁反。蕃，滋也，謂滋多也。《釋名》息塞也，言物滋息塞滿也。今中國謂蕃息為娩息，音匹万反。周成難字作娩，息也。同時一娩亦作此字。（第一 45-2）

> 7、胡荾：又作蔆同，私隹反。《韻略》云胡荾，香茭也。《博物志》云張騫使西域得胡綏。今江南謂胡荾亦為葫蔆，音胡祈。閭里間音火孤反。（第十六 757-10）

例 6 蕃息，玄應指出中國稱蕃息為娩息，「蕃息」是通語稱呼，「娩息」當屬中國稱呼蕃息的方言詞，別於通語，二者歧異即反映通語和中國方音的不同，中國等同中原，中國方言詞在前，玄應注娩字音讀「匹万反」於後，該反切足以表示玄應記錄的中國方音。類似情形也見於例 7，玄應指出江南稱胡荾為葫蔆，「胡荾」是通語，「葫蔆」屬江南地區的方言詞，方言詞之後標注的直音即顯示江南葫蔆的方音讀法，與例 6 不同的是，例 6 注音採反切，例 7 則用直音。此類方言音讀以反切呈現的尚有「草蔆」（第四 204-8）、「匲匲」（第六 292-7）、「鎬銷」（第十三 600-8）、「拼地」（第十四 646-8）、「淰水」（第十六 750-8）、「澆瀳」（第十七 770-8）、「瓢杓」（第十八 818-1）、「蜂蠆」（第十八 841-3）、「掐心」（第二十五 1139-2）等九筆；以直音呈現的有「蚑蜂」（第九 421-5）、「裝捒」（第十八 826-2）、「或趗」（第二十四 1110-3）等三筆，玄應標注字音仍以反切居多，少用直音。

（三）義同音近的同源詞

此類指通語用詞與方言用詞相較，抑或兩地方言用詞相較，二詞以同義為前提，追溯其上古音韻地位是否近同，近同者便是同源詞。就韻部而言，二音上古韻部的關係必須是同部、對轉或旁轉，舉例如下：

> 8、爐之：又作煨、焜二形同。麾詭反。齊謂火為爐，方俗異名也。（第二十二 999-5）

9、斗擻：又作籔同。蘇走反。郭璞注方言曰抖擻，舉也。《難字》曰斗擻，氋氃也。江南言斗擻，北人言氋氃，音都穀反，下蘇穀反。（第十四 667-1）

10、訓狐：關西呼訓侯，山東謂之訓狐，即鳩鴟也，一名鵂鶹。經文作勳胡非體也。（第一 44-6）

例 8 㷿之，玄應指出齊地言火爲㷿，「火」是通語，「㷿」是齊地方言詞，根據王力上古音系統，火與㷿上古聲紐同屬曉紐，韻部都是微部，音韻地位相同，加上字義相同，符合同源詞的條件，類似情形尚見詞條「橋宕」（第十二 541-1）。例 9 與例 10 也是以同義爲前提，玄應記錄兩地方言詞的不同，例 9 是江南與北人對舉，江南言斗擻，二字上古韻部隸侯部，北人言氋氃，二字上古韻部歸屋部，上古侯部與屋部是陰入對轉關係，主元音相同，唯韻尾不同，侯部沒有韻尾，屋部以舌根塞音-k 收束，且南北方言詞的上古聲紐俱同，第一字斗、氋都是端紐，第二字擻、氃都是心紐，可見二詞上古音韻地位接近，當屬同源詞。例 10 則是東西方言詞對舉，同一事物，關西稱作訓侯，山東名之訓狐，山東等同關東，二詞差別在第二字，關西言「侯」，山東言「狐」，侯狐上古同屬匣紐，侯上古隸侯部，狐上古歸魚部，侯部與魚部皆爲陰聲韻部，主元音相近，是旁轉關係，也屬同源詞範疇，同樣是旁轉關係的方言詞尚見詞條「脛骨」（第十八 837-1）。

另一種方音型態是方言詞與通語上古韻遠，但二詞同義，中古聲母、主元音都相同，唯韻尾不同，此類不屬同源詞，卻有討論價值，書中僅二例，如下：

11、竿蔗：音干，下又作柘同，諸夜反。今蜀人謂之竿蔗，甘蔗通語耳。（第十四 654-5）

12、加趺：古遐反。爾雅加，重也。今取其義則交足坐也。除灾橫經毗婆沙等云結交趺坐是也。經文作踞文字所无。按俗典江南謂開膝坐爲跘跨，山東謂之甲趺，坐也。跘，音平患反。跨，音口瓜反。（第六 263-2）

例 11 竿蔗是蜀人使用的方言詞，通語言甘蔗，竿與甘上古韻遠，中古聲母同屬見母，韻母分是寒韻與談韻，主元音都是[a]，唯韻尾不同，竿音收舌尖鼻尾-n，甘音收雙唇鼻尾-m，相異處值得探究。例 12 甲趺是山東地區的方言詞，通語稱作加趺，甲與加上古韻遠，中古聲母同是見母，韻母分屬狎韻與麻韻，主元音俱爲[a]，狎韻以雙唇塞音-p 收束，麻韻沒有韻尾，是二者最顯著的差異。

·52·

以上所述玄應記錄方音的形式乃筆者篩揀音義書中方音語料的憑據，玄應記錄了哪些方音現象？造成方言間語音歧異的原因又是什麼？將集中於本論文第四章第二節深入考究。

第三章　玄應音系之確立

　　前賢主張玄應注音的依據大別二派說法，一是依據古籍徵引，以唐蘭、日本學者太田齋、黃淬伯爲代表，此說論証不足，有以偏概全之嫌，多數學者不採納。另一說法是主張玄應注音反映實際語音，此說爲學界主流。綜觀後者時音說的研究者考究玄應音系大致從四方面著手：其一，就長年駐錫京師長安推測，玄應所操語音屬當地方音或標準語，主張音系性質屬長安方音的以周法高早先說法與葛毅卿、王力爲代表，音系性質屬長安標準語則由周玟慧主張。其二，從史實看《切韻》，長安士大夫公認的標準音淵源於洛陽舊音，而玄應亦採此標準音自造反切，以周法高修正前說爲代表。其三，取玄應音義與音書、字書或音義書的音系相較，發現眾書基本音系一致，表示有一個共同的書音源頭，如徐時儀取音書《韻集》、《切韻》與字書《玉篇》比較玄應音義；黃坤堯取時代相當的音義書《經典釋文》與音書《切韻》參照玄應音義。其四，從音義書中行文用語推測，玄應注音依據非某地方音，而是當時讀書音，以董志翹爲代表。

　　筆者以爲，主張玄應注音爲徵引說與時音說的學者，其作法最大的不同在於主徵引者著眼玄應書中的釋文與反切進行比對；主時音者則利用反切系聯得出的音系比較其他古籍音系，或結合玄應生平背景來判斷。前者失在局部徵引不足代表全書注音的憑據，而後者疏於從注音本身考察玄應取音的傾向。試想玄應生平事蹟史載未詳，僅知其久居長安，但語音習成是否也在長安？語音習

成之所攸關個人語音基礎及其音系反映，而玄應注音的取向卻可能隨當時通語轉移，畢竟高僧編纂音義書爲求弘揚佛法，選擇通語當作注音依據乃人情之常，不過該通語是否恰爲高僧所操方音，就有待商榷了。鑑於此，筆者認爲玄應注音取向與玄應音系當分別討論，理由是前者易受當時通語左右，不一定代表高僧憑恃的方音，而後者才眞正足以指出高僧的語音基礎。底下先考察玄應注音的取向，再查索玄應語音基礎的可能範圍。

第一節　玄應注音的取向

　　玄應注音的取向爲何，其中是否有輕重主次，從玄應對同一字的注音與記音可以窺知一二。注音指玄應本身對該字的解讀，記音則是玄應憑恃自己的音系去記錄他地方音或俗音。玄應注音的取向可以透過兩方面詮釋：一是玄應注音與記音出現於同一詞條並注記同一字時，玄應注音與所記音讀不同，表玄應注音非該方音，如「厭人」（第一 29-2）條下玄應注「厭」音「於冉反」，影母琰韻，記山東音爲「於葉反」，影母葉韻，二者音韻地位不同，表示玄應注「厭」音不取山東音。二是玄應於一詞條的同一字記錄兩個方音，在不明玄應注音以何者爲主的情況下，另取他條同字的音切相互對照，若他條音切符合玄應所記其中一音，表玄應注音取向該方音，如「狗齩」（第一 51-7）條下玄應記「齩」的中國音爲「五狡反」，疑母巧韻，江南音爲「下狡反」，匣母巧韻。此條不明玄應注音以何地爲取向，另見「齩齧」（第九 422-6）條下玄應注「齩」音「五狡反」，對照上筆詞條的記音，知玄應注音以中國音爲主。下文分別以上述兩種方式先後檢視玄應注音的取向。

（一）玄應注音取向北方音

　　首先檢視同一詞條下玄應注音與所記方音的差別。語料來源以周法高先生編製索引的《玄應一切經音義》爲底本，出處欄「第八」指每頁左側版心所標卷數，「395」指頁面上欄天頭處所示的數碼，「5」表由數碼而下的第五個詞目。講述的主體字及玄應注音、所記方音的切語，均於下方畫線表示，下皆仿此，不復述。

詞目	內　　　容	出　處
耳鉋	蒲貌反。書无此字宜作掊、抱、抙三形同，<u>蒲交反</u>。今言掊，刮也，手把曰掊，<u>江南音平溝反，又平孝反</u>。	第八 395-5

玄應注培音「蒲交反」，記江南音爲「平溝反」與「平孝反」。玄應注音的音韻地位是「並母肴韻」，江南二音的音韻地位分別是「並母侯韻」與「並母效韻」。玄應注音與記音不同，知玄應不取江南音。另見「培發」（第四 205-6）、「如培」（第十二 540-1）、「培刮」（第十五 697-4）、「培水」（第十六 751-1）、「培汙」（第十六 753-3）、「培地」（第十九 876-2）等詞條下，玄應注的「培」音皆是並母肴韻，無一同江南音讀，更加突顯玄應注音的取向。

詞目	內　　容	出　　處
鼾睡	下旦反。《說文》臥息聲也。《字苑》呼干反。江南行此音。……	第十四 666-3

玄應注「鼾」音「下旦反」，記江南音爲「呼干反」，同古籍《字苑》音切。玄應注音的音韻地位是「匣母翰韻」，江南音的音韻地位是「曉母寒韻」。他處「鼾眠」（第十一 502-8）、「鼾聲」（第十七 811-3）、「鼾睡」（第十九 874-6）等詞條下，玄應注「鼾」音盡是匣母翰韻，無一江南音讀，可見玄應注音不取江南音。

詞目	內　　容	出　　處
園圃	補五反。江東音布二音。蒼頡解詁云種樹曰園，種菜曰圃也。詩云無踰我園。傳曰有樹也。又云折柳樊圃。傳曰菜圃也。皆其義矣。	第一 16-4

玄應注「圃」音「補五反」，記江東音「布」。注音的音韻地位是「幫母姥韻」，記音的音韻地位是「幫母暮韻」，二音不同，知玄應注音不取江東音。

詞目	內　　容	出　　處
明㲉	字書作殼同。口角反。吳會間音口木反，卵外堅也。案凡物皮皆曰殼是也。	第二 106-4

玄應注「㲉」音「口角反」，音韻地位是「溪母覺韻」，記吳會間音爲「口木反」音韻地位是「溪母屋一韻」。「吳會間」指吳郡與會稽之間，隸南土範疇，玄應注音與記音不同，說明玄應注音不取南方音，另見「成㲉」（第十 455-6）、「㲉出」（第十八 822-1）、「破㲉」（第二十二 985-4）、「卵㲉」（第二十三 1055-4）等詞條下，玄應注「㲉」音也都是「口角反」，其中出現玄應記吳會間「㲉」的音讀直音「哭」，「哭」的音韻地位同「口木反」，是同一音。

詞目	內　　容	出　　處
蟔蝨	補奚反。《說文》蟔，齧牛虫也。今牛馬雞狗皆有蟔也。下所乙反，齧人虫也，山東及會稽皆音色。	第十七 791-1

玄應注螽音「所乙反」，音韻地位是「生母質韻」；山東指函谷關以東，屬北音，會稽屬南音，恰山東與會稽的螽音皆爲「色」，音韻地位是「生母職韻」。玄應注音與記音不同，知注音不取山東與會稽音讀。

詞目	內　　容	出　處
厭人	於冉反，鬼名也。梵言烏蘇慢，此譯言厭。《字苑》云眠內不祥也。《蒼頡篇》云伏合人心曰厭，字從厂，厂音呼旱反，獸聲。山東音於葉反。	第一 29-2

玄應注「厭」音「於冉反」，記山東音爲「於葉反」。前者音韻地位爲「影母琰韻」，後者音韻地位爲「影母葉韻」。另見「厭禱」（第四 183-6）、「厭蠱」（第五 233-8）、「厭鬼」（第七 316-8）、「即厭」（第九 420-6）、「攘厭」（第十一 517-2）、「如厭」（第十六 750-4）等詞條下，玄應注「厭」音俱是影母琰韻，無一和山東音同，知玄應注音不取山東音。

以上玄應注音與所記方音都不相同，從玄應記錄的方音可知，方音地域遍布南北，南方包括江南、江東、會稽與吳會之間；北方則有函谷關以東的山東。倘若這樣推測：玄應注音與記音不同，記音若是南方音，表示玄應注音不取於南而取於北；記音若是北方音，表示玄應注音不取北而取南。由上述詞條內容可知，玄應記音多以南音爲主，唯「厭人」記錄的方音屬北音，表示玄應注音多取向北方音。

（二）玄應注音取向讀書音

其次檢視同一詞條下玄應注音與所記俗音的差別。此處俗音範圍涵蓋閭里間音、下里間音等不明何處的鄉間俗音；與標明何地的俗音，如江南俗音、江東俗音、山東田里間音；以及泛稱的「世俗間語」和未詳何地的「俗音」。

詞目	內　　容	出　處
胡荽	又作荾同，私佳反。《韻略》云胡荾，香菜也。《博物志》云張騫使西域得胡綏。今江南謂胡綏亦爲葫荽，音胡祈。閭里間音火孤反。	第十六 757-10

玄應注葫字直音「胡」，胡字在音義書中另見「戶孤反」（第一 54-1「垂胡」條），音韻地位爲「匣母模韻」；記閭里間音的葫音爲「火孤反」，音韻地位是「曉母模韻」，記音與注音差別在聲母清濁。玄應注音不取閭里間音，從另一詞條「香荽」（第二十四 1091-6）下注「葫」字亦直音「胡」，而不取閭里音當注音可證。

此處閭里間音所指何地，若從玄應行文觀之，「閭里間音」接在江南音之後，玄應標注的可能是江南地區閭里音讀，但玄應久居長安，編纂音義書也在長安，其熟稔長安當地閭里音並予以記錄也無不可能，為謹慎起見，尚不妄斷該閭里音屬何地音讀。

詞目	內　　　　　容	出　　處
疼痛	又作痋、胗二形同。<u>徒多反</u>。《聲類》作瘆，《說文》痋動痛也。<u>下里間音騰</u>。	第十四 648-1

玄應注疼音「徒多反」，音韻地位是「定母多韻」；記下里間直音「騰」，音韻地位為「定母登韻」，記音與注音都是一等韻，差在主元音不同。另見「疼痹」（第四 196-5）詞條下玄應注「疼」音亦是「徒多反」，不見下里間音，顯示玄應注音不取地方俗音。

詞目	內　　　　　容	出　　處
跢地	<u>丁賀反</u>。<u>江南俗音帶</u>，謂倒地也。	第十三 606-3

玄應注跢音「丁賀反」，音韻地位為「端母箇韻」；記江南俗音「帶」，音韻地位是「端母泰韻」，記音與注音差在韻母不同。玄應注音不取俗音，從另一詞條「垂頯」（第七 346-3）下注「跢」音為「都賀反」亦可證明。「都賀反」與「丁賀反」切語上字用字雖不同，聲類卻都是端母，實同音。

詞目	內　　　　　容	出　　處
日虹	<u>胡公反</u>。<u>江東俗音絳</u>。尒疋音義云雙出鮮盛者為雄，雄曰虹，暗者為雌，雌曰蜺，蜺或作霓，霓音五奚反。	第一 47-7

玄應注虹音「胡公反」，音韻地位是「匣母東一韻」；記江東俗音為「絳」，音韻地位「見母絳韻」，記音與注音聲、韻、調皆異。玄應注音不取俗音，從另外兩個詞條「白虹」（第四 205-1）與「青虹」（第十五 728-1）玄應獨注虹音為「胡公反」，而不取江東俗音「絳」亦可證明。

詞目	內　　　　　容	出　　處
一睫	說文作䀴，釋名作𥊐同。<u>子葉反</u>。目旁毛也。<u>山東田里間音子及反</u>。	第二十四 1117-4

玄應注睫音「子葉反」，音韻地位為「精母葉韻」，記山東田里間音「子及反」，音韻地位為「精母緝韻」，注音與記音都屬三等韻，差別在韻母的主元音

不同。玄應注音不取山東田里間音，尚可於「睫瞤」（第四 209-14）、「眼睫」（第十一 511-3）、「毛睫」（第十三 630-1）等詞條下，玄應注睫音盡取「子葉反」，得玄應注音不取俗音的證據。

詞目	內　　容	出　處
讇語	是鹽反，又音鹽，世俗間語耳。	第十九 875-3

玄應注讇音「是鹽反」，音韻地位「禪母鹽韻」；記世俗間語直音「鹽」，音韻地位「以母鹽韻」。另見「讇鞞」（第一 47-3）詞條下，玄應注讇音亦是「是鹽反」，不取俗音。

詞目	內　　容	出　處
色虹	胡公反。郭璞《尒雅音義》云虹雙出鮮盛者爲雌雄曰虹，暗者爲雌，雌曰蜺，蜺或作霓，霓音五奚反。俗音古巷反。青虹也。	第十九 865-6

玄應注虹音「胡公反」，音韻地位「匣母東一韻」；記俗音「古巷反」，音韻地位「見母絳韻」。注音與記音聲、韻、調都不相同。另見書中「白虹」（第四 205-1）、「青虹」（第十五 728-1）、「虹電」（第二十五 1133-4）等詞條，玄應注「虹」音俱爲「胡公反」，足說明玄應注音不取俗音。

詞目	內　　容	出　處
櫂子	徒角反。俗音徒格反。郭璞曰謂木无枝柯梢櫂長而煞者也。	第十五 689-9

玄應注櫂音「徒角反」，音韻地位「定母覺韻」；記俗音「徒格反」，音韻地位「定母陌韻」。注音與記音差別在韻母的主元音不同。至於俗音究竟指何地，不似前面「江南俗音」、「江東俗音」，於俗音前冠「某地」來得明確，若以玄應駐錫地推敲，可能指當地長安地區的俗音。

詞目	內　　容	出　處
茫怖	又作𦨸同。莫荒反。茫遽也。𦨸人晝夜作無日用月，無月用火，常思明，故從明或曰𦨸人思天曉，故字從明，下又作悑同，普故反，惶怖也。經文作怕，疋白反，憺怕也，此俗音普嫁反。	第十九 874-2

玄應注怕音「疋白反」，音韻地位「滂母陌韻」；記俗音「普嫁反」，音韻地位「滂母禡韻」。注音與記音差在韻母不同。另見「憺怕」（第六 285-3）詞條下玄應注怕音「匹白反」，與「疋白反」同音，知玄應注音不取俗音。

以上玄應注音與所記俗音均不相同，且檢視他處詞條的音切也無一取俗音當注音的依據，可以推測，玄應注音的取向當是與俗音相對的標準語或讀書音。然音義書中未標「俗音」的音切，很可能都據讀書音而注，包括玄應記錄的某地方音，可能指的就是該地的讀書音。由此亦得玄應注音的體例，玄應記音凡俗音者，當標明「俗音」或「某地俗音」等字樣，未標者，皆視作讀書音看待。

歸納上述語料考察的結果，玄應注音取向初步推測是以北方的讀書音為主，少見北方以外的讀書音。

（三）玄應注音取擇方音的情形

從同一詞條下，玄應對同一字注音與所記方音或俗音的現象觀之，玄應注音取向不為南方音、俗音，而是北方音與讀書音。另一種判別玄應注音取向的方式為：一詞條中，玄應於同一字記錄兩處方音，該詞條僅顯示玄應記錄的方音，卻不明玄應本身注音以何者為主，為確定玄應注音的依據，另取他條同字的音切相互對照，若他條音切符合玄應所記其中一音，表示玄應注音取向該方音。底下直以玄應注音取擇的方音當標目，先列玄應於同字記錄兩處方音的詞條，次列他條同字的音切為證，觀察玄應注音擇取方音的傾向。

1、玄應注音取關中音

音義書中出現玄應注音取關中音的有「齩、鞘、劈、髯」四個字例，其詞目、詞條內容與出處如下：

詞目	內　　　　容	出　處
狗齩	又作齞同，五狡反，關中音也。《說文》齞，齧骨也。《廣雅》齞，齧也。江南曰齩，下狡反。	第十八 820-1
齩齧	又作齞同，五狡反。《說文》齩，齧骨也。《廣雅》齞，齧也。	第九 422-6

由「狗齩」條下知玄應記「齩」關中音讀「五狡反」，音韻地位是「疑母巧韻」；江南音讀「下狡反」，音韻地位是「匣母巧韻」，二者差在聲母不同。與詞條「齩齧」下玄應注的「齩」音參看，得玄應注齩音同關中音，表示玄應本身讀「齩」音傾向關中音，而非江南音。其他詞條如「齩骨」（第十二 556-1）與「齞齒」（第十九 875-1），齩字音讀也盡注「五狡反」一音，不見江南音，再次印證玄應注齩音取的是關中音。

詞目	內　　　容	出　　處
刀鞘	《小爾雅》作鞘，諸書作削同。<u>思誚反</u>。《方言》劍削。關東謂之削，關西謂之鞞，音餅。《說文》削，刀鞞也。<u>江南音嘯，關中音笑也</u>。	第十七 775-1

此例玄應注音不假外求，詞條內即注「鞘」音「思誚反」，音韻地位「心母笑韻」；玄應又分別記江南「鞘」音爲「嘯」，關中「鞘」音爲「笑」，前者音韻地位是「心母嘯韻」，後者是「心母笑韻」，同玄應注音。由此可得，玄應注音取關中音。另見書中詞條「鞘中」（第十二 530-6）與「金鞘」（第二十 919-8），玄應注「鞘」音亦爲「思誚反」，更確定玄應注鞘音的傾向。

詞目	內　　　容	出　　處
跟劈	……《字林》<u>匹狄反</u>。破也。<u>關中行此音</u>。《說文音隱》<u>披厄反</u>，<u>江南通行二音</u>。	第十四 656-6
劈裂	<u>疋狄反</u>。《說文》劈，破也。《廣雅》劈，裂也，亦中分也。	第二 86-11

從詞條「跟劈」知玄應取古籍《字林》、《說文音隱》的音注分別表示關中、江南音，可見古籍反切在初唐玄應口中讀來是符合這兩地劈字讀音的。「匹狄反」音韻地位是「滂母錫韻」，「披厄反」音韻地位是「滂母麥韻」，關中音讀「匹狄反」一音，而江南音通行「匹狄反」與「披厄反」兩讀。玄應本身注音的取擇無法從詞條「跟劈」中的方言記音得知，另尋詞條「劈裂」求證。玄應於詞條「劈裂」下注「劈」音「疋狄反」，音韻地位同關中音，知玄應注音取關中音。書中尚有「直劈」（第四 196-8）與「不劈」（第十九 868-5），玄應注「劈」音皆同關中音，更加確定玄應注劈音取關中音。

詞目	內　　　容	出　　處
頿鬛	子移反，下又作頾同。<u>而甘反，江南行此音</u>。又如廉反，<u>關中行此音</u>。說文口上之須曰頿，下頰須毛也。經文作髭近字也。	第十九 877-2
黃鬛	如廉反。鬛，頰毛也。論文有作髯字也。	第九 419-9

玄應記鬛字江南音爲「而甘反」，音韻地位「日母談韻」；記關中音「如廉反」，音韻地位「日母鹽韻」。二者差在韻母不同。玄應注鬛音的取向，參詞條「黃鬛」下注鬛音爲「如廉反」，得玄應注音同關中音，即玄應注鬛音取關中音，不取江南音。

2、玄應注音取中國音

音義書中出現玄應注音取中國音的有「齩、鞘」二字，其詞目、詞條內容與出處如下：

詞目	內　　　　　容	出　　處
狗齩	又作齧齩同。五狡反，中國音也。又下狡反，江南音也。《說文》齩，齧也。……	第一 51-7
齩齧	又作齧齩同。五狡反。《說文》齩，齧骨也。《廣雅》齩，齧也。	第九 422-6

由詞條「狗齩」知玄應記中國「齩」讀「五狡反」，音韻地位「疑母巧韻」；記江南「齩」讀「下狡反」，音韻地位「匣母巧韻」。前文已述關中「齩」音「五狡反」，同中國音。前賢認爲這種中國音、關中音互見他處詞條，而使用同一切語標注字音的情形，說明中國與關中實同義，周法高主張此時關中同中國泛稱北方，葛毅卿以爲中國實指關中地區。〔註1〕筆者卻認爲中國、關中分指二地，前者地處關東中原地區，以東都洛陽爲核心；後者位居關西關中地區，以西京長安爲心臟。這可以通過前代佛教文學專著《洛陽伽藍記》、同時之人使用的地域名稱，以及當時洛陽、長安政經地位相當等三方面檢視，詳細論證參見前文（頁 15-17）。因此，解讀中國與關中的齩字切語互見，當指二地齩字同音，且從「齩齧」條下得玄應注「齩」音「五狡反」，同中國音，與前文合看，也同關中音，本條除了確定玄應注齩音取中國音外，也連帶指出玄應注齩音以北方音爲準。

詞目	內　　　　　容	出　　處
刀鞘	《小爾雅》作鞘，諸書作削同。思誚反。《說文》削，刀鞞也。《方言》劍削。關東謂之削，關西謂之鞞，音餠。江南音嘯，中國音笑。	第十四 679-5

本例玄應注音不假外求，玄應注「鞘」音「思誚反」，音韻地位「心母笑韻」，記江南音「嘯」，音韻地位「心母嘯韻」，記中國音「笑」，音韻地位「心母笑韻」，知玄應注音取中國音，與前文合看，中國「鞘」音同關中音讀，而中國、關中均隸北地，因此，本條除了說明玄應注鞘音取中國音外，亦道出玄應注鞘音以北方音爲準。

〔註1〕　詳周法高：〈從玄應音義考察唐初的語音〉，《學原》卷 2 期 3（1948 年），頁 45。以及葛毅卿著，李葆嘉理校：《隋唐音研究》（南京：南京師範大學出版社，2003年），頁 11。

3、玄應注音取山東音

音義書中出現玄應注音取山東音的有「銚、螫」二個字例，其詞目、詞條內容與出處如下：

詞目	內　　　　容	出　　處
須銚	古文鐎同。余招反。《廣雅》銷謂之銚。《說文》溫器也。似鬲上有鐶。山東行此音。又徒弔反，江南行此音。銚形似鎗而無腳，上加踞龍爲飾也。銷呼玄反。鬲音歷。	第十四 658-2
銚鑛	以招反。宜作焜煌，胡本反，下胡光反。《方言》焜，盛也。《蒼頡篇》煌，光也。言焜焜熾盛也。煌煌光明也。經文作銚，溫器名也。鑛非此義。	第七 345-5

由詞條「須銚」知玄應記「銚」山東音爲「余招反」，音韻地位「以母宵韻」，記「銚」江南音爲「徒弔反」，音韻地位「定母嘯韻」，二者聲、韻、調均不相同。該條無法得知玄應注音的取向，另尋詞條「銚鑛」求證。「銚鑛」下玄應注「銚」音「以招反」，音韻地位同山東音，顯然玄應注音取山東音，不取江南音。又詞條「鎗銚」（第十五 711-8）玄應注「銚」音「餘招反」，音韻地位亦同山東音，更加確定玄應注銚音的取向。

詞目	內　　　　容	出　　處
蜂螫	舒赤反。《說文》虫行毒也。關西行此音。又呼各反，山東行此音。蛆，知列反，東西通語也。	第二 70-5
蝮螫	芳六反，下呼各反。蝮有牙最毒，鼻上有針是也。	第七 308-13

由詞條「蜂螫」知玄應記「螫」的關西音爲「舒赤反」，音韻地位「書母昔韻」，記山東音爲「呼各反」，音韻地位「曉母鐸韻」。此條不足說明玄應注音的取向，另尋詞條「蝮螫」得玄應注「螫」音「呼各反」，同山東音讀，表示玄應注螫音取山東音。

4、玄應注音取北人音

音義書中出現玄應注音取北人音的僅「髀」一個字例，其詞目、詞條內容與出處如下：

詞目	內　　　　容	出　　處
柱髀	古文踔同，蒲米反，北人行此音。又必尒反，江南行此音。	第二 89-2
腓髀	扶非反。《字林》腓，腨也。《說文》腓，腨腸也。下蒲米反，股外也。	第五 238-115

由詞條「柱髀」知玄應記「髀」的北人音為「蒲米反」，音韻地位「並母薺韻」，記江南音為「必尒反」，音韻地位「幫母紙韻」，二者聲、韻不同。再透過詞條「腓髀」玄應注「髀」音「蒲米反」，與北人音同，得玄應注音取北人音，不取江南音。另見「髀踵」（第十二 554-9）、「踔骨」（第十二 570-3）、「髂髀」（第十九 874-5）等詞條下，玄應注「髀」音皆同北人音，更確定玄應注髀音的傾向。

5、玄應注音取江南音

音義書中出現玄應注音取江南音的字例有「簞、槩、欬、曬」四字，其詞目、詞條內容與出處如下：

詞目	內　　　容	出　處
八簞	市緣反，江南行此音。又上仙反，中國行此音。《說文》判竹圓以盛穀也。論文作簞音丹，笥也。一曰小筐也。簞非此用。	第十七 809-9
如簞	市緣反。《說文》判竹圓以盛穀者也。《蒼頡篇》簞，圓倉也。經文作簞音丹，竹器名也。簞非此義。	第四 214-2

由詞條「八簞」知玄應記「簞」的江南音為「市緣反」，音韻地位「禪母合口仙韻」，記中國音為「上仙反」，音韻地位「禪母開口仙韻」，二音差別在韻頭的開合。此條尚不足了解玄應注簞音的取向，透過另一詞條「如簞」，玄應注簞音為「市緣反」，同江南音，得玄應注簞音取江南音，不取中國音。另見「有簞」（第十二 532-8）、「簞上」（第十四 683-2）、「簞成」（第十六 748-6）、「食簞」（第二十 905-14）等詞條，玄應注「簞」皆同江南音，更加印證玄應注簞音的取向。

詞目	內　　　容	出　處
如槩	古代反。《蒼頡篇》槩，平斗斛木也。江南行此音。關中工內反。	第十七 808-4
敲敼	又作敲同。苦交反，下苦害、苦曷二反。《三蒼》敲敼，相擊也。經文作撓，奴飽反。槩，古代反。並非此用。	第五 248-10

由詞條「如槩」知玄應記「槩」的江南音為「古代反」，音韻地位「見母代韻」，記關中音為「工內反」，音韻地位「見母隊韻」，代韻與隊韻差別在介音開合，《廣韻》因韻頭開合不同而分立。再透過詞條「敲敼」下玄應注「槩」音「古代反」，同江南音，得玄應注槩音取江南音，不取關中音。另見詞條「不槩」（第九 409-4），玄應注「槩」音為「該礙反」，切語用字雖與「古代反」不同，實

同音，證明玄應注欬音取江南音。

詞目	內　　容	出　處
氣陳	宜作欬瘶。<u>欬音苦代反，江南行此音。又丘吏反，山東行此音</u>。下蘇豆反。《說文》瘶，逆氣也，上氣疾也。《蒼頡篇·齊部》謂瘶曰欬。論文作氣非也。	第十 471-2
<u>欬逆</u>	<u>枯戴反</u>。說文欬，逆氣也。《字林》欬，瘶也。經文多作咳，胡來反。咳謂嬰兒也。咳非今用。	第二 90-3

由詞條「氣陳」知玄應記「欬」的江南音為「苦代反」，音韻地位「溪母代韻」，記山東音為「丘吏反」，音韻地位「溪母志韻」，差別在韻母不同。此條不足了解玄應注「欬」音的傾向，另尋詞條「欬逆」，玄應注「欬」音「枯戴反」，切語用字雖與「苦代反」不同，實同音，得玄應注欬音取江南音。另見詞條「謦欬」（第六 292-11）與「欬瘶」（第十一 493-2），玄應注欬音皆同江南音，更確定玄應注欬音的取向。

詞目	內　　容	出　處
中曬	又作㬠。《方言》曬，暴也，乾物也。<u>郭璞音霜智反，北土行此音</u>。又<u>所隘反，江南行此音</u>。	第十四 649-5
暴曬	蒲卜反，下<u>所懈反</u>。《說文》暴，晞乾也。……	第一 56-7

由詞條「中曬」知玄應記「曬」的北土音同郭璞音注為「霜智反」，音韻地位「生母寘韻」，記江南音為「所隘反」，音韻地位「生母卦韻」，二音差別在韻母不同。玄應取《方言》中郭璞音注「霜智反」當作北土曬字音讀，表該反切在玄應讀來與當時北土曬音契合。此條尚不足掌握玄應注音的取向，須透過另一詞條「暴曬」了解。玄應於詞條「暴曬」下注「曬」音「所懈反」，切語用字雖與「所隘反」不同，實同音。得玄應注曬音取江南音，不取北土音。另見詞條「捵曬」（第十五 695-7）玄應注曬音亦同江南音，足證玄應注曬音的傾向。

以上共十三筆，1 至 4 代表玄應注音取向皆是北方音，凡九例，近全部的四分之三。其中又以玄應注音取關中音最多，佔四筆。玄應注音取江南音也佔四筆，不過與北方音相較，代表南方音的江南音顯然趨於小眾。將此結果與前文初步推測玄應注音取向為北方讀書音合看，便得到玄應注音取向是「以北方讀書音為主，尤以關中音為要」的結論。值得注意，玄應注音傾向關中讀書音，

不表示音義書中所見的注音盡屬關中讀書音，因為玄應標注字音也可能取北方的中國、山東音，或南方的江南音，只是比例較小。因此筆者認為，玄應注音有輕重主次，一般以讀書音為主，讀書音中又以北方關中音為主，其餘中國、山東，甚至南方江南音讀盡為從，顯示玄應注音之主從特點。

第二節　確立玄應韻系所屬的南北地域

玄應注音以關中地區的讀書音為主要取向，其他地區的讀書音為從，然玄應注音的取向能否宣告玄應所操音系即關中音？竊以為這樣貿然認定是可議的，因為高僧編纂音義書目的在弘法，求普羅大眾通曉佛典精義，其注音很可能受當時通語影響，玄應生處初唐，以關中的長安為國都，通語當是長安音，無怪玄應注音多取關中音。然而，玄應注音的取向能否說明玄應的語音基礎，必須透過音系性質加以檢驗。關於玄應音系性質的探求，筆者率先以玄應音系中的韻母系統作為考察對象，緣於前賢多視玄應音系性質屬長安音，取玄應音系與代表長安音的顏師古音系相較，發現二人聲系僅一處不同，而韻系至少五處歧異，顯然韻系的可比性高，但亦不能小看二人聲系間唯一的分歧處，因此，筆者查索玄應音系的地域範圍主要著眼於玄應韻系的語音特徵集中何地，再透過玄應聲系反映的語音特徵加以驗證自韻系檢視所得的結論。

韻目析合參考周法高〈玄應反切考〉的系聯結果，由於周氏操作過程謹嚴，對疑處又能詳加考證，研究成果值得信賴。為確定玄應音系是南是北，援時代相當的南北音系相互參照，南方取隋代曹憲《博雅音》音系，北方擇初唐顏師古《漢書註》音系，二者皆採董忠司系聯反切所得的韻系為底據，以免除非同一人操作，系聯標準不一造成的誤差。董氏主張曹憲、顏師古各自代表南、北讀書音，曹憲使用家鄉江都書音標注音讀，顏師古根據生長地長安書音自造反切，二者音系基礎莫不與成長處所聯繫。玄應韻系若與其一相近，不僅說明玄應韻系亦屬書音性質，也連帶指出玄應語音的地域屬性。底下先介紹南北語料的背景，再取南北韻系與玄應韻系比較。

（一）南北方音語料的概述

曹憲，揚州江都人，仕隋為祕書學士，唐太宗以弘文館學士召，不至，即

家拜朝散大夫。〔註2〕其生平新舊《唐書》均有載,但未記生卒年,唯《舊唐書》言其「年一百五歲卒」,〔註3〕時值貞觀年間(627～649)。據此線索推算,貞觀中曹憲以年老不仕弘文館學士一職,知貞觀初年曹憲尚在,假設貞觀末年(649)為曹憲卒年下限,其生年當不晚於公元544年,生平歷梁陳隋唐四朝。至於曹憲撰寫《博雅音》的成書時間,據《舊唐書》云:「憲又訓注張揖所撰《博雅》,分為十卷,煬帝令藏于祕閣。」〔註4〕知《博雅音》是曹憲為魏時張揖《博雅》所作的音注,成於煬帝在位時,當在煬帝年號大業元年(605)至十四年(618)之間完書。而玄應音義成書時間與玄應卒年相當,約莫龍朔元年(661),較曹憲《博雅音》晚五十年上下。若進一步探究《博雅音》之音系基礎,董忠司從二方面觀之,其一:曹憲注音體例出現「口音」、「正音」字樣,前者指江都話音,後者指當時標準音。據董氏觀察,《博雅音》絕大多數未明口音、正音的反切,與口音較遠,但亦非正音。其二:當時朝廷、讀書鮮用口語音,曹憲仕隋,又聚徒教授,公卿多從之遊,所操語言應是當時書音。綜括二者,董氏認為曹憲所採音切,蓋為當時江都之書音。〔註5〕丁鋒於《《博雅音》音系研究》一書亦從二方面推測《博雅音》之音系基礎。其一:就音系內部聲、韻觀之,接近《玉篇》、《經典釋文》,具備當時南方方言的特徵。其二:從史實推測,《博雅音》成於大業年間,而史書記載曹憲隋時事蹟,全發生在隋煬帝時。倘若大業元年(605)曹憲入京,時年逾六十,隨後寫下的《博雅音》能及時迅速反映京都長安音,是難以想像的。進而結論,《博雅音》應是記錄曹憲自己數十年來習用的江淮語音。〔註6〕江淮語音即江都音,筆者採董忠司說法,將《博雅音》視作江都書音,以檢視玄應音系。

顏師古,名籀,京兆萬年人,齊黃門侍郎顏之推孫也。生平新舊《唐書》皆載,但未記生年,不過從《舊唐書》云師古貞觀十九年(645)從駕東巡,道病

〔註2〕 〔宋〕歐陽修、宋祁撰:《新唐書》(台北:鼎文書局,1976年),卷198,頁5640。

〔註3〕 〔後晉〕劉昫等撰:《舊唐書》(台北:鼎文書局,1976年),卷189上,頁4946。

〔註4〕 〔後晉〕劉昫等撰:《舊唐書》(台北:鼎文書局,1976年),卷189上,頁4945～4946。

〔註5〕 董忠司:《曹憲博雅音之研究》(台北:政治大學中國文學研究所碩士論文,1973年),頁614～618。

〔註6〕 丁鋒:《《博雅音》音系研究》(北京:北京大學出版社,1995年),頁113～114。

卒，年六十五，〔註7〕可推得師古生於公元 581 年，時隋文帝開皇元年。仁壽元年（601）授安養尉，次年尋坐事免歸長安，十年不得調，家貧，以教授爲業。唐高祖入關，授朝散大夫，累遷中書舍人。太宗踐祚，擢拜中書侍郎，俄詔師古於祕書省考定五經，多所釐正，頒於天下。貞觀七年，拜祕書少監，專典刊正，古篇奇字世所惑者，必暢本源。貞觀十一年（637）東宮承乾命師古注班固《漢書》，至十五年（641）《漢書註》成，〔註8〕較玄應音義成書時間早二十年。據羅香林《顏師古年譜》載，師古生於長安，二十一歲嘗授安養尉，次年免歸長安，一生六十五年間除授官安養之外，幾乎未久離長安，鍾兆華於〈顏師古反切考略〉一文，便是以師古生長地與當時政經中心判斷其注音依據爲關中方言。〔註9〕因此，《漢書註》的音系基礎當是長安地區語音無誤。而董忠司更從師古古今方俗的音韻觀、音系頗合《家訓》所稱的北人音，以及師古音注多見引於唐代他家音義書等三面向來看，主張師古音系殆爲「關中長安音」與「當時行用之標準讀書音」，〔註10〕意即師古所操語音爲關中讀書音，筆者採董氏說法以檢視玄應音系。

（二）玄應韻系與曹憲、顏師古韻系的異同

　　玄應韻系之韻目分合採周法高〈玄應反切考〉系聯反切所得的研究成果，參照的南北書音均援與玄應時代相當的隋代曹憲江都音和初唐顏師古關中音，二者都據董忠司研究《博雅音》、《漢書註》的韻系成果，董氏作法除了同周法高兼採反切系聯與考證之外，尚重系聯前考究字義，義若齟齬，不逕以系聯，〔註11〕與反切比較法以字義相同爲前提方進行比較的立意相同，〔註12〕其研究

〔註7〕　〔後晉〕劉昫等撰：《舊唐書》（台北：鼎文書局，1976 年），卷 73，頁 2595。

〔註8〕　師古生平詳參《舊唐書·顏籀傳》卷 73、《新唐書·顏師古傳》卷 198 與羅香林：《顏師古年譜》（台北：台灣商務印書館，1972 年）。

〔註9〕　鍾兆華：〈顏師古反切考略〉，《古漢語研究論文集》（北京：北京出版社，1982 年），頁 48～49。

〔註10〕董忠司：《七世紀中葉漢語之讀書音與方俗音》（台北：台灣省政府教育廳，1988 年），頁 32～33。

〔註11〕董忠司：《七世紀中葉漢語之讀書音與方俗音》（台北：台灣省政府教育廳，1988 年），頁 2。

〔註12〕反切比較法之相關論述詳見陳亞川：〈反切比較法例說〉，《中國語文》第 2 期（1986 年），頁 143～147。該文提出字形、字義、字音三方面的比較條件，並有操作方法

結果更爲謹嚴，值得取資。況援引同一人的研究成果，可避免非同一人操作，系聯標準不同而造成的誤差。

　　研究者韻目名稱之決定，玄應音義書與《博雅音》沿襲《廣韻》舊目，《漢書註》則取切下字使用頻率最高者擔任，唯兩處例外，如支脂之三韻的開口字合併爲「夷韻」，「夷」字是脂韻使用頻率次高的切下字，凡 12 次，最高是「私」字，凡 13 次，但不及三韻中使用頻率最高的支韻「宜」字，凡 36 次。董氏不取宜字爲韻目，而用夷字，合口的支脂併韻亦是如此，取脂韻合口字使用頻率最高的「追」字，凡 28 次，而不用更頻繁的支韻合口「規」字，凡 34 次。〔註13〕類似情形另見覃談二韻合併用「含」字表示，含字是覃韻字，當切下字出現 7 次，不及談韻「甘」字使用 13 次，卻以「含」當韻目。〔註14〕底下韻目析合的比較皆舉平以賅上去入，唯《漢書註》韻目出現應取平聲字卻以上聲「儼」字對應《廣韻》嚴韻，以及用去聲「汎」字對應《廣韻》凡韻的兩處特例，乃因《漢書註》無使用平聲嚴韻字當切下字，亦無平聲凡韻、上聲范韻字當切下字，董氏變通各取上聲、去聲字替代。〔註15〕爲求論述方便與版面整齊，標目大別陰聲韻、陽聲韻，入聲韻納入陽聲韻範疇，陰聲韻再依元音韻尾之有無二分，陽聲韻據韻尾之發音部位雙唇、舌尖、舌根分列三個細目討論。

1、玄應韻系與曹憲、顏師古韻系陰聲韻的比較

　　爲求講述清楚，陰聲韻據元音韻尾之有無分別介紹。表格首列韻尾性質，首欄依照《博雅音》、《漢書註》、《一切經音義》成書先後由上而下排列，其他縱橫交織的方格內，上位明韻目名稱，下位是韻目的開合等第，如「開一」，指開口一等韻。若方格內出現「○」記號，表韻系中有此韻，只是書中未出現該

示例，論述甚是詳盡。耿振生則以爲此方法研究材料不限反切，其中亦囊括直音，於是將原稱「反切比較法」易名爲「音注類比法」。詳耿振生：《20 世紀漢語音韻學方法論》（北京：北京大學出版社，2004 年），頁 48。

〔註13〕董忠司：《七世紀中葉漢語之讀書音與方俗音》（台北：台灣省政府教育廳，1988 年），頁 6。

〔註14〕董忠司：《七世紀中葉漢語之讀書音與方俗音》（台北：台灣省政府教育廳，1988 年），頁 15。

〔註15〕董忠司：《七世紀中葉漢語之讀書音與方俗音》（台北：台灣省政府教育廳，1988 年），頁 16。

韻的被注字，無以憑據替韻目定名。

表 3-1　曹憲、顏師古、玄應韻系果假遇三攝的比較

韻尾性質 撰者、書名	無 元 音 韻 尾 的 陰 聲 韻						
曹憲《博雅音》	歌 開一合一	○	麻 開二合二	麻 開三	魚 開三	虞 合三	模 合一
顏師古《漢書註》	何 戈 開一合一	○	加 瓜 開二合二	奢 開三	余 開三	于 合三	胡 合一
玄應《一切經音義》	歌 戈 開一合一	戈 開三	麻 開二合二	麻 開三	魚 開三	虞 合三	模 合一

　　表格內的韻目以平聲賅上去，曹憲、玄應的韻目名稱從《廣韻》舊目，顏師古的韻目定名則取切下字使用頻率最高者，以上均準照周法高、董忠司的韻目定名與分類。研究者是否因介音開合不同而分立韻目，並不影響我們觀察該韻系韻目的析合，如曹憲韻系歌韻不因開合分立韻目，餘二韻系皆因開合而分，這不表示曹憲音系的歌韻與其他二韻系有何不同。事實上，無論韻目分立與否，該韻內容若屬開合對立，分者更明其對立性，不分者也不足抹煞其對立內涵，即韻目是否據開合分立，無法成為比較三個韻系韻目析合的參考，充其量說明研究者為韻目定名的習慣，如周法高完全遵照《廣韻》韻目名稱，而董忠司定名《漢書註》的韻目，逢開合口必各自立名，如上表「何、戈」與「加、瓜」，都因開合不同而各立名目。綜觀上表，曹憲、顏師古、玄應三人所操音系中「無元音韻尾的陰聲韻」韻目分合呈現一致，無特殊併韻或析韻現象。

　　接續觀察「有元音韻尾的陰聲韻」。由於該部分涵蓋韻目多，先別出蟹攝所含韻目進行比較，再觀察止、效、流三攝情形。蟹攝於三個韻系的分合如下：

表 3-2　曹憲、顏師古、玄應韻系蟹攝的比較

韻尾性質 撰者、書名	有 元 音 韻 尾 的 陰 聲 韻						
曹憲《博雅音》	哈 開一	灰 合一	泰 開一合一	佳 開二合二	皆 開二合二	祭 開三合三	齊 開四合四
顏師古《漢書註》	來 開一	回 合一	大 外 開一合一	佳 媧 開二合二	皆 怪 開二合二	例 銳 開三合三	奚 圭 開四合四
玄應《一切經音義》	哈 開一	灰 合一	泰 開一合一	佳 開二合二	皆夬 開二合二	祭 開三合三	齊 開四合四

　　表中 皆夬 指二韻合併，即皆韻去聲怪韻與夬韻的開口字合併，合口字亦合併。逢獨立的去聲韻目「祭、泰、夬」三韻，曹憲、玄應的韻目均從《廣韻》，唯曹憲將夬韻併入怪韻，以平聲皆韻表示；顏師古的韻目亦採去聲字表示獨立的去聲三韻，若遇開合對立者，依照通例分立去聲韻目，如「大、外」，分別對應《廣韻》泰韻的開口與合口。下文另一去聲廢韻的韻目定名悉仿上述。由上表可得，除開合口是否分立韻目外，三人韻系於蟹攝韻目分合一致，無特殊的析併。值得一提，周法高於〈玄應反切考〉一文認爲「怪夬韻開口秩然可別，合口則混淆不分」，[註16]將開口的怪夬分列二類，合口則併爲一類，其判定依據是「芥」字的歸屬，周氏云：

> 《廣韻》芥入怪韻。我起初認爲可能玄應怪夬開口也不分，不過偶爾不能系聯，後來查知故宮項跋、宋跋《王韻》、敦煌《王韻》、《唐韻》，芥字歸入夬韻；這樣便和玄應的分成兩類吻合，可證《廣韻》芥入怪（原文誤植「夬」，引者更正）韻爲誤收。[註17]

其後鍾兆華於〈顏師古反切考略〉一文提及，周氏說法不一定可靠，並另舉與芥字有關的六個字，援宋跋《切韻》、項跋《切韻》、蔣跋《唐韻》、《廣韻》等四種本子交互比對，得除宋跋本夬怪之間沒有瓜葛外，餘三本都有一些牽連，可以說夬怪兩韻非常接近，甚至已經混同。因而認爲《廣韻》「芥」入怪韻不一定是誤，可能是語音實際的反映。[註18]鍾氏傾向主張怪、夬韻開口字混同爲一類。然周法高繼鍾氏之後又發表〈玄應反切再論〉，文中更易早先說法，將開口的怪夬韻合併，仿照合口韻處理，[註19]可能是受鍾氏觀點影響，而上表所列是周氏修正後的結論，據此檢視三韻系皆夬兩韻的分合，知三者都是皆夬併韻，即怪夬開口字合併，怪夬合口字合併。

　　最後檢視止、效、流三攝陰聲韻於三韻系中的分合，如下表所示：

〔註16〕周法高：〈玄應反切考〉，1948 年重訂於南京，《歷史語言研究所集刊》第 20 冊上冊（北京：中華書局，1987 年），頁 408。

〔註17〕周法高：〈玄應反切考〉，1948 年重訂於南京，《歷史語言研究所集刊》第 20 冊上冊（北京：中華書局，1987 年），頁 375。

〔註18〕鍾兆華：〈顏師古反切考略〉，《古漢語研究論文集》（北京：北京出版社，1982 年），頁 34～35。

〔註19〕周法高：〈玄應反切再論〉，《大陸雜誌》卷 69 期 5（1984 年 11 月），頁 202。

表3-3　曹憲、顏師古、玄應韻系止效流三攝的比較

韻尾性質 撰者、書名	有　元　音　韻　尾　的　陰　聲　韻								
曹憲 《博雅音》	廢 開三合三	支 開三合三		微 開三合三	豪 一	肴 二	蕭		尤 三	侯 一
顏師古 《漢書註》	乂　穢 開三合三	夷　追 開三合三		依非 開三合三	高 一	交 二	遙 三	堯 四	由 三	侯 一
玄應 《一切經音義》	○　廢 開三合三	支 開三合三	脂之 開三合三	微 開三合三	豪 一	肴 二	宵 三	蕭 四	尤幽 三	侯 一

　　上表「○」表示玄應韻系有廢韻開口，只是《一切經音義》未見此類被切字或切下字。脂之表脂之韻開口字合併，合口字唯脂韻字，之韻無合口。尤幽指二韻合併，曹憲、顏師古的韻目都用一字表示，意義同此。處理玄應併韻，均以□表示，是為了保留周法高沿用《廣韻》舊目當玄應韻目，遇併韻時則兩韻並寫。為求併韻關係能在表格中突顯，筆者另加□表示。由上表可知，曹憲、顏師古的支脂之三韻合併，曹憲韻目以「支」字表示支脂之開口字與支脂合口字；顏師古的韻目則開合分立為夷韻與追韻，實與曹憲支韻內涵相同。獨玄應支脂之三韻分合不同，支韻與脂之二韻有別，而脂之混同，此現象唯玄應韻系特有，必須留意。再者，效攝三等宵韻與四等蕭韻在玄應、顏師古韻系中都從分，獨曹憲從合。曹憲音系代表南音，顏師古音系代表北音，說明南音效攝三、四等韻有合併現象。而丁鋒於《《博雅音》音系研究》一書中，對於宵蕭分合有不同看法。丁氏以反切比較法處理語料，拿曹憲反切與《廣韻》相較，得蕭宵兩韻在《博雅音》中混切8次，蕭韻自切73次，宵韻自切91次，混切佔總切數的比例為5.2，比例不高，仍視作對立。〔註20〕董忠司的看法則是：

> 至於宵韻，自系聯法上，似不能證其與蕭肴豪三韻之分合，而彼韻
> 之字，參之《廣韻》，與蕭韻通湊最多，如下一表（引者表略）表中
> 蕭宵相湊者九次，較宵肴之相湊為多，可見宵韻極近於蕭，或幾乎
> 可謂為宵蕭不分。〔註21〕

〔註20〕丁鋒：《《博雅音》音系研究》（北京：北京大學出版社，1995年），頁60。

〔註21〕董忠司：《曹憲博雅音之研究》（台北：政治大學中國文學研究所碩士論文，1973
　　　　年），頁445。

所謂「通淆」，指曹憲反切與《廣韻》相較，切下字宵、蕭韻混用的現象稱之。由引文知，董氏先後探反切系聯法與比較法檢視宵蕭二韻的關係。於此之後，更參酌于安瀾《漢魏六朝韻譜》與王力〈南北朝詩人用韻考〉中的說法，贊同前賢主張齊梁以後蕭宵合用，肴豪各自獨用。〔註 22〕相形之下，董氏論證曹憲韻系蕭宵併韻的過程較丁氏更謹嚴周全，筆者採董氏論證結果，將曹憲效攝三、四等韻視作併韻處理，以下他攝逢三、四等韻的分合釐定，完全依循董忠司研究結果，不另作說明。

2、玄應韻系與曹憲、顏師古韻系陽聲韻的比較

陽聲韻涵蓋韻目眾多，下文根據韻尾發音部位之不同，按雙唇、舌尖、舌根鼻尾等次第，分段觀察三韻系陽聲韻的分合。入聲韻同陽聲韻齊併討論，因此表格內韻目名稱舉平以賅上去入。

表 3-4　曹憲、顏師古、玄應韻系咸深二攝的比較

撰者、書名 ＼ 韻尾性質	雙　唇　鼻　音　m　收　尾　的　陽　聲　韻						
曹憲《博雅音》	覃 一	咸 二	嚴 三		鹽		侵 三
顏師古《漢書註》	含 一	咸 二	儉 開三	汎 合三	廉 三	兼 四	林 三
玄應《一切經音義》	覃 一	談 一	咸銜 二	嚴凡 三	鹽 三	添 四	侵 三

從表中察得，曹憲於咸攝內同等第的韻目多合併，如一等韻覃、談併為覃韻，二等韻咸、銜併為咸韻；三等韻嚴凡則因字少混用頻繁而併韻，〔註 23〕於《廣韻》中是開合不同而分立韻目，不屬於同攝內同等第、同開合的重韻關係。相較顏師古與玄應，前者一等重韻合併為含韻，二等重韻合併為咸韻，與曹憲同。然顏師古三等韻開合依舊分立，因《漢書註》缺乏嚴韻平聲字當切下字，

〔註22〕詳于安瀾：《漢魏六朝韻譜》（鄭州：河南人民出版社，1989 年），頁 13。以及王力：〈南北朝詩人用韻考〉，原載《清華學報》卷 11 期 3（1936 年），今錄《王力語言學論文集》（北京：商務印書館，2000 年），頁 23。

〔註23〕董忠司：《曹憲博雅音之研究》（台北：政治大學中國文學研究所碩士論文，1973 年），頁 533。

取上聲「儉」字替代，無凡韻平、上聲字當切下字，便以去聲「汎」字表示，此乃董忠司變通作法。玄應一等重韻仍分立覃、談，二等重韻咸銜則併爲一韻，三等韻嚴凡亦合併，同曹憲。至於咸攝三等鹽韻與四等添韻的分合，顏師古、玄應均從分，唯曹憲三四等併爲鹽韻。曹憲代表南方江都書音，繼宵蕭合併之後，又一例說明南音於同攝三、四等韻有合併的趨勢。

　　以雙唇鼻音收尾的陽聲韻比較完畢後，接續觀察韻尾屬舌尖鼻音的陽聲韻，於曹憲、顏師古、玄應三個韻系中呈現的分合情形。

表 3-5　曹憲、顏師古、玄應韻系山臻二攝的比較

撰者、書名 ＼ 韻尾性質	舌 尖 鼻 音 n 收 尾 的 陽 聲 韻									
曹憲《博雅音》	寒 開一合一	刪 開二合二	先		元 開三合三	痕 開一	魂 合一	文 合三	眞 開三合三	
顏師古《漢書註》	安官 開一合一	姦頑 開二合二	連全 開三合三	千玄 開四合四	言元 開三合三	恩 開一	門 合一	云 合三	斤 開三	人 開三	旬 合三
玄應《一切經音義》	寒桓 開一合一	刪山 開二合二	仙 開三合三	先 開四合四	元 開三合三	痕 開一	魂 合一	文 合三	欣 開三	眞臻 開三合三	諄 合三

　　上表 刪山 表示二韻合併，刪山開口併爲一韻，刪山合口併爲一韻。此處取周法高 1984 年〈玄應反切再論〉的說法，早先 1948 年於〈玄應反切考〉認爲「刪、山開合口皆可分」與「諫、襉開合口切語下字不混」，[註24] 即平聲刪韻開口字與山韻開口字不混，刪韻合口字與山韻合口字二分，去聲諫、襉亦然，不似上聲潸韻開口字與產韻開口字混同，入聲黠韻開口字與鎋韻開口字亦混。至 1984 年，周法高於〈玄應反切再論〉一文中修正爲刪和山合併，即刪韻、山韻開口字合併，二韻合口字亦合併，刪山相承之韻均仿此。[註25] 筆者從修正過的後說，將刪山與其相承韻皆視作合併處理。知曹憲、顏師古、玄應韻系中的二等重韻刪山都是合併。山攝三等仙韻與四等先韻在顏師古、玄應均分立，

〔註24〕周法高：〈玄應反切考〉，1948 年重訂於南京，《歷史語言研究所集刊》第 20 冊上冊（北京：中華書局，1987 年），頁 426。

〔註25〕周法高：〈玄應反切再論〉，《大陸雜誌》卷 69 期 5（1984 年 11 月），頁 202。

顏師古甚至因開合不同而分立韻目。唯曹憲仙、先韻合併，曹憲代表南音，顏師古代表北音，由此知南北分韻歧異處：北音同攝三、四等韻分立，南音同攝三、四等韻合併，玄應於效攝、咸攝、山攝等三攝的三、四等韻皆從北音顏師古而分，似說明玄應音系傾向北音性質。

分韻中最特殊的莫過玄應韻系出現眞韻開合對立情形。一般韻圖將眞韻視作開口韻，諄韻當成與眞韻對立的合口韻，然周法高何以讓玄應韻部除了具有合口諄韻之外，尚出現眞韻開合對立？必須從周氏操作原則探究。周氏於〈玄應反切考〉依序列出「眞臻開口 A 類」、「開口 B 類」、「合口 B 類」、「軫韻開口」、「合口 B 類」、「震韻」、「質櫛韻」。〔註26〕已知眞、臻兩韻開口字合併，眞韻、軫韻都有重紐，分成 A、B 類，周氏 A 類指唇牙喉音字列在韻圖四等者，包括喉音以母字；B 類指唇牙喉音字列在韻圖三等者，包括喉音云母字。此處僅探討眞韻及其相承韻在玄應韻系中何以有合口字，故鎖定周氏列出平聲、上聲「合口 B 類」的被切字與切下字探究，開口字不在此列。首先檢視眞韻合口 B 類的唯一例字「䫞」，玄應作切為「於貧反」，〔註27〕切語下字「貧」隸唇音眞韻開口 B 類，由於唇音字當切下字無法決定被切字的開合，周法高僅取「貧」字屬眞韻 B 類的性質，合口屬性則由被切字「䫞」決定，「䫞」歸入《廣韻》眞韻，因而眞韻有開口字與合口字。同理，軫韻合口 B 類的二個例字，其一「殞」字，玄應作切「為愍反」與「于愍反」，〔註28〕二切音韻地位相同，屬同音。切語下字「愍」是唇音軫韻開口 B 類字，無法決定被切字開合，僅取其軫韻 B 類性質，合口性質由被切字「殞」決定，「殞」列於《廣韻》軫韻，因此軫韻有開合對立情形。其二，愍字在玄應音義中亦當被切字，玄應作切為「眉殞反」，〔註29〕由於被切字屬唇音字，切下字開合無法決定唇音字開合，若據周氏操作原則，僅取切下字

〔註26〕周法高：〈玄應反切考〉，1948 年重訂於南京，《歷史語言研究所集刊》第 20 冊上冊（北京：中華書局，1987 年），頁 431。

〔註27〕周法高：〈玄應反切考〉，1948 年重訂於南京，《歷史語言研究所集刊》第 20 冊上冊（北京：中華書局，1987 年），頁 431。

〔註28〕周法高：〈玄應反切考〉，1948 年重訂於南京，《歷史語言研究所集刊》第 20 冊上冊（北京：中華書局，1987 年），頁 431。

〔註29〕周法高：〈玄應反切考〉，1948 年重訂於南京，《歷史語言研究所集刊》第 20 冊上冊（北京：中華書局，1987 年），頁 431。

「䫝」軫韻 B 類的性質，再視被切字「愍」的開合屬性，決定愍字為軫韻開口 B 類才是，但周氏卻將「愍」字歸入軫韻合口 B 類。推究緣由，可能是殞、愍二字互作切下字而系聯成一類，但此等就「殞」字合口性質，捨「愍」字開口屬性的作法是否恰當？周氏將真、軫兩韻視作開合對立，顯然取決於「䫝」、「殞」在韻書中的歸字，二字以合口之姿分別歸入真韻、軫韻，加上二字在玄應書中無法和諄韻、準韻系聯成一類，更有理由說明玄應韻系真韻合口與諄韻分立，這是最嚴謹的作法。但真韻是否有開合對立的必要？倘若據龍宇純《韻鏡校注》的歸字方法，將十七圖真韻及其相承韻的合口字盡歸十八圖諄韻及其相承韻，䫝、殞都將轉入十八圖，〔註30〕則十七圖僅具開口性質，無合口存在，即玄應「䫝」字入諄韻合口 B 類，「殞」字入準韻合口 B 類，「愍」字入軫韻開口 B 類，不因與殞字系聯而失卻開口屬性。顏師古音注沒有以䫝、殞作被切字或切下字，真韻及其相承韻的用字盡是開口字，因此無開合對立的問題，董忠司將《廣韻》真韻、臻韻開口字以「人」韻表示，諄韻合口字以「旬」韻表示。

　　周法高於 1984 年〈玄應反切再論〉仍堅持真韻開合對立，〔註31〕筆者尊重周氏操作原則，於表格內呈現真韻開合對立，不過，真韻是否必須開合對立，筆者較偏向龍宇純將合口真韻字列入諄韻的作法，真韻僅開口性質，合口性質歸諄韻，如此，《廣韻》真臻諄三韻在顏師古與玄應韻系的分合便一致是真臻併韻屬開口字，諄韻屬合口字，前者顏氏以「人」字表韻目，後者以「旬」字表示。相較曹憲真韻，涵括《廣韻》欣真臻諄四韻，所併韻目比顏師古、玄應為多，顯示南北音的差異。

　　最後檢視舌根鼻音收尾的陽聲韻，包括韻攝有江、宕、梗、曾、通等五攝。首先觀察前三攝於曹憲、顏師古、玄應韻系中的分合。

表 3-6　曹憲、顏師古、玄應韻系江宕梗三攝的比較

韻尾性質 撰者、書名	舌　根　鼻　音　ŋ　收　尾　的　陽　聲　韻							
曹憲 《博雅音》	江 二	唐 開一合一	陽 開三合三	庚 開二合二	耕 開二合二	庚 開三合三	清 開三合三	青 開四合四

〔註30〕龍宇純：《韻鏡校注》（台北：藝文印書館，1974 年），頁 125。

〔註31〕周法高：〈玄應反切再論〉，《大陸雜誌》卷 69 期 5（1984 年 11 月），頁 209。

顏師古《漢書註》	江 二	郎 光 開一合一	羊 方 開三合三	衡 宏 開二合二	成 營 開三合三	丁 熒 開四合四
玄應《一切經音義》	江 二	唐 開一合一	陽 開三合三	庚耕 開二合二	庚 開三合三 清 開三合三	青 開四合四

上表陽唐、二等重韻庚耕、庚三清青等三組韻目間的虛線,完全遵照董忠司繪製的「顏師古與諸家反切韻類比較表」中的繪法。〔註 32〕董氏於《曹憲博雅音之研究》論述陽唐二韻的關係,他說:

> 陽唐二韻實有通淆,然其例不甚多,不足以確定二韻之合一。苟取
> 博雅音與陽唐相承之入聲藥鐸二韻觀之,藥鐸二韻可以系聯之證有
> 二,通淆之例有四,疑陽唐與藥鐸同,當歸併爲一類。〔註 33〕

所謂「通淆」,指曹憲所作切語的音韻地位與《廣韻》不符,如被切字「軮」,曹憲注音「烏郎」,比對《廣韻》軮字反切「於兩切」,二個反切的切語上字同屬影母,切語下字分屬唐韻與陽韻的開口字,此即陽唐通淆。丁鋒將其稱爲「混切」,指軮字在《廣韻》隸陽韻,於曹憲注音中卻以唐韻作切下字,表示陽唐二韻在曹憲韻系趨向混用,因而發生混用作切的情形。〔註 34〕無論通淆或混切,究其內涵實同,僅名目不同,學者均視其比例高低決定韻目的析併。董忠司就陽唐通淆比例低,認爲二韻當分,但考量二韻的入聲足以合併,又不得不思索相承韻的析合可能趨於一致,在分與合之間抉擇,董氏便以虛線表達陽唐之間不確定的析合關係。丁鋒於《《博雅音》音系研究》列舉陽唐混切字例,仍依據一、三等的區別分立陽、唐。〔註 35〕顏師古、玄應都依等第不同而分立陽唐,董氏更因開合不同分立顏師古韻系的韻目。至於庚耕清青四韻的分合,董忠司從諸韻通淆情形知「庚與耕清近,清與青近」,〔註 36〕看似四韻當合,若據分析

〔註 32〕董忠司:《顏師古所作音切之研究》(台北:政治大學中國文學研究所博士論文,1978 年),頁 524。

〔註 33〕董忠司:《曹憲博雅音之研究》(台北:政治大學中國文學研究所碩士論文,1973 年),頁 510。

〔註 34〕丁鋒無特別解釋何謂「混切」,然「混切」一詞在丁書《博雅音》音系研究》頻見,首見於書頁 8,說明輕唇音混用情形。詳丁鋒:《《博雅音》音系研究》(北京:北京大學出版社,1995 年),頁 8。

〔註 35〕詳丁鋒:《《博雅音》音系研究》(北京:北京大學出版社,1995 年),頁 62、64、91。

〔註 36〕董忠司:《曹憲博雅音之研究》(台北:政治大學中國文學研究所碩士論文,1973

條例檢視，四韻又當分。分析條例的根據是「二音並舉必不同音」，如博雅音卷一釋詁：「怦，普衡、普耕。」怦字二切的切上字相同，切下字「衡」屬庚韻，「耕」隸耕韻，同音不應注兩切語，兩切語並舉表讀音有別，故庚、耕當分。又卷八釋器：「桯，餘征、餘經二音，又呈。」桯字二音的切上字相同，切下字「征」屬清韻，「經」隸青韻，二切於桯字底下並舉，讀音當不同，故清、青二韻應分。〔註37〕由是可知，庚耕清青四韻雖近，據分析條例又當分別，董氏以虛線表明其間關係。丁鋒對四韻的關係則表示：二等重韻庚耕存在混切，但不足以併韻；三等重韻庚清併韻，四等青韻與三等庚清雖有混切，但所佔比例不高，仍視作對立處理。〔註38〕知丁氏釐定的四韻析合為二等重韻庚耕分、三等重韻庚清合、青韻獨立。其析合的判定以諸韻混切比例高低為準，其間或恐摻入主觀因素，底下列表比較丁鋒統計四韻的結果：〔註39〕

表 3-7　丁鋒統計曹憲韻系梗攝韻目混切的比例

韻　組	庚開二耕開	庚合二耕合	庚開三清開	庚合三清合	庚開三清開青開	清合青合
自切總數	99	18	78	6	180	9
各韻自切	48：51	3：15	16：62	1：5	16：62：102	5：4
混切數	12	1	9	0	11	1
混用比例	10.8%	5.3%	10.3%	—	5.8%	10%
析合判定	庚二耕分		庚三清合		青韻獨立	

　　表中各韻自切「48：51」指庚開二於《博雅音》中自切 48 次，耕開自切 51 次，以下仿此。值得注意的是，丁鋒據三等重韻庚清開口字的混用比例 10.3% 合併兩韻，尚不計合口字，卻以為二等重韻庚耕開口字的混用比例 10.8% 不足達到併韻門檻，後者比例明顯高過前者，竟不似前者合併韻目，其中應摻入操作者的主觀認定，而非按數據客觀析合。

年），頁 516。

〔註37〕董忠司：《曹憲博雅音之研究》（台北：政治大學中國文學研究所碩士論文，1973年），頁 517。

〔註38〕丁鋒：《《博雅音》音系研究》（北京：北京大學出版社，1995 年），頁 60、91。

〔註39〕四韻統計結果分見丁鋒：《《博雅音》音系研究》（北京：北京大學出版社，1995 年），頁 51、56、60。

顏師古、玄應韻系的二等重韻庚耕都合併，庚耕開口字合併，合口字亦合併。顏師古的三等重韻庚清亦合併，董忠司據開合分立成韻與營韻；玄應則分立庚三與清韻，互不交涉。四等青韻與三等庚清兩韻對立，同效、咸、山攝三四等韻不混，突顯北音特色。比較曹憲、顏師古、玄應韻系於江、宕、梗三攝的分合，無論取董忠司或丁鋒研究曹憲的韻目析合結果，都和玄應韻目分合相差較遠，玄應與顏師古韻目析合情形仍較接近，再次說明玄應音系傾向北音而非南音。最後觀察曾、通二攝在曹憲、顏師古、玄應韻系中的情形。

表3-8　曹憲、顏師古、玄應韻系曾通二攝的比較

撰者、書名 ＼ 韻尾性質	舌　根　鼻　音　ŋ　收　尾　的　陽　聲　韻					
曹憲《博雅音》	蒸 開三合三	登 開一合一	冬 一	東 一	東 三	鍾 三
顏師古《漢書註》	陵　域 開三合三	登　○ 開一合一	冬 一	公 一	風 三	容 三
玄應《一切經音義》	蒸 開三合三	登 開一合一	冬東 一		東 三	鍾 三

上表曾攝登、蒸於三韻系的分合一致，顏師古蒸韻的開合分別以平聲「陵」字與入聲「域」字表示韻目，因《漢書註》無平上去三聲合口字作切，合口字唯入聲域字當切下字，董忠司由是取域字當蒸韻合口韻目名稱。「○」表顏師古韻系有登韻合口，只是《漢書註》未見此類被切字或切下字，無憑據定名。通攝韻目分合在曹憲、顏師古韻系表現一致，玄應與曹、顏差在一等重韻東冬合併。周法高於1948年〈玄應反切考〉認為一等重韻東、冬有別，合併的是入聲一等屋韻與沃韻；又於1984年〈玄應反切再論〉修正為通攝一等東和冬合併，二者相承之韻亦然。〔註40〕筆者遵循周氏修正過的後說，將一等重韻東冬合併處理，如上表所示。

綜觀上述，玄應與曹憲韻目析合不同處有支脂之、宵蕭、談覃、鹽添、仙

〔註40〕分見周法高：〈玄應反切考〉，1948年重訂於南京，《歷史語言研究所集刊》第20冊上冊（北京：中華書局，1987年），頁442。以及〈玄應反切再論〉，《大陸雜誌》卷69期5（1984年11月），頁202。

先、欣真臻諄、唐陽、庚二耕、庚三清、清青，以及一等重韻東多等 11 處；與顏師古韻目析合相異處有支脂之、談覃、嚴凡、真諄、庚三清，以及一等重韻東多等 6 處，若取龍宇純把真韻合口字轉入諄韻的作法，便無真韻合口與諄韻對立的情形，玄應真諄分韻的內容將同顏師古，真韻合臻韻屬開口，諄韻則為合口。如此，玄應與顏師古韻目析合僅 5 處不同，足足少曹憲一半之多。又曹憲韻系在同攝三四等多併韻，如效攝、咸攝、山攝三四等韻都合併，梗攝三四等雖不併韻卻多通淆，玄應與顏師古則一致呈現同攝三、四等韻分立。曹憲代表南方江都書音，顏師古代表北方關中書音，由韻目析合歧異處的多寡與同攝三四等韻析併的現象可得，玄應音系確以北方書音立基，至於屬北方何地，必須從玄應與顏師古韻目分合不同處進一步查索，下文將援詩人用韻與梵漢對音所得的韻系，來考察玄應音系隸屬北方的地域範圍。

第三節　尋索玄應韻組的分布範圍

玄應與顏師古韻系不同處有支脂之、談覃、嚴凡、庚三清、東一多等五組韻組，已知玄應同顏師古屬北方書音，為進一步查索玄應音系以北方何地為語音基礎，筆者專取上述五組韻組當作研究對象，採行兩種方式考察：其一，援與玄應生處時代近同的南北朝晚期、隋、初唐等詩人，觀察他們使用該五組韻組時，各組韻目間同用、獨用的情形，並找出用韻習慣與玄應五組韻組相同的詩人，據其籍貫判定其所操方音，進而推測玄應所操語音的可能範圍；其二，鑑於詩人用韻不考慮介音，無法掌握同用兩韻之間介音的開合洪細，因此借重梵漢對音所得周隋長安、初唐洛陽的韻系，再次擇取同樣的五組韻組與顏師古、玄應韻組相較，確立玄應音系的語音範圍。

（一）以詩人用韻考察玄應韻組的分布範圍

為了尋索玄應使用的基礎語音落於北方何地，本文從玄應韻系入手，理當透過與韻母相關的語料進一步考察，而詩人創作時的用韻習慣，除了依循朝廷頒訂的押韻準則外，大多與詩人唇吻間使用的方音密切相關，倘若掌握詩人里籍及其用韻習慣，取之對照玄應別出的五組韻組，是相當具有參考價值的。

本文援時代和玄應近同的詩人作為參考對象，依序是南北朝晚期、隋、初唐等詩人。南北朝晚期的語料參考王力〈南北朝詩人用韻考〉與周祖謨〈齊梁

陳隋時期詩文韻部研究〉。王文撰於 1936 年，文中特別標明詩人生卒年與籍貫，並依時代先後劃分三期，以窺語音的進化與方音的差異。〔註 41〕王力據詩人時代先後劃分三期的立意甚佳，可惜三期劃界無明確的時間段限，筆者姑且就各期內生年最早者當作該期的起始年限，卒年最晚者當作該期的終迄時間，如何承天是第一期生年最早的，生於公元 370 年；張融是第一期卒年最晚的，卒於公元 497 年，由此推測王力的第一期是公元 370～497 之間。同理，第二期是公元 441～572 之間；第三期是公元 507～618 隋煬帝卒。三期上下限不免重疊，乃因王力本非以時間分期，而是以詩人劃界使然，前一期詩人卒年無法與後一期詩人生年銜接，自然造成各期之間的交疊，這是無可免除的操作困難。本文所謂「南北朝晚期」，專探究王力的第三期，第一、二期距玄應生處時代遙遠，不列入討論。周祖謨文章成於 1948 年，研究範圍鎖定齊梁陳隋，適與王力研究成果互看。周文講述詩人押韻通例（以下簡稱「韻例」）較王文更詳盡，但對於羅列詩人、篇目、押韻字等韻譜內容，卻不比王力來得完整，多是周氏行文需要時舉數例說明而已。即便周祖謨著《魏晉南北朝韻部之演變》下篇第五章詳列齊梁陳隋詩文韻譜和合韻譜，筆者仍舊依據王力羅列的韻譜內容觀察詩人在五組韻組的用韻情形，理由是王、周二人對同一詩人用韻的歸類並不一致，如王力指出隋代盧思道是脂之同用的詩人，薛道衡則有支脂之相混的詩例，與李榮〈隋韻譜〉整理的結果相同，而周氏卻將二人並置脂之兩部分立不混之列。〔註 42〕為求分韻標準的統一，筆者均採用王力整理的韻譜，韻例則參佐王、周二家說法，求其詳備。

隋、初唐語料分別以李榮〈隋韻譜〉與鮑明煒《唐代詩文韻部研究》為底據，李榮文章撰於 1961 年，蒐羅公元 581～617 年間的隋代詩文進行研究，於正文前詳列材料來源並說明撰寫體例，以攝為綱，依攝分章，每章至少三節，依序列某攝韻字、韻例、韻譜，如有需要，則另起第四節說明本攝和別攝通押的情況。〔註 43〕就韻譜而言，與王力最顯著的差異是，王文以平聲賅上去聲，

〔註 41〕王力：〈南北朝詩人用韻考〉，原載《清華學報》卷 11 期 3（1936 年）。今收錄《王力語言學論文集》（北京：商務印書館，2000 年），頁 3～4。

〔註 42〕周祖謨：《魏晉南北朝韻部之演變》（台北：東大圖書公司，1996 年），頁 737。

〔註 43〕李榮：〈隋韻譜〉（1961～1962），《音韻存稿》（北京：商務印書館，1982 年），頁 135。

入聲另列，即僅收平聲與入聲的韻譜，不曉上去；李文則四聲分列，較王力處理更嚴謹。鮑明煒蒐羅公元 618～712 年間的初唐詩文進行研究，研究對象在時間上恰與李榮銜接，於 1990 年編纂成書，其整理初唐詩文韻部也依循四聲分列的作法，並承繼李榮的撰寫體例，以攝為綱，各攝內容依序為韻字、韻例、韻譜，唯一不同的是，初唐詩體分古體詩與近體詩，鮑氏編排韻譜順序是先古後近，先羅列古體詩於該攝的四聲用韻情形，次列近體詩平聲用韻情況，不另列相承之韻。筆者徵引李文、鮑書的韻例與韻譜，前者時代雖部分與王文重複，然僅限少數詩人，仍頗具參考價值；後者專取古體詩的研究成果，因鮑氏云：「初唐詩用韻系統以古體詩為主，近體詩份量較少。」〔註 44〕又自鮑氏整理古、近體詩韻譜的詳略可知，明顯厚古薄近，古體詩資料詳盡許多。此外，耿振生曾直言唐宋以來的近體詩，其用韻恪守官韻，跟口語脫節；〔註 45〕張世祿則認為古體詩用韻寬緩，格律自由，可容納作家所操的活語和當時實際的方音。〔註 46〕本文目的即藉重詩人用韻呈現的方音現象，考覈玄應語音可能的地域範圍，因此取古體詩最恰當。

筆者處理南北朝晚期、隋、初唐三個朝代的語料，主要以玄應與顏師古韻系相異的五組韻組為綱，檢核標準乃依據玄應韻目的分合，不論顏師古韻目，如「支脂之」組僅查索三個朝代詩人用韻同玄應是「支獨用、脂之同用」者，不計與顏師古相同的支脂之同用。觀察三代詩人用韻析合均取自王力、李榮、鮑明煒整理的韻譜，韻譜內容除明示該攝韻目獨用、同用外，更於各類用韻析合之下詳列符合該類的詩人、篇目、押韻字，筆者便據玄應韻目的析合，摘出與玄應韻目析合相同的詩人，尤其偏重「析」的探討，因五組韻組在初唐詩人用韻中較趨向同用，即同用是初唐普遍現象，玄應是初唐人，若其韻目亦反映合併，充其量說明玄應韻系呈現當時各地通有的語音樣態，詩人用韻亦同此，所以很難判別這類併韻特屬何地語音。五組韻組中，嚴凡、東冬兩組屬併韻，下文介紹時僅述其三個朝代的韻例，不另立嚴凡同用與東冬同用的詩人生卒

〔註 44〕鮑明煒：《唐代詩文韻部研究》（南京：江蘇古籍出版社，1990 年），頁 395。

〔註 45〕耿振生：〈詩文韻部與實際語音的關係〉，《音史新論：慶祝邵榮芬先生八十壽辰學術論文集》（北京：學苑出版社，2005 年），頁 351。

〔註 46〕張世祿：〈杜甫與詩韻〉，原載《復旦大學學報》第 1 期（1962 年）。今收錄《張世祿語言學論文集》（上海：學林出版社，1984 年），頁 454。

年、籍貫。餘三組撰寫順序是首列韻例，以明當時押韻的普遍現象；次依玄應韻目分立情形，尋找用韻習慣與玄應韻目情形相同者，並列出這些詩人的生卒年、籍貫，生卒年、籍貫參考梁廷燦、陶容、于士雄合編的《歷代名人生卒年表、歷代名人生卒年表補》。生卒年可與玄應生處時間公元約 605～661 年對照，籍貫可知詩人所操方音，與王力作法相類。筆者尚粗分三大區域：關西、關東、江南，按詩人籍貫劃入所屬區域。關西、關東以函谷關為界，均隸北方，南方盡以江南概括，因確知玄應音系屬北音，南音自無須細分查究。得詩人用韻與玄應韻目相符者多集中北方何地，便知玄應音系隸屬的地域範圍。值得一提，檢視詩人用韻習慣，必須含括相承韻的使用都符合玄應韻目才列入討論，王力作韻譜以平賅上去，入聲另列，筆者從其整理；然李榮、鮑明煒都依四聲分列韻譜，筆者亦從之逐一比對詩人於四聲的用韻情形，底下分項介紹時不再贅述。

1、支脂之三韻在南北朝晚期、隋、初唐詩人用韻的分合

玄應韻系支脂之三韻的析合為「支獨立、脂之併韻」，底下檢視三個朝代詩人用韻為「支獨用、脂之同用」的分布情形。南北朝晚期支脂之三韻的韻例，以周祖謨〈齊梁陳隋時期詩文韻部研究〉一文論述最詳，周氏云：

> 劉宋時期，支佳兩韻是在一起押韻的，到了齊梁陳隋一個時期，佳韻獨成一類，不與支韻相押，因此分為兩部。[註47]

知南北朝前期支佳同用，後期二韻各自獨用，因而王力排列韻譜時，亦將支佳歸成一類，並於同類下分「支佳同用者」與「支獨用者」，由於玄應韻系是支韻獨立、脂之韻合併，僅擇王力整理的「支獨用者」參考。然脂之兩韻在南北朝的用韻情況又如何，周氏且說：

> 《廣韻》脂微兩韻，在晉代通用不分，到劉宋時期才開始有分化為兩韻的趨向，到齊梁以後脂韻就很少同微韻合用了。……脂韻在齊梁以後不同微韻為一部，正是一種新的變化。……另外還有一種新的變化，就是脂韻和之韻合為一部。……由齊梁下至陳隋，除沈、謝二人以外，其他所有的作家都是脂之合用的。[註48]

〔註47〕周祖謨：〈齊梁陳隋時期詩文韻部研究〉，《周祖謨語言學論文集》（北京：商務印書館，2001 年），頁 191。

〔註48〕周祖謨：〈齊梁陳隋時期詩文韻部研究〉，《周祖謨語言學論文集》（北京：商務印

沈、謝指的是齊梁時期的沈約、謝朓。二人脂、之分別最嚴，詩韻中不相押。由引文知，脂微兩韻於南北朝以前通押頻繁，而脂之兩韻在齊梁以後趨向合併，因此王力安排「之脂微」歸入一類，再於底下細分「脂微同用者」、「之獨用者」、「脂獨用者」、「脂之同用者」、「微獨用者」，細目之下又詳列符合該類的詩人、篇目、押韻字，筆者僅參考「脂之同用者」一類，其中詩人若同時出現於「脂微同用者」，則剔除該詩人不列入討論，因違背玄應韻系脂之併韻、微韻獨立的要件。接著比對「支獨用者」與「脂之同用者」含括的詩人，摘出共見兩處的詩人，表示該詩人用韻習慣屬支獨用、脂之同用者，適與玄應韻目析合相同。符合上述條件的南北朝晚期詩人，其生卒年、籍貫、所屬區域如下表：

表 3-9　支獨用、脂之同用的南北朝晚期詩人

南北朝晚期詩人	生卒年（公元）	籍　貫	所屬區域
徐　陵	507～583	東海郯	關東
庾　信	513～581	南陽新野	關東
王　褒	？	琅邪臨沂	關東
江　總	519～594	濟陽考城	關東
張正見	523～594	河北東武城	關東
盧思道	？～581	河北范陽	關東
陳後主	553～604	丹陽建康	江南

表中詩人次第按生年先後排序，得符合支獨用、脂之同用的七位詩人中就有六位盡在關東，僅一位處江南，關西詩人掛零。檢視南北朝晚期關西詩人用韻，王力列舉薛道衡（540～609）與隋煬帝（568～618）詩例，二人用韻均出現支脂之混押的情況，可見此期關西詩人用韻傾向三韻同用。

　　隋代詩人使用支脂之三韻的情形，採李榮〈隋韻譜〉中的整理，由於李文韻譜安排是以攝為綱，支脂之微盡納止攝，只須擇「支韻獨用」、「脂之兩韻同用」，以及相承韻不和支、微相承韻混押的詩人即可。隋代止攝韻例如李榮云：

　　　　支部、微部都以獨用為主，和他部同用的例不多。脂部和之部的關

係密切，兩部同用的例幾乎和分別獨用的例一樣多。〔註49〕

隋代詩人用韻顯然延續南北朝晚期，亦是支韻獨用、脂之同用，若進一步尋索此種用韻習慣多集中何地詩人，詳見下表：

表 3-10　支獨用、脂之同用的隋代詩人

隋代詩人	生卒年（公元）	籍貫	所屬區域
李德林	531～591	博陵安平	關東
諸葛穎	535～612	丹陽建康	江南
辛德源	？	隴西狄道	關西
袁　朗	？～627	雍州長安	關西
賀德仁	557～627	越州山陰	江南
楊素	？～606	弘農華陰	關西
孫萬壽	？	信都武強	關東
王　冑	558～613	琅邪臨沂	關東
孔紹安	577～？	越州山陰	江南
陳子良	？～632	蘇州吳縣	江南

符合上述用韻的隋代詩人尙有盧思道、仲孝俊、陳政、釋智才、釋眞觀等五人，盧思道於南北朝晚期已計入，隋代不複計，餘四人生卒年、籍貫均不詳，無法判斷所屬地域，對本文欲解決的議題作用不大，故不列入。由上表知，符合「支韻獨用、脂之同用」的隋代詩人，有三位籍貫地處關東、三位隸關西、四位屬江南。又支脂之同用的詩人當中，除王力已列的薛道衡、隋煬帝外，尙見虞世基（？～618）。虞氏籍貫會稽餘姚，是江南人，與江都人曹憲一樣支脂之不分，只不過前者見於詩作韻腳，後者見於注音反切。然支脂之同用卻不見關東詩人，可見此期關東詩人用韻傾向支獨用、脂之同用，與玄應韻目析合相同。

　　初唐詩人使用支脂之三韻的情形，援鮑明煒《唐代詩文韻部研究》中的整理，其韻譜安排一如李榮撰寫模式，以攝爲綱，支脂之微四韻盡歸止攝，不同處唯初唐詩分古、近體，鮑氏先列古體，後置近體，先列者按四聲分列韻目的獨用與同用，後置者僅列平聲韻的用韻情形，未見相承之韻。筆者獨取鮑氏整

〔註49〕李榮：〈隋韻譜〉（1961～1962），《音韻存稿》（北京：商務印書館，1982 年），頁 149。

理的古體詩韻例與韻譜，除古體詩整理詳盡外，最重要的是古體詩較近體詩更能反映詩人方音，因古體詩用韻寬緩自然，容許詩人方音在其中體現，而近體詩格律嚴明，恪守國家功令，於劃一的要求下，詩人方音自是難以突顯。初唐古體詩止攝的韻例如鮑明煒云：

> 止攝古體詩支、脂、之、微四部同用，但支與脂之間，支與微之間
>
> 都有界限，脂與之之間無條件通押，看不出有任何界限。〔註50〕

止攝四部同用在初唐古體詩中是普遍現象，應該注意的是引文中提及的「界限」。古體詩用韻本寬，其間若隱約見得界限所在，反映的極可能為詩人使用的方音。若以「界限」區隔止攝四部，得支、脂之、微三部分立，與南北朝晚期、隋代用韻情況同出一轍。擇錄詩人的條件同隋代作法，取「支獨用」、「脂之同用」，剔除二者之外的同用者，如支脂同用、支之同用、支微同用……等，並檢視詩人使用其相承韻是否也符合要求，只要一處不符就不列入考慮。篩選後的初唐詩人如下表：

表 3-11　支獨用、脂之同用的初唐詩人

初唐詩人	生卒年（公元）	籍　貫	所屬區域
陳叔達	？～635	湖州吳興	江南
褚　亮	560～647	杭州錢塘	江南
劉知幾	661～721	徐州彭城	關東
崔　湜	670～714	定州安喜	關東

符合支獨用、脂之同用的初唐詩人尚有陳子良、芮智璨與史嶷，陳子良於隋代已計入，初唐不複計，後二人因生卒、籍貫皆不詳，無法判定所屬地域，故不列入。由上表知初唐關西詩人用韻無一符合支獨用、脂之同用者，意即與玄應韻目支獨立、脂之併韻的現象不符，已知玄應音系屬北音，等於透露玄應的語音基礎不是關西音，而是關東音。

　　若將南北朝晚期、隋代、初唐符合「支獨用、脂之同用」的詩人籍貫並置一圖，可以更清楚掌握該用韻情形的分布範圍，如下圖所示：〔註51〕

〔註50〕鮑明煒：《唐代詩文韻部研究》（南京：江蘇古籍出版社，1990 年），頁 45。

〔註51〕三個朝代詩人籍貫的所在地參考譚其驤主編《中國歷史地圖集》第五冊繪製（台

圖 3-1　支獨用、脂之同用的詩人里籍與朝代

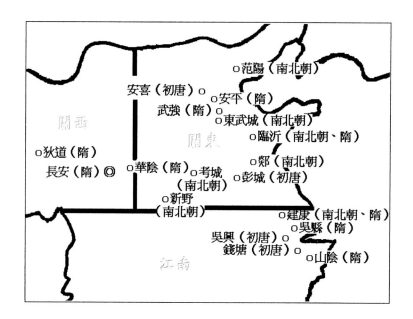

圖中地名是符合「支獨用、脂之同用」的詩人籍貫，緊鄰的括號內記錄詩人所處朝代，南北朝晚期僅記「南北朝」，以省版面空間。粗黑線的劃界，南北以長江爲界，南方盡稱「江南」；北方尙以函谷關爲界畫分東西二區，以東名「關東」，以西謂「關西」。以下出現詩人用韻分布圖的體例皆同此，不複述。從上圖共時分布與歷時發展來看，符合用韻的詩人多集中關東地區，關西僅隋代詩人有此情形，南北朝晚期與初唐詩人均無。關東、江南三個朝代的詩人都有這種用韻現象，尤關東臨沂、江南建康，出現前後朝不同詩人有共同的用韻習慣，極可能是受當地方音影響。玄應是初唐人，已知其韻系屬北音，初唐及其鄰近朝代南北朝晚期、隋的詩人，使用「支獨用、脂之同用」的情形又集中關東地區，所以玄應韻系以關東音立基應無大誤。

2、談覃兩韻在南北朝晚期、隋、初唐詩人用韻的分合

　　玄應韻系談覃兩韻的析合爲「談獨立、覃獨立」，底下檢視三個朝代詩人用韻爲「談獨用、覃獨用」的分布情形。南北朝晚期詩人使用談覃二韻的普遍現象，據王力說法是「談不與覃混」，〔註 52〕韻譜僅舉簡文帝（503～551）「談獨

北：曉園出版社，1992 年）。以下地圖皆仿此。

〔註 52〕王力：〈南北朝詩人用韻考〉，原載《清華學報》卷 11 期 3（1936 年）。今收錄《王力語言學論文集》（北京：商務印書館，2000 年），頁 41。

用」的詩例，簡文帝屬王力分期的第二期，不在本文討論之內。周祖謨則認為齊梁陳隋時期的談覃各為一部，〔註53〕與王力看法一致。由王、周觀點知南北朝晚期談覃在詩人創作押韻時，各自獨用是普遍現象，王文僅錄第二期詩人「談獨用」的詩例，不符本文限定第三期詩人的討論範圍，而周文重韻例說明，未羅列談、覃獨用的韻譜，無法從中得知談、覃二韻獨用的詩人多集中何地。

隋代詩人使用談、覃二韻的情形，據李榮整理出「覃部獨用四例，覃談兩部同用一例」，〔註54〕李榮所指「覃部」，包括覃韻及其相承之韻，非指涉一韻而已，故以「部」稱之。覃部獨用四例中有二例作者不明，餘二例分別是隋煬帝「勘韻獨用」與江總「合韻獨用」。隋煬帝（568～618）是京兆長安人，隸關西；江總（519～594）是濟陽考城人，屬關東。唯一覃談兩部同用的詩例是「合、盍兩韻同用」，不明作者何人。玄應韻系分立談、覃，在隋煬帝、江總不見覃談兩部同用的前提下，將二人納入討論。

初唐詩人談、覃的用韻情況，按鮑明煒於咸攝韻例云：「咸攝各部出現次數都很少，大體覃談相近……」〔註55〕知覃談在古體詩創作中多同用，但檢視鮑氏韻譜的整理，其中不乏「覃獨用」與「談獨用」者，若摘出「覃獨用」的詩人，並審其覃的相承韻是否也獨用，取得的詩人有：

表3-12　覃獨用的初唐詩人

初唐詩人	生卒年（公元）	籍　　貫	所屬區域
宋之問	655～712	虢州弘農	關東
沈佺期	656～713	相州內黃	關東
徐彥伯	武后間人	袞州瑕丘	關東
寒山〔註56〕	691～793	雍州長安	關西

〔註53〕周祖謨：〈齊梁陳隋時期詩文韻部研究〉，《周祖謨語言學論文集》（北京：商務印書館，2001年），頁188。

〔註54〕李榮：〈隋韻譜〉（1961～1962），《音韻存稿》（北京：商務印書館，1982年），頁164。

〔註55〕鮑明煒：《唐代詩文韻部研究》（南京：江蘇古籍出版社，1990年），頁386。

〔註56〕梁廷燦所編《歷代名人生卒年表》不詳寒山生卒年，里籍著錄「台州始豐縣」，錢學烈則以寒山詩為內證，並根據宋代佛家著作中關於寒山事蹟的記載，確定寒山子生於武則天天授年間，卒於德宗貞元年間，生卒年是691～793年，里籍長安，使用的是長安話。錢氏論證詳實，筆者採其說，詳錢學烈：〈寒山詩韻部研究〉，《語

符合覃韻及其相承韻皆獨用的初唐詩人尚有王泠然，王氏籍貫不詳，生卒年亦不明確，只知其活動於開元年間，故不列入討論。談韻及其相承韻獨用的詩人唯釋道宣（596～667）一人，道宣嘗同玄應投身玄奘的譯經事業，家鄉在潤州丹徒，地處江南。由表中知覃獨用的古體詩人多集中關東地區，關西僅一例，江南闕如，可見關東詩人覃韻多不與談韻混押，顯示覃、談有別，玄應韻系覃、談分立亦是如此。值得一提，詩人創作近體詩多依國家功令，如沈佺期創作古體詩時是覃韻獨用，創作近體詩就遵照朝廷頒布的押韻準則「覃談同用」。而宋之問不僅創作古詩是覃韻獨用，連近體詩用韻亦如是堅持，若非方音影響詩人用韻，很難合理解釋這種情形。宋之問生平於新、舊《唐書》均詳載，其於唐中宗景龍年間（707～710）因罪下遷越州長史，在此之前活動範圍多是家鄉弘農與東都洛陽之間。〔註57〕洛陽與弘農距離不遠，宋之問五十二歲以前未久離兩地之間，更加突顯覃、談分立似乎是其所操方音的特色。除南北朝晚期詩人未顯覃、談獨用的詩例外，將隋、初唐符合「覃獨用」或「談獨用」的詩人籍貫並置一圖，以便觀察分布範圍，如下所示：

圖 3-2　覃獨用、談獨用的詩人里籍與朝代

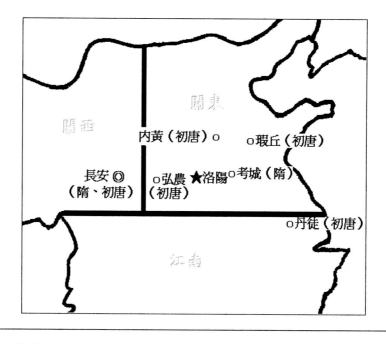

文研究》第 3 期（1984 年），頁 51。

〔註57〕詳〔後晉〕劉昫等撰：《舊唐書》（台北：鼎文書局，1976 年），卷 190 中，頁 5025。
　　　以及〔宋〕歐陽修、宋祁撰：《新唐書》（台北：鼎文書局，1976 年），卷 202，頁 5750。

　　符合上述用韻習慣的詩人多集中關東地區，尤宋之問古、近體詩皆「覃韻獨用」最具特色，宋氏籍貫弘農，近東都洛陽，其平生大部分時間多在這兩地之間活動。玄應韻系亦是覃、談分立，知其韻系屬關東音，或許該關東音的範圍可以縮小至洛陽以西。

3、嚴凡兩韻在南北朝晚期、隋、初唐詩人用韻的分合

　　玄應韻系的嚴凡兩韻合併。嚴凡二韻及其相承韻在三個朝代詩文押韻中均甚少出現，王力整理出齊梁時期沈約（441～513）嚴凡二韻的入聲同用之例，〔註58〕周祖謨也據此認為齊梁陳隋時期嚴凡兩韻應同為一部。〔註59〕李榮整理的隋代韻譜，嚴部押韻字僅業韻「業」字一見，且和登部德韻「默德塞」通押，〔註60〕無凡部字為韻，亦缺嚴凡兩部同用者。鮑明煒則於初唐古體詩韻例說「鹽添嚴凡相近」，〔註61〕韻譜所列多是四韻中的三韻或四韻同用之例，無嚴凡兩韻同用者，相承之韻亦然。嚴、凡於韻書分立乃因介音開合不同，然詩文押韻不考慮介音開合洪細，只管主要元音、韻尾、聲調相同與否，若就詩人使用嚴凡兩韻或分或合的情形比對玄應韻系嚴凡併韻的現象，是有問題的。畢竟嚴凡所屬的咸攝字在數量上本不多，除了考慮嚴凡兩韻主要元音、韻尾、聲調相同可以押韻外，和其音近的韻也容許當作韻腳出現於同一詩文中，如鹽添兩韻亦與嚴凡通押。反觀玄應嚴凡併韻卻非無視介音或由於音近而併，是因兩韻介音、主元音、韻尾三部分都趨同才合成一韻。鑑於詩人嚴凡同用的意涵不能視同玄應韻系嚴凡併韻，又嚴凡及其相承韻當韻腳的字貧乏，以致韻譜所列詩例極少，很難客觀呈現兩韻的析合，不便為此繼續深究。

4、庚三清兩韻在南北朝晚期、隋、初唐詩人用韻的分合

　　玄應韻系三等重韻庚、清是對立的，但三個朝代詩人使用庚清兩韻，普遍呈現「同用」。首先看南北朝晚期詩人使用庚、清兩韻的情形，周祖謨說：

〔註58〕 王力：〈南北朝詩人用韻考〉，原載《清華學報》卷 11 期 3（1936 年）。今收錄《王力語言學論文集》（北京：商務印書館，2000 年），頁 41。

〔註59〕 周祖謨：〈齊梁陳隋時期詩文韻部研究〉，《周祖謨語言學論文集》（北京：商務印書館，2001 年），頁 178、188。

〔註60〕 李榮：〈隋韻譜〉（1961～1962），《音韻存稿》（北京：商務印書館，1982 年），頁 164。

〔註61〕 鮑明煒：《唐代詩文韻部研究》（南京：江蘇古籍出版社，1990 年），頁 386。

齊梁陳隋一個時期內庚部字相押的例子很多，除青韻常常獨用外，

庚清兩韻分別獨用的非常少，幾乎都是庚清通押的。〔註62〕

周氏所言「庚部」，包括《廣韻》二等重韻庚耕、三等重韻庚清與四等青韻。已知詩人押韻不論介音的開合洪細，引文中的「庚清通押」，庚韻便含二、三等韻在內，即使二、三等韻介音有洪細的不同。由引文知南北朝晚期詩人用韻的普遍現象是「庚清同用、青獨用」，似不足成為玄應韻系三等重韻庚、清對立的參考資料，不過從南北朝晚期習慣「青獨用」的詩人與慣於青韻混押他韻的詩人，比較二者偏重的區域，或許仍可推測玄應韻系的傾向。據王力韻譜整理，南北朝晚期「青獨用」不雜庚耕清通押的詩人如下表：

表3-13 青獨用的南北朝晚期詩人

南北朝晚期詩人	生卒年（公元）	籍　　貫	所屬區域
徐陵	507～583	東海郯	關東
庾信	513～581	南陽新野	關東
王褒	？	琅邪臨沂	關東

此期「青獨用」的詩人盡屬關東地區，玄應韻系為北音，若檢視同關東隸北地的關西，其詩人用韻又如何，王力將南北朝晚期三位關西詩人盡歸「庚耕清青同用」一類，此三人分別是薛道衡（540～609）、牛弘（545～610）與隋煬帝（568～618）。〔註63〕比較南北朝晚期詩人用韻與初唐顏師古、玄應韻系庚清青的析合，關東詩人青韻先獨用，關西則否；玄應韻系庚、清、青三韻已分立，顏師古仍處於三等重韻庚清合併、青韻獨立的樣態。顏師古韻系代表關中音，關中隸關西範疇，能否從中推測關東分韻比關西提早一步？當關東青韻獨立時，關西青韻尚未分出；當關西青韻獨立時，關東不但青韻獨立，連三等重韻庚、清都劃然二別，而玄應韻系正符應關東音的特色。

其次觀察隋代庚清兩韻的用韻情形。李榮於梗攝韻例說：「梗攝庚、耕、清、

〔註62〕周祖謨：〈齊梁陳隋時期詩文韻部研究〉，《周祖謨語言學論文集》（北京：商務印書館，2001年），頁184。

〔註63〕王力：〈南北朝詩人用韻考〉，原載《清華學報》卷11期3（1936年）。今收錄《王力語言學論文集》（北京：商務印書館，2000年），頁30～31。

青四部都互相押，同用的例比獨用的多。」〔註64〕隋代詩人梗攝四部通押是常態，連「青獨用」的詩人都非常少見，就李榮整理的韻譜，專取青韻及其相承韻獨用的詩人，排除任一他韻與青韻及其相承韻混押者，僅見二位詩人：

表3-14　青獨用的隋代詩人

隋代詩人	生卒年（公元）	籍　　貫	所屬區域
蕭皇后	567～647	荊州江陵	江南
徐　儀	？	東海郯	關東

徐儀是南朝陳徐陵的第三子，父子作詩用韻習慣相同，都是青韻獨用，不混他韻。由上表知隋代未見關西詩人「青獨用」者。

　　最後檢視初唐詩人用韻情形。鮑明煒詳述古體詩梗攝的韻例，他說：

　　　古體詩庚、耕、清、青四韻同用，庚、清兩韻通押最多，關係最密，
　　　仄聲韻相同。耕韻用爲韻腳的較少，仍與庚韻通押二四次，與清韻
　　　通押一九次，可見實際上是庚、耕、清關係一樣密切。相比之下，
　　　青與庚、耕、清關係較疏。〔註65〕

梗攝四韻於初唐古體詩仍趨向同用，不過鮑氏指出青韻與其他三韻存在界限，若據界限劃分，梗攝用韻情形大別兩組，即庚耕清同用、青獨用。對照顏師古韻系的梗攝韻目析合，與初唐詩人用韻同出一轍。顏氏梗攝爲二等重韻庚耕合併、三等重韻庚清合併、青韻獨立，相承韻亦是。顏氏梗攝二、三等韻差別在介音洪細，〔註66〕但詩人押韻不考慮介音，自然將梗攝二、三等韻混押，即庚耕清三韻同用；顏氏青韻獨立除了顯示等第的差別外，更可能透露四等韻主元音與三等韻主元音的差異，而這也反映在詩人用韻上，因爲音節中響度最大的主元音有別，造成字音不相近，通押情況漸形減少，青韻與庚耕清關係由是疏離。排除青韻及其相承韻與他韻混用的詩人，梗攝四等韻獨用的初唐詩人如下：

〔註64〕李榮：〈隋韻譜〉（1961～1962），《音韻存稿》（北京：商務印書館，1982 年），頁190。

〔註65〕鮑明煒：《唐代詩文韻部研究》（南京：江蘇古籍出版社，1990 年），頁305。

〔註66〕詳董忠司擬音。董忠司：《七世紀中葉漢語之讀書音與方俗音》（台北：台灣省政府教育廳，1988 年），頁20。

表3-15　青獨用的初唐詩人

初唐詩人	生卒年（公元）	籍　　貫	所屬區域
虞世南	558～638	越州餘姚	江南
姚　崇	651～721	陝州硤石	關東
上官婉兒	664～710	陝州陝縣	關東
李迥秀	？～710	京兆涇陽	關西
崔　沔	？～739	京兆長安	關西
呂令問	玄宗時人	河東人	關東

由上表得梗攝四等韻獨用的初唐詩人隸關東者有三，關西有二，江南僅一位。相較南北朝晚期、隋代詩人，初唐終於出現關西詩人青韻及其相承韻獨用者，顏師古亦是初唐人，韻系代表關中音，與關西詩人用韻可互資為證。但光這樣尚不足說明玄應韻系三等重韻庚清分立究竟傾向北音何地，關鍵在於能否找到庚、清各自獨用的詩人。南北朝晚期、隋代詩人均不見符合庚獨用、清獨用者，幸而初唐詩人姚崇，不僅青獨用，連庚、清亦見獨用之例，古體詩如此，創作近體詩也別於朝廷頒布的用韻準則「庚耕清同用」，逕自獨用清韻。姚崇生平於新、舊《唐書》皆詳載。姚崇年輕時曾仕濮州司倉，俄五遷夏官郎中。武后掌權期間（683～705），深受武后賞識，超遷夏官侍郎，在洛陽當官直至長安四年（704）。〔註67〕濮州地處洛陽東側，而姚崇家鄉硤石位於洛陽西側，姚崇何時離鄉赴地方官職不可知。從史載得到的訊息是，他在濮州沒待多久就遷調洛陽任中央官吏，五十三歲以前沒離開過洛陽，由此推測姚崇所操語音若非家鄉硤石方音，即洛陽音莫屬。他特殊的用韻習慣極可能就是自身所操方音的反映，不獨古體詩，連本該遵守國家功令的近體詩也隱約體現。

　　將三個朝代符合「青獨用」的詩人籍貫並置一圖，觀察其分布範圍，如下圖所示：

〔註67〕詳〔後晉〕劉昫等撰：《舊唐書》（台北：鼎文書局，1976 年），卷 95，頁 3021～3022。以及〔宋〕歐陽修、宋祁撰：《新唐書》（台北：鼎文書局，1976 年），卷124，頁 4381～4382。

圖 3-3　青獨用的詩人里籍與朝代

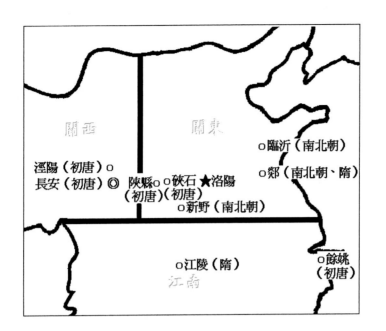

關西地區至初唐才見「青獨用」的詩人，江南則始見於隋代，關東地區於三個朝代均可見「青獨用」的詩人，其中「郯」地甚至出現前後朝不同詩人卻有共同的用韻習慣，更加突顯當地方音特徵。值得注意的是，初唐姚崇（651～721）作詩押韻習慣庚、清、青三韻各自獨用，與玄應韻系庚三、清、青三韻對立相仿。姚崇籍貫硤石，位洛陽西邊不遠處，且生處時間與玄應（約 605～661）重疊，可免除時間間隔大所造成的語音變異。結合前文覃、談獨用的詩人代表宋之問，其籍貫弘農亦在洛陽西側，由此推測玄應韻系的語音基礎應是洛陽以西的關東音。

5、東─冬兩韻在南北朝晚期、隋、初唐詩人用韻的分合

玄應韻系一等重韻東冬屬併韻。往前追溯南北朝晚期詩人使用東、多二韻的情形，周祖謨〈齊梁陳隋時期詩文韻部研究〉一文論述最詳，他說：

> 《廣韻》東冬鍾江四韻在劉宋時代是完全通用的，到南齊的時候，除江韻字少用外，其餘三韻有分別為兩部的趨勢，即東韻為一部，冬鍾兩韻為一部。……到了梁代以後，除江淹以外，大都分別得很清楚；北齊、北周、陳、隋各家也是如此。〔註68〕

〔註68〕周祖謨：〈齊梁陳隋時期詩文韻部研究〉，《周祖謨語言學論文集》（北京：商務印書館，2001 年），頁 182。

東冬鍾江四韻都以舌根鼻音收尾，由通押疏密的關係可知四韻主元音的遠近。東、冬兩韻在南齊以後就有分別兩途的趨勢，東獨立一部，冬、鍾二韻在不考慮介音洪細的前提下，因主元音相近或相同而併爲一部。顯然南北朝晚期東冬二韻關係疏遠，詩人押韻不混用。隋代東冬的押韻情況，詳見李榮〈隋韻譜〉一文中「通攝韻例」云：

> 東部、鍾部都以獨用爲主。東部、鍾部同用例不多。冬部字少，獨
> 用的例未見；和東部同用例一見；和鍾部同用例五見；東、冬、鍾
> 三部同用例一見；可見冬、鍾音近。〔註69〕

通攝東冬鍾三韻於隋代、南北朝晚期的押韻情況大致雷同，均可分作東、冬鍾兩部來看。李榮的「部」，兼括相承韻之意，即「東部」一稱，包含東董送屋四韻。東部和冬部同用僅見薛道衡（540～609）「屋、沃兩韻同用」的詩例。而初唐詩人使用東冬二韻的情形，參考鮑明煒觀察的結果，他說：

> 東鍾兩韻以獨用爲主，雖然通押有十八次之多，但比獨用少得多，
> 兩韻有明顯的獨立性，則東韻的三等字與鍾韻字在押韻上也有界
> 限。冬部未見獨用，與東鍾都有通押……冬韻似更接近東韻。〔註70〕

鮑氏指出東鍾兩韻於初唐有分界，此現象同南北朝晚期與隋代；引文中「冬部」內涵等於李榮稱韻爲「部」的概念，包括冬宋沃三韻，因此，鮑氏言「冬韻」，僅指平聲冬韻而言。初唐平聲韻冬、東兩韻關係較親，相承之韻通押情形又如何？從鮑氏繪製「通攝獨用同用表」中的統計數據察得，古體詩宋韻獨用 1 次、屋沃兩韻同用 5 次、屋沃燭三韻同用 2 次，〔註71〕若不計獨用例，沃韻出現定與屋韻通押，可見冬部仄聲韻與東部仄聲韻的關係亦近，不獨平聲韻而已。玄應韻系一等重韻東冬合併，與初唐詩人用韻情形相仿，只差前者限一等東韻，後者不論一、三等東韻，都可和一等冬韻通押。玄應也是初唐人，東冬併韻充其量反映當時普遍現象，無法突顯玄應所操的方音特徵，倘若進一步尋索「東冬同用」的詩人集中於何地便無多大意義了。

〔註69〕李榮：〈隋韻譜〉（1961～1962），《音韻存稿》（北京：商務印書館，1982 年），頁199。

〔註70〕鮑明煒：《唐代詩文韻部研究》（南京：江蘇古籍出版社，1990 年），頁 397。

〔註71〕鮑明煒：《唐代詩文韻部研究》（南京：江蘇古籍出版社，1990 年），頁 396。

綜上所述，以三個朝代詩人用韻的情形檢視玄應不同於顏師古的五組韻組，由支脂之韻組得符合玄應韻系支獨立、脂之併韻的詩人多集中關東地區，推測玄應所操語音以關東音為基礎；從談覃組知符合玄應韻系談、覃分立的詩人，以初唐宋之問（655～712）為代表，其生卒年與玄應（約605～661）重疊，無須擔心二人生處時間間隔過大所造成的落差。宋氏籍貫弘農，在關東境內，位洛陽西側。再從庚三清組得符合玄應韻系庚、清分立的詩人是初唐姚崇（651～721），生卒年亦與玄應重疊，家鄉在硤石，隸關東境內，也位於洛陽西側。結合談覃、庚三清兩組符合玄應韻系的二位詩人，所操語音都是家鄉音，而該音盡屬洛陽以西，隸關東境內的語音，因此玄應音隸關東音的範圍可透過二位詩人用韻所呈現的方音特點，縮小至洛陽與函谷關之間。嚴凡組與東－冬組在玄應韻系皆併韻。《廣韻》的嚴凡兩韻乃因介音開合不同而分立韻目，玄應韻系則因二韻盡屬開口呼而合併。反觀詩人用韻取向「嚴凡同用」，是否能夠說明二韻介音也趨同？答案是否定的。因為詩人選用韻腳不考慮介音，「嚴凡同用」僅表示二韻主元音相近或相同而通押，不足證明介音也趨同了，所以無法自詩人用韻中察得符合玄應韻系嚴凡併韻的分布範圍。至於東－冬組，初唐詩人使用東冬二韻普遍是「同用」，冬韻未見獨用，玄應韻系亦反映東冬併韻，可見東冬關係密切是當時的共象，因此韻系中的東冬併韻也只不過呈現共象而已，很難突顯玄應音的特徵，再追究慣於「東冬同用」的詩人便無多大意義，遑論他們分布的範圍。

（二）從梵漢對音觀察長安、洛陽韻組的差異

通過南北朝晚期、隋、初唐詩人用韻的情形，檢視玄應異於顏師古韻系的五組韻組，得玄應所操語音的地域範圍是「洛陽與函谷關之間」。詩人的用韻習慣隱約透顯詩人方音特色，尤其在恪守國家功令的近體詩創作中，亦出現詩人獨有的押韻風格，不得不合理推想這種影響力來自詩人憑恃的方音，宋之問、姚崇創作古、近體詩呈現的押韻風格正是如此。不過，從詩人用韻推測玄應韻系的可能範圍仍然存在局限。緣於詩人押韻不考慮介音，即使經常出現同用的兩韻，其間介音開合洪細究竟有無區別，不能從押韻中得知，如嚴凡兩韻在南北朝晚期、初唐詩人創作時都習慣同用，知兩韻主元音是相近或相同的，卻無法判斷兩韻介音在押韻之際是趨同或迥異。為彌補此一不足，筆者將援前賢研究「梵漢對音」的成果，再一次檢視玄應與顏師古韻系相異的五組韻組，以確

立玄應語音基礎爲關東音。

1、語料概述

梵漢對音，指使用漢語音譯梵文名詞術語（以下簡稱「梵詞」）或密咒。譯經師音譯梵詞多沿襲舊譯，不能反映當時語音，可供研究的價值低；反觀密咒，又稱「陀羅尼」（dhāraṇī），是由一群有音無義的音節組成，據說誦咒是與佛陀對話，無須理解咒語的意義，但務求發音準確，否則神靈非但不賜福反降禍。基於這種宗教迷信，譯經師音譯密咒勢必根據當時語音，不致發生沿譯，相形下，密咒的語音研究價值較梵詞高出許多。此外，譯經師對譯的梵文字母表也頗具參考價值。梵文字母表分兩種形式，其一是出於《華嚴經》的「圓明字輪」，是一種特殊的「旋陀羅尼」，將 42 個梵文字母排列成圓輪，通過字義闡述佛理，〔註 72〕目的不在教導初學者識梵文，字母排列順序與發音部位、發音方法全無關係，所以毫無音理可言。另一是隸於《大般涅槃經》一系的四十九根本字，屬悉曇字母，目的在教導初學者習梵語，字母排序按照發音部位與發音方法，將體文（輔音）、聲勢（元音）分組排列。無論圓明字輪或四十九根本字，譯經師依據此類梵文對譯出的漢字，亦是反映時音，研究價值等同密咒。

參考梵漢對音的語料除了注意能否反映時音外，也須留意譯經師譯經的版本與譯經師所操的方音。譯經版本分成胡本與梵本，胡本即轉譯的西域文本，用西域文字音譯或意譯梵文的本子；〔註 73〕梵本是佛經原本，純粹用梵文寫成。季羨林嘗以來母字對譯梵文頂音（又名舌音）ṭ、ḍ的程度多寡，劃分譯自胡本或梵本爲三個時期，認爲只有在第三期隋以後所譯的佛經原本才是純粹梵文。〔註 74〕譯經師有華僧、梵僧兩種。譯經師進行梵漢對音時，所操方音將影響音譯結果，這提供後人可以透過譯經師反映的音類知其方音特徵。華僧所操的方音不一定來自譯經地，最可能的來源莫過其語音習成的家鄉音。而梵僧所據方音除了受自身梵語方言影響外，來華習成的漢語，則以久居的譯經地爲主，因

〔註 72〕尉遲治平：〈對音還原法發凡〉，《南陽師範學院學報》（社會科學版）卷 1 期 1（2002 年 2 月），頁 11。

〔註 73〕馬祖毅：《中國翻譯史》（上卷）（武漢：湖北教育出版社，1999 年），頁 97。

〔註 74〕季羨林：〈論梵文 ṭ ḍ的音譯〉，《中印文化關係史論》（台北：彌勒出版社，1984 年），頁 58。

此梵僧所操漢語的方音色彩來自譯經地，與華僧不同。

　　本文參考尉遲治平〈周、隋長安方音初探〉（以下簡稱「尉文」）與施向東〈玄奘譯著中的梵漢對音和唐初中原方音〉（以下簡稱「施文」）中的研究成果，提取支脂之、談覃、嚴凡、庚三清、東一冬等五組韻組，檢視這五組在周隋長安方音與唐初中原方音的析合情形，並齊併與顏師古、玄應韻系的五組韻組相較，找出其間異同，以確立玄應的語音基礎。尉文與施文取材的對音語料都是隋代以後，譯經師均以梵本對譯，不必擔心胡、梵混雜的問題。語料內容包括梵文字母表、密咒、梵詞等音譯，尉、施取材盡此範疇，差別僅在時代、譯經師的不同。尉文據闍那崛多、闍那耶舍、耶舍崛多、達摩笈多四位梵僧，於公元 564～604 年間翻譯 42 部 178 卷的佛經，擇取闍那崛多對譯的四十九根本字與四位譯經師音譯的密咒爲主要研究對象，討論韻母系統時才偶用梵詞。而四位譯經師所操漢語方音皆以長安方音爲準，因闍那崛多偕師闍那耶舍、師兄耶舍崛多跋涉三年，於北周武成元年（559）來長安，達摩笈多於開皇十年（590）至長安，四人都在長安學習漢語，之後又長期生活於此並先後主持譯事，譯經時是使用長安方言應該沒有問題。〔註 75〕

　　施文以高僧玄奘的全部譯著爲底據，譯著共 75 部 1335 卷，譯於公元 645～664 年間。施氏擇取的語料涵蓋圓明字輪、密咒與梵詞等音譯，前二項對音精密又能反映時音，最末項雖有沿襲舊譯的疑慮，可靠性不如前者，但玄奘譯經時對許多舊譯作了批評，並用小字夾注說明，施氏便利用這些改正舊譯的夾注克服沿譯蒙蔽的語音實際。〔註 76〕由於玄奘是華僧，所操的漢語方音不以久居的譯經地爲據，而參考其語音習成的故鄉，施文云：「玄奘（公元 600～664 年）出生在洛陽附近的緱氏，形成自己的語音習慣的時代是在洛陽度過的。因此，他所操的方音當爲中原方音。」〔註 77〕從玄奘年譜觀之，玄奘十九歲以前都沒離開過洛陽，十九歲因中原兵亂隨兄入蜀，至二十三歲去蜀東行荊州、吳會暫住，二十六歲西赴長安，旅居三年後又西行取經，四十六歲回國後長住國

〔註 75〕尉遲治平：〈周、隋長安方音初探〉，《語言研究》第 2 期（1982 年），頁 18～19。

〔註 76〕施向東：〈玄奘譯著中的梵漢對音和唐初中原方音〉，《語言研究》第 1 期（1983 年），頁 27。

〔註 77〕施向東：〈玄奘譯著中的梵漢對音和唐初中原方音〉，《語言研究》第 1 期（1983 年），頁 27。

都長安直至圓寂，其間一年陪從高宗返洛陽譯經。〔註78〕值得注意的是，玄奘青少年時期居住洛陽，所謂「少小離家老大回，鄉音無改鬢毛衰」，「少小離家」而能「鄉音無改」，說明幼年學習語言的環境影響日後最深刻也最久遠。玄奘二十六歲才西赴長安，也不過旅居三年，即便取經榮歸後久居京師近二十年的時間，也是中年以後的事了，很難想像青年旅居三年與中年以後長住的京師，其影響力凌越青少年學習語言的黃金階段。因此，筆者贊同施文主張，視家鄉洛陽音為玄奘方音來源而非久居京師的長安音。

2、長安、洛陽韻組的分合

尉文、施文的研究對象與玄應時代相近，且反映的方音同玄應均屬北音系統。玄應是初唐人，尉文研究的音譯語料則是周隋時期譯經師所譯；施文以初唐玄奘音譯的佛典為研究對象，而玄應嘗追隨玄奘投身譯經事業，《一切經音義》就是在譯經期間撰寫，二人關係更是密切。周隋譯經師音譯的佛典反映長安方音，初唐玄奘對音的佛經呈現中原方音，二音分隸北方的關西與關東，適與玄應音比較，觀察玄應音近於何者。尉、施二人以梵漢對音的語料為研究對象，最大的優勢在於梵文屬表音文字，漢字與之相對，便知當時漢音音值，因而尉、施撰文不但列出當時中古音韻系統的聲類、韻類，甚至為其擬測音值，該音值俱以國際音標顯示。由於本文目的非求中古長安、中原方音的音值，一概省略音值不討論，僅聚焦尉、施研究長安、中原韻目分合的狀況，摘出支脂之、談覃、嚴凡、庚三清、東－冬等五組韻組，齊併與顏師古、玄應韻系的五組韻組對照，比較其間異同，如下表所示：

表 3-16　顏師古、玄應與長安、洛陽韻組的比較

撰者/譯者	顏師古	闍那崛多 闍那耶舍 耶舍崛多 達摩笈多	玄應	玄奘
撰著/譯著	《漢書註》	42 部 178 卷佛經	《一切經音義》	75 部 1335 卷佛經
撰著/譯著時間（公元）	637～641	564～604	約 645～661	645～664

〔註78〕詳楊廷福：《玄奘年譜》（北京：中華書局，1988 年）。

所操方音	長安音	長安音	？	洛陽音
支脂之	合	合	支獨立 脂之併韻	合
談覃	合	合	分	合
嚴凡	分	分	合	合
庚三清	合	合	分	分
東一冬	分	合	合	東一（冬）分

上表玄奘韻系「冬韻」以括號表示，是遵從施向東的作法，意指冬韻字未見於音譯的佛經中，施氏認為玄奘韻系當有此韻，便參考前賢擬音，將冬韻視作與鍾韻主元音相同的一等韻，因此與一等東韻分立。但從初唐詩人用韻的普遍現象可得，冬韻與東韻較鍾韻通押頻繁，冬東主元音顯然較冬鍾主元音接近。而施氏因冬韻字未見音譯語料所作的安排是否妥當，筆者暫持存疑態度。由上表知顏師古與四位梵僧五韻組的析合最接近，唯「東一冬」一組不同，餘四組全同。值得一提，顏師古的撰著與四位梵僧的譯著時間相差逾半個世紀，這四組韻組在長安一地析合仍維持一致，除了表示該韻組在這段期間穩定發展外，亦說明顏師古與四位梵僧所操語音確為長安音。玄應撰著時間與玄奘譯著時間重疊，二人同在京師長安譯經，分別取二人韻組與四位梵僧的韻組比較，玄應與四位梵僧的雷同處僅「東一冬合併」，玄奘與四位梵僧的相同處唯「支脂之合併」與「談覃合併」，其餘都不相同，可見玄應、玄奘雖在長安譯經，所操語音卻非長安音。知玄奘語音是洛陽音，玄應與之相同處有「嚴凡合併」、「庚三清分立」。前文以「詩人用韻」檢視玄應韻系時，無法從嚴凡韻組推測玄應音的地域範圍，現在以「梵漢對音」理得的韻系就可彌補之前研究方法的不足，清楚指出洛陽音的嚴凡兩韻同玄應是合併的。玄應音與洛陽音僅二處相同，不足認定玄應音即洛陽音，但相較玄應音與四位梵僧所操的長安音僅僅一處雷同，玄應音明顯靠近洛陽音。再回顧「詩人用韻」檢視玄應韻系的研究結果，符合「談獨用、覃獨用」與「庚獨用、清獨用」的兩位詩人，家鄉均位居洛陽與函谷關之間，洛陽地處關東，玄應音近洛陽音但非洛陽音，又兩位詩人家鄉盡在洛陽西側不遠處，由此推測玄應所操語音當在洛陽與函谷關之間，隸關東音範疇。

第四節　從玄應聲系驗證音系的隸屬

前賢以爲玄應音系屬北方音，筆者取玄應音系與同是北音的顏師古音系相較，發現二者音系中的韻母系統歧異處至少有五，而聲母系統顯著的不同僅一處，相形之下，韻系比聲系更具比較價值，但亦不容忽視玄應與顏師古聲系間唯一的分歧處，因此，筆者撰文以探討韻系爲主，聲系爲輔，將聲系置於韻系之後討論，意在驗證自韻系檢視玄應音系性質所得的結論。

底下大別兩部分論述，首先掌握玄應聲系是南或北的地域範疇，確定南北大域之後，再進一步縮小範圍考察玄應聲系隸屬的可能區域。對於玄應聲系隸屬南北的研判，同韻系的處理方式，取代表南音的曹憲聲系與北音的顏師古聲系同玄應聲系比較，不同的是，三者聲系的比較完全準照董忠司的研究成果。董氏於 1998 年撰〈陳隋初唐漢語聲母綜論——曹憲、陸德明、顏師古、玄應四家音註的綜合考察〉（以下簡稱「董文」），希望通過《切韻》前後時期的四本音義書《博雅音》、《經典釋文》、《漢書註》、《一切經音義》，檢視《切韻》「從分不從合」的原則不僅落實於分別韻目上，也一樣實踐於聲類的析合中。董氏將《博雅音》、《經典釋文》視作南音，《漢書註》、《一切經音義》當成北音，而四本音義書的語音系統除了董氏專司《博雅音》與《漢書註》的研究外，尚有其他前賢做過專門性的探討。董氏行文脈絡首在檢討前賢對於四本音義書中聲類的研究成果，其次按照董氏檢討後的四家聲類分合情況，比較南音與北音的差異，最後得到的結論是《切韻》於聲母方面也「從分不從合」地兼收當時共通語的南北之異來畫分聲類。〔註 79〕由於董文已詳盡考覈曹憲、顏師古、玄應聲系間的差異，下文若對比三家聲系，筆者僅援引董氏論述，不另作討論。

（一）玄應聲系南北的歸屬

與前文韻系處理方式相同，分別取南音代表曹憲《博雅音》與北音代表顏師古《漢書註》的聲系，同玄應聲系比較，由於董忠司已撰文深入探究三家聲母系統的差異，筆者直接徵引董文的研究成果，不多作筆墨檢討。

關於曹憲《博雅音》的聲類分合，董氏根據自己的碩士論文《曹憲博雅音之研究》與丁鋒《博雅音音系研究》進行討論，二人歧異處主要是輕唇音「非

〔註79〕董忠司：〈陳隋初唐漢語聲母綜論——曹憲、陸德明、顏師古、玄應四家音註的綜合考察〉，《新竹師院學報》第 11 期（1998 年），頁 504。

敷奉」三母是否分立，與「從邪」二母的分合。董氏早先主張曹憲聲系輕唇音尚未分出，從邪二母當合併；丁鋒則以為輕唇音「非敷奉」三母已析出，而微母尚與明母混同，以及從邪二母當分立。爾後，董氏從丁鋒輕唇音「非敷奉」三母分立的說法，但同時強調輕重唇音混淆嚴重，至於從邪二母合併與否，董氏堅持早先主張，乃基於「從邪二母混切比例偏高」、「從邪二母可系聯成一類」、「從邪二母分合當與神禪二母同步」等三個理由，丁鋒同董氏認為曹憲聲系的「神禪」二母合併，董氏則以「從邪」與「神禪」分合同步的說法較佳，既然神禪合併，從邪也應當合併處理。因此，董文列出《博雅音》的聲類有 38 個，分別為：幫滂並明【以上重唇】、非敷奉【以上輕唇】、端透定泥【以上舌頭】、知徹澄娘【以上舌上】、精清從心【以上齒頭】、莊初床疏【以上正齒二】、照穿神審【以上正齒三】、見溪群疑【以上牙音】、影曉匣為喻【以上喉音】、來日【以上舌齒音】。《博雅音》聲類縱然有 38 個，董文也不外強調輕唇三母雖分立，但混淆嚴重，舌音端知二系亦分，卻也略有混淆，且反切上字依照一二四等與三等分用的趨勢不明，以混用居多。〔註80〕

　　董文對於顏師古《漢書註》聲類的釐定仍以董忠司博士論文《顏師古所作音切之研究》的研究成果為主，主張顏師古聲系有 40 個聲類，分別為：布（幫）普（滂）步（並）莫（明）【以上重唇】、方（非）芳（敷）扶（奉）【以上輕唇】、丁（端）吐（透）徒（定）乃（泥）【以上舌頭】、竹（知）丑（徹）直（澄）女（娘）【以上舌上】、子（精）千（清）才（從）先（心）辭（邪）【以上齒頭】、側（莊）初（初）仕（床）所（疏）【以上正齒二】、之（照）尺（穿）食（神）式（審）上（禪）【以上正齒三】、工（見）口（溪）其（群）五（疑）【以上牙音】、於（影）許（曉）胡（匣）于（為）弋（喻）【以上喉音】、力（來）人（日）【以上舌齒音】。為了與上述曹憲聲類比較上的方便，筆者調整董文中顏氏聲類的排列順序，內容照舊。董氏選擇聲類名目的作法同韻目名稱的選用原則，均以出現次數最多的字擔任，韻目名稱取反切下字使用頻率最高者，聲類代表字則取反切上字使用次數最多者。括號內的字是與顏師古聲類相當的《廣韻》聲類，以便和曹憲聲類參看。不難發現，曹憲和顏師古最顯著的差異在「從邪神

〔註80〕董忠司：〈陳隋初唐漢語聲母綜論——曹憲、陸德明、顏師古、玄應四家音註的綜合考察〉，《新竹師院學報》第 11 期（1998 年），頁 492～493。

禪」的分合，南音從邪併，神禪合，而北音從、邪、神、禪俱分，正合顏之推《顏氏家訓‧音辭篇》言：「南人以錢（從）爲涎（邪），以石（禪）爲射（神），以賤（從）爲羨（邪），以是（禪）爲舐（神）。」明白道出南方人從邪不分、神禪合一。此外，南北音系唇音與舌音雖然都呈現輕重唇與舌頭舌上分途的態勢，但有程度上的差異，董文特別指出，北音無論唇音或舌音都比南音的分化來得徹底，且顏師古選用反切上字頗有三等和一二四等分用的傾向，董氏於切上字歸納出「於（影）、許（曉）、工（見）、口（溪）、五（疑）、布（幫）、普（滂）、步（並）、力（來）」等九母符合該現象，認爲這九個聲類還可以按三等與一二四等的分用各自別出一個「次類」。〔註81〕

關於玄應的聲母系統，董文主要依據周法高撰寫的三篇文章進行解讀，分是〈玄應反切考〉、〈論切韻音〉、〈三等韻重唇音反切上字研究〉，以爲周法高尚未明確分立玄應聲系的輕重唇音，事實上，周氏於 1984 年發表的〈玄應反切再論〉已表明玄應唇音分別輕唇與重唇，並推測「在玄應時，唇音可能已經讀作 pf-，pf‘-，bv-，mv-了」。〔註82〕董文雖未參考周氏〈玄應反切再論〉，仍根據玄應輕重唇互切明顯用上字輕唇切被切字重唇居多，此現象又可拿後世「憑韻定切」的概念來解釋，〔註83〕因而將玄應的輕唇四母分立，得玄應聲類有 41 個，分別爲：幫滂並明【以上重唇】、非敷奉微【以上輕唇】、端透定泥【以上舌頭】、知徹澄娘【以上舌上】、精清從心邪【以上齒頭】、莊初崇生【以上正齒二】、章昌船書禪【以上正齒三】、見溪群疑【以上牙音】、影曉匣云以【以上喉音】、來日【以上舌齒音】。以上 41 聲類即周法高〈玄應反切再論〉的主張，筆者文中提及玄應聲系亦以此作準據。值得注意的是，玄應聲系輕重唇音雖分立，但略有混淆。與南音曹憲聲系相較，最顯著差異的莫過「從邪神禪」分立與否，以及切上字有無分用態勢。玄應「從邪神禪」界線分明，並於「曉見溪疑」四個

〔註81〕董忠司：〈陳隋初唐漢語聲母綜論——曹憲、陸德明、顏師古、玄應四家音註的綜合考察〉，《新竹師院學報》第 11 期（1998 年），頁 498。

〔註82〕周法高：〈玄應反切再論〉，《大陸雜誌》第 69 卷第 5 期（1984 年 11 月），頁 204。

〔註83〕所謂「憑韻定切」，按董文中的解釋，指「憑韻母而改讀爲本音」。詳董忠司：〈陳隋初唐漢語聲母綜論——曹憲、陸德明、顏師古、玄應四家音註的綜合考察〉，《新竹師院學報》第 11 期（1998 年），頁 500。

聲類中出現一二四等與三等切上字分用的情形；〔註84〕與北音顏師古聲系相較，最鮮明的歧異處則是「明微」二母是否分立，玄應明微分立，顏師古則明微不分，三人聲系差異的簡表如下：〔註85〕

表 3-17　曹憲、顏師古、玄應聲系差異的簡表

人　名	從邪神禪	端知二系	幫非二系	切上字分用否
曹　憲	不分	分立，但略有混淆	分立，但混淆嚴重，明微不分	混用
顏師古	分立	分立	分立不混，明微不分	分用
玄　應	分立	分立	分立，但略有混淆	分用

已知曹憲屬南音，顏師古隸北音，二人聲系上的差異以「從邪神禪」和「切上字分用否」最具代表性，由上表知，南音顯然從邪併、神禪合，切上字的使用未因等第不同而分途，北音特徵則是不僅從、邪、神、禪四母劃界截然，連切上字也因等第不同而分用。較之玄應聲系，從邪神禪四母分立，切上字也呈現分用，顯示其聲系特徵近北音。至於「端知二系」與「幫非二系」在三人聲系中反映的現象較參差，分混或因條件而異，如脣塞音分出輕脣音，脣鼻音則否；或有程度上的不同，如雖言分立，但仍有「分立不混」、「略有混淆」、「混淆嚴重」的差別。先就曹憲、顏師古觀之，二者「端知二系」與「幫非二系」都呈現分立，但北音顏師古的分立情形都比南音曹憲來得徹底；再取玄應與二人相較，玄應舌音與脣音的分混也是近於北音，因此可以確定玄應聲系反映北音性質，但屬於北方何地，尚不能類推同顏師古屬關中音，因為上表亦顯示玄應與顏師古的聲系並非全然相同，其間關鍵性的差異在玄應明微分立，而顏師古明微不分，底下將以此為線索，試圖考察玄應聲系隸屬北方哪一區域。

（二）玄應聲系關東關西的釐定

已知玄應聲系反映北音性質，但隸屬北方何地，目前僅能掌握玄應與顏師

〔註84〕周法高：〈玄應反切考〉，1948 年重訂於南京，《歷史語言研究所集刊》第 20 冊上冊（北京：中華書局，1987 年），頁 390～391。

〔註85〕本表參酌董文，並依筆者論述需要略作修改。詳董忠司：〈陳隋初唐漢語聲母綜論──曹憲、陸德明、顏師古、玄應四家音註的綜合考察〉，《新竹師院學報》第 11 期（1998 年），頁 503。

・103・

古聲系於唇音明微分合不同來尋索。顏師古操關中音，隸關西大域，其明微二母不分，然玄應明微分立，是否呈現關東地區的語音特徵，筆者從與玄應同時期的玄奘法師的語音中尋索。玄奘操洛陽音，屬關東大域，根據施向東梵漢對音的研究成果，玄奘所用漢字對譯梵語輔音 p、ph、b、bh、m 的聲類統計如下：
〔註86〕

表 3-18　玄奘對譯梵語唇音所用漢字的聲類統計

梵語輔音	漢語對音字的聲類統計（個數）	所佔比例（百分比）
p	重唇：幫母 28、並母 4 輕唇：敷母 1	重唇：97 輕唇：3
ph	重唇：滂母 5	重唇：100
b	重唇：並母 14 輕唇：奉母 2	重唇：88 輕唇：12
bh	重唇：並母 17 輕唇：奉母 1	重唇：94 輕唇：6
m	重唇：明母 35 輕唇：微母 2	重唇：95 輕唇：5

　　上表「幫母 28」表示玄奘對譯梵語輔音 p 使用了 28 個幫母的漢字，百分比的計算方式則大別重唇與輕唇，如對譯梵語輔音 p 的漢字總計 33 個，而重唇字含幫母與並母，二者相加為 32 個，取 32 除以 33，便得重唇字於對譯梵音 p 的漢字中所佔比例，輕唇字亦如是計算，目的欲從數據中了解玄奘輕重唇混用情形。由上表得，玄奘對譯梵語唇音 p、ph、b、bh、m 甚少使用漢語的輕唇字對音，除對譯梵語 b 所用的輕唇字比例達 12%，其餘使用輕唇字的比例都低於6%，可謂輕重唇畛域分明，表示玄奘輕重唇已然分立。再檢視玄應梵漢對音的情形與玄奘相較，根據黃仁瑄的研究成果，玄應所用漢字對譯梵語輔音 p、ph、b、bh、m 的聲類統計如下：〔註87〕

〔註86〕本表不列玄奘對音的漢字，僅就施向東文章列出的對音字統計其聲類個數與所佔百分比，欲知玄奘對音所用漢字，詳施向東：〈玄奘譯著中的梵漢對音和唐初中原方音〉，《語言研究》第 1 期（1983 年），頁 29。

〔註87〕本表不列玄應對音的漢字，僅就黃仁瑄文章列出的對音字統計其聲類個數與所佔百分比，欲知玄應對音所用漢字，詳黃仁瑄：〈玄應音系中的舌音、唇音和全濁聲

表 3-19　玄應對譯梵語唇音所用漢字的聲類統計

梵語輔音	漢語對音字的聲類統計（個數）	所佔比例（百分比）
p	重唇：幫母 25、滂母 1、並母 8 輕唇：非母 2 其他：匣母 2、云母 1、以母 1	重唇：85 輕唇：5 其他：10
ph	重唇：幫母 1、滂母 3	重唇：100
b	重唇：並母 9 輕唇：非母 1、奉母 7 其他：以母 1	重唇：50 輕唇：44 其他：6
bh	重唇：幫母 2、並母 14 輕唇：奉母 1 其他：心母 1、邪母 1	重唇：84 輕唇：5 其他：11
m	重唇：並母 1、明母 27 輕唇：微母 3	重唇：90 輕唇：10

　　玄應對譯梵語唇音所用的漢字較玄奘複雜，除了使用漢語輕重唇字對譯外，尚出現以非唇音字對譯的情況，為求統計與數值比較的方便，筆者將這些非唇音字盡歸入「其他」項。計算百分比的方式同玄奘，只是玄應對音字若出現非唇音的漢字，這些非唇音字也納入計算之中，如玄應對譯梵語輔音 p 使用重唇字34 個，輕唇字 2 個，非唇音字 4 個，計算三者所佔百分比則以三者數值相加為底據，即 34 除以 40 便得重唇字於對譯梵音 p 的漢字中佔 85%。倘若聚焦玄應使用輕重唇字對譯的比例，與玄奘對譯的情形相較，列表如下：

表 3-20　玄奘與玄應對譯梵語唇音所用漢語輕重唇字的比例（百分比）

梵語	漢語	玄奘	玄應
p	重唇	97	85
	輕唇	3	5
ph	重唇	100	100
b	重唇	88	50
	輕唇	12	44
bh	重唇	94	84
	輕唇	6	5
m	重唇	95	90
	輕唇	5	10

　　　　母〉，《語言研究》第 2 期（2006 年 6 月），頁 29。

　　由上表知，玄應除了對譯梵語 b 所用的輕重唇字比例接近外，其餘明顯以重唇字對譯梵語唇音爲高，與玄奘的情形相似，而玄應對譯梵語 b 使用的輕唇字以奉母字最多，占 7 個，其中以「佛、梵」兩字對譯梵語者，施向東認爲二字在唇音分化之前就進入佛典，礙於宗教本身的崇拜對象，又不好輕易更改，只好沿用下來，[註88] 意即玄應以輕唇字「佛、梵」對譯梵語 b，多屬沿襲舊譯，不代表玄應不分並母與奉母，若此，扣除輕唇「佛、梵」二字重新統計玄應使用輕重唇字對譯梵語 b 的比例，將得到重唇字佔 60%，輕唇字佔 33%，足見玄應並母與奉母有別，只是不甚明顯。不過，從玄應對譯梵語 bh 所用輕重唇字的比例來看，亦足說明其唇音並、奉二母當分。總括上述，玄應與玄奘輕重唇分途的情況相類，從數據顯示，玄奘唇音分化較徹底，玄應略混，與音義書中反切上字系聯觀察的結果相符，均呈現「略有混淆」；然玄奘音系屬關東洛陽音，其聲系明微二母分立，可推知明微分立是關東地區的語音特徵，玄應明微二母亦分，其聲系當屬關東音，與玄應韻系考察的結果不謀而合，印證玄應音系性質確爲關東音。

第五節　提出「注音有主從、音系屬關東」的論點

　　考察音義書中玄應注音的取向，知玄應注音有輕重主次，一般以讀書音爲主，讀書音中又以北方關中音爲主，其餘中國、山東，甚至南方江南音讀盡爲從。然高僧注音的取向能否證明自身的語音基礎亦是關中音？筆者取玄應音系中的韻母系統當作考察對象，在不明玄應語音習成之地是北是南的情況下，首先與時代相當的南北語音進行比較，南音以隋代曹憲《博雅音》反映的江都音爲代表，北音則以初唐顏師古《漢書註》呈現的關中音爲代表。選擇《博雅音》、《漢書註》的原因除了作者生處時代與玄應相近同外，二書性質與玄應撰寫的《一切經音義》同屬「音義書」也是主要考量，三書差別僅在前二書是儒家音義書，而玄應是爲佛教撰著。此外，董忠司主張《博雅音》與《漢書註》反映的語音都是作者家鄉的讀書音，若玄應韻系與之相較，無論與何音相近，不僅可以確立玄應音系是南或北的地域屬性，也能藉此知悉玄應的語音基礎是讀書

[註88] 施向東：〈玄奘譯著中的梵漢對音和唐初中原方音〉，《語言研究》第 1 期（1983年），頁 31。

音而非方俗之音。比較之後察得，玄應韻系不似南音同攝三、四等韻多併韻，且韻目析合多處與北音相同，可見玄應音系屬北音性質。其次，摘出玄應不同於顏師古韻系的五組韻組，先後探詩人用韻的分布情形與梵漢對音呈現的韻目析合，比對玄應的五組韻組，尋索與玄應韻系相符應的方言點，進而推測玄應音系的地域範圍當在「洛陽與函谷關之間」，屬北方關東音。且不獨玄應韻系呈現關東地區的語音特徵，自玄應聲母系統考察的結果亦是如此，更加確立玄應音系屬關東音性質。

顯然，玄應注音取向與所操音系大異其趣，注音以關中書音為主，關中隸關西範疇，屬關西音，而玄應所操音系的語音基礎卻為「洛陽與函谷關之間」的關東音，何以致之？玄應生平於史不詳，不明生年、籍貫，只知他在貞觀十九年（645）以「京大總持寺沙門」的身分加入玄奘譯場，「京」即京師長安，推測玄應可能早在貞觀十九年以前就已經駐錫長安，但何時駐錫？是否足以影響玄應語音的習成？皆未可知。因此，玄應所操語音究竟以何地為基礎，除了前賢多採駐錫地長安的說法外，事實上還預留很大的討論空間，而筆者認為玄應的語音基礎來自關東音，由於玄應駐錫長安至少十六年，時間不算短，且長安為唐代國都，語音具有代表性，玄應於此地撰寫音義書，在熟悉當地語音的背景下，通過本身關東音系記錄關中書音，甚或其他地域的書音，是很有可能的。

通過以上論述，回頭檢視前賢對於玄應音系性質的看法，依據高僧駐錫地憑判的學者，提出玄應音系性質屬長安方音，如周法高舊說、王力、葛毅卿；抑或主張玄應音系反映長安地區的標準語，該標準語必為北方方言，但屬長安或洛陽則不明，以周玟慧為代表；黃坤堯則指陳玄應音系即長安的雅言與經音。以上三說的憑據雖同，都是以高僧駐錫地立論，玄應所操語音也不出長安範疇，卻能大別為「方音」與「書音」兩種不同的語音性質，此處須解決的問題就有兩個，一是駐錫地能否顯示高僧音系，二是該音系反映的是方音還是書音？從筆者前文的論述可知，根據高僧駐錫地判斷音系性質者，欠缺考慮該條件僅止左右玄應注音的取向，玄應久居長安，熟習當地語音，又長安為唐代首都，長安音恰為全國通行語，以其當作音注，適足普羅大眾通曉，達弘法傳教目的，意即高僧注音取向很可能隨當時通語不同而移易，但自身音系形成後卻不易因外力而移轉，因此，注音取向不一定代表高僧語音基礎。筆者自玄應書中標注

字音的形式察得，高僧注音不僅多取關中音，即長安音，更以讀書音爲主要注音依據。而玄應音系屬於方俗音抑或讀書音的問題，透過與《博雅音》、《漢書註》兩本音義書反映的韻系比較之後，玄應音系當是讀書音。

高僧駐錫地或首都所在地能決定的僅限玄應注音取向，無法斷定玄應所操音系的性質，竊以爲唯有利用玄應音系中聲、韻系統反映的特徵去考察其分布範圍，才能眞正掌握玄應的語音基礎。

前賢除了以高僧駐錫地判斷玄應音系性質外，周法高就史實立論，更易之前長安方音的主張，認爲玄應所操語音當淵源自洛陽舊音，周氏前後易說的舉措即昭示高僧駐錫地不足憑恃作爲斷定玄應音系性質的依據，而洛陽舊音隸關東，與筆者考察結果相類，只是玄應音系反映的是否眞屬洛陽舊音的形態，由於筆者所學有限，目前尚無法論斷。至於董志翹根據玄應書中的行文用語，以及徐時儀標榜古籍基本音系一致，兩人都主張玄應音系反映當時讀書音，無所謂專主何地，此說與本論文研究目的不符，不予評論。

第四章　玄應音義中的方音現象

　　明陳第《讀詩拙言》云：「一郡之內，聲有不同，繫乎地者也；百年之內，語有遞轉，繫乎時者也。」道破時變地轉音自各面的恆律。玄應於初唐撰寫《一切經音義》，專爲佛家經典中的字詞正形、注音、釋義，就注音來看，玄應除了標注心目中的標準音之外，尚記錄某地方音，如「即厭」條下云：「於冉反。《字苑》眠內不祥也。山東音於葉反。」（第九 420-6）玄應注厭音「於冉反」與記錄的山東音「於葉反」差別在韻母不同，前者琰韻，後者葉韻，分是鹽韻相承的上聲韻與入聲韻，介音、主元音相同，唯韻尾一是雙唇鼻音-m 收尾，一是雙唇塞音-p 收束，察得玄應音與山東音之間的歧異，然造成二音歧異的原因爲何，是語音歷時的自然演變抑或其他因素導致？以下分三節論述，首先確立玄應劃界地域的方言分區觀，其次檢視書中方音歧異現象的來龍去脈，最後歸納書中方音歧異產生的原因，並指出各方言區於初唐呈現的語音事實。

第一節　書中的區域名稱

　　討論玄應音義中的方音現象以前，首要掌握玄應劃界地理區域的基本架構。綜觀前賢研究成果，唯周法高於文章中專立一節探討玄應書中的方言區域，之後學者僅行文時約略提及個人看法，並不深入。周氏是探究該問題的第一人，首創之功實不可沒，但也正因首創，論述內容尚有可增補與待商榷處，筆者不

揣鄙愚提出一些淺見。底下分兩部分，第一部分介紹前賢周法高的論點，認爲玄應的方言區域以關西、山東、江南立基，偶提幽冀與巴蜀，筆者便根據周氏的論述內容，援引音義書中的內證與外部證據試圖增補與修正。第二部分鑑於周說未詳盡羅列書中所見的區域名稱，筆者以玄應使用的區域名稱爲前提，剔除玄應徵引古籍時出現的區域名稱，全面尋索書中可見的區域名稱，舉一例爲證，並予以歸入第一部分所劃界的區域大類。書中見得區域名稱的詞目、詞條內容與出處，詳參文末附錄「玄應使用的區域名稱」之整理，底下論述過程僅舉一例說明，並於例證後的括號內注明出處。

（一）對周法高論點的探討

周法高於 1948 年撰〈玄應反切考〉一文，文中專立一節「玄應書中的方言區域」，討論玄應撰著《一切經音義》書中提及的方言區域，以檢視初唐方言區劃的情形。該內容於同年亦發表在周氏撰〈從玄應音義考察唐初的語音〉一文中，比對二文內容無多大出入，下文介紹周氏論點盡以後文爲準。

1、對區域名稱「並舉」的解讀

周氏探討方言區域，主要根據玄應解釋詞目的行文模式判斷，方言區域於行文中出現的形式大別「並舉」、「互用」、「單獨出現」三種，首先看何謂「並舉」。「並舉」的例子如詞目「烏伏」的詞條內容爲「今江北通謂伏卵爲菢，江南曰蓲，音央富反。」（第五 228-7）在同義的基礎上，江北、江南稱呼不同，玄應同時列出，謂之「並舉」。再如「柱䃍」條下內容爲「古文踔同，蒲米反，北人行此音。又必尒反，江南行此音。」（第二 89-2）亦是以同義，甚至同一字形爲前提，玄應將北人、江南䃍字相異的音讀同時列出，亦屬「並舉」之例。由此可知，「並舉」的意涵包括「同義異稱」的詞彙並舉與「同形同義異音」的語音並舉。

方言區域的並舉種類以兩地區域並舉居多，周氏列出玄應書中的並舉種類有「江南（或南土）和北人（或北土）並舉」、「江北江南並舉」、「關西（或陝以西）和山東並舉」、「江南與山東並舉」、「江南關中並舉」、「中國江南並舉」等六種，三地並舉唯「江南、山東、關西（或陝以西）三者並舉」一種，如「菸瘦」詞條內容爲「《韻集》一餘反。今關西言菸。山東言蔫，蔫，音於言反。江南亦言矮，矮又作萎，於爲反。」（第十 451-11）〔註1〕同義之下，關西、山東、

〔註1〕周法高：〈從玄應音義考察唐初的語音〉，《學原》卷 2 期 3（1948 年），頁 44～45。

江南的稱呼各異，屬用詞上的不同。從周氏列舉的方言區域並舉的種類，可歸納玄應使用的南、北地域名稱分別有：關西（或陝以西）、關中、山東、中國、江北、北人（或北土）等屬北方地域；江南（或南土）隸南方地域。周氏列舉的條目中出現關西（或陝以西）、北人（或北土）、江南（或南土）等以括號內注明或稱，表示關西等同陝以西，北人等同北土，江南等同南土，涵蓋的地域範圍無二，只是玄應用語不一導致的別稱。

此處「陝以西」，周氏雖未說明「陝」指何地，但從其將陝以西與關西劃上等號來看，陝當指「陝陌」，在今河南省陝縣西南，〔註2〕近函谷關，因此陝以西相當於函谷關以西，即關西地區。而江南與南土劃上等號，乃周氏據《顏氏家訓》中的江南意涵推敲，《家訓》卷六〈書證〉一句「江南別有苦菜，……今河北謂之龍葵。」周氏指出所謂「江南」乃泛指南方，並不一定是長江以南，所謂「河北」乃泛指北方，並不一定是黃河以北。〔註3〕於是他認為玄應的江南意同南方泛稱，非指長江以南而言。若順著周氏的思路推衍，所謂「江北」亦是北方泛稱，等同北人與北土泛指北方大域的意涵。筆者認為江北、江南以長江作區域劃分無可厚非，比對貞觀元年（627）依山川形勢分全國為十個行政區域，其中就據長江為界，以南稱之「江南道」，玄應生處行政區域已劃界之時，難說他使用的區域名稱不受政區名稱影響，況且以長江劃界南北，以南泛稱南方大域，以北泛稱北方大域，涵蓋關東與關西，並不衝突。

山東的範圍，據周氏說法包括今山東、河南，之所以認定河南隸山東範疇，緣於玄應釋義一句「山東名為濼，鄴東麤鵝濼是也。」（第十二 548-2）可資為證。〔註4〕周氏未明言「鄴」指何地，不過從他將鄴視作河南，便知鄴非指春秋齊邑，而是位於今河南安陽的鄴郡。〔註5〕今山東、河南俱隸函谷關以東，即關東地區，又古時通稱崤山或華山以東為山東，〔註6〕崤山、華山分別座落函谷關

〔註2〕 戴均良主編：《中國古今地名大詞典》中（上海：上海辭書出版社，2005 年），頁1996。

〔註3〕 周法高：〈從玄應音義考察唐初的語音〉，《學原》卷2期3（1948 年），頁44。

〔註4〕 周法高：〈從玄應音義考察唐初的語音〉，《學原》卷2期3（1948 年），頁45。

〔註5〕 戴均良主編：《中國古今地名大詞典》中（上海：上海辭書出版社，2005 年），頁1479。

〔註6〕 戴均良主編：《中國古今地名大詞典》上（上海：上海辭書出版社，2005 年），頁

東、西側，近函谷關處，玄應所言的山東或可等同關東看待。至於關中與中國的內涵爲何，必須從另一種方言區域出現的形式來檢視。

2、對區域名稱「互用」的修正

玄應書中第二種方言區域出現的形式是「互用」，如「皖節」與「泰篝」詞條內容分見「又作垸，同胡灌反……今中國人言垸，江南言䜴，音瑞。」（第十八 827-9），以及「又作䜴，同音瑞。江南名䜴，北人名皖，音換。」（第二十939-6）劃線處爲筆者添加，以突顯焦點，下皆仿此。兩詞條的內容顯示玄應使用不同的區域名稱，一爲中國人，一爲北人，指稱同一事物的名稱卻同爲「皖」（或異體字「垸」），周氏謂之「互用」。周氏列舉音義書中方言區域的互用種類有：中國人和北人互用、江北和關中互用、關中和中國互用等三種，其中「江北和關中互用」列舉的詞條內容爲「江北名泔，江南名潘。」與「江南名潘，關中名泔。」前者見於「潘瀿」（第九 410-10）下的釋義，而後者的出處可疑，周氏注明該條出處在第十五卷上欄數碼爲「710」處，筆者尋得詞目「米潘」，釋義內容是「敷煩反。《字林》淅米汁也。」（第十五 710-6），未見「江南名潘，關中名泔。」的說法。再者，除周氏舉出的例子外，全書不見「江北和關中互用」的詞條，因此筆者認爲該項互用是有問題的。

至於「關中和中國互用」，周氏舉「纊目」與「木柿」條下內容爲例，分別是「今江南謂斫削木片爲柿，關中謂之札，或曰柿札。」（第十 445-2），以及「江南名柿，中國曰札，山東名朴豆。」（第十八 846-9）。〔註7〕關中、中國區域名稱不同，但指稱同一事物時，都叫做「札」，謂之「互用」。由上述周氏所舉的互用例，知周氏盡舉詞彙方面的互用例，獨漏語音，事實上語音在音義書中也出現互用的例子，如「刀鞘」詞條內容分見「江南音嘯，中國音笑」（第十四 679-5）與「江南音嘯，關中音笑」（第十七 775-1），中國、關中的「鞘」字音讀皆爲「笑」音。

前面「並舉」的意涵是建立在同義、有些甚至同字形的基礎上，比較異地詞彙或語音的不同，出自一種「對立」的概念，而周氏以爲的「互用」，從他認爲中國人和北人互用，表示「中國即指北方」的觀點來看，「互用」的功能是把

231。

〔註7〕周法高：〈從玄應音義考察唐初的語音〉，《學原》卷2期3（1948年），頁45。

具有共同詞彙或共同語音，但區域名稱相異的兩地「等同」起來，因此中國泛指北方。同理，關中和中國互用則說明關中除了當關中地區解釋外，還兼具另一意涵，即同中國泛指北方。〔註8〕對於周氏將異地並舉視作對立的想法，筆者深表贊同，然相異的區域名稱出現「互用」，周氏解讀成兩個相互爲用的區域名稱實際上是一種「等同」關係，意指同一內涵下的別稱而已。筆者認爲此說有待商榷，這可以從書中其他互用的例子來檢驗，如下所示：

表 4-1　玄應書中區域名稱互用例

組別	詞目	內　　　容	出　處
1	筏喻	扶月反。《方言》簰謂之筏……南土名簰，<u>北人名筏</u>。	第三 164-6
	若簰	又作箄同，父佳反……<u>秦人名筏</u>，江南名簰。	第十四 658-8
2	搏食	徒丸反……律文作揣。《說文》揣，量也。音都果<u>反，北人行此音</u>。又初委反，江南行此音。揣非字義。	第十四 645-4
	搏食	徒官反……論文作揣，音初委反，測度前人曰揣，江南行此音。又<u>都果反</u>，《說文》揣，量也。<u>關中行此音</u>。	第十八 830-4

上表第一組南土與江南具有共同詞彙「簰」指稱同一事物，前面已述玄應所指江南可謂長江以南的地區，言南方的泛稱亦無不可，因此南土、江南可視作等同意涵，但北人與秦人卻很難如是推想，北人屬泛稱，泛指北方大域，秦人除了指北地外，更縮小範圍指稱函谷關以西的關西地區，是一種大地域「北人」與含攝其中的小地域「秦人」的關係，並非等同。

　　又第二組北人與關中讀「揣」音均是「都果反」，不一定非得關中身兼兩種意涵，時而指關中地區，時而又泛稱北方，若讓關中一詞專司其職，僅代表關中一地，也可以合理說明北人與關中互用的現象，即北人指北方大域，關中隸屬北方，是北方的一部分，此處互用的概念便能解讀爲一種大地域與小地域的關係，而前文提及「中國人和北人互用」未嘗不可作如是觀，但必須解決的是「中國」所指爲何？前賢董志翹、徐時儀曾略述玄應書中的「中國」意涵，董氏根據玄應行文時使用的區域名稱，判斷玄應注音的語音依據，論述中透露董

〔註8〕周法高：〈從玄應音義考察唐初的語音〉，《學原》卷2期3（1948年），頁45。

氏以爲的「中國」意涵，他說：

> 若玄應在爲經注音時是採用的長安音，則在方音中不當再言「關中」，若以洛陽音爲標準，則又不當再言「中國」。〔註9〕

言下之意，董氏主張玄應所謂「關中」，指的就是長安音，「中國」即洛陽音，前者屬關西，後者隸關東，分屬不同地域。徐時儀於《玄應眾經音義研究》中亦有相類的看法，他說：「玄應所說的中國指中原，關中即關西，都是指北方而言。」〔註10〕中原亦隸關東地區，核心地也是洛陽，董、徐主張可以說是一致的。筆者贊同兩位學者主張玄應書中的「中國」指洛陽，或洛陽地處的中原地區，理由可從前代佛教文學專著《洛陽伽藍記》、同時之人使用的地域名稱，以及當時洛陽、長安政經地位相當等三方面檢視，論證詳參前文（頁15-17）。此外，玄應並舉相異地域的種類中，以南、北地域並舉最常見，其中又以「江南與中國並舉」、「江南與關中並舉」高居並舉數量一、二名（詳見附錄頁220、221），知中國與關中在玄應心目中具有舉足輕重的地位，且兩地地位相當，適與洛陽、長安關係相應合，所以有足夠的理由相信玄應指稱的「中國」就是洛陽或中原地區，與關中的意涵不同。若此，「關中和中國互用」的解讀不爲關中等同中國，而純粹是相異的兩地恰好對同一事物有共同的稱呼，或對同一字音的讀法相同罷了。綜合上述，相異的兩個區域名稱「互用」，不只一味視作「等同」關係而已，得依區域名稱確屬的涵蓋範圍決定是大小地域的關係抑或純指異地有共同稱讀。

3、對區域名稱「單獨出現」的增補

最末一種區域名稱表現的形式爲「單獨出現」，指一詞條的釋義內容僅見一處區域名稱，不見他地並舉，或與他地相互爲用，如「陰㿗」條下云「尰，上隴反，《爾雅》腫足爲尰。今巴蜀極多此疾，手臂有者亦呼爲尰也。」（第十 471-5）獨見「巴蜀」區域名稱；又「前庌」條下云「《說文》堂下周屋曰庌。幽冀之人謂之庌，今言廳庌是也。」（第十七 806-4）獨見「幽冀」一處區域名稱。周氏以爲玄應使用巴蜀、幽冀二地的頻率不似關西、山東、江南三地來得頻繁，在於音義作者對於後三地較熟習，前二地較陌生，而幽冀相當今河北省，巴蜀則

〔註9〕 董志翹：〈《切韻》音系性質諸家說之我見〉，《中古文獻語言論集》（成都：巴蜀書社，2000年），頁375。

〔註10〕 徐時儀：《玄應眾經音義研究》（北京：中華書局，2005年），頁320。

位於今四川省。〔註11〕音義書中單獨出現的區域名稱不只有巴蜀、幽冀，另見江南、山東、關西、北人、江北、關中、中國等，甚或周氏全文未提及的江東、楚人、荊州、南陽、青州、高昌……等地區皆獨見於一詞條中，揣想周氏為文目的應是借區域名稱並舉、互用、單獨出現的三種形式，討論玄應構築初唐方言區域的基本架構，已依據並舉、互用得知的區域名稱與範圍，便不再單獨出現的形式中複述，至於未提及的區域名稱盡可納入江南、山東、關西三大地域，只要能夠掌握玄應劃分區域的輪廓，其餘細節都不難解決，或許周氏本意即求得玄應分區的大原則，細節留予後人繼續探究，筆者將於第二部分處理周氏未盡的區域名稱。底下根據周氏論點構擬玄應的方言區域圖，並置筆者增修的區域圖互作比較：

圖 4-1　玄應的方言區域圖

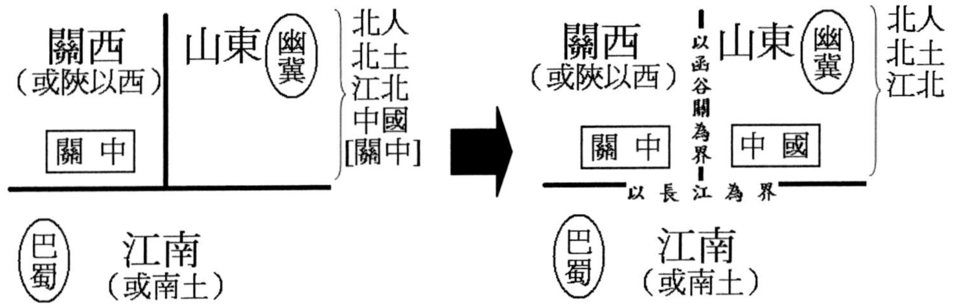

周法高設想的玄應區域圖　　　　　　　筆者增修後的玄應區域圖

玄應的分區以關西、山東、江南三地域為基幹，幽冀、巴蜀出現頻率低，將之附於山東與江南區域，以 ◯ 表示。周氏認為「關中」區域名稱兼具兩種意涵，時指關中地區，時而代表北方，故代表北方的關中，圖中以[關中]表示。增修後的區域圖較周氏於山東區域多出了代表中原地區的「中國」，修改「關中」的雙重意涵，使之專指關中地區，三大區的劃界範圍也較周氏更明確指出南北以長江為界，北方又以函谷關為界區劃東、西地域，其餘未增修的部分盡從周氏之說。

（二）玄應使用的區域名稱

　　由於玄應解釋字義時經常徵引古籍中的說法，古籍釋義若出現區域名稱，

〔註11〕周法高：〈從玄應音義考察唐初的語音〉，《學原》卷 2 期 3（1948 年），頁 45。

玄應也一併抄錄，這使得處理玄應區域用語的過程中，必須釐清哪些是古籍的區域用語，哪些是玄應使用的區域名稱，而前者的區域名稱尚包括見於徵引的古籍，也見於玄應使用，如下四例：

表 4-2　古籍與玄應使用的區域名稱

詞目	內　　　容	出　　處
羆䍦	彼宜反。《爾雅》羆如熊，黃白文。郭璞云：似熊而長頸……關西名多猳羆。	第二十四 1099-6
土陀	徒果反。《字林》小堆也。吳人謂積土爲陀。	第十五 700-4
訓狐	關西呼訓侯，山東謂之訓狐，即鳩鶹也，一名鴟鶹。	第一 44-6
掣電	昌制反。陰陽激耀也。關中名䟆電，今吳人名礛碏。	第六 294-7

上表☐爲筆者添加，原文無，以突出指稱處，下皆仿此。詞目「羆䍦」、「土陀」的釋義內容引錄自《爾雅》、《字林》，其中各出現關西、吳人的區域名稱，若關西、吳人僅見古籍徵引，不見玄應使用，表示該區域名稱只關涉古籍作者的分區觀點，非玄應本人，理當剔除於玄應區域用語之外，但見詞目「訓狐」、「掣電」的釋義內容，知玄應亦取關西、吳人當作自身釋義的區域用語，所以二名稱必須計入，理由是玄應雖沿用古籍舊稱釋義，事實上已融會自己既定的分區概念，有別引錄古籍原文所出現的區域名稱。而真正必須剔除的正是獨見徵引的古籍，不見玄應使用的區域名稱，只要排除此類，其餘都是玄應的區域用語。全書僅有四個區域名稱必須剔除，分列如下：

表 4-3　徵引自古籍的區域名稱

詞目	內　　　容	出　　處
希望	《說文》作睎同。虛衣反。睎，望也。海岱之間謂睎。……	第三 112-4
瘵其	側界反。……《三蒼》云：今江東呼病皆曰瘵，東齊曰瘼。	第十 459-2
皰癬	又作瘲同。私淺反。……《釋名》瘲，徙也。浸淫移徙處曰癬也。故青徐人謂癬爲徙。	第十五 687-1
抱卵	字體作菢，又作勼同。扶富反。《通俗文》雞伏卵，北燕謂之菢，江東呼蓲。……	第十八 821-8

「希望」與「皰癬」的釋義內容分別徵引《說文》、《釋名》的說法，核對原典，

玄應徵引並未完整抄錄，或用語略有出入，原典內文如下：

《說文》睎，望也，從目希聲。 海岱之間 謂眄曰睎。〔註12〕

《釋名‧釋疾病》癬，徙也。浸淫移徙處曰廣也。故 青徐 謂癬爲徙

也。〔註13〕

比對「希望」的詞條內容，玄應顯然是選擇性地節錄《說文》的釋義內容；「皰癬」的詞條內容與引錄的《釋名》原文亦有出入，不過多在「字形」不同，可能是玄應誤植，或傳寫訛誤所致。「療其」與「抱卵」的詞條內容各徵引《三蒼》、《通俗文》的說法，二本古籍作者除了提及東齊、北燕之外，尚並舉「江東」，但不據此把「江東」剔除，因玄應用語中亦出現「江東」，如：「所瀹」條下云「江東」呼瀹爲煠（第二十五 1141-5）；「園圃」條下云「江東」音布（第一 16-4）；以及「日虹」條下云「江東」俗音絳（第一 47-7）。以上「江東」一詞非出自古籍，而是玄應稱述方言區域所用，故僅排除東齊、北燕兩地區域名稱，江東仍列入考量。

　　剔除「海岱之間」、「東齊」、「青徐」、「北燕」四個區域名稱之後，得到玄應的區域用語有：（以下各區域名稱僅舉一例說明，重複出現者詳參文末附錄整理）

表4-4　玄應使用的區域名稱隸屬南方者

序號	詞目	內　　　容	出　　處
1	相攛	扶未反。南人謂相撲爲相攛也。	第十七 794-1
2	筏船	扶月反。《方言》簰謂之筏。……南土名簰，北人名筏也。簰，音蒲佳反。	第十四 643-4
3	牛㹞	居院反。《字書》㹞，牛拘也。今江淮以北皆呼牛拘，以南皆曰㹞。	第四 180-6
4	因楣	又作楔同，先結反。江南言欚，子林反。楔通語也。	第七 323-2
5	曲蟮	音善，即丘蚓也，亦名蜜蟺，江東呼爲寒蚓。	第十三 614-8

〔註12〕〔漢〕許慎撰，〔清〕段玉裁注：《說文解字注》（高雄：高雄復文出版社，1998 年），頁 133。

〔註13〕〔清〕郝懿行、王念孫、錢繹、王先謙：《爾雅、廣雅、方言、釋名》清疏四種合刊（上海：上海古籍出版社，1989 年），頁 1101。

6	掣電	昌制反。陰陽激耀也。關中名覢電，今吳人名礦硠，音先念反、大念反。	第六 294-7
7	蜰蝨	補奚反。……下所乙反，齧人虫也，山東及會稽皆音色。	第十七 791-1
8	成穀	又作殼同，口角反。吳會間音哭。卵外堅也。	第十 455-6
9	口爽	所兩反。楚人名美敗曰爽。爽，敗也。	第十 473-5
10	椑桃	音卑，似柿，南土有青黃兩種，荊州謂之烏椑。	第十四 662-3
11	熸燼	子廉反，下似進反。熸，吳楚之間謂火滅為熸。燼，火餘也。	第七 320-1
12	陰頹	徒雷反，《釋名》陰腫曰頹……尰，上隴反，《爾雅》腫足為尰。今巴蜀極多此疾，手臂有者亦呼為尰也。	第十 471-5
13	竿蔗	音干，下又作柘同，諸夜反。今蜀人謂之竿蔗，甘蔗通語耳。	第十四 654-5
14	竹篾	亡卑反，竹膚也。《聲類》篾，篾也。今中國蜀土人謂竹篾為篾也。	第十五 721-6

以上均屬南方大域的區域名稱，序號 1 至 4 是南方泛稱，若以長江上、中、下游看待序號 5 至 14 的分布，5 至 8 屬長江下游區，9、10 位長江中游，11 介於長江中、下游，12 至 14 均地處長江上游。由上述區域名稱可知，玄應的區域用語無統一規範，如泛稱南方的用語就有南人、南土、江淮以南、江南四種；江東、吳人應指同一區，涵蓋範圍相當；巴蜀、蜀人、蜀土也是指向同一地。

表 4-5　玄應使用的區域名稱隸屬北方者

詞目	內　　　容	出　處
鬼胭	又作咽同，一千反。胭喉也。北人名頸為胭也。	第二十五 1140-4
舂磑	亡佐反。郭璞注《方言》云磑即磨也。《世本》輸班作磑。北土名也。江南呼磨。	第十四 664-3
牛棬	居院反。《字書》棬，牛拘也。今江淮以北皆呼牛拘，以南皆曰棬。	第四 180-6
炙爍	又作爍同。力照反。今江北謂炙手足為炙爍。……	第七 310-2

以上區域名稱泛指北方大域，玄應將北方又分作山東與關西，兩處區域名稱或有別稱和隸於其中的其他區域名稱，如下所示：

表 4-6　玄應使用的區域名稱隸屬山東者

序號	詞目	內　　　容	出　處
1	欀棟	所龜反，下都弄反。……棟，屋極也。山東呼棟為檼，音於靳反。	第七 308-10
2	椎鍾	直追反。《說文》椎擊也。字從木。經文作槌，直淚反。關東謂之槌，關西謂之桴。……	第六 288-5
3	燬之	又作燬烸二形同，麾詭反。齊謂火為燬，方俗異名也。	第二十二 999-5
4	餬口	戶姑反。言寄食也。江淮之間謂寓食為餬。……	第八 390-4
5	絣卷	側耕反。《說文》絣，縈繩也。江沔之間謂縈收繩為絣，絣亦屈也。	第十五 719-11
6	雨霽	子詣反。《通俗文》雨止曰霽。今南陽人呼雨止為霽。	第七 348-4
7	鯷鱧	達隸反，下音禮。《字林》鯷，鮎也。……青州名鮎為鯷。	第十九 883-3
8	池濼	匹各反。濼，陂也。山東名為濼，幽州呼為淀，徒見反。……	第五 238-52
9	粟床	字體作麋麢二形同，亡皮反。禾稾也。關西謂之床，冀州謂之稾。	第二 106-1
10	前庌	五下反。《廣雅》庌，舍也。《說文》堂下周屋曰廡。幽冀之人謂之庌，今言廳庌是也。	第十七 806-4
11	蕃息	父袁反。蕃，滋也。謂滋多也。《釋名》息，塞也，言物滋息塞滿也。今中國謂蕃息為媲息，音匹万反。……	第一 45-2

　　以上均隸函谷關以東、長江以北的範疇，玄應稱之「山東」或「關東」。序號 5 的「江沔之間」，指長江與沔水之間，沔水即今漢水，位長江北岸，注入長江中游，江沔之間應在長江中游北岸，隸關東地區。序號 11 的「中國」指洛陽所在的中原地區。以上除「江沔之間」、「中國」與「南陽」較接近函谷關外，餘序號 3、4、7、8、9、10 皆位東岸臨海處。

表 4-7　玄應使用的區域名稱隸屬關西者

詞目	內　　　容	出　處
蚘蠆	勅芥反。《字林》皆行毒虫也。關西謂蠍為蠆蜥，音他達、力曷反。	第十六 751-5

齝食	又作齛。毛詩傳作呞同。勑之反。《爾雅》牛曰齝。郭璞云食已復出嚼之也。《韻集》音式之反。今陝以西皆言詩也。	第十四 681-7
若簿	又作𥴧同，父佳反。……今編竹木以水運爲簿，秦人名筏，江南名簿。	第十四 658-8
頸鴉	於牙反。白頭烏也。關中名阿雅。……	第十八 846-6
橋宕	徒浪反。宕猶上也。高昌人語之訛耳。	第十二 541-1

以上均屬函谷關以西、長江以北的範疇，玄應稱之「關西」或「陝以西」、「秦人」。「關中」指關中地區，若說「中國」是關東地區的心臟地帶，「關中」便屬關西地區的核心地域，具同等重要性。高昌本爲西域國家，座落唐土的西北境，於西元 639 年亡國，唐置西州統轄。爲更清楚掌握玄應區域用語的分布，各區域名稱所屬位置如下圖：

圖 4-2　玄應區域用語位置圖

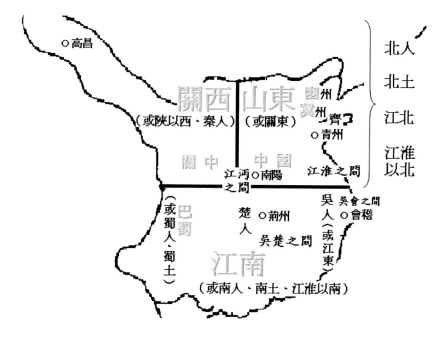

淺筆處指示玄應分區的基本骨幹，南北以長江劃界，大別江南、江北，江北又據函谷關爲界，分別山東與關西，前者以中國，即中原地區爲核心，後者以關中地區爲心臟。玄應偶爾提到幽冀與巴蜀，分隸山東與江南範疇。其餘黑體字多是周法高討論時未提及，筆者自玄應音義書中察得。介於兩地之間者，如江淮之間、江沔之間、吳楚之間、吳會之間，皆使用標楷體表示；地名或指稱某區域範圍，如青州、南陽、高昌、會稽、荊州等地名，以及齊、吳人、楚人等

指稱某一區域者，皆以細明體示之。由於玄應的區域用語體例不一，時有地域涵蓋範圍相同卻另見別稱的情形，均附括弧以文字注明，如關東與山東範圍一致，將關東視作山東的別稱，以括弧注明。

　　由上圖可知，音義書中出現的區域名稱分布並不平均，以江南、山東最多，關西最少，僅指出高昌一地與關中地區。或許可以從這一線索推想玄應以爲的三大分區，其內部方言歧異情形爲何。江南除了分出西邊的巴蜀外，尚可分別吳人、楚人、吳楚之間、吳會之間等四個小地域，以及會稽、荊州兩地的方言特色。山東除了分出東北方的幽冀與核心地域中國外，尚有齊、江淮之間、江沔之間等三個小地域，以及青州、南陽兩地的方言特徵。分劃出來的方言區域應具備其他地域所欠缺的語言特徵，倘若某區析出的區域愈多，愈表明該區方言內部歧異程度大，江南、山東正是如此。關西區劃的方言以心臟地帶關中爲主，當與玄應久居長安譯經、撰寫《一切經音義》有關。長安是唐朝國都，當地語言深具代表性，加上玄應熟稔關中地區語言，每逢關西與他處方言並舉、比較，慣以長安所在的關中語言爲例乃人情之常，而關中以外的其他方言不是沒有，應是被玄應忽略了。

第二節　玄應音義中方音的歧異現象

　　《禮記・王制》：「五方之民，言語不通，嗜欲不同。」明載殊方異音自古即有，玄應編著佛經音義的同時，偶於詞目下注記方俗之音，如「瘥下」條云：「又作瘇同。《字林》竹世反。瘥，赤痢也。關中多音滯。……」（第二 84-3）玄應引錄古籍《字林》的切語「竹世反」，音韻地位是知母祭韻，並記錄關中「瘥」字音讀爲「滯」，音韻地位是澄母祭韻，二音差別在聲母的清濁不同。又「潷飯」條云：「碑密反。《通俗文》去汁曰潷。江南言逼，訛耳。……」（第五 247-5）「碑密反」是玄應對「潷」字的注音，記錄江南「去汁」義的音讀則以「逼」表示，「逼」字屬記音性質，意同「潷音逼」，而「碑密反」與「逼」的聲母同是幫母，前者韻母屬質韻，後者屬職韻。方音間的差異亦不乏聲、韻相同，唯聲調不同者，如「園圃」條云：「補五反。江東音布二音。……」（第一 16-4）玄應注「圃」音「補五反」，記錄江東音讀爲「布」，二音聲、韻地位都相同，僅差在前者是上聲姥韻，後者是去聲暮韻。

　　玄應標注的音讀事實上也是一種方音，前章已論述玄應所操音系的語音基礎爲關東音，標注的字音則有主從之分，以關中音爲主，關中之外的音讀盡爲從，如中國、山東、江南之屬。因此，檢視玄應音注與所記方音的音韻差別時，萬不可將玄應未明方音的音讀全視作關中音處理，必須參酌《博雅音》與慧琳《一切經音義》（以下簡稱《慧琳音義》）標注的音讀，《博雅音》代表南音，《慧琳音義》則偶見慧琳法師明寫秦音與吳音的差異，前賢主張慧琳法師注音根據「秦音」，〔註14〕秦音即關中音。取玄應書中不明方音來源的注音與上述二本明白注音依據的音義書進行比對，在確定玄應所注音讀的來源後，進一步和其記錄的方音齊併觀察，發現二者呈現的不僅是玄應記音當下共時平面的差異，更透露歷時演變的軌跡，當然，非歷史音變的因素也足以促成方音間的歧異，底下尋得書中顯示方音歧異有五十筆字例，逐一檢視其間差異的來龍去脈。

序號	詞目	內　容　與　出　處	方音的音韻地位（聲、韻、調）
1	柱䠋	古文踔同，蒲米反，北人行此音。又必尒反，江南行此音。（第二 89-2）	北人：並薺上 江南：幫紙上

　　北人與江南「䠋」音的歧異處在於聲母與韻母不同，北人聲母爲濁音並母，江南爲不送氣清音幫母，二音薺韻與紙韻的上古韻部來源同是支部。《廣韻》䠋有三讀，分是「并弭切」，幫母紙韻，釋義「股也」；「卑履切」，幫母旨韻，釋義「股外」；「傍禮切」，並母薺韻，釋義「䠋股」。核對玄應記錄的北人音與江南音，於韻書中釋作「䠋股」或「股」，字義相同，加上南北䠋音上古韻部相同，二音應有共同的語音來源，只是發展至中古，江南地區的䠋音發生濁音清化的語音演變，由濁音並母轉變爲清音幫母，䠋音韻母也由上古支部至中古分途發展。北人音讀與慧琳記音相同，《慧琳音義》卷三十《證契大乘經》下卷「䠋脛」條下云：「上蒲米反……」此卷乃慧琳所撰，注音依據秦音，由此推知玄應標注的北人音指的就是關中音。然玄應指涉的江南地區泛稱長江以南，一般濁音清化演變的大勢是由北往南推進，即北方發生清

〔註14〕詳王國維《觀堂集林・藝林八》、黃淬伯《慧琳一切經音義反切考》、《唐代關中方言音系》，以及周法高〈玄應反切考〉均有論述。

・122・

化在先，之後才向南方延展，但從唐人李肇《唐國史補》卷下云：「今荊襄人呼提爲堤……關中人呼稻爲討，呼釜爲付，皆訛謬所習，亦曰坊中語也。」〔註15〕李肇記載唐代開元至長慶間一百年的事，引文記錄的便是當時荊襄與關中兩地人的音讀均發生濁音清化，荊襄隸玄應劃界的江南轄區，又「提」字屬上古支部字，與「髀」同韻部，演變至中古的音韻地位是定母齊韻，在荊襄則讀成「堤」，「堤」的中古音韻地位是端母齊韻，與「提」差在聲母一清一濁，顯然是濁音清化所致。提、髀上古同爲支部，至中古發展雖分置齊韻與紙韻，但聲母化濁入清的現象卻顯一致，或許玄應指稱的江南音正是記錄荊襄一地的髀字音讀。

序號	詞目	內　容　與　出　處	方音的音韻地位（聲、韻、調）
2	<u>瘝</u>下	又作𤵜同。《字林》竹世反。瘝，赤痢也。<u>關中多音滯</u>。《三蒼》瘝，下病也。《釋名》云下重而赤白曰瘝，言屬𤵜而難差也……（第二 84-3）	《字林》：知祭去 關　中：澄祭去
	須<u>瘝</u>	音帝。經中或作須帶，音同帝，又徒計反。中陰經作須滯，樓炭經作須嚏，音帝。皆梵言輕重也……（第八 393-7）	玄應音：端霽去

玄應標注「瘝」字音讀分別有《字林》音、關中音，以及玄應本身對該字的音注。《刊謬補缺切韻》（以下簡稱《全王》）與《廣韻》收錄瘝音爲「竹例反」與「竹例切」，音韻地位與《字林》音同，《全王》、《廣韻》俱無收錄關中音與玄應音，唯「務從該廣」的《集韻》收錄「竹例切」、「直例切」與「丁計切」，音韻地位依序與《字林》音、關中音、玄應音相同，且字義同是「痢病」。《字林》爲西晉呂忱撰著，呂忱籍貫山東曲阜，當時晉都在洛陽，呂忱注音可能受鄉音影響，或是向當時標準音「洛音」靠攏。《字林》音與關中音的差別僅聲母一清一濁，恐濁音清化所致，若此，關中的瘝音較《字林》收錄的音讀更古老，而《全王》、《廣韻》失收關中瘝字音讀，就瘝音觀之，關西濁音清化的速度較關東遲緩，但還不足說明關西與關東整體化濁入清的遲速亦是如此。就前賢研究成果，羅常培嘗根據漢藏對音的敦煌寫本察得八、九世紀西北方音全濁聲母清化爲送氣清音，又根據《開蒙要訓》的注音發現十世紀西北方音全濁聲母清

〔註15〕〔唐〕李肇：《唐國史補》（台北：世界書局，1968 年），頁 59。

化爲不送氣清音，[註16] 邵榮芬從敦煌俗文學中的別字異文觀察，得十世紀中後期的全濁聲母清化情形爲平聲變成送氣清音，仄聲變成不送氣清音。[註17] 周祖謨則考察北宋邵雍《皇極經世》中的「聲音倡和圖」，認爲十一世紀汴洛語音已見濁音清化，且全濁平聲讀同送氣清音，全濁仄聲讀同不送氣清音，吻合今日北方官話的語音演變。[註18] 陸志韋於〈記邵雍《皇極經世》的「天聲地音」〉一文中的看法與周氏一致。[註19]

　　根據上述資料顯示，隸關西的西北方音濁音清化的現象可上溯八、九世紀，隸關東的汴洛語音竟遲至十一世紀才見此音變，是否眞是如此？周長楫從先秦、秦漢時期古籍異文考察，發現異文中有清濁聲母互爲通假的情形，且《經典釋文》中形義相同之字，諸家注音的聲母卻清濁有別，《廣韻》亦屢見形義相同之字卻兼有清濁聲母對立的又音，於是主張「漢語濁音清化的現象，絕非始於中古後期或中古中期，至少可以說在秦漢時期或更早一些時候，在漢語某些方言已開始出現了這種現象。」[註20] 周文指出濁音清化的音變現象自先秦已見端倪，不過礙於材料不足及研究尙欠深入，還無法判斷上古時期哪些漢語方言濁音已完成清化。雖不明各方言區域濁音清化的遲速，我們若從與玄應生處同期的玄奘梵漢對音的情形觀之，據施向東整理高僧玄奘梵漢對音所反映的中原方音，法師譯音偶見以漢語濁塞音之字對譯梵語的清音輔音，梵語輔音與所用漢字及其音韻地位列表如下：

〔註16〕羅常培：《唐五代西北方音》（台北：中央研究院歷史語言研究所，1933 年），頁 16、75。

〔註17〕邵榮芬：〈敦煌俗文學中的別字異文和唐五代西北方音〉，《中國語文》第 3 期（1963 年），頁 215。

〔註18〕周祖謨：〈宋代汴洛語音考〉，《問學集》（台北：河洛圖書出版社，1979 年），頁 591。

〔註19〕陸志韋：〈記邵雍《皇極經世》的「天聲地音」〉，《陸志韋近代漢語音韻論集》（北京：商務印書館，1988 年），頁 42。

〔註20〕周長楫：〈濁音清化溯源及相關問題〉，《中國語文》第 4 期（1991 年），頁 286。相同主張並見周長楫〈濁音和濁音清化芻議〉，《音韻學研究》第三輯（北京：中華書局，1994 年），頁 305～310。

表 4-8　玄奘用全濁漢字對譯清音梵語一覽表

梵語輔音	所用漢字	音韻地位（聲、韻、調）
p	毘	房脂切（並脂平）
	跋	蒲撥切（並末入）
	掊	薄侯切（並侯平）
	薄	傍各切（並鐸入）
t	茶	宅加切（澄麻平）
th	陀	徒河反（定歌平）
	陀	徒河切（定歌平）
ṭ	茶	宅加切（澄麻平）
	雉	直几切（澄旨上）
k	健	渠建切（群願去）
	竭	渠列切（群薛入）

　　所用漢字的切語查自《廣韻》，該字若不見《廣韻》，則翻查《龍龕手鑑》，如「陀」字《廣韻》未收，於《龍龕手鑑》卷二下阜部第十一查得「陀、陀，徒河反。」便據「徒河反」為切。由上表知，平仄聲調均出現全濁漢字對譯清音梵語的情形，若非中原方音的濁音逐漸弱化為清音，何以致之？由於此類對譯佔玄奘譯著的比例不高，除施向東指出玄奘譯音時濁擦音匣母已完全清化為曉母，〔註21〕光從這些例外現象很難釐析出中原地區全濁塞音清化後送氣與否，是以平仄聲調為條件而演變分途，抑或盡演變成一類，無法知悉。但可以確定的是，初唐中原地區已見濁音清化的端倪，濁擦音匣母如此，濁塞音亦顯跡象，中原與汴洛同樣隸關東，因此關東地區濁音清化的現象可上溯至初唐玄奘生處的七世紀，只是尚處萌芽階段，不似十一世紀成為當地音變的普遍現象。

　　至於玄應注「須䏻」的「䏻」音「帝」，其音韻地位與玄應所記的關中音相較，聲、韻都不相同。詳玄應於該詞目下的釋義內容，似為「譯音」而注，此梵名為 Sudṛśa，玄應指出佛經中亦譯作「須帶」、「須滯」與「須嚏」者，須字對譯梵語 Su 當無疑，對譯梵語 dṛ 則至少有「䏻、帶、滯、嚏」四種譯法，〔註22〕玄

〔註21〕施向東：〈玄奘譯著中的梵漢對音和唐初中原方音〉，《語言研究》第 1 期（1983 年），頁 30。

〔註22〕Sudṛśa 尚見譯作「須提舍」、「修提舍」等，詳網路版《佛光大辭典》「五淨居天」條。

應認為其間差別僅在譯經師認定的梵言或輕或重，輕者則以清音的漢字對譯，如「瘲、㿀」均是清音端母字，重者則以濁音漢字對譯，如「滯」屬濁音澄母字，「帶」字則有清濁兩讀，或許是為了兼顧歷來譯經師兩種譯法而作的周全策略。然「瘲」字於關中音與玄應音的韻母亦不相同，前者屬祭韻，後者屬霽韻，玄應書中除了「瘲」字有祭、霽韻兩讀外，都不見二韻混切，排除祭、霽混淆的可能。從「須瘲」條下釋義的內容已知該「瘲」是為譯音而注，與關中音甚或古籍《字林》音有別是極其合理的，但令人不解的是，《集韻》竟於「痢病」義下收錄「丁計切」，音韻地位與玄應音相同，究竟是該音除了對譯梵語而使用外，尚有「痢病」義？抑或《集韻》誤收？方孝岳曾指出韻書與書音（即音義書）的差別，他說：

> 韻書所以備日常語言之用，書音則臨文誦讀，各有專門。師說不同，則音讀隨之而異。往往字形為此而音讀為彼，其中有關古今對應或假借異文、經師讀破等等，就字論音有非當時一般習慣所具有者，皆韻書所不收也。……至宋人《集韻》乃混而一之，凡書音中異文改讀之字皆認為與本字同音，濫列一處，作為重文……〔註23〕

韻書與音義書最大的不同在於韻書不錄經師讀破、假借異文等特殊音讀，此界限一直持續到《集韻》以前，《全王》、《廣韻》都如是恪守，而《集韻》收音「務從該廣」的編纂原則，使得昔日韻書不收的特殊音讀也一併收錄，因此，《集韻》所錄瘲音「丁計切」，當據音義書而收，誤將對譯而注的音讀視作瘲字本音，然對譯之音實無痢病義。譯經師對譯梵語 dr 出現以清音或濁音漢字對譯的不同，或許也跟「師說不同，則音讀隨之而異」有關。梵語 dr 分明是濁音聲母起頭，玄應卻採清音漢字相對，很可能來自師承，或玄應另有用意，可惜書中無線索查證。倘若取同屬音義書性質的《晉書音義》來看，此書乃唐人何超撰，邵榮芬認為《晉書音義》中的音切反映八世紀的洛陽音。〔註24〕何超注「礪」字直音「麗」，麗屬霽韻，《廣韻》礪是「力制切」，屬祭韻，與何超所注韻母不同，

〔註23〕方孝岳：〈論《經典釋文》的音切和版本〉，《中山大學學報》第 3 期（1979 年），頁 51～53。

〔註24〕邵榮芬：〈《晉書音義》反切的語音系統〉，《邵榮芬音韻學論集》（北京：首都師範大學出版社，1997 年），頁 211。

該韻母差異適與玄應、《廣韻》標注「瘥」字音讀的情形雷同，邵氏解讀何超音注的現象為「這一類的例子或者是孤例，或者不符合語音演變的常例，都只能作為經師別讀來看待，而不足以作為聲、韻類混併的例證。」〔註25〕何超特殊的注音緣於「經師別讀」，玄應類似的注音未嘗不可作如是觀。

序號	詞目	內　容　與　出　處	方音的音韻地位（聲、韻、調）
3	齁睡	<u>下旦反</u>。《說文》臥息聲也。《字苑》<u>呼干反</u>。江南行此音。（第十四 666-3）	玄應音：匣翰去 江　南：曉寒平

「齁」於《廣韻》收錄二音，一是「許干切」，曉母寒韻，字義為「臥氣激聲」，音韻地位與玄應所記江南音相同；一是「侯旰切」，匣母翰韻，字義為「齁睡」，音韻地位與玄應注音相同。由《廣韻》顯示的二個字義，知前者音讀表示名詞用法，與《說文》釋義相同；後者音讀則用於動詞，與詞目相同，玄應以「下旦反」作切甚是妥貼。從詞條內容觀之，此處引錄古籍《說文》釋義與《字苑》注音，似乎都不是針對詞目「齁睡」而發，反倒是根據「齁」字名詞用法來釋義注音，就連與古籍同一音讀的江南音，也是名詞「齁」的讀法，玄應音與江南音之所以歧異，在於語法功能不同而異讀，並非同一字義之下歷史音變使然。同一字形因辨義而產生異讀尚見玄應釋「揣」字，附於「搏食」條下：

序號	詞目	內　容　與　出　處	方音的音韻地位（聲、韻、調）
4	搏食	徒官反。《通俗文》手團曰搏。《三蒼》搏飯也。論文作揣，音初委反，測度前人曰揣，<u>江南行此音</u>。又<u>都果反</u>，《說文》揣，量也。<u>關中行此音</u>。並非此義。（第十八 830-4）	江南：初紙上 關中：端果上

《廣韻》收「揣」二音，一是初委切，字義為度也、試也、量也、除也，音韻地位同玄應所記的江南音；一是丁果切，字義為搖也，音韻地位同玄應所記的關中音。玄應釋「揣」義分見「測度前人」與「量也」，盡同《廣韻》揣音

〔註25〕邵榮芬：〈《晉書音義》反切的語音系統〉，《邵榮芬音韻學論集》（北京：首都師範大學出版社，1997 年），頁 239。

「初委切」表示的字義，而玄應記錄的關中音讀當為「搖」義，知揣字異讀非同義之下江南與關中二地讀音殊異，純是為區辨字義而異音。

附帶一說，李如龍認為這種為了區辨字義而異音的讀法不是隨意亂造，而是含著一定的規律。他從聲母、韻母、字義三方面考察，就聲母論，他指出「別義異讀」常常是「旁轉」，即聲母變讀為發音部位相同或相近、發音方法不同的音類。〔註26〕李氏所言「別義異讀」，就是一字兼有多義，為了區別諸義，以不同的音讀表示；而「旁轉」概念源自清人章炳麟（1868～1936）的「成均圖」。該圖以解說上古韻部間的關係為主，本為「韻」而設，韻相近者謂之「旁轉」。李氏援用此概念解釋聲母間的關係，聲母性質大別發音部位與發音方法，李氏認為聲母的旁轉在於發音部位相近同，而發音方法相異。檢視上述「鼾」、「揣」別義二讀中的聲母，鼾音聲母曉、匣，發音部位相同，差在發音方法上的清濁不同；揣音聲母初、端，前者是送氣塞擦音，後者是不送氣塞音，發音部位一為齒，一為舌，部位相近，唯方法不同，正符合李氏論述。

序號	詞目	內 容 與 出 處	方音的音韻地位 （聲、韻、調）
5	胡荾	又作荾同，私隹反。《韻略》云胡荾，香荽也。《博物志》云張騫使西域得胡綏。今<u>江南謂胡荽亦為</u><u>胡荾</u>，音胡祈。<u>閭里間音火孤反</u>。（第十六 757-10）	江南：匣模平 閭里間音：曉模平

玄應注江南「葫」音為「胡」，與閭里間音的音韻地位差別僅在聲母的清濁。前文已證實玄應注音若未明示「俗音」等字樣，無論所記方音為關中、中國、山東、江南等，應俱指當地讀書音。知江南音為當地讀書音，閭里間音為俗音，但此俗音是江南俗音，抑或玄應長年駐錫關中，指的是音義書撰寫之地的關中俗音？唐人李肇《唐國史補》卷下云：「……關中人呼稻為討，呼釜為付，皆訛謬所習，亦曰坊中語也。」〔註27〕坊中語即俗語，「討、付」分別與「稻、釜」差別在聲母的清濁，「討、付」為清音，「稻、釜」為濁音，關中俗語把原本濁音字唸成清音字，發生了清化現象，其中「呼釜為付」，釜為扶雨切，音韻地位是奉母麞韻，付為方遇切，音韻地位是幫母遇韻，恰符合「全濁上聲歸去聲」的演變規律，且「釜」字是遇攝三等合口字，而「葫」字也是遇攝合口字，僅

〔註26〕李如龍：《漢語方言學》（第二版）（北京：高等教育出版社，2007年），頁97。

〔註27〕〔唐〕李肇：《唐國史補》（台北：世界書局，1968年），頁59。

差在葫字隸一等韻。釜音在關中俗語發生濁音清化，葫與釜的韻母條件類似，葫音在關中閭里間產生聲母清化的現象也不無可能。

再者，「葫」音在今日漢語方言中普遍清化，唯南方吳語、徽語、湘語尚保留濁音，如吳語寧波、蘇州、崇明、杭州的「葫」字聲母盡為[ɦ]，上海為[β]，丹陽為[v]；徽語績溪的「葫」字聲母讀為[v]；湘語婁底「葫」字聲母為[ɣ]。就今日南北「葫」音聲母的清濁程度觀之，北方完全清化，南方尚且保存較古的音讀，揣想玄應記音之時，江南葫音無論讀書音或方俗音亦是以濁音聲母取勝，由此推測玄應指的「閭里間音」當是關中地區的俗音。附帶一說，倘若與玄應所記關中「瘃」音相較，瘃音屬關中讀書音，聲母為濁音，然關中俗音「葫」的聲母卻清化了，是否意味讀書音清化的速度較俗音來得緩慢，緣於讀書音沿古成分多，而俗音用於日常，唇吻間語音變化較快。

序號	詞目	內　容　與　出　處	方音的音韻地位（聲、韻、調）
6	蕃息	父袁反。蕃，滋也，謂滋多也。《釋名》息塞也，言物滋息塞滿也。今中國謂蕃息為嬎息，音匹万反。周成難字作嬎，息也。同時一嬎亦作此字。（第一 45-2）	通語「蕃」：並元平 中國「嬎」：滂願去

玄應言「今中國謂蕃息為嬎息」，中國即中原，蕃與嬎的音韻地位差在聲母清濁與聲調。《廣韻》蕃音「附袁切」，字義為茂也、息也、滋也，與玄應注音、釋義均同；《廣韻》嬎音「芳万切」，字義「息也，一曰鳥伏乍出，《說文》曰生子齊均也，或作孵。」音讀、字義與玄應無二，唯韻書多收錄「嬎」字另外兩種字義。蕃、嬎看似在同一字義下因地域不同而分別的兩讀，若此，二音的關係或可解讀成濁音清化，但事實並非如此。追溯「嬎」的本義，楊潛齋認為卜辭中「㚼」字是「嬎」原始的面目，他說：

> 卜辭「㚼」字，從女，從力，言女子用力，謂生子也，於六書為合誼會意。……嬎與娩則皆從㚼而變易者，始變易作嬔。《方言・二》：「抱嬔，耦也。荊吳江湖之間曰抱嬔，宋穎之間或曰嬔。」……又變易作嬎。《說文・女部》：「嬎，生子齊均也。」……往後由嬎而變易，省力則作娩。引《纂要》云：「齊人謂生子曰娩」按今言婦人分

娩用此字。〔註28〕

㜲字本義爲「生子」，「息」是引申義，中國將「蕃息」說成「㜲息」，恐怕是根據㜲的引申義借字，屬於假借的一種，〔註29〕且蕃、㜲聲母發音部位相同，韻母僅聲調上的區別，關係之親近，更容易相借爲義，並非歷史音變。

　　現代漢語方言中尚見婁底、濟南、洛陽使用「㜲」字，婁底「㜲」音[xuã]，指禽類下蛋；濟南音[fã]、洛陽音[fan]，均指雞鴨產卵，〔註30〕婁底、濟南㜲音的舌尖鼻尾被磨損，鼻音成分附著於前方元音，使之鼻化；而三地㜲義可謂一致，都與本義生子有關。婁底位於湖南中部，屬湘語區，濟南、洛陽居長江以北，盡歸中原範疇，然「㜲」字本義的使用理應早於引申義「㜲息」，今濟南、洛陽仍保存「㜲」字本義使用於口吻，更足證明中國曾借「㜲」的引申義作「㜲息」，取代「蕃息」之「蕃」。至於婁底「㜲」義可能早在漢代就已經存在，如揚雄《方言》載：「荊吳江湖之間曰抱㜲」〔註31〕古荊地相當今日兩湖一帶，婁底隸該區；又湖南自古便接受北方大量移民，據說中唐安史之亂時期，北方移民規模之大，曾使荊州至武陵一帶戶口猛增十倍，並一直深入至湘資流域。〔註32〕因此，婁底的㜲義也可能是中唐以後，由北方中原移民帶入。

序號	詞目	內　容　與　出　處	方音的音韻地位（聲、韻、調）
7	鎢錥	於胡、餘六反。《廣雅》鎢錥謂之銼䥶，亦云銅鏴也…銼音才禾反。䥶力和反。銅古我反。鏴莫朗反。或作鎢鏴，或作䥶鏴，或作鈷鏴。蜀人言堁皆一也。《字林》小釜也。䥶音古盍反。鈷音古。堁七臥反。（第十三 600-8）	玄應「銼」：從戈平 蜀人「堁」：清過去

〔註28〕楊潛齋：〈釋冥放〉，《華中師院學報》第 3 期（1981 年），頁 110。

〔註29〕何宗周云：「引申者，以字少之故，一字數用。祇就字之本義，觸類引申。或廣狹；或虛實；或正反。變化多端，殆不可方。率由本義引申，擴充其用者也。亦假借之一體。」詳何宗周：《訓詁學導論》（台北：香草山出版社，1981 年），頁 35。

〔註30〕李榮主編：《現代漢語方言大詞典》第六冊（南京：江蘇教育出版社，2002 年），頁 5837。

〔註31〕周祖謨：《方言校箋》（北京：中華書局，1993 年），頁 13。

〔註32〕許寶華：〈中古全濁聲母在現代方言裡的演變〉，《中國語言文學研究的現代思考》（上海：復旦大學出版社，1991 年），頁 279。

　　《全王》、《廣韻》有「銼」無「𡎚」，《廣韻》銼音「昨禾切」，字義爲銼鏆小釜，音韻地位同玄應音；又音「麤臥切」，字義「蜀呼鉒鏵」，音韻地位同蜀人音。《全王》收入銼字的二音及其字義與《廣韻》無二，知「清母過韻」是蜀人「銼」（或「𡎚」）的音讀。玄應注音根據何地音讀，通過曹憲《博雅音》卷七釋器「銼，坐戈」與《慧琳音義》卷四十五《佛說十二頭陀經》「鍑鎊」條下注「銼音才戈反」，曹憲與慧琳所注字音俱與玄應雷同，曹憲代表江都音，慧琳代表關中音，表示無論隋代甚或晚至中唐，南北「銼」音普遍唸「從母戈韻」，而蜀地讀送氣清音顯然是濁音弱化造成。蜀地𡎚音韻母爲去聲過韻，可能正如〈切韻序〉言：「梁益則平聲似去。」梁益即蜀地，平聲似去，非指蜀地聲調中的平聲混入去聲，蜀人語音自有聲調之別，只是異方人聽之，以爲蜀地平聲似聽者所操語音的去聲，勞乃宣《等韻一得・外篇》說：「……梁益則平聲似去，蓋以異方之人聽之耳；使本方之人聽之，必不爾也。」正是這樣的道理。

　　此現象早在漢代辭賦家創作押韻時就見端倪，如《漢書・司馬相如傳》所錄〈大人賦〉押「羨散埏」，師古曰：「埏，本音延，合韻音弋戰反。」以及揚雄〈羽獵賦〉末尾「規」與「帝至」相押。司馬相如、揚雄都是蜀人，作品中韻腳使用出現「平聲似去」。唐代詩人李白用韻亦見平聲與去聲通押的例子，詩例雖少，鮑明煒卻以爲此乃受詩人方音影響所致，[註33]而李白亦是蜀人。宋人筆記也能見得，如《楊文公談苑》云：「今之姓胥姓雍者，皆平聲，春秋胥臣，漢雍齒，唐雍陶，皆是也。蜀中作上聲去聲呼之，蓋蜀人率以平爲去。」[註34]《廣韻》收「胥」字平、上二讀，前者言姓，後者有才智之稱；收「雍」字有平、去兩讀，皆作姓的讀法。由宋人所載，知蜀地不僅平聲似去，平聲也可能似上，於玄應音義書中恰有類似的例子，如「瓢杓」條下注「蠡」音：

序號	詞目	內　容　與　出　處	方音的音韻地位（聲、韻、調）
8	蠡越	力西反。經文或言離越同一義也。（第八 384-3）	玄應音：來齊平

〔註33〕鮑明煒：〈李白詩的韻系〉，《南京大學學報》（人文科學）第 1 期（1957 年），頁38。

〔註34〕〔宋〕楊億口述，黃鑒筆錄，宋庠整理：《楊文公談苑》，《宋元筆記小說大觀》第一冊（上海：上海古籍出版社，2007 年），頁 545。

瓟枸	又作瓟同。毗遙反。《三蒼》瓟，瓟勺也。江南曰瓟櫼，蜀人言櫼蠡，櫼音義，蠡，音郎抵反。（第十八 818-1）

右欄：蜀 　人：來薺上

玄應注「蠡」音本平聲齊韻，注蜀人音讀易爲上聲薺韻，《廣韻》蠡讀薺韻指稱縣名，非瓟勺的意思。《集韻》平聲齊韻可見蠡義爲「瓟」，符合玄應的音注，但不見上聲薺韻也有瓟義。推想蠡義爲瓟的上聲音讀是玄應記錄蜀音的特點，因爲特殊罕見，所以韻書不錄，幸而從宋人筆記中可以找到相合的語音現象。

序號	詞目	內　容　與　出　處	方音的音韻地位（聲、韻、調）
9	區匼	《韻集》方殄、他奚反。《纂文》云區匼薄也。今俗呼廣薄爲區匼。關中呼㷱遰。㷱，補迷反。經文作膈膍，近字也。（第六 292-7）	韻集：區，幫銑上 匼，透齊平 關中：㷱，幫齊平 遰，定薺上

區匼除了有玄應所記「膈膍」的寫法外，慧琳尚記作「遍遰」、「鶣鶙」與「鶣鶙」，「遍遰」見《慧琳音義》卷七十七《釋迦方志卷上》，「鶣鶙」與「鶣鶙」見《慧琳音義》卷七十九《經律異相卷第三十一》。區匼一詞字體多形、形符趨同，符合聯縣詞的特性，從區匼二字的音韻結構觀之，屬於非雙聲疊韻的聯縣詞。〔註35〕而關中呼區匼爲「㷱遰」，玄應注「㷱」音「補迷反」，本詞條雖未明「遰」音，但從玄應書另一詞目「遰相」下注「遰」音「徒禮反」（第一 20-1），得「遰」屬定母薺韻。令人玩味的是，關中何以將「區」讀成「㷱」？將清音的「匼」讀成濁音的「遰」？竊以爲關中呼區匼爲㷱遰當經過唸成「㷱匼」的階段，即區匼＞㷱匼＞㷱遰。區之所以讀成㷱，是受後字匼的同化，使前字區變讀成與匼同韻母、聲調的「㷱」字，類似的現象見《爾雅・釋蟲》有「蟪蚓」，〔註36〕《廣韻》蟪、蚓同是軫韻，俞敏認爲「蟪蚓」一詞是受「蚯蚓」形變，由於重音在「蚓」字上，所以「蚯」受了同化變成「蟪」。〔註37〕自玄應書中也

〔註35〕《中國大百科全書・語言文字》「聯綿字」條：聯綿字可以分別爲三類：一類是雙聲字，一類是疊韻字，一類是非雙聲疊韻字。例如「猶豫」、「留連」、「憔悴」、「荏苒」是雙聲，「彷徨」、「爛漫」、「叮嚀」、「徘徊」是疊韻，「淡漠」、「翺翔」、「顛沛」、「滂沱」既非雙聲，也非疊韻。

〔註36〕朱祖延主編：《爾雅詁林》卷下（二）（武漢：湖北教育出版社，1996 年），頁 3807。

可以尋獲相同的例證，如：

序號	詞目	內　容　與　出　處	方音的音韻地位（聲、韻、調）
10	蜂蠆	丑芥反。毒虫也。山東呼為蠍，陝以西呼為蠆蝲，音土曷、力曷反。（第十八 841-3）	玄應音：徹夬去 陝以西：透曷入

玄應注「蠆」的韻母為夬韻，記陝以西「蠆蝲」連讀時便易韻母為曷韻，造成疊韻的效果。《廣韻》蠆僅「丑犗切」一音，音韻地位與玄應注「丑芥反」相同；《廣韻》注蝲為「盧達切」，與玄應記「力曷反」同音。由玄應注蠆音的情形可知，當蠆不與蝲連用時，讀本音夬韻；當蠆與蝲連用時，韻母被後字蝲同化成曷韻。陝以西即關西，蠆蝲可視作聯緜詞，關西出現聯緜詞後字韻母同化前字韻母的現象，也可能發生在同是聯緜詞性質的「區匜」身上，因此，關中呼區匜為㪒遞之前經歷疊韻㪒匜的階段，不無可能。

然清音的「匜」如何變成濁音「遞」呢？可以參考初唐顏師古《匡謬正俗》所錄的一則語音現象：

> 恫：今太原俗呼痛而呻吟謂之通喚，何也？答曰：爾雅云恫痛也。郭景純音㷒，㵯音通，亦音恫，字或作侗。周書云恫瘝乃身，並是其義。今痛而呻者，江南俗謂之呻喚，關中俗謂之呻恫，音同。鄙俗言失恫者，呻聲之急耳。太原俗謂恫喚云通。此亦以痛而呻吟，其義一也。郭景純既有呻恫之音，蓋舊語耳。〔註38〕

引文中可歸納出三種語音現象，一是郭璞（景純）呼痛有二詞，分是「呻㵯」與「呻恫」，㵯、恫僅差別聲母清濁，㵯為透母，恫為定母。二是太原俗謂「恫」為「通」音，屬透母。三是關中俗謂「恫」為「同」音，屬定母。郭璞是河東聞喜人，太原亦隸河東，與聞喜同在今日山西省境內，郭璞時呼痛有清濁二讀，至初唐太原僅剩清音一讀，或許是該區「恫」的濁音完全弱化為清音，否則顏師古不會說：「郭景純既有呻恫之音，蓋舊語耳。」把濁音視作較古老的音讀，亦能看出顏氏以濁音為古，清音為今的歷時音變觀。至於關中仍將「恫」呼作

〔註37〕俞敏：〈古漢語裡面的連音變讀（sandhi）現象〉，《俞敏語言學論文集》（北京：商務印書館，1999年），頁352。

〔註38〕秦選之：《匡謬正俗校注》（台北：台灣商務印書館，1970年），頁40。

濁音定母，非指關中保有古讀，而是「呻聲之急耳」，即「呻咷」連讀，疾言二字，促使本讀清音的「咷」唸成濁音的「恫」。此類現象無獨有偶，唐人筆記李匡乂《資暇集》卷中載：

> 錢戲有每以四文爲一列者，即史傳云云所意錢是也。俗謂之攤錢，亦曰攤鋪其錢，不使疊映欺惑也。疾道之，故訛其音。音攤爲蠶齕反，音鋪爲蒲，厥義此耳。〔註39〕

「攤」本爲透母寒韻，收舌尖鼻尾-n，急言則讀成透母痕韻入聲，聲母不變，韻母以舌尖塞音-t收束；「鋪」本讀滂母模韻，急言則唸成「蒲」，「蒲」屬並母模韻。李匡乂乃唐末隴西成紀人，反映的是關西一地的語音現象，關中也隸關西轄境內，正可互資爲証。鋪與蒲、咷與恫，二組關係均是前字屬送氣清音，後字屬濁音，尤「咷與恫」發生在關中，屬於舌尖塞音的清濁轉換，「匜與遞」也發生關中，轉換條件跟「咷與恫」一致，因此，有理由相信送氣清音「匜」變成濁音「遞」很可能來自「急讀」。

序號	詞目	內　容　與　出　處	方音的音韻地位（聲、韻、調）
11	蚨蠈	渠周、求俱二反。下所俱反。（第五238-131）	蚨音：群尤平 群虞平
	蚑蛢	巨儀反。《通俗文》矜求謂之蚑蚨也。關西呼蚨蠈爲蚑蚨，音求。蠈，所誅反。《聲類》云多足虫也。（第九421-5）	關　西：群尤平
	蚑蛢	巨儀反。《聲類》云多足虫也。關西謂蚨蠈爲蚑蚨。音求俱反，下所誅反。（第二十935-1）	玄應音：群虞平

蚨音求，與蚨音求俱反，二字音韻地位差別在前者是尤韻，後者是虞韻，看似因字形不同而異讀，其實不然。從「蚨蠈」條注音「蚨」有二音，二音音韻地位分見關西音與玄應音，便知蚨與蚨本是一字，兩讀乃玄應音與所記的關西音不同，爲方便論述，以下盡以「蚨」字表示。觀察蚨音兩讀出現的條件，關西呼「蚑蚨」時，蚨音讀尤韻；玄應呼「蚨蠈」時，蚨音讀虞韻，然《全王》、《廣韻》只收蚨字的尤韻音，不見虞韻音。竊以爲蚨字的虞韻音是受後字「蠈」的韻母同化，

〔註39〕〔唐〕李匡乂：《資暇集》卷中，（清）永瑢、紀昀等撰《文淵閣四庫全書》子部雜家類（台北：台灣商務印書館，1983年），頁850～157。

玄應所注螋音「所俱反」或「所誅反」，韻母均屬「虞韻」，這種聯緜詞後字韻母同化前字韻母的現象如同前面討論的「蠆蝲」與「𤡅𤡿」，可見該情形並非特殊個案，很可能普遍存在。值得注意的是玄應注「螋」音屬虞韻，而螋字在《全王》、《廣韻》、《集韻》等三本韻書中的字形、字音、字義搭配如下：

表 4-9　「螋」字於韻書中的形音義配置

韻書	《全王》	《廣韻》		《集韻》	
字形	螋	蛟	螋	蛟	螋
切語（聲韻調）	所鳩反（生尤平）	所鳩切（生尤平）	山芻切（生虞平）	疎鳩切（生尤平）	雙雛切（生虞平）
釋義	蚰螋虫。	蚰蛟蟲，亦名蠷螋。	蠷螋蟲，又所留切。	蟲名，《博雅》蚰蛟，蛜蚰也。	蠷螋，多足蟲，或作蛟。

螋、蛟義同形異，底下盡以「螋」字表示。以上三本韻書螋字音讀與字義的搭配，透顯出三件事：第一，三本韻書中唯最早成書的《全王》無虞韻音，餘二本均收錄。第二，三本韻書螋字的尤韻音讀皆與「蚰螋」字義搭配，似昭示「蚰螋」中的「螋」音韻母就是讀「尤韻」。第三，《廣韻》、《集韻》螋字的虞韻音讀皆與「蠷螋」字義搭配，顯示「蠷螋」中的「螋」音韻母就是讀「虞韻」。

　　查索《廣韻》中以「叟」為聲符的 45 個被諧字，厚韻有 7 字，蕭韻 2 字，豪韻 2 字，侯韻 1 字，篠韻 2 字，皓韻 4 字，有韻 2 字，候韻 1 字，屋韻 3 字，尤韻 16 字，宥韻 3 字，虞韻 1 字，巧韻 1 字。〔註40〕其中屬流攝尤侯及其相承韻的有 30 字，效攝字共 11 字，通攝屋韻 3 字，遇攝僅見虞韻「螋」一字，即《廣韻》所列的又讀，且該音置於虞韻的最末字，應是後人繼《全王》之後增補的音讀。知以「叟」為諧聲偏旁的被諧字多以流攝尤韻字為主，虞韻字可謂難得的例外。再看玄應書中以「叟」為聲符的被諧字有「謏、搜、颼」三字，注音依序是「先九反」（第三 139-4）、「所流反」（第四 213-1）、「所留反」（第二十 906-29），謏字歸有韻，搜、颼二字隸尤韻，俱為流攝字，而玄應注「叟」字為「蘇走反」（第四 182-3）屬厚韻，亦是流攝字，因此，玄應將同以「叟」為諧聲偏旁的「螋」字歸入遇攝「虞韻」是相當可疑的。推測「螋」字的虞韻

〔註40〕詳沈兼士主編，坂井健一校訂：《廣韻聲系》（校訂本）（台北：大化書局，1984 年），頁 660～661。

音讀很可能是玄應誤讀，若從與「叟」字形近的聲符「臾」字及其被諧字的音讀觀之，《廣韻》中有 18 字以「臾」字爲聲符，其中 16 字盡屬虞韻及其相承韻，只有澳、難二字例外。澳字兼有虞、尤二韻音讀，不過二音是爲辨義而異，非同一字義下的異讀；難字屬燭韻。〔註41〕而玄應書中「臾」字的被諧字有「腴、諛、庾」三字，注音依序是「庾俱反」（第四 195-4）、「以朱反」（第十四 682-5）、「翼主反」（第二十一 947-5），腴、諛二字歸虞韻，庾字隸麌韻，均爲遇攝字。知《廣韻》與玄應標注「臾」字的被諧字俱以虞韻及其相承韻爲主，又《廣雅・釋蟲》有一「蛂」字，見「蠨蛂」一詞，意指蜘蛛。〔註42〕蛂字未見韻書，但見曹憲《博雅音・釋蟲》蛂字注「臾」，屬虞韻字。蛂、蝼二字形近，且虞、尤二韻音不遠，虞韻以 u 開尾，尤韻以 u 收尾，都是與 u 相涉的陰聲韻。

歸納上述，從叟、臾的被諧字群，知二組字群所屬韻攝本不相涉，《廣韻》標音如是，玄應注音亦然，「蝼」讀成「臾」被諧字群的音讀就顯得突兀；再透過《廣雅・釋蟲》除了見「蝼」字外，尚見「蛂」字，前者爲尤韻，後者屬虞韻，蝼、蛂形近，韻母音讀亦不遠，玄應極可能將蛂字虞韻音讀賦予蝼字，使「蝼」音在聲母未變的情況下，韻母自尤韻易爲虞韻。然蝼字尤韻音讀先於虞韻音讀，從三本韻書收音便曉，《全王》未收虞韻音，《廣韻》虞韻音見韻末，說明蝼字虞韻音讀乃後起之音。《全王》成於公元 706 年，玄應書成於公元 661 年，當是《全王》成書以前，蝼字的虞韻音讀尚未普及，韻書不錄，至《廣韻》成書（1008）以前已漸行唇吻，韻書即增置虞韻之末。

至於蚨字虞韻音讀不見《全王》、《廣韻》，且蝼字的虞韻音但見「蠨蝼」一詞的「蝼」音，二者顯示的現象令人玩味。首先查索《廣韻》中以「求」字爲聲符的被諧字凡 29 字，除「捄」字因辨義分見尤韻與虞韻外，餘 28 字均歸流攝字，〔註43〕可見虞韻音在以求字爲聲的字群中屬例外。前文已明「蚨」字本讀尤韻，虞韻音讀是「蚨蝼」連讀時，前字「蚨」受後字「蝼」韻母虞韻同化所致，屬語流音變下的產物，無怪《全王》、《廣韻》的蚨字不收虞韻音。但從

〔註41〕詳沈兼士主編，坂井健一校訂：《廣韻聲系》（校訂本）（台北：大化書局，1984 年），頁 875～876。

〔註42〕〔清〕王念孫：《廣雅疏證》（南京：江蘇古籍出版社，2000 年），頁 359。

〔註43〕詳沈兼士主編，坂井健一校訂：《廣韻聲系》（校訂本）（台北：大化書局，1984 年），頁 199～200。

《廣韻》、《集韻》收錄螋字的虞韻音總是與「蠷螋」一詞搭配的情形觀之，「蠷」字未見《說文》、《爾雅》、《廣雅》、《全王》，始見《廣韻》，《廣韻》注蠷音「其俱切」，字義為蠷螋蟲，音韻地位與玄應注蚯音「求俱反」同是群母虞韻，由此推敲玄應注「蚯螋」二字俱為虞韻曾通行於口吻，只不過蚯字讀虞韻音的時間應該不長，早在《全王》成書之後，《廣韻》成書之前就被後起的「蠷」字取代，因此，《廣韻》收錄的仍是蚯字本音尤韻，變讀的虞韻音就由蠷字替代，總結「蚯螋」語音演變及字形替換的過程為：蚯（尤韻）螋（尤韻）→蚯（尤韻）螋（與蝺字形近而誤讀成虞韻）→蚯（受後字螋的韻母同化為虞韻）螋（虞韻）→蠷（取代蚯字的虞韻音讀）螋（虞韻）。

序號	詞目	內　容　與　出　處	方音的音韻地位（聲、韻、調）
12	捊發	《說文》作抱捊二形同。步交反。捊，引取也。（第四 205-6）	玄應音：並肴平
	耳鉋	蒲貌反。書无此字宜作培、抱、捊三形同，蒲交反。今言培，刮也，手把曰培，江南音平溝反，又平孝反。（第八 395-5）	江　南：並侯平

玄應注培音與所記的江南音差別在韻母不同，查索《廣韻》中從咅得聲的字群，尤有二韻占 7 字，侯厚候三韻占 22 字，模姥二韻占 2 字，虞遇二韻占 6 字，灰韻有 9 字，咍海二韻有 3 字，德韻 4 字，講韻 2 字，肴韻 1 字，凡 56 字。〔註44〕其中肴韻音讀就是「培」的又音，《廣韻》注音「薄交切」，釋義「手培」。「培」上古隸「之部」，據李新魁的說法，上古音的之部，包含《廣韻》音系中的之止志三韻字以及咍海代、灰賄隊、皆怪、尤有宥、脂旨至、侯各韻的一部分字。〔註45〕《廣韻》注培有「薄交切」、「縛謀切」、「薄侯切」、「方垢切」四讀，所屬中古韻母依序是肴韻、尤韻、侯韻、厚韻，肴韻音顯然非來自上古之部，於咅得聲的字群中亦是特例，究竟培字肴韻音讀從何來？玄應將培、抱、捊視作同形，捊、抱同形於《說文》已明「抱捊或从包」，然培、捊同形的原因為何，可以從二字的音、義進行考察。

〔註44〕詳沈兼士主編，坂井健一校訂：《廣韻聲系》（校訂本）（台北：大化書局，1984 年），頁 464～466。

〔註45〕李新魁：〈上古音「之」部及其發展〉，《李新魁音韻學論集》（汕頭：汕頭大學出版社，1997 年），頁 2。

　　玄應注「抒」音「蒲交反」（第十五 692-2），音韻地位是並母肴韻，隸上古「幽部」，與「掊」所屬的「之部」是相鄰韻部，且抒、掊二字聲母同屬並母，就聲音而言相當接近。以字義觀之，《說文》曰：「抒，引取也。」段本作：「引堅也。」注云：「堅各本作取，今正。詩釋文作堅，今本譌爲取土二字，非也。堅義同聚。引堅者，引使聚也。」筆者從段氏說法，不過，「引堅」是否爲抒字本義，尚待商榷。按葉玉森釋卜辭「癸丑卜，戈貞𣏟爰（服）苦方。」一句，葉氏認爲辭中𣏟象一大人抱子形，乃古抒字。〔註 46〕若此，抒字本義爲「抱」可能比「引堅」更妥貼，引堅當視作抒的引申義。掊字在《說文》曰：「掊，把也。」段本作：「杷也。」注云：「杷各本作把，今正。木部曰：杷者，收麥器也。引申爲凡用手之稱。掊者，五指杷之，如杷之杷物也。……掊有聚意，與抒音義近。有深取意，則不同抒也。毛詩釋文云：掊克，聚斂也。此謂同抒也。」筆者從段氏之說，知掊本義是「用手扒土」，聚斂爲引申義，然掊引申義「聚」正與抒引申義「引堅」相仿，又掊、抒上古分隸鄰韻，在音、義俱近的情況下，古人應經常取二字互作借字，無怪玄應將掊、抒視作同形。

　　推測掊字的肴韻音可能緣於和抒字假借頻繁而新增，同理，《廣韻》注抒音有「薄交切」、「薄侯切」二讀，分是肴韻與侯韻，二音均「引取」義，非辨義異讀。檢視《廣韻》從孚得聲的字群，35 字中僅「抒」又音讀「侯韻」，〔註47〕抒字上古屬幽部，古韻幽部包含《廣韻》尤幽及其相承韻，與部分豪肴蕭及其相承韻的字，可見抒字侯韻音不符上古幽部至中古韻母的發展，宜視作例外。推究抒字侯韻音的來源，如同掊字的肴韻音，都是因爲與他字假借頻繁，使其除了本音之外另外新增他字音讀，如掊字本音侯韻，因與抒字假借頻繁而新增肴韻音；抒字本音肴韻，因與掊字假借頻繁而新增侯韻音，由是從音得聲與從孚得聲的字群分別出現肴韻與侯韻的例外音讀。

　　掊、抒雖有二音，但於玄應生處時代，甚至更早以前，南北經師取音的偏向不同，初唐玄應注掊音「步交反」，抒音「蒲交反」，二字音韻地位都是並母肴韻；隋代曹憲於《博雅音・釋詁》注掊音「步侯」，抒音「皮侯」，音韻地位

〔註46〕葉玉森：《殷虛書契前編集釋》（台北：藝文印書館，1966 年），頁 104。

〔註47〕詳沈兼士主編，坂井健一校訂：《廣韻聲系》（校訂本）（台北：大化書局，1984 年），頁 496～498。

都是並母侯韻。玄應代表北方經師，曹憲操江都音，代表南方經師，反映的侯韻音讀正如玄應所記的江南音，知至初唐南方經師「培」字仍讀侯韻音。倘若再考中唐慧琳注培、抙二字的音讀，慧琳注「培土」、「培地」的「培」音分見「鮑交反」（卷 58）與「蒲侯反」（卷 77），培義相同，音卻各異。注「手抙」的「抙」音「蒲溝反」，釋義「聚也」（卷 50）；注「抙地」的「抙」音「白茅反」，釋義「以手指抙也」（卷 78）。慧琳注抙音，以侯韻搭配「聚」義，以肴韻搭配「用手指杷」，顯然依義異而別讀。值得注意的是，「培地」、「抙地」二詞中的「培、抙」義同，慧琳卻各注侯韻與肴韻，再次印證「培、抙」雖因互作借字而產生兩讀，但經師取捨各有偏向，玄應盡取二字的肴韻音讀，此時南方經師則以侯韻音爲主。

序號	詞目	內　容　與　出　處	方音的音韻地位（聲、韻、調）
13	燬之	又作煝、焜二形同。麾詭反。齊謂 火 爲 燬，方俗異名也。（第二十二 999-5）	通語「火」：曉果上 齊音「燬」：曉紙上

玄應音義書中無「火」的切語，取《廣韻》「呼果切」表示。火與燬的中古音韻地位差別在韻母，據董同龢古韻分部，二字盡在微部，同屬曉紐，擬音則是火[*xuər]與燬[*xjuər]，僅差在介音的有無，由此看《說文‧火部》：「燬，火也。」知東漢許慎訓燬以火，不但字義相同，連字音也相當密切。《爾雅‧釋言》也解作「燬，火也。」三國魏孫炎《爾雅音義》釋作「方言有輕重，故謂火爲燬。」最早道出火與燬是因方言殊異，之後東晉郭璞注《爾雅》則謂「燬，齊人語。」直指燬是齊地方音，〔註48〕南朝陳成書的《經典釋文》，於〈毛詩音義上〉「如燬」條也說：「……或云楚人名火曰煤，齊人曰燬，吳人曰焜，此方俗訛語也。」除了明齊人言火爲燬，也一併指出楚人、吳人對火的稱呼，然時至初唐玄應仍記「齊謂火爲燬」，可見自東晉郭璞指出燬爲齊人語之後，直到初唐，齊地依舊稱火爲燬，董氏擬燬的中古音是[xjue]。

古齊地相當於今日山東省，考察當地現代「火」字音讀，牟平[ᶜxuo]、莒縣[ᶜxuɣ]、濟南[ᶜxuə]、汶上[ᶜxuə]，四地分屬錢曾怡劃界的東區東萊片、東區東

〔註48〕以上關於《爾雅》及其相關訓釋的原典出處，詳朱祖延主編：《爾雅詁林‧釋言》（武漢：湖北教育出版社，1996 年），頁 1285。

濰片、西區西齊片、西區西魯片，〔註49〕適作為山東方言「二區四片」的代表方言點。四地「火」字音讀與中古齊地燬音[xjue]相較，聲母不變、合口性質依舊，但音節中響度最大的主元音卻差距甚迥。查索《現代漢語方言大詞典》收錄的42個方言點，其中「火」字音讀的主元音同中古齊地唸成[e]的，唯使用閩南話的廈門[ˇhe]與海口[ˇhue]。二地中古曉母演變至現代都讀作[h]，[h]與[x]的發音方法相同，發音部位均偏後，僅差在前者發音在喉部，後者發音在舌根。何以南方廈門、海口「火」音呈現相類中古北方齊地的現象？這可以通過中國史上第一波大規模的移民潮來尋索。西晉末永嘉之亂爆發首次大規模北人南下的移民潮，羅香林將此次移民勢力分成三股，其中一股是「青徐諸州的流人，則多集於今日江蘇南部，旋復沿太湖流域，徙於今日浙江及福建的北部。」〔註50〕青徐即齊地，亂事爆發後，齊地人緣著沿海流徙遠至福建，福建即閩地，廈門居閩地東南沿海，齊人「謂火為燬」的音讀經由移民者帶入，時日久了便融入當地語音，沿用迄今。齊地與閩地的聯繫，尚可參張光宇提出的證據，他根據晉代山東任城人呂靜所撰的《韻集》，其中「益石分韻」與「同攝三四等有別」，在同時代其他地方的韻書多已合韻，而閩方言同呂靜韻書呈現的二者皆分。再者，中國境內把「油條」叫作「油炸粿」的方言共見於山東方言與福建閩語。〔註51〕從上述知齊、閩在地理上雖一北一南，歷史上卻非毫無瓜葛，其淵源正由古代移民路徑促成，而今日閩地出現與中古齊地相類的「火」字音讀，也就不無可能。

　　海口地處海南島北部，按李如龍的說法，福建泉州、莆田一帶的人於南宋時向雷州、海南島的瓊州遷徙。〔註52〕海口閩語乃南宋以後傳入，同廈門隸屬閩語的次方言「閩南語」。海口火字音讀[ˇhue]較廈門[ˇhe]更接近中古齊地[xjue]的讀音，就移民史觀之，海口與齊地的聯繫無疑以廈門當作中介，至於廈門、海口「火」字音讀的開合，則受制音系本身的內部結構。觀察二地同「火」屬中古一等果韻及其平聲戈韻、去聲過韻的字，廈門轄字的韻母有[e]、[o]、[ua]，

〔註49〕錢曾怡、蔡鳳書：〈山東地區的龍山文化與山東方言分區〉，《中國語文》第 2 期（2002年），頁 148。

〔註50〕羅香林：《客家研究導論》（台北：古亭書屋，1981 年），頁 41。

〔註51〕張光宇：〈東南方言關係綜論〉，《方言》第 1 期（1999 年 2 月），頁 40。

〔註52〕李如龍：《福建方言》（福州：福建人民出版社，2000 年），頁 89。

海口轄字的韻母有[e]、[o]、[ua]、[ue]，廈門韻母[e]與海口韻母[ue]對應的字除了「火」之外，尚有三字，其中古音韻地位與今日廈門、海口方音如下表：

表4-10　廈門韻母[e]與海口韻母[ue]的對應情形

例　字	果	過	貨
中古反切（聲韻調）	古火切（見果上）	古臥切（見過去）	呼臥切（曉過去）
今廈門音	ˠke	keˀ	heˀ
今海口音	ˠkue	kueˀ	hueˀ

若同「火」音合看，一等戈果過韻諸字在廈門、海口分別產生韻母[e]與[ue]的對應，都集中於聲母發音部位偏後且聲帶不顫動的牙喉清音字，其他非牙喉清音字，如：坐、螺，廈門海口都讀成[tseˀ]與[ᵈle]，可見海口一等戈果過韻字合口[ue]的讀法有其條件限制。

序號	詞目	內　容　與　出　處	方音的音韻地位（聲、韻、調）
14	斗擻	又作籔同。蘇走反。郭璞注方言曰抖擻，舉也。《難字》曰斗擻，鏨鏨也。<u>江南言斗擻，北人言鏨鏨，音都穀反，下蘇穀反</u>。律文作抖挕二形。抖與拯字同。下挕音戍，縛挕也。又作抖，之庚反，抖也。梀，山厄反，梀，木名也，並非字義。（第十四 667-1）	江南：斗，端厚上　擻，心厚上　北人：鏨，端屋入　鏨，心屋入

玄應音義書中無「斗」字切語，取《廣韻》「當口切」表示。斗擻與鏨鏨的顯著差別在前者以陰聲韻構成疊韻，後者以入聲韻相疊。二者屬疊韻聯緜詞，玄應除了在此處援引「《難字》曰斗擻，鏨鏨也。」於他處「斗籔」條下又記「《通俗文》斗籔謂之鏨鏨。」（第十五 715-8）《難字》為魏周成撰，生平籍貫不詳；《通俗文》為東漢服虔撰，服虔籍貫河南滎陽，是北方人。知斗籔、鏨鏨早在東漢已出現，且據玄應所言，斗擻、鏨鏨分別是江南和北人的說法，服虔是北方人，於《通俗文》記「斗籔謂之鏨鏨。」可見「鏨鏨」最遲自東漢開始，直到初唐都通行於北人的唇吻間。

斗擻、鏨鏨之間的差異在塞音韻尾的有無，但並非歷史音變「塞音韻尾弱化」使然，因為中國語音演變的大勢是由北向南發展，北方音變起步比南方快速，南方一般傾向保守，如入聲韻尾的消失即北方早於南方，南方閩南語迄今

尚存塞音韻尾-p、-t、-k 可資為證。因此，斗藪與鑒礬純粹屬地域不同而共時存在的語音差異，倘若從今日北方方言觀察，山東方言中高青、桓台、張店、鄒平、章丘、利津等六地方言，尚保留一個獨立的入聲調（是調類，無塞尾），其來源是中古大部分的清入字和少量的陰聲韻字。〔註 53〕此現象可追溯至清代劉振統的《萬韻書》，劉氏為山東高苑（今高青）人，所撰韻書帶有濃重的方音色彩，反映的當是作者家鄉高苑一帶 18 世紀上半葉的方言。〔註 54〕值得注意的是，今日上述六個方言點尚有中古陰聲韻字讀成入聲調的現象，其關係似玄應記錄的「斗藪與鑒礬」，斗藪唸陰聲韻，北方讀成入聲的鑒礬。六個方言點位於山東中北部，彼此距離不遠，呈線狀分布，盡歸山東方言的西區西齊片，現以資料比較完整的利津方言為例，表中例字於今日利津方言皆讀入聲調：〔註 55〕

表 4-11　利津方言中古陰聲韻字今讀入聲調者

中古韻攝	例　　　字	中古聲調			小計
		平	上	去	
止攝	羲曦犧熙希（平）徙史砥指矢始恥矣以已（上）視寄（去）	5	10	2	17
遇攝	膚趨需須初茹辜區驅軀瞿呼（平）腐腐侮莒禹宇羽（上）捕酗煦（去）	12	7	3	22
蟹攝	犀兮（平）擺抵（上）再際濟婿外（去）	2	2	5	9
效攝	抄巢超撓篙遙（平）搞矯（上）	6	2	0	8
果攝	波坡玻他戈阿苛（平）妥可（上）播（去）	7	2	1	10
假攝	椰（平）把碼且灑剮雅也冶（上）訝（去）	1	8	1	10
流攝	摟（平）否抖（上）	1	2	0	3
總　　　計		34	33	12	79

表中例字安排按中古聲調平上去分組，組內以聲母發音部位唇齒舌牙喉順序排列。由於中古陰聲韻字在利津方言讀成入聲調者，除了聲調有明顯偏向外，例字於中古韻母的等第開合、聲母的發音部位與方法上均無規律可循，因此括

〔註53〕張樹錚：《清代山東方言語音研究》（濟南：山東大學出版社，2005 年），頁 67。

〔註54〕詳張鴻魁：《明清山東韻書研究》（濟南：齊魯書社，2005 年），頁 87～105。

〔註55〕例字取自楊秋澤：《利津方言志》（北京：語文出版社，1990 年），頁 13。以及張樹錚：《清代山東方言語音研究》（濟南：山東大學出版社，2005 年），頁 74～75。並經筆者需要作處理。

號內僅注出中古聲調，中古聲類、韻類皆略。由上表知，七個陰聲韻攝中，流攝字讀成入聲調的最少，中古平、上聲陰聲韻字讀成今日入聲調的顯然占多數。抖、擻中古都是上聲字，且在流攝例字極少的情況下，「抖」字在利津方言即讀成入聲調，與擻同聲符的「搜」也讀成入聲調，雖然不見今日「擻」在利津方言也讀入聲調，不過，從利津方言中同聲符的字偶見同讀入聲調的現象，如止攝：羲曦犧。遇攝：區驅軀、腑腐。效攝：篙搞。果攝：波坡玻、阿苛可。假攝：雅訝。擻字曾經在當地讀成入聲也不無可能。由此得初唐北方將抖擻讀作入聲鬏鬏，於今日山東利津方言可以找到遺跡，而鬏鬏中古塞尾-k，隨山東入聲塞尾失落，僅剩下入聲調，使抖字在利津方言中呈現入聲調的型態。

序號	詞目	內　容　與　出　處	方音的音韻地位（聲、韻、調）
15	厭人	於冉反，鬼名也。梵言烏蘇慢，此譯言厭。《字苑》云眠內不祥也。《蒼頡篇》云伏合人心曰厭，字從厂，厂音呼旱反，猒聲。山東音於葉反。（第一 29-2）	玄應音：影琰上 山東音：影葉入

厭字義「眠內不祥」與「伏合人心」，玄應均注音「於冉反」，記山東音則是「於葉反」，二者都是鹽韻相承韻，前者為上聲，後者為入聲。追溯「厭」字本義，《說文》云：「厭，筓也，從厂猒聲，一曰合也。」本義有「筓也」、「合也」，筓義在《說文》釋作「迫也，在瓦之下棼上。」棼是檁的一種，瓦、筓、檁三者為搭蓋屋頂的建材，筓在檁上互相擠緊，上面又承受泥背和瓦的壓力，[註56] 許慎釋作「迫也」，或作「壓」的意思。陸德明於《釋文・春秋左氏音義》「晨厭」條云：「本又作壓，於甲反。」音韻地位為影母狎韻，又慧琳注「厭筓」的「厭」為「鷖甲反」，亦是狎韻，可見厭自本義筓衍生的字義，其音均作狎韻。

由本義「合」衍生的字義，其音見南朝梁顧野王《原本玉篇殘卷・厂部》注厭「於冉反」，釋義「《左氏傳》時以厭眾。杜預曰以厭眾心也。《國語》曰堯厭帝心。賈逵曰厭，合。《蒼頡篇》伏合人心也。《廣雅》厭，可也。《說文》曰筓。」[註57] 顧氏注厭音為影母琰韻，釋義則徵引古籍，有合、伏合人心、可、筓等字義。而南朝陳成書的《釋文》於「厭冠」條云：「於涉反，伏也。」於「天

[註56] 傅熹年：〈陝西岐山鳳雛西周建築遺址初探〉，《文物》第 1 期（1981 年），頁 72～73。

[註57] 〔梁〕顧野王：《原本玉篇殘卷》（北京：中華書局，2004 年），頁 465。

厭」條云：「於琰反，塞也。」葉韻釋伏義，琰韻釋塞義，屬辨義異讀。

厭的另一義「眠內不祥」，雖見晉葛洪所撰《字苑》，但尚未見得《玉篇》、《釋文》收錄該義並注音，直到唐代《全王》葉韻收錄「厭」字，注音「於葉反」，釋作「惡夢」，惡夢與眠內不祥意同。「眠內不祥」的本字是否爲「厭」，若就清人劉心源的看法，當作「瘠」才對，劉氏從金文𤕫字解釋，部件疒即广，𦏍即肙，隸定爲瘠，其從广者，指災病言之，字書瘠字未收，汗簡以肙爲厭，故《字苑》以厭釋眠內不祥，古只用厭，實當作瘠。〔註58〕若此，「眠內不祥」與厭字本義笮、合皆無涉，僅借厭字表義而已。觀察厭字琰韻與葉韻在《原本玉篇殘卷》、《釋文》、《全王》、《廣韻》、《集韻》的釋義如下：

表4-12　「厭」字於古籍中音、義的搭配情形

厭音	琰韻	葉韻
玉篇	合、伏合人心、可、笮	－
釋文	塞也	伏也
全王	－	惡夢
廣韻	厭魅也	厭伏，亦惡夢
集韻	閉藏也，一曰厭次，地名	《說文》笮也，一曰伏也、合也

表格縱向可觀歷代古籍在同一音中的釋義內容，橫向可察同一書所收二音是否屬辨義異讀。《全王》琰韻無收厭字，縱看四書厭字琰韻音的字義，均無一致的解釋；橫看二音在同一書中的解釋，除了《玉篇》無收厭字葉韻音外，餘三本皆因義殊而異讀。反觀厭字的葉韻音，除去《玉篇》，四本古籍俱收，其義也較爲一致，僅《全王》無釋作伏義，其餘都解作「伏」。伏義與本義「合」相同，從而衍生「伏合人心」的字義。比較玄應注音與所記的山東音，二者在同義的情況下，玄應注厭字爲琰韻音，山東則讀爲葉韻音，知山東音讀較符合歷代古籍音注，古籍音注、釋義具普遍通行性，尤官修韻書更是如此。不獨玄應厭字注琰韻音，中唐慧琳也在「即厭」條下云：「伊琰反。《字苑》眠內不祥也。《蒼頡篇》伏合人心曰厭。山東音伊葉反。」（卷46）慧琳注厭字的音韻地位

〔註58〕劉心源：《奇觚室吉金文述》卷十八，收入《國家圖書館藏金文研究資料叢刊》第13冊（北京：北京圖書館出版社，2004年），頁45。

為影母琰韻，記錄山東音也是葉韻音，與初唐玄應同出一轍。琰韻音解作「伏合人心」的僅《玉篇》一書，釋作「眠內不祥」（意同惡夢）的但見葉韻音，卻不見琰韻音讀，由此得玄應、慧琳以琰韻音表「伏合人心」與「眠內不祥」二義當是一般注音之外的特殊音讀。玄應、慧琳的共通點是二人都久居長安，表現的特殊音讀應是關中地區經師的共通讀法，以致生處前後時期的玄應、慧琳在同地注同樣的音讀。因此，解讀玄應、山東「厭」音的不同，筆者以為此乃關中、山東經師擇取相異的音讀解釋伏義，以及後來因形近而誤釋作「眠內不祥」，最後通過師承，兩地經師相沿成習，關中解伏義盡讀琰韻音，山東則唸葉韻音，無怪玄應、慧琳自注厭音或記錄山東音讀都顯一致，非方言異讀使然，乃經師別讀所致。

序號	詞目	內　容　與　出　處	方音的音韻地位（聲、韻、調）
16	竿蔗	音干，下又作柘同，諸夜反。今蜀人謂之竿蔗，甘蔗通語耳。（第十四 654-5）	通語「甘」：見談平 蜀人「竿」：見寒平

　　玄應書中「甘嗜」條注「甘」音「古藍反」（第二 74-5），與「竿」的音韻地位差別在韻母，而二韻主元音都是[a]，唯韻尾不同，甘音收雙唇鼻尾-m，竿音收舌尖鼻尾-n，蜀人謂甘蔗為竿蔗，從原本收雙唇鼻尾的-m，轉讀成收舌尖鼻尾的-n，是否說明在玄應記錄之時，蜀地已發生雙唇鼻尾後移的音變趨勢？此現象可上溯至西漢，羅常培、周祖謨合著的《漢魏晉南北朝韻部演變研究》中提及蜀人作家王褒〈洞簫賦〉以「耽還」為韻腳，是侵、元二部合押，〈四子講德論〉以「陳賢廉」為韻腳，是真、談二部合押；揚雄〈太玄〉少卦以「淵戡」為韻，是真、談二部合押。〔註 59〕（劃線之韻腳屬劃線韻部之字，下皆仿此）侵、談部以雙唇鼻音-m 收尾，真、元部以舌尖鼻音-n 收尾，對於-m 與-n 通押的現象，羅、周二人僅就真、談部合押作解釋，認為「談部字的韻尾是-m，真部字的韻尾是-n，我們還不能根據兩個例子就斷定談部的韻尾-m 已經變為-n」。〔註 60〕

〔註 59〕羅常培、周祖謨：《漢魏晉南北朝韻部演變研究》（第一分冊）（北京：中華書局，2007 年），頁 88、204、216。

〔註 60〕羅常培、周祖謨：《漢魏晉南北朝韻部演變研究》（第一分冊）（北京：中華書局，2007 年），頁 88。

　　至於侵部在蜀地的變化，周祖謨於《魏晉南北朝韻部之演變》一書中，就三國時益州人楊戲創作的押韻現象指出，侵部字的韻尾-m 有變爲-n 的傾向。如：〈季漢輔臣諸葛丞相贊〉濱眞文風身（風爲侵部字，其他爲眞部字）、〈王元泰等贊〉眞文林（林爲侵部字，眞文爲眞部字）、〈楊威公贊〉人侵云（侵爲侵部字，人云爲眞部字），〔註61〕都是侵部與眞部通押。上古二部的主元音同爲前半高元音[e]，周氏書中仍未提談部字韻尾是否同侵部字前移，或許正因談部主元音爲後低元音[ɑ]，侵、談二部主元音的條件不同，導致二部韻尾後移的速度不一，而舌位偏前高的[e]似比偏後低的[ɑ]更容易促使雙唇鼻尾後移至舌尖。

　　再考三國之後蜀地-m 與-n 混押的情形，唐代成爲一個斷層，無論古近體詩，均不見蜀地詩人-m、-n 混用，〔註62〕直到北宋，才見詩人魏野〈謝大著劉煜寄惠玉〉以「鬢心金」當韻腳，屬侵眞合韻；〔註63〕蘇軾古、近體詩的用韻，山、咸二攝未通押，臻、深二攝也未混用，〔註64〕這是就詩而言，若從塡詞用韻來看，據魯國堯的分部與研究，蘇軾侵針部與眞欣部混押見一例，如〈江城子・膩紅勻臉襯檀唇〉以「唇新春顰人陰深沉心今」爲韻；寒先部與談咸部混押也是一例，如〈漁家傲・些小白鬚何用染〉以「染點箭厭貶敢忝冉漸減」爲韻。〔註65〕侵針部、談咸部的韻尾均收-m，眞欣部、寒先部的韻尾均收-n。值得一提的是，宋代其他蜀地詞人，如李流謙、程垓、魏了翁、李從周、吳泳、家鉉翁等人，無論侵針部與眞欣部，抑或寒先部與談咸部概不相混，因此魯氏

〔註61〕周祖謨：《魏晉南北朝韻部之演變》（台北：東大圖書公司，1996 年），頁 64。

〔註62〕以詩作產量極豐的李白爲代表。李白（701～762），里籍四川彰明，古近體詩用韻不見「眞侵混」與「寒談混」，相承韻亦然，尤古體詩用韻接近口語，最能反映詩人方音特色，李白古詩用韻未見-n 與-m 混押，可見李白生處之時，蜀地方音尚未出現-n 與-m 混用。李白古近體詩用韻情形詳鮑明煒：〈李白詩的韻系〉，《南京大學學報》（人文科學）第 1 期（1957 年），頁 25～39。以及林慶盛：《李白詩用韻之研究》（台北：東吳大學中國文學研究所碩士論文，1986 年）。

〔註63〕耿志堅：〈由唐宋近體詩看陽聲韻 n、ŋ、m 三系（臻、山、梗、曾、深、咸六攝）韻尾間的混用通轉問題〉，《靜宜人文學報》第 3 期（1991 年 6 月），頁 169。

〔註64〕唐作藩：〈蘇軾詩韻考〉，《王力先生紀念論文集》（北京：商務印書館，1990 年），頁 100～104。

〔註65〕魯國堯：〈宋代蘇軾等四川詞人用韻考〉，《語言學論叢》第八輯（北京：商務印書館，1981 年），頁 98、101。

認爲該通押現象是因人而異，並非蜀地雙唇鼻尾普遍後移。[註66] 歸納上述西漢至北宋蜀地文人-m、-n 混押情形如下：

表 4-13　西漢至北宋蜀地文人-m、-n 混押情形

朝代	蜀地文人-m、-n 混押類型	前賢解讀
西漢	侵部元部混押、談部眞部混押	不能斷定談部韻尾-m 已變爲-n
三國	侵部眞部混押	侵部韻尾-m 有變爲-n 的傾向
唐代	－	－
北宋	詩：侵韻眞韻混押	可能反映詩人方音
	詞：侵針部眞欣部混押、談咸部寒先部混押	因人而異，不是普遍現象

由表中知，前賢研究蜀地文人侵、眞通押的情形較談、寒通押普遍，且早在三國就承認侵部雙唇鼻尾有後移的趨勢，反觀談部，直到北宋，其雙唇鼻尾在蜀地是否後移仍然存疑，遑論初唐玄應記音之時，談韻於蜀更無法解釋成已發生韻尾後移的音變現象，因此筆者認爲玄應言蜀人謂甘蔗爲竿蔗，由談韻「甘」變讀寒韻「竿」，並非歷史音變韻尾後移造成，而是據甘蔗外形似竹竿，名之「竿蔗」。這可以從唐、宋方志求證，按清代重修《四川通志》所收《唐志》、《元和郡縣志》、《太平寰宇記》，三書記載蜀地產蔗、竹的分布如下圖：[註67]

圖 4-3　唐宋蜀地蔗、竹生產分布圖

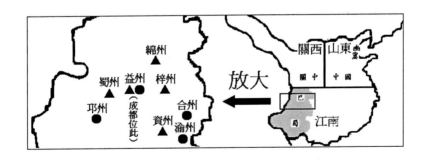

右側是玄應方言分區圖，巴蜀隸江南轄境，爲突顯主題，特別套灰明示。蜀地蔗、竹產區集中北半部，方框處即蔗、竹產地，左側爲放大圖，▲表產蔗，●

〔註66〕魯國堯：〈論宋詞韻及其與金元詞韻的比較〉，《魯國堯語言學論文集》（南京：江蘇教育出版社，2003 年），頁 399。

〔註67〕〔清〕楊芳燦等撰：《四川通志‧食貨物產》（台北：京華書局，1967 年），卷 74。

表產竹，二者分布尚稱密集，且府治地成都雙產蔗、竹，當地居民通過甘蔗的外形與竹竿聯想在一起，進而將甘蔗名爲「竿蔗」不是沒有可能的。

序號	詞目	內 容 與 出 處	方音的音韻地位（聲、韻、調）
17	園圃	補五反。江東音布二音。《蒼頡解詁》云種樹曰園，種菜曰圃也。詩云無踰我園。傳曰有樹也。又云折柳樊圃。傳曰菜圃也。皆其義矣。（第一 16-4）	玄應音：幫姥上 江東音：幫暮去

玄應注圃字音讀與記錄的江東音差別在聲調，二音是否爲地域不同造成聲調上的差異，追溯目前可見最早注錄二音的韻書乃晉代呂靜（265-316）《韻集》，其注「布五、補護反」，都是幫母，前者爲上聲姥韻，後者爲去聲暮韻，呂靜里籍山東曲阜，屬北人，尚無法說明二音屬地域不同的異讀。字書《原本玉篇殘卷》圃字佚失，唐時日人釋空海《篆隸萬象名義》注圃音「補護反」，釋義「菜園」。〔註68〕附帶一說，今原本《玉篇》亡佚，僅存殘卷，即《原本玉篇殘卷》，《篆隸萬象名義》是依據南朝梁顧野王（519～581）《玉篇》撰寫，保留原本《玉篇》基本面貌，筆者參考《玉篇》音注時，首先翻檢《原本玉篇殘卷》，若不見殘卷，則翻查《篆隸萬象名義》。顧野王里籍江蘇吳縣，屬南人，注圃音僅去聲暮韻一讀。

查考南朝陳成書的《經典釋文》，陸德明（556～627）於〈禮記音義之四〉「之圃」條下云：「音補，徐音布，樹菜蔬曰圃。」陸氏爲江蘇蘇州人，徐指徐邈（334-397），里籍江蘇丹徒，陸、徐里籍均位於江蘇南部，距離不遠，然同是江東人卻各注上聲與去聲，應非地域不同所致，恐是經師對二音的取捨不同使然。早在徐邈之前呂靜《韻集》已注錄二音，徐邈可能據此擇一音釋圃的字義，顧野王同徐邈取去聲暮韻，陸德明則取另一音釋義，至初唐玄應記錄江東讀圃爲布，表示江東以徐邈、顧野王的取音爲主，而玄應注音同陸德明。

若再往後看中唐慧琳注圃音，慧琳於「園圃」條下云：「補、布二音。」（卷20）已不再區別去聲「布」爲江東音，反納入其所使用的秦音範疇，說明關中圃音已容攝上、去二聲，這種南音披及北方關中的情形，於顏之推《顏氏家訓・音辭》便提到「岐山當音爲奇，江南皆呼爲神衹之衹。江陵陷沒，此音被於關

〔註68〕〔唐〕釋空海編：《篆隸萬象名義》（北京：中華書局，1995年），頁288。

中，不知二者何所承案。」〔註69〕《廣韻》岐、奇、衹的音韻地位都是群母支韻，唯岐、衹屬重紐四等字，奇為重紐三等字，等第不同，知江南重紐四等音讀往北擴展至關中。初唐顏師古於《匡謬正俗》中亦談及「隄防之隄字，並音丁奚反，江南末俗，往往讀為大奚反，以為風流，恥作低音，不知何所憑據，轉相放習，此弊漸行於關中。」〔註70〕丁奚反與大奚反的韻母同作齊韻，差在前者聲母屬清音端母，後者屬濁音定母，聲母各異，江南濁音行於關中。南音聲母、韻母影響關中音讀早在中唐以前已有先例，慧琳之時發生秦音容攝不同聲調的江東音，當合乎常理，不過，慧琳容攝的南音非地域因素形成的異調，而是人為取捨下造成的南北異讀，據目前文獻觀察，以初唐經師讀圍音的分野最顯著，否則玄應不會特別註明「江東音布」。

序號	詞目	內　容　與　出　處	方音的音韻地位（聲、韻、調）
18	草蘆	音察，草蘆也，亦芥也。經文作淶非也。蘆，音壬古反，枯草也。今陝以西言草蔡，江南山東言草蘆，蘆，音七故反。（第四 204-8）	玄應音：清姥上 江　南：清暮去

　　玄應注蘆音與記錄的江南音讀差在聲調有別，查索古籍注蘆字音讀，晉代呂忱《字林》注「千古反」，郭璞於《爾雅‧釋草》注「采苦反」，《篆隸萬象名義‧艸部》注「采古反」，唐代《全王》注「采古反」，宋代《廣韻》注「采古切」，各切語音韻地位盡是清母姥韻，均不見玄應所記江南的去聲音讀，即便標榜「務從該廣」收音極其詳盡的《集韻》，於去聲暮韻清母字的小韻下也未見「蘆」字，蘆音去聲究竟何來？呂忱里籍山東曲阜，郭璞里籍山西聞喜，二人均屬北人，顧野王里籍江蘇吳縣，屬南人，可見無論南北，蘆俱為上聲。筆者以為玄應所記去聲當緣於南北上聲調值各異，南人上聲調值就北人聽來可能似北人的去聲調值，玄應操北方音系，以北人立場聽南方蘆音，自然記下去聲調類。類似現象可以在顏師古的《匡謬正俗》尋得，書中載：「或問曰：年壽之字，北人讀作受音，南人則作授音，何者為是？答曰：兩音並通。」〔註71〕《廣韻》壽、受同是「殖酉切」，授則是「承呪切」，二切語的聲母同為禪母，前者為上聲有

〔註69〕汪壽明選注：《歷代漢語音韻學文選》（上海：上海古籍出版社，1986 年），頁 2。

〔註70〕秦選之：《匡謬正俗校注》（台北：台灣商務印書館，1970 年），頁 34。

〔註71〕秦選之：《匡謬正俗校注》（台北：台灣商務印書館，1970 年），頁 63。

韻，後者爲去聲宥韻，唯聲調不同。顏師古里籍關中，是北方人，書中謂南人將壽讀作授音，當以北人立場聽南人壽字音讀，以爲讀作去聲。事實上，就南人聽之，南人同北人將壽音列入上聲調類，只是南方上聲調值似北方去聲調值，北人記音便把南方上聲調類記作北方去聲調類，因而產生薵、壽的去聲音讀，古籍不見該類音讀，也許正因此乃南北上聲調值不同造成北人記南音的落差，倘若南人記錄該音便不如此，《篆隸萬象名義》載錄薵音「采古反」，清母姥韻，表示顧野王記薵作上聲可以爲證，而古籍收音剔除這種落差不錄，字音就不會顯得紊亂。

序號	詞目	內　容　與　出　處	方音的音韻地位（聲、韻、調）
19	垂胡	又作頢、咽二形同。戶孤反。《說文》胡謂牛頷垂下者也。論文作壺非體也。（第十 447-5）	玄應音：匣模平
	或趚	求累反。今江南謂屈膝立爲跟趚，中國言胡踞，音其止反。胡音護。跟，音丈羊反。禮記授立不趚作跪借字耳。（第二十四 1110-3）	中　國：匣暮去

　　玄應注胡音「戶孤反」，記中國胡踞的胡音護，二音差在聲調一平一去，查索字書《篆隸萬象名義》注胡「護徒反」與韻書《全王》注「戶吳反」、《廣韻》注「戶吳切」，三個切語的音韻地位都是匣母模韻，無一注去聲音讀，但見《集韻》暮韻匣母字的小韻下有「胡」字，釋義爲「頸也，《漢書》捽胡，晉灼讀。」《漢書·金日磾傳》一句「日磾捽胡投何羅殿下」，晉灼曰：「胡，頸也，捽其頸而投殿下也。」韻書記「晉灼讀」，應指晉灼釋胡義爲「頸」而言，非指其去聲音讀，然胡音讀去聲當見同句孟康曰：「胡音互。捽胡，若今相僻臥輪之類也。」〔註72〕互與護同音，孟康爲曹魏安平廣宗人，嘗擔任弘農、勃海兩地太守，無論里籍安平或任官弘農、勃海，三地均位於函谷關以東的中原地區，即玄應指稱的中國。玄應記中國「胡音護」可能從孟康音讀，孟康注胡音互，應是爲了跟胡字本義「牛頷垂下者」與假借義「何」作區別，畢竟「捽胡」的「胡」字義與本義、假借義均無涉，經師孟康便賦予特殊音讀去聲調，而「胡踞」指屈膝立，胡義也和本義、假借義無關，中國經師可能仿孟康讀成去聲，正因胡音

〔註72〕以上《漢書》原文與注家內容詳〔漢〕班固撰：《漢書·霍光金日磾傳》（台北：宏業書局，1996 年），卷 68，頁 2961～2962。

去聲乃經師解經時的特殊讀法，所以代表《玉篇》的《篆隸萬象名義》、《全王》、《廣韻》都不收錄，唯務從該廣的《集韻》收錄此音。

序號	詞目	內　容　與　出　處	方音的音韻地位（聲、韻、調）
20	齝食	又作齝。毛詩傳作呞同。勑之反。《爾雅》牛曰齝。郭璞云食已復出嚼之也。《韻集》音式之反。今陝以西皆言詩也。（第十四 681-7）	玄應音：徹之平 韻集音：書之平 陝以西：書之平

　　玄應注齝音與所記陝以西的讀音不同，差在聲母有別，而陝以西齝的讀音同呂靜《韻集》音，都是書母之韻。考玄應以前古籍注齝音的情形，已知晉代呂靜（265-316）注書母之韻，其他古籍如《萬象名義》注齝音「丑之反」，齝音「暢之反」，都是徹母之韻。《萬象名義》保存原本《玉篇》基本面貌，其反切足以表示南朝梁顧野王（519-581）的音注；陸德明（556-627）於南朝陳成書的《經典釋文・爾雅音義下》注齝音為「丑之、初其二反」，前者為徹母之韻，後者為初母之韻，同處亦見「齝」字條下標明「郭音笞」，齝為齝的異體字，讀音與齝同，陸德明此處言經師姓氏「郭」，指郭璞，生卒年是公元 276-324 年，郭璞注齝音為「笞」，音韻地位是徹母之韻。歸納以上齝音讀法，齝音韻讀盡為「之韻」，而聲母讀法有「書母、徹母、初母」，就目前文獻顯示，書母與徹母出現的時間差不多，書母首見呂靜《韻集》，徹母首見郭璞注《爾雅》，呂靜里籍山東曲阜，郭璞里籍山西聞喜，都是關東地區的經師。

　　尋索中古書母與徹母上古有無同源，根據李方桂研究，從諧聲字考察，與書母諧聲的聲母可分三類，上古來源亦分三種：一是與舌根音諧聲，如赦ɕ-：郝 x-｜收ɕ-：丩 k-。李氏擬該類書母的上古來源為*hrj，上古擬音主要依據音系內部對應關係，以及介音-r-與-j-分別具有將聲母央化與舌面化的作用，即喉擦音 h-受介音-r-央化而舌位往前移動，緊接著受介音-j-舌面化影響，使原本喉擦音的聲母變成舌面前擦音ɕ-，[註73] 而喉擦音 h-與舌根部位接近，本易和曉母 x-與見母 k-互諧，如此擬音便可以合理解釋書母何以和舌根音諧聲。

　　二是與鼻音諧聲，如攝ɕ-：聶 ŋ-｜燃ɕ-：然nʑ-。李方桂擬該類書母的上古來源為*hnj，該擬音由中古日母的上古來源而發，李氏將日母的上古來源擬作

〔註73〕李方桂：《上古音研究》（北京：商務印書館，2001 年），頁88。

*nj，中古日母則作 nʑj，因此，上古*hnj 中的 nj 也會有相同的演變過程，即*hnj＞hnʑj，後來這個清音 h 把鼻音 n 與擦音 ʑ 清化，而清鼻音在演變過程中容易丟失，便剩下清化的擦音 ɕ，即中古書母。〔註74〕*hnj 演變至中古書母的過程是：*hnj＞hnʑj＞hnɕj＞ɕj。演變階段歷經鼻音 n 與鼻擦音 nʑ 鑲在其間，所以可以和鼻音或鼻擦音諧聲。

三是與舌尖塞音諧聲，如始 ɕ-：台 tʻ-｜深 ɕ-：探 tʻ-。此外，瑞典漢學家高本漢早在李方桂之前就指出，現代方言許多地方將中古書母讀作塞擦音 tsʻ-或 tʂʻ-，如鳳台、固始讀「深」爲 tsʻ-；歸化唸「設」爲 tʂʻ-。〔註75〕因而李方桂將此類書母的上古來源擬作*stʻ，〔註76〕上古*stʻ恰好可以解釋齳音演變到中古，聲母存在「書母、徹母、初母」三種型態的現象，其演變過程與條件如下簡圖：

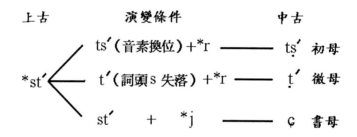

李方桂認爲中古初母與徹母屬卷舌音，其卷舌性質來自上古二等韻有介音 -r-，而這個介音*r 不但可以在舌尖音後出現，也可以在介音*j 的前面出現，〔註77〕齳音韻母是三等之韻，上古三等韻有介音 -j-，按李氏說法，中古齳音初母的演變過程則是：上古*stʻ＞tsʻ＋*r＋*j＞中古初母 tʂʻ-，當說得通，中古齳音徹母的演變過程也可作如是觀。至於書母的演變過程不作 s＋*j 解，緣於李氏擬跟舌尖塞音諧聲的心母上古來源爲*st 或*st＋j，〔註78〕然心母中古亦與三等韻拼合，若書母演變過程作 s＋*j，容易與三等韻拼合的心母混淆，因此仍以 stʻ＋*j 表示。

〔註74〕李方桂：《上古音研究》（北京：商務印書館，2001 年），頁 19～20。

〔註75〕〔瑞典〕高本漢著，趙元任、李方桂合譯：《中國音韻學研究》（台北：台灣商務印書館，1975 年），頁 301。

〔註76〕李方桂：《上古音研究》（北京：商務印書館，2001 年），頁 25。

〔註77〕李方桂：《上古音研究》（北京：商務印書館，2001 年），頁 15。

〔註78〕李方桂：《上古音研究》（北京：商務印書館，2001 年），頁 25。

綜上所述，玄應以前的經師注䶥音有「書母、徹母、初母」三種聲母類型，事實上三者都共源於上古*st‘，後來因聲母本身的變異，如音素換位為 ts‘或詞頭 s 失落，以及演變條件的不同，如拼合介音*r 或*j，使上古*st‘發展成中古的初母、徹母、書母，其次再因經師取音的偏向不同，如同是關東經師的呂靜與郭璞，前者取書母，後者取徹母；顧野王、陸德明都是江蘇人，顧氏僅收徹母，陸氏則取徹母與初母。初唐玄應注䶥音為徹母，記陝以西音讀為書母，而䶥音讀書母至中唐慧琳於音義書中仍作此音，如「牛齝」條云：「下試之反。」（卷57）切上字「試」為書母。慧琳注音依據秦音，秦音即關中音，可見䶥的書母音讀在關西地區的普及不止於初唐，其影響力更遠至中唐，可能是受師承傳統所致。

序號	詞目	內　容　與　出　處	方音的音韻地位（聲、韻、調）
21	蜂䗪	舒赤反。《說文》虫行毒也。關西行此音。又呼各反，山東行此音。蛆，知列反，東西通語也。（第二 70-5）	關西：書昔入　山東：曉鐸入

玄應記䗪字關西音與山東音的音韻地位於中古差異甚迥，但追溯上古所屬聲紐與韻部，二音來自同一源頭發展。就聲母而論，例 20 已根據李方桂研究的結果，認為書母與舌根音諧聲，其書母的上古來源當是*hrj，主因是介音-r-與-j-分別具有將聲母央化與舌面化的作用，即喉擦音 h-受介音-r-央化而舌位往前移動，緊接著受介音-j-舌面化影響，使原本喉擦音的聲母變成舌面前擦音 ç-。倘若取之解釋䗪字兩讀，中古曉母的上古來源李方桂擬作*h，而䗪字於中古發展成書母與曉母音讀，可以說來自上古同一聲母*h，只是後來演變條件不同，聲母*h-與介音-rj-拼合即演變為中古的書母，不與介音-rj-拼合者則演變為中古曉母。就韻母而論，中古昔韻與鐸韻都來自上古鐸部，因此，玄應所記關西與山東的䗪字音讀於上古屬同聲紐同韻部的同源關係，只是後來因演變條件不同而分途發展。

至於䗪音的演變條件不同是否來自地域有別，從陸德明（556-627）《經典釋文》收錄經師對䗪字的讀法可以尋得一點線索。《釋文·毛詩音義上》「毒䗪」條下云：「失石反，何呼洛反。」又〈周禮音義下〉「䗪」字下云：「音釋，劉呼洛反。」失石反與直音釋是陸氏注音，音韻地位皆是書母昔韻，而何、劉分指何胤（446-531）與劉昌宗（317-420），何胤里籍安徽盧江，劉昌宗里籍不詳，

二人注螫音均為曉母鐸韻，知何胤為南人，可見不獨初唐山東地區螫音有曉母鐸韻讀法，早在何胤生處之時，南方已存在曉母鐸韻的音讀，此外，陸德明亦是南方人，陸氏注螫音顯然以書母昔韻當作心目中的標準音，由此可知，螫音演變歧途的因素非來自地域不同，玄應之所以分別關西與山東兩大區域記音，可能緣於兩地經師取音不同造成的差異，關西經師取螫字書母昔韻音，山東經師擇螫字曉母鐸韻音，如同何胤與陸德明同是南人，取擇螫音作注也各不相同。

值得一提，《全王》與《廣韻》均無收錄螫字曉母鐸韻音讀，僅見書母昔韻，若從《廣韻》螫義「蟲行毒，亦作蠚。」來求索螫字曉母鐸韻的去向，未嘗不能理出一些頭緒。《全王》、《廣韻》均收蠚字兩讀，《全王》收蠚字「丑略反」與「呵各反」，分是徹母藥韻與曉母鐸韻，《廣韻》收蠚字兩讀的音韻地位同《全王》，分別以「丑略切」與「火酷切」表示，釋義均為「螫」。考蠚字本音，《說文》「𧑓，螫也，从虫若省聲。」𧑓隸定為萮，萮與蠚字義相同，僅形體稍有差別，但都從「若」得聲。翻查《廣韻》從若得聲的字群，聲母屬日母有 10 字，泥母 1 字，娘母 12 字，透母 1 字，徹母 2 字，明母 1 字，曉母 1 字，凡 28 字。以發音部位觀之，舌音字偏多，含鼻音與塞音有 16 字，若以上古聲紐的分類來檢視，中古日母也歸入舌音範疇，如此，從若聲的被諧字屬於舌音字的就增加為 26 字，佔了絕大多數。讀喉音曉母者僅「蠚」一字，可見以若為聲的字唸曉母音相當罕見，應視作例外，蠚字本音當為徹母藥韻。

筆者以為，螫本有「書母昔韻」與「曉母鐸韻」兩讀，蠚本一音「徹母藥韻」，後來因蠚與螫字義相同，蠚字借走螫字曉母鐸韻的音讀，螫與蠚的關係如同林燾所說因意義相類而發生異文，〔註79〕然蠚字何時借音，從文獻記載，《篆隸萬象名義》蠚字注「丑略反」，徹母藥韻，該書注錄字音保存顧野王（519～581）《玉篇》原貌，原本《玉篇》殘卷不見蠚字，以《篆隸萬象名義》注音為據，知顧野王注蠚音仍是「徹母藥韻」；至陸德明（556～627）《釋文‧爾雅音義下》「螫」字下云：「式亦反，螫猶蠚也，蠚，火各反。」陸氏注蠚字「火各反」，曉母鐸韻，知蠚字於陸氏之時已自螫字的兩讀中借入「曉母鐸韻」，初唐

〔註79〕林燾云：「別字與本字之關係不外：（一）在某方言中讀音相近，（二）形體相似，（三）意義相類。」螫、蠚字義相當，經師借螫音讀蠚字不無可能。詳林燾：〈經典釋文異文之分析〉，《林燾語言學論文集》（北京：商務印書館，2001 年），頁 350。

玄應注蠢音也是「曉母鐸韻」，如詞條「蛆蝑」注「蝑」字「火各反」（第十九
889-1），蝑與蠢同為一字，可等同看待。又今日漢語方言中以「蠢」當螫義通行
於脣吻間的地區有：武漢[ₑxo]、長沙[xo₌]、婁底[ₑxo]、成都[ₑxo]、貴陽[ₑxo]，
〔註80〕其聲母均自中古曉母發展而來，無一來自徹母，而今日漢語方言中螫字
音讀的聲母均不見來自中古曉母，可見螫字「曉母鐸韻」音移借給蠢字之後，蠢
字本音「徹母藥韻」日漸消亡，被借來的「曉母鐸韻」取代，螫字也因「曉母
鐸韻」的借出，後來也只剩下「書母昔韻」一種讀法。

序號	詞目	內　容　與　出　處	方音的音韻地位（聲、韻、調）
22	渟水	江南謂水不流為渟，音乃點反。關中乃斬反。《說文》渟，濁也。《埤蒼》渟，水无波也。律文作澹非也。（第十六 750-8）	江南：泥忝上 關中：泥豏上

玄應記江南與關中渟音差在四等韻與二等韻之別，法國漢語學家馬伯樂曾
於《唐代長安方言考》指出：上古漢語的元音系統在吳地經歷了一系列變化，
而長安方言卻沒有表現出同樣的音變。〔註81〕吳地位長江以南，適隸玄應分區
「江南」轄境，長安地處關中，馬伯樂所言吳地與長安元音系統的音變情形，
可以當作玄應記江南、關中渟音有別的參考。他認為，兩地元音系統最顯著的
差異是元音 a 的音變情況迥異，他說：

> 在所有的漢語方言中，這個 a 都表現出某種顎化的趨勢。長安話還保
> 留著 a……吳方言的 a 則變成了 ia，後來又變成了 ie（an＞ian＞ien，
> ai＞iai＞iei），這個 ie 與來自古代 e 的 ie 和來自古代 ia 的 ie 混同起來
> 了。據此可知，被宋代學者分別歸入二等和四等的那些字雖然在《切
> 韻》中分屬不同的韻，但在吳方言裡則是完全不分的。〔註82〕

吳方言的 a 元音在長安方言未變之際，經歷了雙元音化繼而元音高化的音變現

〔註80〕李榮主編：《現代漢語方言大詞典》第六冊（南京：江蘇教育出版社，2002 年），
頁 6210。

〔註81〕〔法〕馬伯樂著，聶鴻音譯：《唐代長安方言考》（北京：中華書局，2005 年），頁
4〜5。

〔註82〕〔法〕馬伯樂著，聶鴻音譯：《唐代長安方言考》（北京：中華書局，2005 年），頁
6〜7。

象，馬伯樂通過公元五世紀的朝鮮譯音與六世紀末的日譯吳音，尋索吳方言 a
元音何時發生演化，列表如下：〔註83〕

表 4-14　吳方言 a 元音演變的歷程

例　　字	加	牙	化	下
上古吳方言	qa	ɴa	χua	ʁa
朝鮮譯音	ka	a	hua	ha
5 世紀吳方言	*kia＞kie	*ŋia＞ŋie	*xuia＞xuie	*ɣia＞ɣie
日譯吳音	ke	ge	ke	ge

　　表中顯示五世紀朝鮮對譯吳音仍用 a 元音，至六世紀末日語對譯吳音則用
e 元音，表示吳地 a 元音產生變化，馬伯樂於表中雖明 5 世紀吳方言「加」音
為「*kia＞kie」，事實上，可以更正確的解讀成朝鮮譯音之後，日譯吳音之前，
五、六世紀之間 a 元音的音變情形為 a＞*ia＞ie，由於 ia 的階段無資料佐證，
卻是 a 演變成 ie 必經的過程，因此左上標*符號以示區別。日語之所以無譯出
介音 i 或 u，誠如馬伯樂所言：日語的元音系統非常簡單，其中沒有雙元音，
遇到外來語，特別是漢語的雙元音時，總是很難原樣讀出來。〔註84〕由是日語
將吳音的雙元音 ie 和三元音 uie 都以單元音 e 對譯。又表中例字聲母皆屬牙喉
音，韻母盡屬麻韻及其相承韻，是否該音變條件僅侷限牙喉聲母和麻馬禡三韻
拼合才發生？非然，馬伯樂於書中他處尚列舉「馬」、「山」、「皆」、「交」為例，
馬、山音值在六世紀吳方言中各是[mie]與[ʂien]，二字皆非牙喉音，山亦非麻韻
字；皆、交音值在六世紀吳方言中則為[kiei]與[kieu]，二字雖屬牙喉音，但其
韻母分是皆韻與肴韻，並非麻韻字。

　　值得一提，馬伯樂將二等韻麻、佳、皆、肴、刪、山、咸、銜的主元音都

〔註83〕詳參〔法〕馬伯樂著，轟鴻音譯：《唐代長安方言考》（北京：中華書局，2005 年），
　　　　頁 18。

〔註84〕〔法〕馬伯樂著，轟鴻音譯：《唐代長安方言考》（北京：中華書局，2005 年），頁
　　　　71。史存直曾專文論述相類看法，他說：「日本人在轉寫漢語的介音時就遭遇到了
　　　　最大的困難。介音原是日語語音體系裡所沒有的……如此看來，漢語中的介音『-i-』
　　　　或『-ü-』就往往被日本人省掉了。」-ü-指合口細音。詳史存直：〈日譯漢音、吳音
　　　　的還原問題〉，《音韻學研究》第二輯（北京：中華書局，1986 年），頁 182。

擬爲 a，而純四等韻的主元音都擬爲 e，因此當這些二等韻的主元音 a 演變成雙元音 ie 時，無疑與同攝的四等韻混同，如佳皆與齊韻混，看與蕭韻混，刪山與先韻混，咸銜與添韻混。然二等韻與四等韻的混同仍存在條件，並非該類二等韻字悉數併入四等韻，這可以從王吉堯、石定果考察日譯吳音於中古各韻呈現的音值來看，各韻反映的吳音音值按聲母拼合條件的不同而或同或異，底下僅取吳音二等韻主元音爲 e 的韻目爲例，製表如下：〔註85〕

表 4-15　吳音二等韻主元音為 e 的聲母拼合條件

二等韻	聲母拼合條件		日譯吳音反映的吳音韻讀（主元音＋韻尾）	
	與開口韻拼合	與合口韻拼合	二等韻	四等韻
麻	幫組、見組、曉組	全	e	―
佳	全	見組、影、曉、匣	開口 ei 合口 e	開口齊韻 ei 合口齊韻 e
皆	―	見組、影、曉、匣	e	
看	全	―	eu	蕭韻 eu
刪	幫組除外	匣母	en	開口先韻 en 合口先韻 en
山	全	匣母	en	
銜	見組、影、曉、匣除外	―	en	添韻 en
黠（刪入）	幫、知、娘除外	曉母、匣母	eti	開口屑韻 eti 合口屑韻 eti
鎋（山入）	全	莊組、匣母	eti	
洽（咸入）	娘母、部分匣母	―	eφu	帖韻 eφu

上表平聲韻賅上去聲，入聲別出。鑑於日語對譯吳音複元音多失介音 i 與 u，表內吳音韻讀一律不記介音，僅檢視該韻主元音與韻尾，即二等韻與四等韻的主元音與韻尾相同，表示兩韻混同。不過，兩韻是否混同還得視聲母的條件決定，如合口二等韻佳蟹卦與聲母「見組、影、曉、匣」拼合，主元音才會是 e，與同攝合口四等齊韻混同。皆韻有開口呼，但其吳音韻讀爲 ai，主元音非 e，

〔註85〕其他韻類情形詳王吉堯、石定果：〈漢語中古音系與日語吳音漢音音系對照〉，《音韻學研究》第二輯（北京：中華書局，1986 年），頁 197～211。

不符本表要求，以「—」表示，不作討論，餘四處「—」均代表該類無韻。肴、衔、洽韻無合口字，據丁邦新的說法，效、咸攝無合口字，乃因效攝收-u 尾，咸攝收-m、-p 尾，韻尾的合口性質與合口介音-u-牴觸。〔註86〕日語以-n 對譯吳音衔韻韻尾，據王、石文中說法：

> 撥音ン[n]出現之前，日語用ム[mu]ミ[mi]對譯中古漢語的[m]尾，用ナ[na]ニ[ni]對譯中古漢語的[n]尾。及至撥音ン出現，中古漢語的[m][n]韻尾一律以ン對譯。〔註87〕

日語原以輔音加元音[mu]或[mi]一個完整的音節對譯中古漢語 m 尾，至撥音ン出現後才以撥音ン對譯 m 尾，所以日語對譯吳音呈現衔韻韻尾是-n，乃因根據日語字母音值照翻，其實吳音衔韻仍收 m 尾。而日語以一個音節對譯中古漢語的輔音韻尾，尚見以塞音收束的入聲韻，如表中點、鎋、洽三韻，中古點、鎋收舌尖塞音-t 尾，日語用[ti]對譯，洽韻收雙唇塞音-p，日語用[ɸu]對譯。

六世紀末吳音的衔韻及其相承上去聲韻，只要不和「見組、影、曉、匣」聲母拼合，其韻母演變過程同馬伯樂說的 am＞*iam＞iem，即與同攝四等添忝标韻混同，玄應韻系咸衔二韻及其相承韻都合併，玄應記江南淰音爲标韻，記關中爲咸韻上聲，亦可視作衔韻上聲，吳地六世紀末衔韻上聲和泥母拼合，其韻母與四等标韻混同，吳地位於玄應劃界的「江南」大區，所以七世紀初唐玄應記江南淰音爲标韻。由此可得，江南關中淰音韻母的差別緣於五六世紀間，吳地二等韻與部分聲母拼合，韻母發生變化混入同攝的四等韻，而關中未發生這類音變，因此關中淰音仍唸二等韻，江南卻經歷音變讀同四等韻。

序號	詞目	內　容　與　出　處	方音的音韻地位（聲、韻、調）
23	氣陳	宜作欬瘷。欬音苦代反，江南行此音。又丘吏反，山東行此音。下蘇豆反。《說文》瘷，逆氣也，上氣疾也。《蒼頡篇》齊部謂瘷曰欬。論文作氣非也。（第十 471-2）	江南：溪代去 山東：溪志去

〔註86〕丁邦新：〈論《切韻》四等韻介音有無的問題〉，原載《中國語言學集刊》第 1 期（2006 年），今收錄《中國語言學論文集》（北京：中華書局，2008 年），頁 89。

〔註87〕王吉堯、石定果：〈漢語中古音系與日語吳音漢音音系對照〉，《音韻學研究》第二輯（北京：中華書局，1986 年），頁 210。

　　玄應記江南與山東欬音差在韻母不同，前者是咍韻去聲，後者是之韻去聲，尋索欬上古隸屬韻部，《說文》云：「䪍屰气也，从欠亥聲。」亥與欬上古同屬之部，之部包含《廣韻》中的之止志三韻字以及咍海代、灰賄隊、皆怪、尤有宥、脂旨至、侯各韻的一部分字。〔註 88〕根據李新魁的研究，咍韻字於東漢仍在之部，至曹魏時，咍韻字便脫離之部分途發展。〔註 89〕南朝梁顧野王《原本玉篇殘卷・欠部》注欬音「枯戴反」，溪母代韻；南朝陳成書的《經典釋文》，陸德明注欬音使用「苦代反」、「開代反」、「苦愛反」等切語，音韻地位都是溪母代韻，其中《釋文・莊子音義下》「欬」字條下云：「苦愛反，一音器。」器是溪母至韻，「一音」的作用，陸德明於書中〈條例〉謂：「其或音、一音者，蓋出於淺近，示傳聞見，覽者察其衷焉。」邵榮芬則據此指出，「或音」、「一音」是不規範的，不可靠的讀音，錄存下來，只不過「示傳聞見」，告訴人們有過那麼一個讀法而已。〔註 90〕南人顧野王、陸德明注欬音代韻，初唐玄應記江南音讀亦如是反映，而陸氏所記「器」音，事實上與玄應記的山東音相合，因為玄應音系脂、之及其相承韻均合併，所以玄應記志韻也等於記至韻。綜合上述，上古屬之部的欬音，自曹魏之後分別向代韻與至韻發展，而從亥為聲的字讀至韻十分罕見，如《廣韻》收錄以亥為聲的字共 47 個，韻母為咍海代的有 33 個，皆駭怪的有 8 個，夬韻 2 個，麥韻、德韻各 1 與 3 個，〔註91〕無一字是至韻音，不僅《廣韻》、《全王》無收欬的至韻音讀，連玄應於他處詞條注欬音也注代韻，如「欬逆」條下注「枯戴反」，溪母代韻，從江南音讀。再考中唐慧琳注欬音也是以代韻為主，書中不見至韻，慧琳注音代表秦音，可見欬的代韻音讀自初唐玄應時已由南方影響至北方關中，而此時北方函谷關以東的經師讀欬為至韻（或志韻），至中唐慧琳，欬的代韻音完全被關中接受，至韻音不見慧琳收錄，恐當

〔註88〕李新魁：〈上古音「之」部及其發展〉，《李新魁音韻學論集》（汕頭：汕頭大學出版社，1997 年），頁 2。

〔註89〕李新魁：〈上古音「之」部及其發展〉，《李新魁音韻學論集》（汕頭：汕頭大學出版社，1997 年），頁 6。

〔註90〕邵榮芬：〈略說《經典釋文》音切中的標準音〉，《古漢語研究論文集》（北京：北京出版社，1982 年），頁 6。

〔註91〕詳沈兼士主編，坂井健一校訂：《廣韻聲系》（校訂本）（台北：大化書局，1984 年），頁 1010～1012。

時已銷聲匿跡了。

序號	詞目	內　容　與　出　處	方音的音韻地位（聲、韻、調）
24	裝捒	阻良、側亮二反，下師句反。今中國人謂撩理行具為縛捒，縛音附，捒音戍。（第十八 826-2）	玄應音：生遇去 中　　國：書遇去

　　玄應注捒音與所記中國音差在聲母不同，《全王》注捒音「色句反」，《廣韻》注「色句切」，都是生母遇韻，釋義「裝捒」。玄應記中國捒音為書母，是否意味莊組生母字與章組書母字於初唐中原地區已合流？比較玄應及其前後百年間各家音系莊章組的分合情形，依次是陸德明《經典釋文》（林燾）、周隋梵漢對音（尉遲治平）、曹憲《博雅音》（董忠司）、顏師古《漢書註》（董忠司）、玄奘梵漢對音（施向東）、公孫羅《文選音決》（張潔）、何超《晉書音義》（邵榮芬）、張參《五經文字》（邵榮芬）、唐五代西北方音（羅常培），以上括號內表示本文採用該研究者的研究成果，列表如下：

表 4-16　玄應及其前後百年間各家音系莊章組的分合

音　系	經典釋文	周隋梵漢對音	博雅音	漢書註	玄應音義
成書／譯音年代	陳 583	564～604	隋 618	唐 641	661
音系代表地	金陵音	長安	江都音	長安	音系主關東 注音主關中
莊章組分合	分	分	分	分	分
音　系	玄奘梵漢對音	文選音決	晉書音義	五經文字	唐五代漢藏對音
成書/譯音年代	645～664	680	747	776	763～857
音系代表地	洛陽	江都音	洛陽	長安	隴西
莊章組分合	分	分	分	分	合

　　從上表知，公元 583 年至 857 年之間，江南音（含金陵音、江都音）在公元 583 年、618 年、680 年三個時間點所呈現的莊章組都從分，顯示公元 680 年以前江南地區的莊章仍分組；長安音則是公元 564 年、641 年、776 年三個時間點的莊章組從分，表示公元 776 年以前關中地區的莊章也呈現分組的狀態；洛陽音的莊章組分別在公元 645 年與 747 年也從分，說明中原地區至少在 747

年以前莊章組尚未合流；唯一顯示莊章組合流的是唐五代隴西地區，公元 763 年已見莊章不分。玄應卒於公元 661 年，從江南、關中、中原地區莊章分組的情況推斷，玄應在世期間這三地的莊章組尚未合流，因此，玄應記中國「揀」音爲書母，不足證明中原地區莊組生母與章組書母合流。然《廣韻》揀音爲生母，中國讀成書母的可能原因有二：

其一，揀字以「束」爲聲符，束的音韻地位是書母燭韻，揀的聲母很可能受聲符束的聲母類化。類似情形尚見「倲」字，《廣韻》注「桑谷切」，心母屋韻，又音束，書母燭韻，二音字義皆爲「儱倲」，聲符束不僅類化倲音的聲母，連同韻母也類化了，使倲字除了本音「桑谷切」之外，另有與聲符同音的束。不僅從束聲的字出現聲符類化字音的情形，玄應書另見「謵」字，也有同樣的類化現象：

序號	詞目	內　容　與　出　處	方音的音韻地位（聲、韻、調）
25	謵語	是鹽反，又音鹽，世俗間語耳。（第十九 875-3）	玄應音：禪鹽平 世俗間語：以鹽平

玄應注「謵」字爲禪母鹽韻，其聲符「閻」於《廣韻》爲「余廉切」，以母鹽韻，與玄應所記世俗間語謵的讀音相同，謵字讀鹽音顯然受聲符閻的類化，而該音不是初唐才出現，早見陸德明於《釋文·禮記音義之二》「毋謵」條下云：「舊又音鹽。」知謵讀鹽音在陸氏纂書時已聞於耳。

其二，揀隸三等韻，中古三等韻有介音 -j-，而中古舌面音盡在三等韻，推測介音 -j- 可能具有促進聲母舌面化的功用，將原本屬舌尖面擦音的 ʃ- 往後移至舌面擦音 ɕ-，但這種情況極少發生，揀字書母音讀當是特例。

至於莊章組合流的時間，以目前文獻記載，隴西地區合流時間最早，可溯至公元 763 年。該現象於唐人筆記中也能窺見一二，如李匡乂《資暇集》卷上「蟲霜旱潦」條載：

> 飲坐令作，有不悟而飲罰爵者，皆曰「蟲傷旱潦」，或云「蟲傷水旱」。且以爲薄命不偶，萬一口音，未嘗究四字之意何也。「蟲傷」宜爲「蟲霜」，蓋言田農水旱之外，抑有蟲蝕霜損。此四者田農之大害。〔註92〕

〔註92〕〔唐〕李匡乂：《資暇集》卷上，收入〔清〕永瑢、紀昀等撰《文淵閣四庫全書》子部雜家類（台北：台灣商務印書館，1983 年），頁 850～146。

「傷」爲書母陽韻，「霜」爲生母陽韻，李匡乂謂時人將生母「霜」誤讀爲書母
「傷」。李氏生平事蹟於史未載，但見《四庫提要》謂李氏爲唐代李勉從孫，且
與後晉翰林學士李瀚同族，當爲唐末人。〔註93〕李勉生於開元五年（717），卒
於貞元四年（788），里籍隴西成紀；李瀚始末未詳，因此僅能據李匡乂爲李勉
從孫這一線索，推測李匡乂可能是隴西人。又《舊唐書‧志‧禮儀五》載中和
元年（881）李匡乂擔任太子賓客一職，〔註94〕知其活動該期間。他能指出時人
生、書二母不分，表示所操音系二母尙能區別，若從里籍檢視音系，隴西地區
早在公元763年已見莊章合流，李氏尙能分辨，或許表現的是隴西地區個別的
方音現象，益發突顯莊章合流於彼時彼地正值變與未變的游離階段。

序號	詞目	內　容　與　出　處	方音的音韻地位（聲、韻、調）
26	中曬	又作曞。《方言》曬，暴也，乾物也。郭璞音霜智反，北土行此音。又所隘反，江南行此音。（第十四 649-5）	北土：生寘去 江南：生卦去

玄應取東晉郭璞注「曬」的切語，當作初唐北方曬字音讀，玄應此舉不單
是引錄前人反切，也說明該切語拼切出的音讀足以表示初唐北土的曬音，以及
符合玄應本身的音系。郭璞（276～324），里籍山西聞喜，屬北地人，注曬音「霜
智反」，音韻地位生母寘韻，於初唐玄應記音之時，該音已通行北方；玄應另記
江南音「所隘反」，生母卦韻，考玄應以前南方經師注曬爲何音，南朝梁顧野王
（519～581）《玉篇》殘卷查無此字，保存《玉篇》基本面貌的《篆隸萬象名義》
（以下簡稱《萬象名義》）注「曬」爲「所隘反」，釋義「日乾物」；隋代曹憲（544
～649）於《博雅音》注曬音「所賣」，對照《廣雅‧釋詁》云：「曬，曝也。」
知顧氏、曹氏在曬字同義下注音相同，音韻地位都是生母卦韻，且二書不見曬
字寘韻音讀，顧氏里籍吳縣，曹氏里籍江都，俱爲南方經師，可見初唐以前曬

〔註93〕〔清〕永瑢、紀昀等撰：《四庫全書總目提要》第三冊子部（台北：台灣商務印書館，1983年），頁3～559。

〔註94〕詳〔後晉〕劉昫等撰：《舊唐書》（台北：鼎文書局，1976年），卷25，頁962。太子賓客一職，唐代始置，掌侍從規諫，贊相禮儀。詳〔宋〕司馬光《資治通鑑‧貞觀十七年》：「己丑，詔以長孫無忌爲太子太師……諫議大夫褚遂良爲賓客。」胡三省注：「太子賓客，正三品。古無此官，唐始置，掌侍從規諫，贊相禮儀。」（台北：世界書局，1972年），頁6197。

字卦韻音讀已通行南方。

　　南北曬音差別在韻母一為支韻去聲，一為佳韻去聲，追溯二韻上古來源同屬支部，王力認為支佳同部一直維持到六朝初期，[註95]之後便分途發展。從曬字二音分別南北的現象可知，上古支部的曬音於中古分南北地域發展，北方發展成寘韻，南方則為卦韻，造成南北經師注曬音也由是分途，不過，隨著時間推移二音也發生此消彼長的情形，如玄應本身注曬音就取江南音而非北土音，詳書中「暴曬」條注曬音「所懈反」（第一 56-7），與江南音同。又中唐慧琳注音義書的語音基礎為秦音，其在「曬袈裟」條注曬音「沙賣反」（卷 82），生母卦韻，與玄應、江南經師注音一致，而慧琳音義書中已不見曬的寘韻音讀。

　　附帶一說，查索《廣韻》從麗聲的字，其中支紙寘韻拼合的聲母有來母、徹母、生母，佳蟹卦韻拼合的聲母僅生母一類，生母與佳蟹卦拼合的字亦見與支紙寘拼合的又音，曬字便是其一，生母既拼合卦韻，也拼合寘韻。除曬字之外，另有「籭灑躧」三字同樣也是一字兩讀，不過這三字的兩讀是為了辨義，如「籭」字「所宜切」，生母支韻，釋義「篦也」；又音「山佳切」，生母佳韻，釋義「竹名」。職是，中古生母與支、佳及其相承韻拼合，單以麗為聲符的字來看，僅曬字足以說明相同字義下，上古支部至中古分別支韻與佳韻發展乃因地域不同，當然，這是就曬字察得的現象，不能一概而論。

序號	詞目	內 容 與 出 處	方音的音韻地位（聲、韻、調）
27	須銚	古文鏰同。<u>余招反</u>。《廣雅》銕謂之銚。《說文》溫器也。似鬲上有鐶。<u>山東行此音</u>。又<u>徒吊反，江南行此音</u>。銚形似鎗而無腳，上加踞龍為飾也。銕呼玄反。鬲音歷。（第十四 658-2）	山東：以宵平 江南：定嘯去

　　玄應記山東、江南銚字音讀的聲、韻都不同，查考初唐以前古籍注銚音的情形，顧野王《玉篇》殘卷無銚字，《萬象名義・金部》銚注「余招反」，釋義「溫器」；陸德明《釋文・毛詩音義中》「銚弋」條注「音遙」，與〈毛詩音義下〉「銚」字記「沈音遙」，兩個條目下僅注銚音無釋銚義，沈氏可能指沈旋（460-530）或沈重（500～582），二人里籍都在浙江吳興。《廣雅・釋器》「銕謂之銚。」銕

〔註95〕王力：《漢語史稿》（香港：波文書局，出版年不詳），頁80。

與銚同屬溫器，隋代曹憲《博雅音》注銚爲「遙，今人多作大弔反。」〔註96〕
銚字音切無論「余招反」或「遙」，音韻地位都是以母宵韻，而曹憲言及隋人多
讀銚爲「大弔反」，音韻地位是定母嘯韻。韻書《全王》與《廣韻》在同是燒器
的字義下也收錄二音，一是以母宵韻的「余招反」與「餘昭切」，二是定母嘯韻
的「徒弔反」與「徒弔切」，初唐玄應記山東江南二音如同韻書型態。值得注意，
隋代曹憲以前，古籍未注錄銚音「定母嘯韻」，該音始注《博雅音》，極可能表
示後起。而銚音「定母嘯韻」的出現，當受聲符「兆」類化所致，即銚已有本
音「以母宵韻」，人們使用銚字時不免受偏旁影響而變讀成與兆聲相近的音，於
是衍生另一音「定母嘯韻」。

詳究「銚」何以讀爲定母、嘯韻，而非其他舌音與宵或蕭相承韻的結合，
可以分別從聲母、韻母兩方面來看。觀察《廣韻》從兆聲的字群，聲母類型分
配如下：〔註97〕

表4-17 《廣韻》從兆聲的字之聲母配置

聲母類型	全清		次清		全濁		次濁		其他		
	端	知	透	徹	定	澄	泥	娘	以	溪	非
個數	0	0	20	1	19	10	2	0	10	1	1
小計	0		21		29		2		12		
總計	64										

首先就各聲母的數量觀之，從兆聲的字聲母讀透母最多，定母次之，澄母、
以母又次之。聲符兆是澄母小韻，澄母隸舌音範疇，以兆爲聲的字讀舌音透、
定、澄母極爲合理，然讀成中古喉音以母也不算少數，原因何在？李方桂曾指
出以母常跟舌尖塞音諧聲，因而擬以母上古音值爲舌尖閃音*r。〔註98〕兆音在
中古讀澄母，屬舌面濁塞音，但在上古，舌音尚未分化，兆音聲母爲定母，讀
舌尖濁塞音，若此，誠李方桂據以母與舌尖塞音多諧而擬上古以母爲*r，再據

〔註96〕詳〔隋〕曹憲：《博雅音・釋器》銚字條，收入〔清〕王念孫：《廣雅疏證》（南京：
江蘇古籍出版社，2000年），頁407。

〔註97〕詳沈兼士主編，坂井健一校訂：《廣韻聲系》（校訂本）（台北：大化書局，1984年），
頁367〜369。

〔註98〕李方桂：《上古音研究》（北京：商務印書館，2001年），頁14。

李氏擬上古定母爲*d，r 與 d 同屬舌尖濁音，二者發音部位相同，方法相近，無怪從兆聲的字除了舌音字居大宗外，以母字也佔相當分量。

其次就舌音的發音方法論之，以全濁聲母所佔比例最高，銚的聲符兆音居此，銚後起音「定母嘯韻」也是全濁聲母便順應此趨勢。銚後起音的韻母爲去聲嘯韻，發現其不保留本音平聲宵韻，也不隨聲符兆讀上聲小韻，原因可能是爲了受聲符類化之餘，在同聲符的諧聲字中仍保有字音的獨立性。已知後起音的聲母爲全濁舌音，再考察從兆聲的字於《廣韻》宵、蕭及其相承韻的分布情形：

表 4-18　從兆聲的字於宵、蕭及其相承韻的分布

聲調	韻母	聲母	《廣韻》從兆聲的字
平聲	宵	澄	晁
	蕭	定	跳佻趒鮡
上聲	小	澄	兆旐狣鮡垗挑駣扑
	篠	定	窱誂挑䠒佻
去聲	笑	澄	一
	嘯	定	（銚）

銚音定母嘯韻屬於受聲符類化的後起音，表中加括號表示。自表中察得，若銚的後起音未出現，全濁聲母與去聲笑、嘯韻拼合未見從兆聲的字，而後起音取去聲韻，可能是爲了保有字音的獨立性，使銚與其他聲調從兆聲的字有所區隔。然捨笑韻就嘯韻之因，或可從另一「咷」字找到線索，《廣韻》收錄咷字二音，其一「徒刀切」，豪韻，釋義「號咷」；其二「他弔切」，嘯韻，釋義「叫咷，楚聲」。咷在相同字義之下出現兩讀，嘯韻音分明爲南方楚地咷音。隋代曹憲爲南方江都人，於《博雅音》記時人多把銚音讀作嘯韻，其中當然包含南人也如是讀；又初唐玄應記江南讀銚作嘯韻，山東讀作宵韻，玄應本身注銚音也從山東音，如「鎗銚」條下注「餘招反」（第十五 711-8），說明銚後起嘯韻音很可能自江南發展，若起自南方，不排除受南方咷的嘯韻音影響，咷也是以兆爲聲，南音讀嘯韻，同樣從兆聲的銚字，於去聲笑、嘯韻的抉擇下，南方選擇嘯韻，或可從咷字南音讀嘯韻窺見端倪。

至於銚字二音的消長，初唐玄應注銚音仍保存本音「以母宵韻」，而中唐慧琳使用的秦音已注銚作「定母嘯韻」，如「釜銚」條注「下條弔反」（卷 12），

全書無一本音，顯示後起於南方的銚音，初唐通行南方，至中唐遍及北方。今日漢語方言也可以印證銚後起音取代本音的現象，如晉語太原銚音[tiauˀ]忻州[tioˀ]，中原官話萬榮銚音[tʻiɑuˀ]，吳語蘇州銚音[tiæˀ]丹陽[toiˀ]，閩語廈門銚音[tioˀ]，西南官話武漢銚音[tiauˀ]，下江官話揚州銚音[toiˀ]，晉語、中原官話隸北方，吳語、閩語、西南、下江官話隸南方，現代南北銚音均來自中古「定母嘯韻」的演變，本音「以母宵韻」反而失去蹤影。

序號	詞目	內　容　與　出　處	方音的音韻地位（聲、韻、調）
28	刀鞘	《小爾雅》作鞘，諸書作削同。思誚反。《說文》削，刀鞞也。《方言》劍削。關東謂之削，關西謂之鞞，音餅。<u>江南音嘯，中國音笑</u>。（第十四 679-5）	江南音：心嘯去 玄應音：心笑去
	刀鞘	《小爾雅》作鞘，諸書作削同。思誚反。《方言》劍削。關東謂之削，關西謂之鞞，音餅。《說文》削，刀鞞也。江南音嘯，<u>關中音笑</u>也。（第十七 775-1）	中國音：心笑去 關中音：心笑去

　　玄應視鞘、鞘爲異體字，二字共指一義。查索古籍鞘、鞘二字的注音與釋義，發現《廣韻》以前，二字音、義有分用的情形：

表 4-19　「鞘、鞘」二字音、義分用的情況

古籍	《玉篇》	《全王》	《廣韻》
鞘	私妙切，刀鞘也	私誚反，刀鞘	私妙切，刀鞘
鞘	音宵，鞭鞘	所交反，鞭頭	a. 所交切，鞭鞘 b. 私妙切，刀鞘

由於《玉篇》殘卷與《萬象名義》均無收錄鞘鞘二字，上表《玉篇》鞘鞘二字的音切與釋義取自宋人陳彭年奉敕重修的《大廣益會玉篇》，因是宋代重修，陳彭年將原本《玉篇》切語的「反」字易作「切」。以上三書鞘字的音韻地位都是心母笑韻，字義均爲「刀鞘」；鞘字在《玉篇》、《全王》都釋作「鞭鞘」（或鞭頭），唯注音不同，前者心母宵韻，後者生母肴韻，至《廣韻》鞘字增收鞘字的音與義，可見鞘、鞘混用當在《全王》收音以後，《廣韻》收音以前。又從玄應釋義得初唐鞘、鞘已混用，知《全王》所記當在初唐以前二字尚分用之時。《說文》無收鞘、鞘，無從考其本義，而宋人徐鉉（916-991）僅於《說文》革部末添「鞘，刀室也。從革肖聲。」章部之末卻未添「鞘」字，且鞘字不取「鞭鞘」

為本義，竟取鞘字義「刀鞘」當作鞘的本義，更能進一步了解當時鞘鞘二字混用之餘亦見時人使用情形的消長，鞘字常用，鞘字少見，鞘字固有「鞭鞘」義，與鞘字混用後，也逐漸被鞘字義「刀鞘」取代。

　　就鞘的字音而論，玄應注音與所記中國、關中音相同，中國、關中隸北音，江南鞘音和北音的差別在韻母等第不同，北音是三等笑韻，南音是四等嘯韻，嘯韻音不見古籍收錄，連「務從該廣」的《集韻》也未收，該音當是玄應憑恃自己的音系記錄江南鞘字音讀，江南鞘音在玄應聽來是四等嘯韻非三等笑韻。欲考玄應為何如此記音，須知南音效攝三四等韻的分合情況，取時代與玄應相近的曹憲為例，曹憲為江都人，音系屬南音，據董忠司研究，曹憲音系中效攝三四等韻不分，而玄應記江南音作四等韻，表示南音三四等韻的併韻情形是三等韻併入四等韻，即介音由半元音-j-演變為元音-i-，以及主元音高化，均符合音變的主要趨勢。古江都相當於今揚州，考中古效攝三四等韻在今日揚州的韻值，如下呈現：

表 4-20　今日揚州效攝三四等韻字的音值

今揚州韻值 ＼ 中古韻類	效攝三等韻 宵小笑	效攝四等韻 蕭篠嘯
io	表 ᶜp- 摽 p-ᶜ 瓢 ₌p'- 廟 m-ᵓ（中古幫組）繚 ₌l-（中古來母）焦 ₌tɕ- 悄 ₌tɕ-ᶜ 鞘 tɕ-ᵓ 小 ᶜɕ-(中古精組)橋 ₌tɕ'- 翹 ₌tɕ-ᵓ（中古群母）夭 ₌∅- 要 ∅-ᵓ（中古影母）	吊 t-ᵓ 挑 ₌t'- 條 ₌t'-（中古端組）了 ᶜl-（中古來母）簫 ₌ɕ-（中古心母）澆 ₌tɕ- 叫 tɕ-ᵓ（中古見母）曉 ᶜɕ-（中古曉母）
ɔ	超 ₌ts'- 朝 ₌ts'-（中古知組）招 ₌ts- 少 ᶜs- 韶 ₌s- 紹 s-ᵓ（中古章組）擾 ᶜl-（中古日母）	—

劃線處指重紐四等字。韻內轄字右側為該字的聲母與聲調，拼合左側韻值即該字的完整音讀，如「表 ᶜp-」和韻值[io]拼合即[ᶜpio]。上表顯示，中古知章組與日母，於揚州分別唸舌尖前音 ts- ts'- s-與舌尖中音 l-，不和細音 i 拼合，韻值為[ɔ]，除此之外，中古效攝三等韻無論重紐與否都與四等韻匯同發展，今揚州韻值俱是[io]，連精組、見曉組都因與細音 i 拼合而顎化，不分尖團。今日揚州韻

值[iɔ]證明中古效攝三等韻的介音-j-的確向-i-發展,而介音以外的部分則受制於揚州音系的內部結構,有別中古構擬的複元音,反倒以單元音[ɔ]呈現,儘管如此,仍不影響玄應記江南音鞘為四等韻所反映的語音實際,即當時南音效攝三等韻已然併入四等韻的事實。

序號	詞目	內　容　與　出　處	方音的音韻地位（聲、韻、調）
29	蝱蝱	補奚反。說文蝱,齧牛虫也。今牛馬雞狗皆有蝱也。下所乙反,齧人虫也,山東及會稽皆音色。(第十七 791-1)	玄應音:生質入 山東會稽:生職入
30	潷飯	碑密反。《通俗文》去汁曰潷。江南言逼,訛耳。今言取義同也。經文作匕俗語也。(第五 247-5)	玄應音:幫質入 江　南:幫職入

玄應記蝱字在山東、會稽音「色」,色於音義書中無切語,取《廣韻》「所力切」表示;記潷字在江南言「逼」,逼當視作記音字,音義書中也不見逼的切語,取《廣韻》「彼側切」表示。比較玄應注音蝱、潷與所記山東、會稽以及江南的音讀,不難發現玄應音和他地方音的區別在韻母的不同,玄應注蝱、潷皆是質韻,而山東會稽的蝱與江南的潷均讀職韻。質韻收舌尖塞尾-t,職韻收舌根塞尾-k,質、職二韻的糾葛,李方桂於《上古音研究》中率先指出,他說:

> 有些字如「即」《廣韻》入職韻 tsjək,「淢洫」等也入職韻 xjwək,顯然有*-t 跟*-k 相混的現象。從《詩經》的用韻看起來應當是*-t,那麼《切韻》裡的字音當是代表另外一種方音,換言之有些方言*-t 在*i 的後面有變*-k 的可能。也許還有另外一個解釋就是說有些方言古代*-k 在*i 的後面受同化作用向前移動變＞*-kʲ＞*-tʲ＞-t,所以《詩經》裡至少有些收*-t 的字來源可能是從*-k 來的,這也許是比較合理的解釋。〔註99〕

李方桂所列「即淢洫」三字在《廣韻》均屬收舌根塞尾的職韻,上古來源當是*-k,但與其諧聲之字,如節、櫛、血、恤在《廣韻》均收舌尖塞尾,上古來源是*-t,所以李氏認為上古*-k 與*-t 有相混的現象。對此,李氏的解釋是上古*-t 的字部分來自*-k,緣於古代某些方言*ik 韻母起了變化,*-k 受前面元音*i 同化變作*-t,使*ik 與*it 混同。爾後,鄭張尚芳利用「諧聲材料」與「親屬語言同

〔註99〕李方桂:《上古音研究》(北京:商務印書館,2001 年),頁 65。

源詞」考察上古*-t 與*-k 的關係，對諧聲材料的觀察和李方桂研究結果相同，親屬語言則取藏緬語對照漢語，其中「節」藏文作 tshigs，「血」和「衋」錯那門巴語分別作 ceʔ和ʑeʔ，節、血、衋在中古都是收舌尖塞尾-t，而親屬語盡以舌根塞音 g 或ʔ收束。同樣，中古舌尖鼻尾-n 在親屬語收舌根鼻尾-ŋ 也不乏其例，如「臣」藏文作 ging，「年」錯那門巴語作 niŋ，由是鄭張尚芳認爲「古代應有一組 iŋ ik 字，只因 ŋ k 尾受到前高元音影響，轉變爲 in it。所以應該從眞、質部中離析出『甿』『即』兩個分部來。」〔註 100〕據鄭氏說法，上古眞部爲*in，質部爲*it，尚能自二部析出主元音相同但屬舌根收尾的甿部*iŋ 與即部*ik。

　　繼鄭張尚芳之後，潘悟云亦於 1990 年與 1994 年先後發表〈中古漢語擦音的上古來源〉與〈上古脂、質、眞的再分部〉二篇文章申述己見，前篇是行文中提及上古質、職二部的糾葛，後篇則專題論述。綜合潘氏二文，也是尋繹諧聲材料、漢藏同源詞、詩經楚辭的合韻現象，主張上古有*ik 與*iŋ。和鄭氏觀點較不同的是，潘氏以爲*ik 與*iŋ 不但和上古質、眞部交涉，與上古職、蒸部也有聯繫，此關係起因於*ik 在《詩經》時代已分化，由於分化條件不同，*ik 分別併入上古質部與職部，*iŋ 亦分別併入眞部與蒸部。以*ik 爲例，潘氏採鄭氏上古擬音，質部爲*it，職部爲*ɯk，*ik 一部分的*-k 受前舌位 i 同化變作*-t，與質部混同；*ik 的另一部分主元音*i 受後舌位 k 影響舌位後移爲*ɯ，與職部混同。此外，*ik（*iŋ）即使分化併入質、職（眞、蒸）二部，上古當還有部分方言*ik（*iŋ）未分化，否則《詩經》《楚辭》不會出現眞部與耕部合韻的情形，如國風《唐・采苓》韻腳「苓顛信」，苓屬耕部，顛信屬眞部；《楚辭・離騷》韻腳「名均」，名屬耕部，均屬眞部。之所以眞耕合韻，潘氏認爲「顛信均」彼時彼地的韻母應是*iŋ，尚未併入眞部*in，而耕部韻值爲*eŋ，主元音*e 與*i 都是前高元音，二者音值相近，發生*eŋ 與*iŋ 通押不無可能。〔註 101〕

　　綜觀上述，筆者以爲，論上古質部與職部的關係，以潘悟云論述最詳，適足解釋玄應注衋、潷爲質韻，而記他地爲職韻的現象。首先看「衋」在藏緬語

〔註 100〕鄭張尚芳：〈上古韻母系統和四等、介音、聲調的發源問題〉，《溫州師院學報》（社會科學版）第 4 期（1987 年），頁 73。

〔註 101〕詳潘悟云：〈中古漢語擦音的上古來源〉，《溫州師院學報》（哲學社會科學版）第 4 期（1990 年），頁 5～6。以及〈上古脂、質、眞的再分部〉，《語苑新論：紀念張世祿先生學術論文集》（上海：上海教育出版社，1994 年），頁 364～372。

有以下音讀：藏文ɕig＜*srik，墨脫門巴語ɕiŋ，馬加爾語 sik，阿博爾語 rik，那加語坦庫爾方言 rik，哈克欽語 hrik，〔註102〕盡以舌根收尾，且古藏文蝨音*srik，上古漢語蝨的原始韻母應該也是*ik，只是到了詩經時代，*ik 分化後分別併入上古質部與職部，玄應注蝨為質韻，便由上古質部演變來，記山東會稽的蝨為職韻，便來自上古職部，簡圖如下：

上古*ik ─詩經時代／併入→ 上古質部*it ──→ 中古質韻　　玄應「蝨」音

上古*ik ─詩經時代／併入→ 上古職部*ɯk ──→ 中古職韻　　山東會稽「蝨」音

由上圖知「蝨」音無論中古讀質韻或職韻，上古都來自同一源頭*ik，誠如潘悟云說的，*ik 朝二個方向發展，一是因前高元音 i 使韻尾前移至 t，進而和質部混同；二是因舌根韻尾 k 使主元音後移至 ɯ，所以和職部混同。中古蝨音的質韻與職韻二讀便各自從上古質部與職部演變而來，滭字音讀也是如此，不過蝨、滭的質、職韻讀互有消長。初唐以前，保存《玉篇》的《萬象名義》注蝨、滭各是「所乙反」、「補蜜反」，《博雅音》「滭」直音作「筆」，《釋文》「蝨」直音「瑟」，都是質韻音，連《全王》、《廣韻》、《集韻》也都注質韻音讀，蝨、滭於三韻書中均不見職韻音，凸顯玄應記音的價值在於蝨、滭二字除了質韻音之外，尚有職韻音讀，只是職韻音罕用，蝨字職韻音落在山東、會稽，而滭字職韻音但見江南。

序號	詞目	內　容　與　出　處	方音的音韻地位（聲、韻、調）
31	加趺	古遐反。爾雅加，重也。今取其義則交足坐也。除灾橫經毗婆沙等云結交趺坐是也。經文作踞文字所无。按俗典江南謂開膝坐為跰跨，山東謂之甲趺，坐也。跰，音平患反。跨，音口瓜反。（第六 263-2）	通語「加」：見麻平　山東「甲」：見狎入

通語言「加趺」，玄應記山東云「甲趺」，二者差別在「加」屬麻韻，「甲」屬狎韻，若對照前賢擬測的中古音值，中古「加」的韻值為[a]，「甲」的韻值為[ap]，加、甲主元音相同，差別僅在「甲」多出雙唇塞尾-p。雙唇塞尾-p 從

〔註102〕吳安其：《漢藏語同源研究》（北京：中央民族大學出版社，2002 年），頁 186。

何來？觀察下字「趺」，《廣韻》趺音「甫無切」，幫母虞韻，幫母中古音值爲[p]，加趺二字連讀很可能使原本沒有韻尾的「加」，受後字「趺」聲母 p-的影響而增生一個雙唇輔音韻尾-p，變作「甲」音。該現象如羅常培說的「一個語音和其他語音組成一串連續的音，就難免互相影響，於是就產生了語音的變化，這叫語流音變。」〔註103〕玄應記錄山東「加趺」謂之「甲趺」的音變現象，當歸入彼時彼地的「共時音變」，類似情形在玄應書中不見其他例證，不過現代方言中卻能在福州話尋得。

　　梁玉璋撰文討論現代福州話的語流音變，其中列有二字連讀，陰聲韻轉入聲韻者，如：「糟塌」tsau^{44}t'ɑʔ^{23}→tsout$_5$ t'ɑʔ^{23} 與「咬蚤」kɑ^{242}ts'au^{31}→kat$_{24}$ ts'au^{31}。〔註104〕糟、咬本是陰聲韻，後來受後字塌、蚤聲母的影響，塌的聲母爲舌尖塞音，蚤的聲母爲舌尖塞擦音，發音部位都在舌尖，因而使前字韻母增添一個舌尖塞音-t，變成入聲韻，意義不變。梁氏尚舉其他韻母轉換的例子，如：「對面」tɔy^{213}mɛiŋ^{213}→tøym^{53}mɛiŋ^{213} 與「拍無」p'ɑʔ$_{23}$mo^{53}→p'am$_{44}$mo^{53}。對面的「對」本屬陰聲韻，受後字「面」聲母 m-的影響，使前字「對」添加韻尾-m，變成陽聲韻；同理，拍無的「拍」本屬入聲韻，受後字「無」的聲母 m-影響，使原本喉塞尾-ʔ變成雙唇鼻尾-m，從入聲韻轉陽聲韻。

　　二字連讀如此，三字連讀的情形更趨複雜，如：福寧府 houʔ^{23}niŋ^{53}hu^{31}→huŋ$_{53}$niŋ$_{21}$ŋu^{31}。先看首字「福」，本屬入聲韻，受第二字「寧」的鼻音聲母影響，將喉塞韻尾-ʔ變成發音部位相近的舌根鼻尾-ŋ；第三字「府」的聲母原爲喉擦音 h-，則受第二字「寧」的舌根鼻尾影響，轉變爲發音部位相近的舌根鼻音 ŋ-當作聲母；由此可知，三字連讀時，央字的聲母與韻尾可能分別影響前字的韻尾和後字的聲母。而第二字「寧」的聲母、韻母雖不受連讀影響，但也因後接第三字而改變聲調。

　　除了以上類似「同化」的音變現象外，尚見「異化」的連讀韻變，如：「狀元」tsɔuŋ^{242}ŋuoŋ^{53}→tso$_{44}$ŋuoŋ^{53} 與「榜眼」pouŋ^{31}ŋaŋ^{31}→po$_{24}$ŋaŋ^{31}。狀與榜本是收舌根鼻尾-ŋ的陽聲韻，後來受後字元、眼的舌根鼻音聲母排擠，失落鼻尾變

〔註103〕羅常培、王均：《普通語音學綱要》（修訂本）（北京：商務印書館，2002 年），頁 171。

〔註104〕福州話的例子皆採梁玉璋：〈福州方言的語流音變〉，《語言研究》第 2 期（1986 年），頁 95。以下仿此，不再重複註明出處。

成陰聲韻。從初唐玄應記錄的山東音與現代福州話的語流音變可知，這種音變現象可能存在任何時間、地點，是偶然發生，缺乏系統性，也沒有時間的延續性，並非歷時音變。

序號	詞目	內　容　與　出　處	方音的音韻地位（聲、韻、調）
32	跢地	丁賀反。江南俗音帶，謂倒地也。（第十三 606-3）	玄應音：端箇開去 江南俗音：端泰開去

玄應注跢音與所記的江南俗音差別在韻母不同，前者為開口箇韻，後者為開口泰韻，若根據前賢構擬的中古韻值來看，箇韻為ɑ，泰韻為ɑi，明顯差別在有無元音韻尾-i。箇韻是歌韻的去聲，鄭張尚芳嘗論中古歌韻在溫州方言部分白讀音唸成ai，與灰、泰合讀法相同，該現象是古音學所謂的「歌微通轉」，主張上古歌部應和微部一樣帶-i尾，今溫州歌韻唸ai正是這種古老語音格局的遺存。〔註105〕鄭氏文中說的「歌韻」，其實包括開口一等歌哿箇與合口一等戈果過，以及三等戈韻，簡言之就是果攝所有韻目。溫州方言劃入吳語區，屬長江以南的方言區塊，其部分歌韻讀ai，和玄應所記跢的江南俗音相類，但必須注意的是，鄭氏只言歌韻讀ai與合口韻灰、泰相同，卻不提與之相對的開口韻哈、泰。翻檢《漢語方音字匯》（以下簡稱《字匯》），〔註106〕書中收錄溫州話哈韻及其相承韻的白讀音如下：

表 4-21　現代溫州話哈韻及其相承韻的白讀音

例　字	戴	胎	待	乃	來	宰	苤	財
中古聲韻調	端代去	透哈平	定海上	泥海上	來哈平	精海上	清代去	從哈平
現代溫州白讀	ta²	⊂t'e	⊆de	⊆na	⊆lei	⊂tse	ts'e²	⊆ze
例　字	腮	改	開	礙	哀	愛	海	孩
中古聲韻調	心哈平	見海上	溪哈平	疑代去	影哈平	影代去	曉海上	匣哈平
現代溫州白讀	⊂sei	⊂ke	⊂k'e	ŋe²	⊂e	e²	⊂he	⊆fie

〔註105〕鄭張尚芳：〈溫州方言歌韻讀音的分化和歷史層次〉，《語言研究》第 2 期（1983年），頁 115～116。

〔註106〕北京大學中國語言文學系語言學教研室編，王福堂修訂：《漢語方音字匯》（第二版重排本）（北京：語文出版社，2003 年）。以下例字盡從此書，不復述。

上表粗黑線是根據聲母不同的發音部位作區隔，由上而下依序是舌、齒、牙、喉，盡以中古音分類爲準，《字匯》無收咍海代韻的唇音字，本表亦略。從表中得，溫州話咍海代韻與各類聲母的搭配情況，今溫州韻讀呈現 a、e、ei 三種，其中以 e 類最普遍，不見韻讀爲 ai。接下來檢視泰韻開口字在溫州話裡的白讀音：

表 4-22　現代溫州話泰韻開口字的白讀音

例　字	貝	沛	帶	太	泰	大
中古聲韻調	幫泰開去	滂泰開去	端泰開去	透泰開去	透泰開去	定泰開去
現代溫州白讀	pai²	p'ai²	ta²	t'əu²	t'a²	dei²
例　字	奈	賴	蔡	蓋	艾	害
中古聲韻調	泥泰開去	來泰開去	清泰開去	見泰開去	疑泰開去	匣泰開去
現代溫州白讀	na²	la²	ts'a²	ke²	ŋe²	ɦe²

上表粗黑線是根據聲母不同的發音部位作區隔，由上而下依序是唇、舌、齒、牙、喉，盡以中古音分類爲準。從表中得，溫州話泰韻開口字與唇音、牙喉音搭配的韻讀較一致，與唇音拼合讀 ai，與牙喉音拼合讀 e；與舌音搭配最混亂，有 a、əu、ei 三種韻讀。通過溫州話咍海代與泰韻開口字反映的韻讀，便能清楚知悉鄭氏何以不言溫州話歌韻 ai 讀同開口咍、泰韻，只說與灰、泰合讀法相同，正因溫州話開口咍、泰韻呈現的韻讀參差，且讀爲 ai 的轄字極少，僅見於和唇音拼合的泰韻開口字。

　　除了溫州話歌韻字出現讀 ai 的情形外，尚見其他方言也有類似讀法，由於此處探討的是初唐跢音何以有開口箇韻與泰韻的二讀，且玄應記泰韻見於南方，因此底下僅舉歌哿箇與泰韻開口的字爲例。首先看現代方言中歌哿箇讀 ai 的地方與例字有：

表 4-23　現代方言歌哿箇韻讀 ai 者

例　字	舵	籮	搓	個	我	河
中古聲韻調	定哿上	來歌平	清歌平	見箇去	疑哿上	匣歌平
現代方言白讀	陽江 ⸢t'ai 福州 tuai²	福州 ⸤lai	陽江 ⸤tʃ'ai 廣州 ⸤tʃ'ai 梅縣 ⸤ts'ai	潮州 ⸤kai	福州 ⸢ŋuai	福州 ⸤xai

上表粗黑線乃據聲母不同的發音部位區隔，由左而右依序是舌、齒、牙、喉，盡以中古音分類為準。由上表知，歌哿箇唸 ai 的方言點尚有梅縣、廣州、陽江、潮州、福州五處，梅縣屬客家話，廣州、陽江隸粵語，潮州、福州歸閩語，五處盡是長江以南的方言。進一步觀察 ai 和中古聲母的搭配情形，梅縣：齒音（清母）｜廣州：齒音（清母）｜陽江：舌音（定母）、齒音（清母）｜潮州：牙音（見母）｜福州：舌音（定母來母）、牙音（疑母）、喉音（匣母）。玄應注跢音為箇韻，記江南俗音為開口泰韻，若尋繹鄭氏的思路，中古時期的溫州，歌韻除了有ɑ的讀法外，尚見部分歌韻保存上古音值ɑi，於是和中古泰韻ɑi 合流，只是今日溫州但見合口泰韻與部分歌韻唸 ai，不見開口泰韻有相同的韻讀。考上述五處的開口泰韻，於今日是否同這些歌哿箇韻字的韻值讀 ai，開口泰韻白讀如下：

表 4-24　梅縣、廣州、陽江、潮州、福州開口泰韻字的白讀音

例字	貝	沛	帶	太	泰	大	奈	賴	蔡	蓋	艾	害
聲類	幫	滂	端	透	透	定	泥	來	清	見	疑	匣
梅縣	piˀ	pʻiˀ	taiˀ	tʻaiˀ	tʻaiˀ	tʻaiˀ	naiˀ	laiˀ	tsʻaiˀ	kɔiˀ	nɛ	hɔiˀ
廣州	puiˀ	pʻuiˀ	taiˀ	tʻaiˀ	tʻaiˀ	taiˀ	nɔiˀ	laiˀ	tʃʻɔiˀ	kɔiˀ	ŋaiˀ	hɔiˀ
陽江	puiˀ	pʻuiˀ	taiˀ	tʻaiˀ	tʻaiˀ	taiˀ	nɔiˀ	laiˀ	tʃʻɔiˀ	kɔiˀ	ŋɔiˀ	hɔiˀ
潮州	˹pue	pʻaiˀ	tuaˀ	tʻaiˀ	tʻaiˀ	˹tai	˹nãĩ	luaˀ	tsʻuaˀ	kaiˀ	hĩãˀ	haiˀ
福州	pueiˀ	pʻueiˀ	taiˀ	tʻaiˀ	tʻaiˀ	taiˀ	naiˀ	laiˀ	tsʻaiˀ	kaiˀ	ŋieˀ	xaiˀ

表中粗黑線依序以唇、舌、齒、牙、喉等中古發音部位劃界，知五地的泰韻開口字並非搭配任何中古聲類都讀 ai，擇出五地唸 ai 的中古聲類有，梅縣：舌音、齒音｜廣州：舌音（泥母除外）、牙音疑母｜陽江：舌音（泥母除外）｜潮州：各聲類拼合的泰韻開口韻讀為 ai 者，無一致性｜福州：舌音、齒音、牙音見母、喉音。值得注意的是，廣州話牙音疑母「艾」所拼合的韻讀 ai，可能來自文讀層覆蓋，當屬文讀音，非白讀，這可以從同是粵語的陽江話觀察。上表陽江與廣州的韻讀普遍呈現一致，唇音搭配的韻讀 ui，舌音除泥母外都搭配 ai，而泥母與ɔi 拼合，齒音、喉音也都和ɔi 拼合，唯牙音拼合的韻母有出入，就是廣州疑母拼合的 ai。疑母的發音方法屬鼻音，檢視廣州鼻音泥母拼合的韻母為ɔi，陽江話則不論發音部位是舌根抑或舌尖，只要是鼻音都與ɔi 拼合。廣州、陽江

都是粵語，音韻特徵的一致性高，陽江話如此，何獨廣州話不然？且廣州話本身鼻音聲母也和ɔi拼合，獨疑母的「艾」是特例，因此筆者認爲，艾的韻讀ai當非廣州白讀，可能遭文讀音取代，不得與其他白讀韻值爲ai的等同看待。

　　爲了更清楚掌握五地歌咍箇與泰韻開口字今讀ai所搭配的中古聲類，列表如下：

表 4-25　梅縣、廣州、陽江、潮州、福州韻讀 ai 所搭配的中古聲類

方言點	歌咍箇韻 ai 搭配的中古聲類	泰韻開口 ai 搭配的中古聲類
梅縣	<u>齒音</u>	舌音、<u>齒音</u>
廣州	齒音	舌音（泥母除外）
陽江	<u>舌音</u>、齒音	<u>舌音</u>（泥母除外）
潮州	牙音	無一致性
福州	<u>舌音</u>、牙音疑母、<u>喉音</u>	<u>舌音</u>、齒音、牙音見母、<u>喉音</u>

上表的<u>畫線字</u>表示在搭配相同的聲類下，歌咍箇與泰韻開口字的韻讀都是 ai，說明這類的歌韻與泰開韻在中古時期可能合流，否則不會迄今仍讀相同韻值。「跢」爲舌音字，五地之中，陽江、福州尙見歌與泰開韻的舌音字唸 ai，或許初唐玄應之時，江南多處「跢」的韻母讀同泰韻ɑi，於今雖無法查得漢語方言中是否仍存在「跢」韻讀 ai，不過從陽江、福州的舌音字仍配歌、泰開ai的情形觀之，推測中古二地舌音字跢的韻讀當爲ɑi，保留上古歌部讀法，進而與中古泰韻合流，玄應注跢爲箇韻ɑ，則是中古箇韻普遍讀法，自上古歌部演變來，由此亦能知曉玄應音與江南俗音「跢」的語音層次，顯然江南俗音較古老。

序號	詞目	內　容　與　出　處	方音的音韻地位（聲、韻、調）
33	狗齩	又作齩同。<u>五狡反，中國音也</u>。又<u>下狡反，江南音也</u>。《說文》齩，齧也。…（第一 51-7）	中國音：疑巧上 關中音：疑巧上 江南音：匣巧上
	狗齩	又作齩同。<u>五狡反，關中音也</u>。《說文》齩，齧骨也。《廣雅》齩，齧也。江南曰齩，<u>下狡反</u>。（第十八 820-1）	

玄應記齩音南北有別，北方中國、關中讀疑母巧韻，江南唸匣母巧韻，差別在聲母不同，北方讀舌根鼻音 ŋ-，南方唸舌根濁擦音 ɣ-，《廣韻》注齩爲「五巧切」，

同中國、關中音屬疑母巧韻，無南方匣母音讀，知韻書根據北方齦音而注。再看字書《玉篇》的音注，《玉篇》殘卷「齦」字亡佚，所幸《萬象名義》保存原本《玉篇》基本面目，注「齦」音「胡狡反」，匣母巧韻。《玉篇》乃南朝梁顧野王撰，顧氏里籍江蘇吳縣，注音依據當是南音，與初唐玄應記錄的語音事實恰恰吻合。但江南何以讀成同部位的濁擦音匣母？以目前資料來看，周祖謨研究北宋邵雍《皇極經世書》中的「聲音倡和圖」，其中疑母分清濁兩類，周氏認為，清音類的疑母在圖中列「五瓦仰」，三字皆為上聲字，蓋 ŋ 已漸由鼻音變為口音，由口音而失去聲母，故獨成一類。〔註107〕然鼻音 ŋ 變成口音乃至聲母失落的想法，是從漢學家高本漢的觀點而發，高本漢觀察中古疑母在現代中國各地方言的演變情形，發現山西普遍唸成鼻音＋口音（如 ŋg），南方四川、汕頭、廈門讀成口塞音 g，北方北京、河南、鳳台、太原讀成口部摩擦音 ɣ-，高氏解釋這些從鼻音變成口音的特殊讀法，他說：

> 從鼻輔音 ŋ，變到口元音 a，軟顎同咽頭先作成閉塞，所以在鼻音跟元音之間就生出一個口塞音來。到後來這個口塞音佔優勢而鼻聲母遺失，例如，鵝汕頭 ga。這個演變是：ŋa＞ŋga＞ga，⋯⋯〔註108〕

對於一些方言疑母讀成零聲母，高本漢的看法是：口部的閉塞，弛放直到塞音變成摩擦音（ɣ）是這個傾向的第一步。北京話有 ɣ 跟〇（沒有聲母）兩音互讀的情形，例如「敖」有 au 跟 ɣau 兩讀。〔註109〕合觀高氏中古疑母迄今變作口部塞音、摩擦音，甚至聲母失落的過程，即是：ŋa＞ŋga＞ga＞ɣa＞a，口部塞音 g 來自鼻音 ŋ 與元音 a 發音過程中所增生，爾後鼻音失落，僅剩塞音 g，倘若塞音 g 再進一步弱化，便成了同部位的擦音 ɣ，擦音再失落，這個音節就失去聲母。有了這個觀念，周祖謨把邵雍所列清音類的疑母擬作 ɣ- 與 ø-。至於邵雍所操方音為何，根據周氏考證，邵雍幼從父徙共城，晚遷河南，高蹈不仕，居伊

〔註107〕周祖謨：〈宋代汴洛語音考〉，《問學集》（台北：河洛圖書出版社，1979 年），頁592。

〔註108〕〔瑞典〕高本漢著，趙元任、李方桂合譯：《中國音韻學研究》（台北：台灣商務印書館，1975 年），頁261。

〔註109〕〔瑞典〕高本漢著，趙元任、李方桂合譯：《中國音韻學研究》（台北：台灣商務印書館，1975 年），頁261。

洛間垂三十年，是其音即洛邑之方音矣。〔註110〕邵雍操洛陽音，洛陽地處北方，據高本漢觀察今北方方言疑母有唸作ɣ-與ø-者，知周氏擬音無不合理。

　　值得注意的是，邵雍記清音類的疑母都是上聲字，周氏在論述已特別指出：考宋代洛陽語音其上聲字必已逐漸演變為口音ɣ，甚至失去聲母，而其他三聲字則未全變，故邵氏分疑母為兩類，一為清，一為濁。〔註111〕由此可知，北宋汴洛疑母發生擦音化與零聲母化的盡在上聲字，而南朝梁顧野王所注齾音與初唐玄應記江南齾音俱為匣母，齾本作疑母上聲字，在江南唸成同部位的濁擦音匣母，此現象與邵雍所記如出一轍，應當可以同理看待。也就是說，根據玄應記載與顧野王音注，江南的疑母上聲字早在初唐以前就發生擦音化現象，較北方演變的速度更快。

　　北方疑母擦音化有現代方言可資為證，高本漢已論述，然現代南方方言是否也能尋得中古疑母擦音化的遺跡？答案是肯定的。閩南話白讀音中，就有少數中古疑母今讀擦音的例子，底下以隸屬閩南的廈門、潮州話為例：

表 4-26　廈門、潮州中古疑母今讀擦音的例字

例　　字	瓦	魚	艾	蟻	硯	岸	額
中古聲韻調	疑馬上	疑魚平	疑泰去	疑紙上	疑霰去	疑翰去	疑陌入
今廈門白讀	hia²	₌hi	hĩã²	hia²	hĩ²	hũã²	giaʔ₌ hiaʔ₌
今潮州白讀	₌hia	₌huɯ	hĩã²	₌hia	ĩ²	hũã²	hiaʔ₌

上表諸字在廈門、潮州的聲調都是陽調，表示其聲母本屬濁音，迄今讀清擦音 h-或零聲母，乃因濁音清化或濁擦音直接丟失聲母所致，從上表廈門「額」的二個白讀音，以及「硯」在廈門與潮州的音讀，便能掌握濁聲母弱化乃至清化，以及濁擦音丟失的過程。以「額」字為例：

　　　giaʔ₌ ＞（ɦiaʔ₌）＞ hiaʔ₌　　廈門「額」白讀音

〔註110〕周祖謨：〈宋代汴洛語音考〉，《問學集》（台北：河洛圖書出版社，1979 年），頁582。

〔註111〕周祖謨：〈宋代汴洛語音考〉，《問學集》（台北：河洛圖書出版社，1979 年），頁592。

音變過程中ɦiaʔ˭的音讀，未見今日廈門「額」字有該音，但此乃濁塞音 g-演變至清擦音 h-必經的過程，所以用括弧表示。解讀廈門「額」音的演變過程即自濁塞音 g-弱化爲濁擦音ɦ-，由於南方擦音的發音部位較北方偏後，所以不同北方讀舌根濁音ɣ-，而是讀喉部濁音ɦ-。後來濁音ɦ-再次弱化爲清音 h-，成爲廈門額字另一個白讀音 hiaʔ˭。據黃典誠觀察，「額」作「額角」「頭額」語音[hiaʔ˭]；若作「數額」講，則說[giaʔ˭]，〔註112〕可見這兩個白讀音在使用上經過分配，而[giaʔ˭]的語音層次顯然早於[hiaʔ˭]，後者是前者音變後的結果。再以表中「硯」字爲例。「硯」在廈門讀 hĩ˭，在潮州讀 ĩ˭，兩地都屬閩南方言，該音變過程當爲：

$$gĩ^{=} \longrightarrow ɦĩ^{=} \longrightarrow hĩ^{=} \quad 廈門「硯」白讀音$$
$$\searrow ĩ^{=} \quad 潮州「硯」白讀音$$

廈門「硯」音的演變過程同「額」音，都是自濁塞音弱化成濁擦音，再由濁擦音清化而來。潮州「硯」音演變不同廈門之處，在於濁塞音弱化爲濁擦音後，濁擦音直接丟失聲母，未經歷清化過程，如同中古微母變成零聲母之前先經歷濁擦音 v-的階段，之後便直接丟失聲母。

綜觀「額」與「硯」聲母的演變過程，不計拼合的韻母是否相同，得到的結果爲：g->（ɦ-）>h-或ø-。至於 g-如何解釋發展自中古疑母 ŋ-，得援引高本漢的觀點，即 ŋ->ŋg->g-，由是，中古疑母在閩南白讀音唸成 h-或ø-的音變過程則爲：ŋ->（ŋg-）>g->（ɦ-）>h-或ø-，括弧內的音值表示閩南白讀音不見此音，但此音卻爲演變過程必經階段。最後回頭檢視「齩」在廈門、潮州音讀，兩地無「齩」音，但有「咬」，《玉篇·口部》「咬」字下云：「俗亦爲齩字。」說明咬、齩二字是異體字的關係，因此取「咬」音代替。「咬」在廈門、潮州分別讀作 ka˭ 與 ˫ka，聲調屬陽調，聲母屬清塞音 k-，顯然不是從濁音ɦ-發展來，其發展歷程當是 ŋ->（ŋg-）>g->k-，由濁音 g-直接清化。閩南話的咬音雖不能證明玄應記錄的匣母音讀來自中古南方閩地，但從中古疑母在南北方言中的發展，只要現代讀成擦音者，無論清濁，都可以合理解釋擦音聲母來自舌根鼻音 ŋ-，而玄應記錄江南「齩」讀匣母音所突顯的，則是當北方中國、關中「齩」字仍唸舌根鼻音 ŋ-時，江南「齩」的聲母已由舌根鼻音 ŋ-發展至濁擦音ɣ-（或ɦ-），比北方發展快速。

〔註112〕黃典誠：〈中古鼻音聲母在閩音的反映〉，《廈門大學學報》（哲社版）第 4 期（1986年），頁 160。

序號	詞目	內　容　與　出　處	方音的音韻地位（聲、韻、調）
34	明<u>殼</u>	字書作殼同。<u>口角反</u>。<u>吳會間音口木反</u>，卵外堅也。案凡物皮皆曰殼是也。（第二 106-4）	玄應音：溪覺入 吳會間音：溪屋一入

　　玄應注殼音與所記的吳會間音差別在韻母不同，前者是二等覺韻，後者是一等屋韻，「吳會間」當指吳縣與會稽之間，隸玄應劃界的「江南」範疇，而《萬象名義》「殼」字亦注「口木反」，溪母屋一韻，和初唐玄應記吳會間音同。《萬象名義》保存南朝梁顧野王撰著《玉篇》的基本面貌，顧野王里籍江蘇吳縣，可見殼讀屋一韻早在南朝梁的吳地已通行唇吻。殼字從設得聲，考《廣韻》從設得聲的字在中古韻目分配情形，讀覺韻的有 8 個字，候韻也是 8 字，屋一韻 19 字，厚韻 1 字，尤韻 1 字，凡 37 字。其中以韻母讀屋一韻的最多，覺韻、候韻次之，屋一韻上古隸屋部，候韻上古隸侯部，上古侯部與屋部屬陰入對轉的關係，主要元音相同。覺韻與屋一韻的淵源，考二韻在南北朝以前的歸屬，根據王力的論述，南北朝以前分成先秦、漢代、魏晉南北朝三個斷代的音系，先秦、漢代代表上古音系，魏晉南北朝則是上古過渡到中古的中間地帶，而中古屋一韻和覺韻於三個音系各隸屬何韻部，詳見下表：〔註113〕

表 4-27　屋一韻、覺韻於中古以前隸屬的韻部

先秦音系（　～公元前 206）		
屋部[ɔk]	開口一等韻[ɔk] 開口二等韻[eɔk]	轄中古屋一韻字 轄中古覺韻字
漢代音系（公元前 206～公元 220）		
屋部[ok]	開口一等韻[ok] 開口二等韻[eok]	轄中古屋一韻字 轄中古覺韻字（大部分）
魏晉南北朝音系（公元 220～581）		
屋部[ok] 沃部[uk]	開口一等韻[ok] 合口二等韻[euk]	轄中古屋一韻字 轄中古覺韻字

通過王力對中古屋一韻和覺韻在上古韻部的歸字，屋一韻和覺韻在先秦、漢代都

〔註113〕詳參王力：《漢語語音史》（北京：中國社會科學出版社，1985 年），頁 54、87、119、122。

隸屋部，至魏晉則分別屋部與沃部，屋一韻仍在本部，覺韻由於主元音高化爲
[u]，併入沃部。由此可知，中古屋一、覺韻在魏晉以前，也就是上古，同屬一
個韻部；魏晉以後，因元音變異而分途發展，屋一韻在本部，發展成中古屋韻，
覺韻則併入沃部，發展成中古覺韻。若追溯𣪘字屋一韻與覺韻兩讀的源頭，即
上古都讀作屋部，至魏晉以後分途發展，在玄應所操的關東音讀作覺韻，在吳
會間則唸屋一韻，關東屬北地，吳會隸南土，可能受地域南北不同而分別兩讀。
附帶一說，從𣪘得聲的字除了𣪘在同一字義下有二讀外，《廣韻》中另見𣪘字，
也是相類字義下兼屋一韻與覺韻兩讀，分別讀作「呼木切」，曉母屋一韻，釋義
「歐聲」；「許角切」，曉母覺韻，釋義「歐吐」，二音指涉的字義相類，中古韻
母雖然不同，但上古當自同韻部發展，可與𣪘字互參。

序號	詞目	內　容　與　出　處	方音的音韻地位（聲、韻、調）
35	鎔銷	與鍾反。《說文》治器法也。《漢書》猶金在鎔，應邵曰鐵形也。（第四 207-4）	玄應音：以鍾平
	及鎔	以終反，江南行此音。謂鎔鑄銷洋也。（第二十二 1005-5）	江南音：以東三平

玄應注「鎔」音與所記江南音差在韻母不同，前者屬三等鍾韻，後者屬三等
東韻，玄應音系鍾韻與東三截然二分，並無混淆，筆者已在前文考玄應音系當屬
北地關東，所以玄應記注的二音反映北方與南方鎔字音讀的差別。中古東三與鍾
韻二分，但後世二韻不別，這可以從今日標準音來看，「終」讀爲[₌tʂuŋ]，「鍾」
讀爲[₌tʂuŋ]，終字中古章母東三韻，鍾字中古章母鍾韻，二字中古不同韻，但演
變至今韻母同是[uŋ]。《廣韻》鎔音「餘封切」，以母鍾韻，與鎔同樣從「容」得
聲的字在韻書中也都隸鍾韻，主諧字「容」本身亦屬鍾韻。然玄應所記江南鎔音
爲東三韻，是否意味江南鍾韻於初唐已併入東三韻？從王吉堯、石定果考察日譯
吳音於中古東三與鍾韻呈現的音值來看，東三與聲母非組、見組拼合的韻讀爲
[u]，於此之外的聲母拼合則爲[ju]；鍾韻與非、見、曉三組聲母拼合的韻讀爲[u]，
於此之外的聲母拼合則爲[ju]。〔註114〕以上韻值不顯示舌根鼻尾-ŋ，乃因日語音
系缺乏舌根鼻尾，使其音譯漢語舌根鼻尾的陽聲韻盡以元音收尾，如日譯吳音的

〔註114〕詳王吉堯、石定果：〈漢語中古音系與日語吳音漢音音系對照〉，《音韻學研究》第
　　　　二輯（北京：中華書局，1986年），頁204。

青韻韻讀爲[jau]。鎔音聲母屬以母，不屬非、見、曉三組範疇，因此與以母拼合的東三與鍾韻韻值在吳音俱爲[ju]，又根據王力、董同龢所擬中古東三的主元音爲[u]，鍾韻的主元音爲[o]，鎔音在南方韻讀既爲[ju]，便與東三同音，無怪玄應記鎔在江南韻讀東三韻，也側面點出北方東三與鍾韻尚未合併。

　　至於北方二韻何時併韻？就馬伯樂的研究成果觀之，他自唐末文獻越南譯音察得，長安方言於九世紀東三與鍾韻混同，底下摘錄馬伯樂撰著中的六個例字：〔註115〕

表4-28　中古長安方言東三、鍾韻的分混情形

	中（東三）	隆（東三）	崇（東三）	重（鍾三）	龍（鍾三）	松（鍾三）
7世紀漢語	ȶiuŋ	ljiuŋ	dziuŋ	ȡ̑ioŋ	ljioŋ	zioŋ
8世紀漢語	ȶiuɣ̃	ljiuɣ̃	dz̑‘iuɣ̃	ȡ̑‘ioɣ̃	ljioɣ̃	z‘ioɣ̃
9世紀漢語	ȶiuɣ̃	ljiuɣ̃	dz̑‘iuɣ̃	ȡ̑‘iuɣ̃	ljiuɣ̃	z‘iuɣ̃
越南譯音	trung	long	sung	trung	long	tung

由上表得知，馬伯樂擬中古七、八世紀長安方言的東三韻主元音爲[u]，鍾韻主元音爲[o]，九世紀二韻主元音俱爲[u]。馬氏擬音特殊處有二：一是七世紀漢語東三與鍾韻的鼻音尾都是-ŋ，至八世紀卻將韻尾易爲鼻化擦音-ɣ̃。鼻化擦音-ɣ̃是鼻音尾-ŋ 的弱化，照常理-ɣ̃音變的下一步就是失落，但事實上今日西安話東三與鍾韻都保留鼻尾-ŋ，如「終」、「鍾」都讀作[꜀pfəŋ]，很難想像今日鼻尾-ŋ是來自弱化後-ɣ̃的回頭演變，況且羅常培嘗通過研究敦煌的漢藏對音文獻證明：唐五代西北方音梗、宕攝的鼻尾弱化爲不穩定的鼻化擦音-ɣ̃，而通、江、曾攝的-ŋ 尾則完整保留。〔註116〕既然中古通攝於唐末西北方音仍保留鼻尾-ŋ，長安方言隸西北方音範疇，我們認爲羅常培的研究結果較可信，馬伯樂擬作-ɣ̃就顯得可議。再者，馬氏擬音的依據之一「越南譯音」，表中東三與鍾韻所對譯的輔音尾都是 ng，ng 等同 ŋ，越南譯音如此，何獨馬氏擬音不然？二是中古來母拼合的韻母較其他聲母拼合的韻母多出半元音-j-，這點從越南譯音來母 l-與

〔註115〕〔法〕馬伯樂著，聶鴻音譯：《唐代長安方言考》（北京：中華書局，2005 年），頁 111～113。

〔註116〕羅常培：《唐五代西北方音》（台北：中央研究院歷史語言研究所，1991 年），頁 38。

其他聲母拼合的主元音不同可以看出，來母拼合的是[o]，其他聲母拼合的則是[u]。

　　根據馬伯樂九世紀漢語擬音，與越南譯音資料顯示，不難發現東三與鍾韻的韻值表現一致，除了越南譯音來母 l-拼合的主元音是[o]以外，其餘東三、鍾韻字的主元音俱為[u]，這點不僅說明長安方言東三與鍾韻合併，更表示併韻的過程是鍾韻併入東三韻，主元音由[o]高化為[u]。南方併韻情況應該也是如此，否則玄應不會記江南鎔音為東三韻，意即「鎔」在江南本讀鍾韻，如韻書所注，只是後來鍾韻主元音[o]高化為[u]，併入東三韻，玄應記音時便把這特殊的音記錄下來。玄應是初唐人，江南鍾韻併入東三當在初唐以前，而南北朝文獻「日譯吳音」可以說明該現象在公元五至六世紀已經發生。但必須注意的是，以域外譯音解讀中古漢語韻目分合，不免考量外語對譯漢音多少受制於本國音系，對譯出來的音值真能如實反映漢音嗎？且隋代曹憲操的是南方江都音，該音系東三、鍾韻依舊從分，又南朝梁顧野王編纂的字書《玉篇》，書中金部「鎔」字注「喻鍾反」，以母鍾韻，鍾韻未見與東三混同。顧野王里籍南方，加上曹憲也是南人，二人音系東三與鍾韻皆未合併，或許玄應記「鎔」讀作東三韻，只是江南地區少數個案，尚未形成系統，因此南方經師注音不見得能夠反映這類少數現象。

序號	詞目	內　容　與　出　處	方音的音韻地位（聲、韻、調）
36	茫怖	又作𦥑同。莫荒反。茫遽也。𦥑人晝夜作無日用月無月，用火常思明，故從明或曰𦥑人思天曉，故字從明，下又作怖同，普故反，惶怖也。經文作怕，疋白反，憺怕也，此俗音普嫁反。（第十九 874-2）	玄應音：滂陌入 俗　音：滂禡去

　　玄應注「怕」音與所記俗音最大的差別在韻母，前者是入聲陌韻，後者是去聲禡韻，翻檢《廣韻》對「怕」字的注音與釋義，一是「普伯切」，滂母陌韻，同玄應音，釋義「憺怕，靜也」；二是「普駕切」，滂母禡韻，同俗音，釋義「怕懼」。顯然二音屬別義異讀，玄應音與俗音也應當作如是觀。考「怕」字本義，《說文》云：「㤗，無為也。從心白聲。」段注：「……《子虛賦》曰怕乎無為。憺怕，俗用澹泊為之，叚借也。」《廣雅・釋詁》憺、怕都釋作「靜也」。可見「怕」字本義為「無為」或「靜」。然「怕」的本音為何，《說文》明其從「白」

得聲，考《廣韻》中從白得聲的字於中古韻目的分布情形，陌韻有 15 字，禡韻、
鐸韻各 4 字，鎋韻、昔韻各 1 字，凡 25 字。知從白得聲的字以韻母讀陌韻的比
例最高，主諧字「白」本身也讀陌韻，因此「怕」的本音當是滂母陌韻，滂母
禡韻應是爲另一義「怕懼」而後起的音讀。

序號	詞目	內　容　與　出　處	方音的音韻地位（聲、韻、調）
37	八箃	<u>市緣反</u>，<u>江南行此音</u>。又<u>上仙反</u>，<u>中國行此音</u>。《說文》判竹圜以盛穀也。論文作箪音丹，笘也。一曰小筐也。箪非此用。（第十七 809-9）	江南：禪仙合平 中國：禪仙開平
38	不㮰	古文杚同。<u>該礙反</u>。《字林》<u>工內反</u>，謂平斗斛者也。（第九 409-4）	玄應音：見代開去 字林音：見隊合去
	如㮰	<u>古代反</u>。《蒼頡篇》㮰，平斗斛木也。<u>江南行此音</u>。<u>關中工內反</u>。（第十七 808-4）	江南：見代開去 關中：見隊合去

以上「箃」、「㮰」二讀的情形都屬介音開合口的不同。據玄應所記，「箃」
在江南讀合口，北方中國（即中原）讀開口；「㮰」在江南讀開口，在北方關中
讀合口，而玄應注「㮰」音從南方讀開口呼。《廣韻》注「箃」音「市緣切」，
禪母合口仙韻，同玄應所記的江南音，釋義「《說文》曰以判竹圜以盛穀也」；
注「㮰」音「古代切」，見母開口代韻，同玄應注音與所記江南音，釋義「平斗
斛木」。玄應於「箃」、「㮰」二字底下的釋義內容與《廣韻》無二，但二讀的切
語僅其一吻合《廣韻》，箃的開口音與㮰的合口音都不見《廣韻》收錄。對於同
字同義，開合口卻不同的現象，南宋陸游《老學庵筆記》卷六載：「中原，惟洛
陽得天地之中，語音最正。然謂絃爲玄，謂玄爲絃，謂犬爲遣，謂遣爲犬之類，
亦自不少。」〔註117〕《廣韻》弦，胡田切，匣母開口先韻；玄，胡涓切，匣母
合口先韻，弦與玄差別在介音開合不同。犬，苦泫切，溪母合口銑韻；遣，去
演切，溪母開口獮韻，犬與遣除了介音開合不同外，銑韻屬四等韻，獮韻屬三
等韻，韻母所屬等第也不同。陸游的記載突顯一個語音事實，連當時語音最標
準的洛陽都發生字音開合口混淆的情況，遑論洛陽以外地域，同字同義讀音卻
開合相混當屢見不鮮。而唐人劉肅撰著的《大唐新語》，早在陸游記錄該現象以

〔註117〕〔宋〕陸游：《老學庵筆記》，收入〔清〕永瑢、紀昀等撰《文淵閣四庫全書》子
　　　　部雜家類（台北：台灣商務印書館，1983 年），頁 865～52。

前，就已記載出身皂隸的侯思止因發音不正而引起的笑話，書中卷十三云：

> 侯思止出自皂隸，言音不正，以告變授御史。時屬斷屠，思止謂同
> 列曰：「今斷屠宰，雞（云圭）豬（云誅）魚（云虞）驢（云平縷）
> 俱（云居）不得喫（云詰），空喫（云結）米（云弭）麵（云泥去），
> 如（云儒）何得不饑！」侍御崔獻可笑之。思止以聞，則天怒，謂
> 獻可曰：「我知思止不識字，我已用之，卿何笑也！」獻可具以雞豬
> 之事對，則天亦大笑，釋獻可。〔註118〕

僅取侯思止開合口訛讀的字音探討。《廣韻》雞，古奚切，見母開口齊韻，侯氏讀成「圭」，「圭」，古攜切，見母合口齊韻；豬，陟魚切，知母魚韻，侯氏讀成「誅」，陟輸切，知母虞韻；魚，語居切，疑母魚韻，侯氏讀成「虞」，遇俱切，疑母虞韻；驢，力居切，來母魚韻，侯氏讀成「平聲縷」，來母虞韻；俱，舉朱切，見母虞韻，侯氏讀成「居」，九魚切，見母魚韻；如，人諸切，日母魚韻，侯氏讀成「儒」，人朱切，日母虞韻。

以上開合口訛讀的字例，若從聲母的發音部位來看，有舌音知母、半舌音來母、半齒音日母，以及牙音見母疑母拼合的字音，再加上陸游所舉的字例，牙音溪母與喉音匣母也囊括其中，而玄應記中國「篇」音讀開口呼，也是誤將合口訛讀成開口，篇音聲母是齒音禪母。歸納上述，字音開合口訛讀的情況可能發生在聲母為舌、齒、牙、喉任何一種發音部位上，獨不見唇音字。可能是唇音聲母本身就具有圓唇性質，無所謂開合口對立，如《韻鏡》安排唇音字非全歸開口即全歸合口，無一韻之下存在開合對立。又唇音字當切語下字或被切字時，常發生拼切齟齬的情形。如《廣韻》「茗，莫迥切」，被切字「茗」為唇音字，韻母隸開口韻，卻以合口「迥」當切語下字；「礦，古猛切」，被切字「礦」隸合口韻，卻以唇音開口韻的「猛」作切下字。之所以被切字與切下字無法構成疊韻的主因，不得不從唇音字本身具備的圓唇性質解釋：由於被切字「茗」為唇音字，其挾帶的圓唇性質使製作反切的人誤以為是合口字，便以合口字當切下字；而切下字「猛」雖然屬開口韻，但其聲母為唇音，其圓唇性質連帶使人誤作合口，因此用以拼切隸合口韻的「礦」字。職是，唇音字本身開合性質就不鮮明，何來混淆之說？或許更確切的說，唇音字本身開合就相當混亂，一

〔註118〕〔唐〕劉肅：《大唐新語》（北京：中華書局，1997年），頁190。

般人早已不論開合，自然無所謂開合訛讀，因為沒有人會去追究開合口何者是脣音字的正音。

序號	詞目	內　容　與　出　處	方音的音韻地位（聲、韻、調）
39	疼痛	又作痋、胅二形同。徒多反。《聲類》作瘒，《說文》痋，動痛也。下里間音騰。（第十四 648-1）	玄應音：定多平 下里間音：定登平

　　玄應注「疼」音與所記下里間音的差別在韻母不同，玄應注音依據乃當時書音，下里間音即俗音，不過，此俗音是南或北，需要進一步考究。底下先以李榮主編的《現代漢語方言大詞典》所收「疼」字口語音讀為語料，檢視該音分布的地域範圍：

表 4-29　「疼」字於現代方言的分布範圍

方言區	官話大區							晉語
	東北	膠遼	冀魯	中原	蘭銀	西南	下江	
區內下轄方言點的疼音	哈爾濱 [ʨ'ən]	—	濟南 [ʨ'ən]	徐州 洛陽 西安 [ʨ'ən] 西寧 [ʨ'ə̃]	銀川 [ʨ'ən] 烏魯木齊 [ʨ'ʮŋ]	成都 [ʨ'ən] 武漢 [ʨ'ən]	揚州 [ʨ'ən] 南京 [ʨ'ən]	太原 [ʨ'ən]

方言區	吳語	湘語	徽語	贛語	客語	閩語	粵語	平話
區內下轄方言點的疼音	—	長沙 [t'oŋˀ] 婁底 [t'ɤŋˀ]	—	—	—	福州 [t'iaŋˀ]	—	—

上表疼音多數以陽平調為主，明顯看出發展自濁音定母；長沙、婁底、福州三地去聲分陰陽，三地疼音聲調均為陰去，當是發展自清音，無論聲母或聲調，都與疼的音韻地位濁音平聲不符，合理推測三地音讀最有可能是和疼相同字義「痛」的讀法，因《廣韻》痛，他貢切，透母送一韻，屬送氣清音、去聲調，與詞典收錄的三地音值正合，故三地去聲調當視作「痛」音看待，而非「疼」音。再檢視讀陽平調的疼音，除了西寧一地舌根鼻尾弱化成鼻化韻，西南、下江官話舌根鼻尾 -ŋ 受主元音 ə 同化而前移混入舌尖鼻音 -n，其餘疼音韻母均自

中古登韻發展，無一來自冬韻。從現代方言「疼」音的分布來看，普遍通行官話大區，北方晉語也說「疼」，唯南方方言不說「疼」，言「痛」。然官話大區遍布南北，究竟玄應記疼呼作「騰」的音讀來自南或北的俗音，可以通過二方面來看，一是根據古籍記錄的相類語音現象，如宋人劉攽《貢父詩話》載：「周人語轉，亦如關中以中爲蒸……向敏中鎮長安，土人不敢賣蒸餅，恐觸中字諱也。」〔註119〕關中當地居民讀中爲蒸，「中」屬三等東韻，「蒸」屬三等蒸韻，此例乃通攝三等東韻呼作曾攝三等蒸韻，與疼字書音讀通攝一等冬韻，於俗音呼作曾攝一等登韻相類，關中隸北地，由是推測玄應記的下里間音可能指北地俗音。

　　二是觀察現代官話方言通攝一等韻東、冬與曾攝一等韻登混同的型態。以《漢語方音字匯》（以下簡稱《字匯》）收錄的八個方言點爲例，依序檢視北方、西南、下江等三大官話方言，其東–冬與登韻混同的條件與型態。底下按唇、舌、齒、牙喉音字的順序，觀察登韻與東–冬韻在官話方言的分合：

表 4-30　登開韻、東一韻的唇音字在官話方言的分合

	例字	中古聲韻	北京	濟南	西安	太原	武漢	成都	合肥	揚州
唇音字	崩	幫登開平	꜀pəŋ	꜀pəŋ	꜀pəŋ	꜀pəŋ	꜀pən	꜀pən	꜀pəŋ	꜀poŋ
	朋	並登開平	꜀p'əŋ	꜀p'əŋ	꜀p'əŋ	꜀p'əŋ	꜀p'oŋ	꜀p'oŋ	꜀p'əŋ	꜀p'oŋ
	蓬	並東一平	꜀p'əŋ	꜀p'əŋ	꜀p'əŋ	꜀p'əŋ	꜀p'oŋ	꜀p'oŋ	꜀p'əŋ	꜀p'oŋ
	蒙	明東一平	꜀məŋ	꜀məŋ	꜀məŋ	꜀məŋ	꜀moŋ	꜀moŋ	꜀məŋ	꜀moŋ

　　冬韻無唇音字，所以上表未列冬韻唇音字例。粗黑線左側屬北方官話，右側分屬南方的西南與下江官話。《字匯》將「太原」列入官話區，是採過去的方言區劃，今學者已從昔日官話區劃出「晉語區」，同官話大區並立漢語方言的第一層級，由於筆者引用《字匯》語料，故尊重該書固有的分區原則，把太原列入北方官話，若他處行文非援引《字匯》語料，則將太原視作晉語下轄的方言。從上表知，北方官話唇音拼合的開口登韻與東一韻韻值相同，都是[əŋ]，對照中古開口登韻爲[əŋ]，東一韻爲[uŋ]，今日北方官話唇音字開口登韻與東一韻的混同型態當爲東一併入登韻。西南官話武漢、成都「崩」字收舌尖鼻尾-n，乃

〔註119〕〔宋〕劉攽：《貢父詩話》，收入嚴一萍選輯《百部叢書集成》（台北：藝文印書館，1965 年），頁 8。

舌根鼻尾-ŋ 受主元音 ə 同化而前移；合肥「崩朋蓬蒙」韻值相同，看似「崩朋」韻母[ən]發展自中古登韻，「蓬蒙」則是東一併入登韻的關係，事實上，合肥舌、齒、喉音拼合的開口登韻都作[ən]，拼合的東一韻都作[əŋ]，可見合肥唇音字登韻與東一韻的混同型態是登韻併入東一韻。而武漢、成都、揚州的登韻唇音字拼合的韻母若為[oŋ]，則同東一韻值，是登韻併入東一韻的混同型態。

表 4-31　登開韻、東一冬韻的舌音字在官話方言的分合

	例字	中古聲韻	北京	濟南	西安	太原	武漢	成都	合肥	揚州
舌音字	燈	端登開平	꜀təŋ	꜀təŋ	꜀təŋ	꜀təŋ	꜀tən	꜀tən	꜀tən	꜀tən
	騰	定登開平	꜁t'əŋ	꜁t'əŋ	꜁t'əŋ	꜁t'əŋ	꜁t'ən	꜁t'ən	꜁t'ən	꜁t'ən
	能	泥登開平	꜁nəŋ	꜁nəŋ	꜁nəŋ	꜁nəŋ	꜁nən	꜁nən	꜁lən	꜁lən
	東	端東一平	꜀tuŋ	꜀tuŋ	꜀tuoŋ	꜀tuŋ	꜀toŋ	꜀toŋ	꜀təŋ	꜀toŋ
	通	透東一平	꜀t'uŋ	꜀t'uŋ	꜀t'uoŋ	꜀t'uŋ	꜀t'oŋ	꜀t'oŋ	꜀t'əŋ	꜀t'oŋ
	同	定東一平	꜁t'uŋ	꜁t'uŋ	꜁t'uoŋ	꜁t'uŋ	꜁t'oŋ	꜁t'oŋ	꜁t'əŋ	꜁t'oŋ
	聾	來東一平	꜁luŋ	꜁luŋ	꜁nuoŋ	꜁luŋ	꜁noŋ	꜁noŋ	꜁ləŋ	꜁loŋ
	冬	端冬平	꜀tuŋ	꜀tuŋ	꜀tuoŋ	꜀tuŋ	꜀toŋ	꜀toŋ	꜀təŋ	꜀toŋ
	農	泥冬平	꜁nuŋ	꜁nuŋ	꜁luoŋ	꜁nəŋ	꜁noŋ	꜁noŋ	꜁ləŋ	꜁loŋ

由上表知，韻母方面，官話大區東一與冬韻混同，除了太原「農」字韻值讀同登韻，其餘舌音字開口登韻與東一冬全無混同趨勢；北地登韻均讀[əŋ]，收舌根鼻尾；南土登韻均讀[ən]，乃舌根鼻尾-ŋ 受主元音 ə 同化而前移至舌尖鼻音-n，底下逢西南、下江官話登韻韻尾作-n，音變原因同上，不再複述。聲母方面，北方官話除西安「聾、農」聲母讀法特殊，多數皆 n-、l-判然二分，n-來自中古泥母，l-來自中古來母；南方西南與下江官話則 n-、l-不分，西南官話武漢、成都無論中古泥母或來母都讀作 n-，下江官話合肥、揚州則無論泥母來母都讀作 l-。

表 4-32　登開韻、東一冬韻的齒音字在官話方言的分合

齒音字	例字	中古聲韻	北京	濟南	西安	太原	武漢	成都	合肥	揚州
	曾	精登開平	꜀tsəŋ	꜀tsəŋ	꜀tsəŋ	꜀tsəŋ	꜀tsən	꜀tsən	꜀tsən	꜀tsən
	層	從登開平	꜁ts'əŋ	꜁ts'əŋ	꜁ts'əŋ	꜁ts'əŋ	꜁ts'ən	꜁ts'ən	꜁ts'ən	꜁ts'ən

例字	中古聲韻								
僧	心登開平	꜀səŋ	꜀səŋ	꜀səŋ	꜀səŋ	꜀sən	꜀sən	꜀sən	꜀sən
棕	精東一平	꜀tsuŋ	꜀tsuŋ	꜀tsuoŋ	꜀tsuŋ	꜀tsoŋ	꜀tsoŋ	꜀tsəŋ	꜀tsoŋ
蔥	清東一平	꜀ts'uŋ	꜀ts'uŋ	꜀ts'uoŋ	꜀ts'uŋ	꜀ts'oŋ	꜀ts'oŋ	꜀ts'əŋ	꜀ts'oŋ
叢	從東一平	꜁ts'uŋ	꜁ts'uŋ	꜁ts'uoŋ	꜁ts'uŋ	꜁ts'oŋ	꜁ts'oŋ	꜁ts'əŋ	꜁ts'oŋ
宗	精冬平	꜀tsuŋ	꜀tsuŋ	꜀tsuoŋ	꜀tsuŋ	꜀tsoŋ	꜀tsoŋ	꜀tsəŋ	꜀tsoŋ
鬆	心冬平	꜀suŋ	꜀suŋ	꜀suoŋ	꜀suŋ	꜀soŋ	꜀soŋ	꜀səŋ	꜀soŋ

由上表知，官話大區東一與冬韻混同，而齒音字開口登韻與東一冬全無混同趨勢，北地開口登韻讀作[əŋ]，南土盡作[ən]；東一冬韻南北讀法較參差，北方以[uŋ]爲主，南方則以[oŋ]居多，南方主元音[o]的舌位較北方[u]來得低，開口度較大。

表 4-33 登韻、東一韻的牙喉音字在官話方言的分合

	例字	中古聲韻	北京	濟南	西安	太原	武漢	成都	合肥	揚州
牙喉音字	恆	匣登開平	꜁xəŋ	꜁xəŋ	꜁xəŋ	꜁xəŋ	꜁xən	꜁xən	꜁xən	꜁xən
	弘	匣登合平	꜁xuŋ	꜁xuŋ	꜁xuoŋ	꜁xuŋ	꜁xoŋ	꜁xoŋ	꜁xəŋ	꜁xoŋ
	公	見東一平	꜀kuŋ	꜀kuŋ	꜀kuoŋ	꜀kuŋ	꜀koŋ	꜀koŋ	꜀kəŋ	꜀koŋ
	空	溪東一平	꜀k'uŋ	꜀k'uŋ	꜀k'uoŋ	꜀k'uŋ	꜀k'oŋ	꜀k'oŋ	꜀k'əŋ	꜀k'oŋ
	烘	曉東一平	꜀xuŋ	꜀xuŋ	꜀xuoŋ	꜀xuŋ	꜀xoŋ	꜀xoŋ	꜀xəŋ	꜀xoŋ
	紅	匣東一平	꜁xuŋ	꜁xuŋ	꜁xuoŋ	꜁xuŋ	꜁xoŋ	꜁xoŋ	꜁xəŋ	꜁xoŋ

《字彙》未收冬韻牙喉音字與登韻牙音字，所以上表缺冬韻與登韻牙音例字。從上表知，官話大區開口登韻與東一韻值不混，而合口登韻盡同東一韻值，屬登韻併入東一韻的混同型態。

歸納上述，開口登韻唯唇音字與東一韻混同，混同型態因南北地域有別，北方是東一韻併入開口登韻，南方是開口登韻併入東一韻；合口登韻僅見喉音字無論南北悉數併入東一韻。東一、冬韻都是通攝一等韻，登韻是曾攝一等韻，北方官話「東一韻併入開口登韻」的混併型態似疼字俗音「騰」，由冬韻讀作登韻，再次印證玄應所記下里間音指的是北地俗音。

至於西南、下江官話自北方官話發源，何以有不同發展？揣想該現象是反映了官話方言受非官話方言的滲透，觀察吳、湘、贛語登開韻與東一韻的分合，以唇音字爲例：

表 4-34　登_開韻、東_一韻的唇音字在吳、湘、贛語的分合

	例字	中古聲韻	蘇州	溫州	長沙	雙峰	南昌
唇音字	崩	幫登_開平	₌pən	₌poŋ	₌pən	₌pæ̃	₌puŋ
	朋	並登_開平	文 ₌bən 白 ₌baŋ	₌boŋ	₌pən	₌ban	₌pʻuŋ
	蓬	並東_一平	₌boŋ	₌boŋ	₌pən	₌ban	₌pʻuŋ
	蒙	明東_一平	₌moŋ	₌moŋ	₌mən	₌man	₌muŋ

上表粗黑線隔界區劃的方言點，由左而右分別隸屬吳語、湘語、贛語等三區，如蘇州、溫州隸吳語區。表中有兩處值得注意，一是蘇州、長沙登韻收舌尖鼻尾-n。李如龍認為：其滲透源可能是來自江淮官話和西南官話，因為在遠離長江的湘、贛、吳諸方言並沒有多少點表現這個特徵。對於東南方言來說，官話應該是強勢方言。〔註120〕江淮官話即下江官話，前文已述西南、下江官話登韻字收-n尾乃受主元音 ə 同化所致，蘇州隸吳語，長沙隸湘語，登韻字的主元音也是 ə，筆者從李氏之說將其視作來自官話方言的滲透。

二是開口登韻與東一韻的混併情形。除蘇州登_開、東_一暫然二分外，餘四地登_開、東_一混併型態尚可分兩種，長沙屬東_一併入登_開韻，溫州、雙峰、南昌屬登_開韻併入東_一韻，顯然後者是非官話方言登_開東_一併韻的主型態，而西南、下江官話開口登韻與東_一韻的併韻型態也是如此，當受非官話方言的滲透所致。通過上述兩處語音現象，也連帶說明方言間語音滲透是雙向的，官話方言影響非官話方言的韻尾，非官話方言則影響官話方言的併韻型態。

序號	詞目	內　容　與　出　處	方音的音韻地位 （聲、韻、調）
40	㰡子	<u>徒角反</u>。俗音<u>徒格反</u>。郭璞曰謂木无枝柯梢擢長而煞者也。（第十五 689-9）	玄應音：定覺_開二入 俗　音：定陌_開二入

玄應注「㰡」音與所記俗音差別在韻母，前者是二等覺韻，後者是二等陌韻，拼合的聲類皆為定母。首先須注意的是，中古定母與一、四等韻拼合，覺、陌韻是二等韻，當與澄母相拼，玄應注音與記音卻寫成定母，是否意味玄應音系端、知組尚未分途？根據周法高繫聯玄應反切上字的結果，端視聲類為舌音

〔註120〕李如龍：《漢語方言學》（第二版）（北京：高等教育出版社，2007 年），頁 119。

的部分而論，他說：

> 端系和知系，玄應大體分立，但小有混淆；今仍於一類下分列二支，
> 並舉出玄應切語中之混用者。從這些混用的例子中，我們可以看出
> 知系二等用端系一等作切語下字的佔多數，和《切韻》的情形相似。
> 但是比起知系二等和三等的關係卻遠得多了。所以仍以端系一四等
> 爲一支，知系二三等爲一支……〔註121〕

周法高以玄應切語混用比例多寡來決定端、知組的分混，筆者嘗從「隋、初唐、
中唐」三個時期同本重譯的《法華經》密咒，試圖探求中古舌音分化完成的時
代段限，發現舌音分化完成歷時兩個階段，塞音「知徹澄」三母首先分出，約
莫在初唐；鼻音娘母最後於中唐分出，舌上音四母始告分化完成。〔註122〕初唐
密咒乃玄奘法師所譯，知玄奘譯經時舌音中的塞音已分化完成，玄奘操洛陽音，
玄應音系當在洛陽與函谷關之間，二人生處時代相同，音系相近，玄奘定、澄
母二分，沒理由玄應定、澄母混淆，因此，筆者視玄應音系的定母、澄母分立，
只是該切語上字使用定母字，音韻地位仍據中古聲類註記，不易爲澄母。

俗音之所以和玄應音有別，緣於俗音依據「翟」字聲符而讀。聲符「翟」，
《廣韻》注二音，一是「徒歷切」，定母錫韻，一是「場伯切」，澄母陌韻。錫
韻爲四等韻，陌韻爲二等韻，榷本音覺韻是二等韻，翟字陌韻音與榷本音較近，
而錫韻音有介音-i-，在音感上就差多了。相類的例子尚見初唐顏師古《匡謬正
俗》「垿」字條下載：

> 或問曰：俗呼檢察探試，謂之覆垿，垿者何也？答曰：當爲覆逴，
> 音敕角反，俗語音訛，故變垿耳...今謂董卓爲董磔，故呼逴亦爲垿，
> 是其例也。〔註123〕

卓訛讀爲磔，逴訛讀爲垿，卓、磔、逴、垿四字音韻地位分是：《廣韻》卓，竹
角切，知母覺韻；磔，陟格切，知母陌韻；垿，丑格切，徹母陌韻。顏師古注

〔註121〕周法高：〈玄應反切考〉，1948 年重訂於南京，《歷史語言研究所集刊》第 20 冊上
　　　　冊（北京：中華書局，1987 年），頁 393。
〔註122〕詳筆者拙文〈從《法華經》密咒看中古舌音之分化〉，《第 35 屆中區中文研究所碩
　　　　博士生論文發表會論文集》（台中：逢甲大學中文系，2008 年），頁 37～54。
〔註123〕秦選之：《匡謬正俗校注》（台北：台灣商務印書館，1970 年），頁 39。

逴音敕角反，徹母覺韻。卓與磔，逴與坼，差別僅在韻母，且韻母皆是前字為覺韻，後字為陌韻。逴以卓為聲，可以合理推想成俗音訛卓為磔，便把從卓得聲的「逴」字亦訛讀成陌韻音，逴字訛讀顯然受聲符類化，與榷字俗音來源相同，可以互參。透過玄應與顏師古記載的語音實況可知，受聲符影響而更易本音的音讀謂之「俗音」或「俗語」，意味鄉里小民容易受聲符影響而誤讀字音。

序號	詞目	內　容　與　出　處	方音的音韻地位（聲、韻、調）
41	日虹	胡公反。<u>江東俗音絳</u>。尒疋音義云雙出鮮盛者為雄，雄曰虹，暗者為雌，雌曰蜺，蜺或作霓，霓音五奚反。（第一 47-7）	玄應音：匣東一平 江東俗音：見絳去
	色虹	胡公反。郭璞尒雅音義云虹雙出鮮盛者為雌雄曰虹，暗者為雌，雌曰蜺，蜺或作霓，霓音五奚反。<u>俗音古巷反</u>。青虹也。（第十九 865-6）	俗　音：見絳去

玄應注「虹」音與所記江東俗音、俗音不同，江東俗音讀同俗音，然玄應「色虹」條下所記「俗音」是否同指江東地區？且俗音與玄應音的音韻地位差別大，二音可能同源嗎？筆者嘗通過「文獻記載」與「方言比較」的研究方法尋索「虹」字「匣母東一韻」與「見母絳韻」的原始音讀，歷史文獻是以中古韻書《全王》、《廣韻》為據，方言語料則採李榮主編的《現代漢語方言大詞典》（以下簡稱《詞典》）所收 42 個方言點的「虹」字口語音讀，無論韻書或《詞典》收錄的字音，筆者取音原則盡以「同義」為前提，如韻書釋義為「蝃蝀」的虹字音讀才取；《詞典》釋義為「彩虹」的虹字音讀才取，蝃蝀與彩虹是古今異稱，實質同指一事。虹字二音原始音讀的論證過程詳筆者拙文，〔註124〕此處不複述。

虹字「匣母東一韻」的原始音讀為*ɡ'oŋ，「見母絳韻」的原始音讀為*koŋ，玄應記江東俗音與俗音都是「見母絳韻」，中古音值為 koŋˋ，而後者「俗音」是否也指江東俗音抑或玄應駐錫北地的俗音？古江東相當於今日下江官話與吳語區範疇，下江官話揚州虹字白讀音[kaŋˋ]，南京虹字白讀音[koŋˋ]，吳語丹陽虹字白讀音[꜀kaŋ]，揚州、南京虹音聲母均屬清音 k-，聲調皆為陰聲調，原始音讀當同中古「見母絳韻」是*koŋ。丹陽虹音聲母亦是清音 k-，唯聲調屬陽聲

〔註124〕吳敬琳：〈漢語方言「虹」字特殊的音變現象〉，《聲韻學會通訊》第 18 期（2009年 5 月），頁 50～58。

調，陽聲調一般來自古濁母清化，然丹陽此處陽聲調卻難說明聲母 k- 來自古濁母清化，因為丹陽地處吳方言北極，與下江官話接界，長期受官話方言滲透浸染，且音系內的陽平調除了與古濁平聲母對應外，尚包括古清去聲母，[註125] 無論外在因素（他方言滲透）或內部制約（本音系結構）都能合理解釋丹陽 ₌kaŋ 來自原始音讀*kɔŋ。揚州、南京、丹陽虹音的演變過程即是：

虹*kɔŋ＞kɔŋ˨ 初唐江東俗音＞kaŋ˨ 今南京 kɑŋ˨ 今揚州 ₌kɑŋ 今丹陽

初唐江東俗音韻母 ɔŋ 演變成今日韻母 ɑŋ 或 aŋ，乃中古江攝與宕攝合流，絳韻隸江攝，檢視今江攝字主元音為 a 或 ɑ 的方言點，其音系內部有 aŋ 韻就無 ɑŋ 韻，有 ɑŋ 韻就無 aŋ 韻，簡言之，aŋ 韻與 ɑŋ 韻不會存在同一音系中產生對立，因此中古江攝主元音[ɔ]於各地方言演變的型態可以是前 a 或後 ɑ，而前 a 與後 ɑ 無所謂先後演變之別，故將南京、揚州、丹陽的虹音並置同一音變階段。

玄應記的江東俗音可以在今日下江官話與吳語白讀音中尋得，倘若記錄的「俗音」指北地俗音，我們也可以在中原官話的白讀音中找出蹤跡。徐州地處關東，西安位於關西，隸中原官話範疇，徐州虹字白讀音為[tɕiaŋ˨]，西安虹字白讀音為[tɕiɑŋ˨]，二地虹音聲母都是清音 tɕ-，聲調都是去聲，當自原始音讀 *kɔŋ 發展來，其音變過程如下：

虹 *kɔŋ ⟶ kɔŋ˨ 初唐俗音 ⟶ kaŋ˨ ⟶ kiaŋ˨ ⟶ tɕiaŋ˨ 徐州
⟶ kɑŋ˨ ⟶ kiɑŋ˨ ⟶ tɕiɑŋ˨ 西安

開口二等韻與牙喉音拼合易增生 i 介音，虹音屬江攝見母字，符合該條件，增生 -i- 後，進一步促成聲母由舌根塞音 k- 顎化為舌面塞擦音 tɕ-。透過徐州與西安虹音的音變歷程可以得到二個訊息，一是玄應於「色虹」條下記的「俗音」，很可能指北地俗音，若非北地俗音，玄應會在俗音前加某地表示，如「江東」俗音。二是上述列舉的南北虹音雖發展自共同的原始音讀*kɔŋ，今日讀法卻大不相同，除了表現共時差異外，更能反映虹音歷時演變的不同階段，從聲母來看便知南方音變保守，仍維持舌根塞音 k-，北方音變趨新，已顎化為舌面塞擦音 tɕ-。

最後關心虹字的另一音「匣母東₁韻」，即玄應注的虹音，中古音值為 ₌ɣuŋ，

〔註125〕李榮主編：《現代漢語方言大詞典》第一冊（南京：江蘇教育出版社，2002年），頁125。

發展至今日當爲普通話虹音的讀法[ˌxuŋ]，若從原始音讀*gʻɔŋ 掌握其音變過程，即*gʻɔŋ＞ˌɣuŋ＞ˌxuŋ，聲母由濁塞音 gʻ弱化成濁擦音 ɣ，最後再化濁入清爲清擦音 x，聲調也隨之變成陽平調；主元音由 ɔ 高化爲 u，符合語音演變趨勢。

　　本例「虹」音與上例「㰌」音，玄應記音均出現「俗音」，比較二例俗音性質，發現玄應所謂「俗音」，其意涵並不一致，本例「虹」的俗音指北方俗音，於今日北方白讀音仍可尋跡，上例「㰌」的俗音指受聲旁影響而誤讀的音，二者本質不同，因「虹」音的俗指向方言自身的發展，與書音或文讀音對立，而「㰌」音的俗卻是文字的聲符造成，和方音無涉。

序號	詞目	內　容　與　出　處	方音的音韻地位（聲、韻、調）
42	橋宕	<u>徒浪反</u>。宕<u>猶上</u>也。高昌人語之訛耳。（第十二 541-1）	高昌「宕」：定宕去 通語「上」：禪漾去

　　玄應此條的釋義內容指出，通語言「橋上」，高昌人則云「橋宕」，高昌人云「宕」相當通語的「上」。玄應書中「上」無另注反切，今取《廣韻》「時亮切」表示。宕、上二字中古聲、韻都不同，追溯二字上古關係，先從韻來看，中古「宕」屬一等宕韻，董同龢擬音爲[ɑŋ]；「上」隸三等漾韻，董同龢擬音爲[jɑŋ]，二者差別在介音-j-的有無，而上古都歸「陽部」。再看聲母，中古「宕」聲母讀定母 d-，「上」聲母讀禪母ʑ-，中古禪母隸章組，李方桂認爲章組都跟舌尖塞音諧聲，又只在三等有 j 介音的韻母前出現，於是擬禪母上古來自*d＋j-。〔註126〕又中古定母發展自上古*d，中古禪母來源*d＋j-其中的 j，或可視作上古*d 演變成中古禪母ʑ-的演變條件，上古*d 若不和 j 拼合，則演變成中古定母 d-，維持原本塞音樣貌，所以中古禪母與定母可謂來自上古同一聲紐*d，只是後來拼合條件不同（介音-j-的有無）造成中古分化。經由上述，「宕、上」二字於上古實聲母同紐，韻母同部，中古因演變條件不同而歧途，這也足說明高昌與通語之間突顯的差異：以同一字義爲前提，高昌音不和介音-j-拼合，讀定母一等宕韻；通語音和介音-j-拼合，讀禪母三等漾韻。這種上古同聲紐、同韻部而中古發展歧途的語音現象，於音義書中尚見玄應記江南與關中的「䫻」音，內容、出處如下：

〔註126〕李方桂：《上古音研究》（北京：商務印書館，2001 年），頁 15～16。

序號	詞目	內　容　與　出　處	方音的音韻地位（聲、韻、調）
43	顚顡	子移反，下又作顡同。而甘反，江南行此音。又如廉反，關中行此音。《說文》口上之須曰顚，下頰須毛也。經文作髭近字也。（第十九 877-2）	江　南：日談平 關　中：日鹽平
	黃顡	如廉反。顡，頰毛也。論文有作髭字也。（第九 419-9）	玄應音：日鹽平

　　玄應記「顡」江南音與關中音差別在韻母不同，前者屬一等談韻，後者屬三等鹽韻；玄應自己注「顡」音爲「如廉反」，同關中音。考中古談韻與鹽韻隸屬的上古韻部，二韻均屬談部。接著注意聲母，中古日母拼合的韻等當是三等韻，江南音竟出現一等談韻拼合日母，中古一等韻照理拼的是泥母，表示玄應記音時，江南聲母泥日不分，而泥娘日三母相混，正是南方音的特色。〔註127〕清儒章太炎提出「娘日古歸泥」不僅說明泥娘日三母上古屬同聲紐，也能解釋中古南音三母相混是保留古音。從上可得，江南、關中「顡」音在上古同聲紐、同韻部，只是至中古分途發展，江南「顡」讀沒有介音的一等談韻，關中則唸成有介音的三等鹽韻。

序號	詞目	內　容　與　出　處	方音的音韻地位（聲、韻、調）
44	抨地	補耕反。今謂彈繩墨爲抨也。江南名抨，音普庚反。（第十四 646-8）	通語「抨」：幫耕平 江南「抨」：滂庚二平

　　根據玄應記錄，通語「抨」與江南「抨」都釋作「彈繩墨」義，抨、抨二音相較，看似聲、韻皆異，其實差別處僅在聲母，因玄應韻系庚二韻與耕韻合併，所以記江南音庚二韻實際上等同耕韻，記通語音耕韻也可等同庚二韻看待，因此，抨、抨的差別就只剩聲母送氣與否，抨是幫母，不送氣雙唇塞音，抨是滂母，送氣雙唇塞音。查索抨、抨本義，《說文》有抨無抨，《說文》抨字下云：「抨，彈也。從手平聲。」段注：「……按孟康漢書注曰引繩以抨彈。」知抨本義和彈繩墨有關。孟康生處曹魏，里籍安平，曾任弘農、勃海太守，無論里籍或任官都不出關東地區，關東隸北地，孟康言引繩以「抨」彈，而不云「抨」

―――――――――――――

〔註127〕丁鋒先生通過前賢研究《玉篇》、《文選註》音系與自己研究《博雅音》音系的成果，發現三家所操的南方音系泥娘日三母皆混，認爲此現象當是南方音的一個特色。詳丁鋒：《《博雅音》音系研究》（北京：北京大學出版社，1995 年），頁 35。

彈，可見當時北人仍言「抨」。相同的例子亦見《漢書》注家，《漢書・匡張孔馬傳》贊曰：「……彼以古人之迹見繩。」如淳曰：「繩，謂抨彈之也。」如淳亦曹魏人，里籍馮翊，位陝西雍州，官任陳郡丞，陳郡居今河南，知如淳活動範圍盡在北地，其同孟康言「抨」彈，不謂「拼」彈，再次印證初唐玄應以前，北人也以「抨」爲彈繩義，不獨江南人使用。

由於《說文》無拼字，無法查知拼字本義，而拼字「彈繩墨」義的出現，筆者認爲可能是抨字賦予。拼義未見《說文》，但見《爾雅・釋詁下》兩處云：「拼、抨，使也。」與「拼、抨、使，從也。」表示拼、抨都有使義、從義，拼、抨音近，除了不明拼字本義外，拼抨二字於字義上又幾乎相同，難說抨字本義「彈」不會附加於拼字，玄應記錄通語和江南呼彈繩墨的用字有別，或許正說明抨字本義爲拼字接受，且先行於北方，南方尚留存彈義的本字本音「抨」。然北地彈繩墨義並沒有從此留駐「拼」字，觀察《廣韻》收字釋義，拼字釋「《爾雅》云使也，又從也。」不見彈繩墨義，彈繩墨義見於「絣」字下，《廣韻》注絣音「北萌切」，釋義「振繩墨也」。絣與拼同音，《說文》云絣本義爲「氐人殊縷布也。」段注：「華陽國志曰武都郡有氐傁。殊縷布者，蓋殊其縷色而相間織之。絣之言駢也。」顯然「絣」義本與彈繩墨義無涉，韻書絣義當爲假借義，借自北人「拼」的彈繩墨義，因絣與拼同音，且絣形旁是「糸」，可以和「繩」聯繫。通過韻書釋義也得以明白當時拼、絣字義使用情況，即拼義從《爾雅》，絣本義消亡，被假借義「振繩墨」取代。

歸納上述，彈繩墨的本字當爲「抨」，初唐以前不分南北地域都用此字，後來彈繩墨義轉嫁「拼」字，該字與義的結合通行於北地，於此同時，南土仍保存彈繩墨的本字，所以玄應分別記「今謂彈繩墨爲拼」與「江南名抨」。然北地的彈繩墨義繼「拼」字之後又被「絣」字取代，南北彈繩墨義用字的簡圖如下：

彈繩墨本字「抨」　⟶　北地「拼」　⟶　絣
　　　　　　　　⟶　南土「抨」

玄應記錄南北彈繩墨義雖用字不同，字音僅差在聲母送氣與否，但二字音卻非來自同一源頭發展，之所以南北異稱，乃抨字本義成爲拼的字義之一，北地便以「拼」代「抨」彈繩墨義，此時南土沒有發生類似北地的字義轉換，依舊維持本字「抨」，南北用字由是歧途。

序號	詞目	內 容 與 出 處	方音的音韻地位（聲、韻、調）
45	脛骨	又作踁同。下定反。《說文》脛，腳腨也。腨，音下孟反，今江南呼脛為腨，山東曰腨骹。骹，音丈孟反。脛腨俱是膝下兩骨之名也。釋名脛，莖也。直而下如物莖也。（第十八 837-1）	通語「脛」：匣徑開四去 江南「腨」：匣映開二去

　　玄應記江南呼「脛」為「腨」，脛隸梗攝四等韻，腨屬梗攝二等韻，脛與腨顯著差別在介音的有無，江南言「腨」，無-i-介音。根據吳瑞文的研究，閩方言四等韻可分成三個時間層次，第一層次是秦漢時期，音韻特徵普遍缺乏介音-i-；第二層次是六朝時期，音韻特徵有介音-i-；第三層次是晚唐時期，屬於文讀音，音韻特徵也有介音-i-。〔註128〕閩地隸屬玄應劃界的江南轄境，或許脛與腨的差異，正昭示「腨」乃初唐閩地四等韻第一層次無-i-介音的讀法，所以玄應將四等韻的「脛」記成二等韻的「腨」。查考今日閩地梗攝四等舒聲韻（指平上去聲）的韻值，不含入聲韻，取閩南、閩東、閩北各一方言點代表，分是閩南廈門、閩東福州、閩北建甌，三地梗攝四等韻值如下：

表 4-35　閩地梗攝四等舒聲韻的韻值

閩地方言點　　梗攝四等韻例字	閩南廈門	閩東福州	閩北建甌
瓶（並青平）	文 ₌piŋ　白 ₌pan	₌piŋ	ˉpaiŋ
冥（明青平）	文 ₌biŋ　白 ₌mĩ	文 ₌miŋ　白 ₌man	文 ˉmeiŋ　白 maŋ⁼
頂（端迴上）	ˉtiŋ	文 ˉtiŋ　白 ˉteiŋ	文 ˉteiŋ　白 ˉtaiŋ
挺（透迴上）	ˉt'iŋ	文 ˉt'iŋ　白 t'aiŋ⁼	文 ˉt'eiŋ　白 ˉt'aiŋ
亭（定青平）	文 ₌tiŋ　白 ₌tan	₌tiŋ	ˉtaiŋ
錠（定迴上）	文 tiŋ⁼　白 t'ĩã⁼	文 teiŋ⁼　白 tiaŋ⁼	tiaŋ⁼
靈（來青平）	₌liŋ	₌liŋ	文 ˉleiŋ　白 liaŋ⁼
青（清青平）	文 ₌ts'iŋ　白 ₌ts'ĩ	文 ₌ts'iŋ　白 ₌ts'aŋ	文 ₌ts'eiŋ　白 ₌ts'aŋ
星（心青平）	文 ₌siŋ　白 ₌san	₌siŋ	₌saiŋ
經（見青平）	文 ₌kiŋ　白 ₌kĩ	文 ₌kiŋ　白 ₌kiaŋ	₌keiŋ
磬（溪徑去）	k'iŋ⁼	文 k'eiŋ⁼　白 k'iaŋ⁼	k'eiŋ⁼

〔註128〕詳吳瑞文：〈論閩方言四等韻的三個層次〉，《語言暨語言學》卷 3 期 1（2002 年），頁 159。

上表例字及其方言音值採自《漢語方音字匯》（第二版重排本），且均取梗攝
四等開口字爲例，因合口字只有牙喉音字，不似開口字各類聲母發音部位俱
全，底下他攝例字也盡以開口字爲例，例字出處皆同，不複述。本處取字多
以兼具文白讀的字爲主，目的是觀察梗攝四等舒聲韻文白讀韻值的差異。由
上表知，廈門梗攝四等舒聲韻的文讀韻值只有ŋ一種，白讀韻值有 an、ĩ、ĩã
三種；福州的文讀韻值有 iŋ 與 eiŋ 兩種，白讀韻值有 aŋ、eiŋ、aiŋ、iaŋ 四種；
建甌的文讀韻值僅 eiŋ 一種，白讀韻值有 aŋ、aiŋ、iaŋ 三種。根據吳瑞文的說
法，文讀韻值屬第三層次，因此ŋ、iŋ、eiŋ 都是晚唐時期的語音；第二層次
的特點是白讀音含介音-i-，檢視三地白讀音，符合第二層次特點的有廈門ĩ、
ĩã，福州 iaŋ，建甌 iaŋ，屬六朝時期的語音；至於第一層次，顯著特徵是白讀
音無-i-介音，看似廈門 an 與福州 aŋ、eiŋ、aiŋ，以及建甌 aŋ、aiŋ 等白讀韻值
都符合特徵所述，事實上卻不然，吳瑞文於文中僅將廈門 an、福州 aŋ、建甌
aŋ 視作秦漢時期的語音，對於福州白讀韻值 eiŋ、aiŋ 與建甌 aiŋ 均未述及，而
筆者對吳氏把廈門 an 列入第一層次有不同看法，底下先確立廈門梗攝四等白
讀韻值 an 的語音層次，再求索福州白讀韻值 eiŋ、aiŋ 與建甌 aiŋ 的語音來源，
唯有確定三地梗攝四等韻第一層次的韻值，才能繼續討論初唐玄應何以記「江
南呼脛爲胻」。

　　之所以對吳瑞文廈門韻值 an 的隸屬產生質疑，起因曾攝一等韻於廈門白讀
音也有相同的韻讀，廈門曾攝字文白讀的分配如下表：

表 4-36　廈門曾攝字文白讀韻值的分配

例字	崩	等	曾	層	贈	藤	凭	稱	剩	凝	應
等第	一	一	一	一	一	一	三	三	三	三	三
文讀	₋piŋ	ˊtiŋ	₋tsiŋ	₌tsiŋ	tsiŋ²	₌tiŋ	₌piŋ	₋ts'iŋ	siŋ²	₌giŋ	iŋ²
白讀	₋paŋ	ˊtan	₋tsan	₌tsan	tsan²	₌tin	₌pin	ts'in²	sin²	₌gin	in²

上表取曾攝開口字爲例，從表中可得，廈門文讀曾攝字一等韻與三等韻不分，
韻值都是iŋ，而白讀韻值因等第不同斷然二分，一等韻讀 an，三等韻讀 in，除
了一等韻的崩字白讀韻讀 aŋ，以及藤字白讀韻讀與三等韻混同，讀成 in，大致
上廈門白讀曾攝字一、三等韻是不混的。曾攝一等韻白讀韻值爲 an，梗攝四等
韻白讀韻值也出現 an，判斷二者關係是上古同源抑或後世合流，根據王力上古

分部，中古曾攝一等韻隸上古蒸部，中古梗攝四等韻隸上古耕部，上古蒸、耕部韻值差異大，顯然曾攝一等韻與梗攝四等韻不是同源關係，如此，二韻今白讀都唸 an，當後世曾梗合攝所致，廈門梗攝四等韻的白讀 an 就不能視作第一層次秦漢時期的語音了。

同理，福州梗攝四等韻白讀韻值 eiŋ、aiŋ 與建甌 aiŋ 的語音來源也可以透過曾攝字白讀韻值檢索，福州曾攝字一、三等韻讀如下：

表 4-37　福州曾攝字文白讀韻值的分配

例字	凳	騰	藤	楞	曾	贈	菱	鷹
等第	一	一	一	一	一	一	三	三
文讀	taiŋ⁼	₌teiŋ	₌teiŋ	₌leiŋ	₌tseiŋ	tsaiŋ⁼	₌liŋ	₌iŋ
白讀			₌tiŋ	₌liŋ			₌leiŋ	₌eiŋ

由上表知，曾攝一等韻不分文白讀的字音有 aiŋ、eiŋ 兩種韻讀，從兼具文白讀的字音「藤、楞」可以推得，韻讀 eiŋ 屬曾攝一等韻的文讀韻值，而韻讀 aiŋ 雖不明來歷，但從其與梗攝四等白讀韻值相同可知，aiŋ 應是曾梗合攝後的產物；福州梗攝四等白讀的另一韻值 eiŋ，與曾攝三等韻的白讀韻值相同，應當也是曾梗合攝後出現的韻值，所以福州梗攝四等韻白讀韻值 eiŋ、aiŋ 不屬於閩語秦漢時期的語音。至於建甌梗攝四等韻的白讀韻值 aiŋ，也是曾梗合攝後的產物，從建甌曾攝字一、三等韻值便能察得，如下所示：

表 4-38　建甌曾攝字文白讀韻值的分配

例字	崩	能	贈	肯	恆	冰	菱	稱	應	蠅
等第	一	一	一	一	一	三	三	三	三	三
文讀	₌paiŋ	₌naiŋ	tsaiŋ⁼	₌k'aiŋ	₌aiŋ	₌peiŋ	₌leiŋ	₌ts'eiŋ	eiŋ⁼	saiŋ⁼
白讀						₌paiŋ	laiŋ⁼		aiŋ⁼	

由上表得，建甌曾攝一等韻不分文白讀都以 aiŋ 為韻值，三等韻則分文讀韻值 eiŋ，白讀韻值 aiŋ，因此，建甌梗攝四等的白讀韻值 aiŋ 其實讀同曾攝三等的白讀韻值，aiŋ 當是曾梗合攝後才出現，不能視作閩語秦漢時期的語音。

通過上述的論證結果，得廈門梗攝四等舒聲韻不存在第一層次的語音，

唯福州、建甌尚見韻值 aŋ 屬於秦漢時期的音讀，再結合玄應記「江南呼脛爲骻」的語音事實觀之，玄應記錄的「骻」或許正是初唐閩地四等韻保留的秦漢古讀，且該古音當與中古二等映韻同音，否則玄應不會將四等徑韻的「脛」記作二等映韻的「骻」。然而閩地梗攝四等韻的秦漢古讀是否曾經與同攝的二等韻混同，可以從今日福州、建甌梗攝二等韻的白讀是否也具備 aŋ 韻值來觀察，若有，表示閩地梗攝四等的秦漢古讀很可能與同攝二等韻混同過，因爲曾經混同，所以今日韻值也可能相同，福州、建甌梗攝二等韻的白讀韻值爲 aŋ 者有以下例字：

表 4-39　福州、建甌梗攝二等韻的白讀韻值爲 aŋ 的例字

例字	彭	膨	猛	撐	生	牲	省	更	羹	梗	坑
福州	₌pʻaŋ	₌pʻaŋ	ˉmaŋ	₌tʻaŋ	₌saŋ	₌saŋ	ˉsaŋ	₌kaŋ	—	ˉkuaŋ	₌kʻaŋ
建甌	pʻaŋ˧	pʻaŋ˧	—	—	₌saŋ	₌saŋ	ˉsaŋ	₌kaŋ	₌kaŋ	ˉkuaŋ	₌kʻaŋ

以上例字是梗攝二等庚韻及其相承韻的字，列出的韻值都是白讀音，得知福州、建甌梗攝二等白讀韻值爲 aŋ 者分布發音部位唇、舌、齒、牙音，而梗攝四等韻的秦漢古讀也唸 aŋ，難說不是過去混同的遺跡，若此，其混同時間不晚於初唐，所以玄應將梗攝四等韻的「脛」字，在江南記作梗攝二等韻的「骻」，正因江南把四等韻的「脛」唸成不帶-i-介音的秦漢古讀，而此時該音與二等韻混同，從現代方言來看，閩地福州、建甌尚能見得梗攝四等韻的秦漢古讀與同攝二等韻混同之跡。

　　閩地梗攝四等舒聲韻尚見秦漢古讀 aŋ，而相承的入聲韻於今日是否也存在上古韻讀？查索廈門、福州、建甌三地梗攝四等入聲錫韻的白讀韻值，同樣以無介音-i-當作判斷秦漢古讀的第一步，接著檢視曾攝入聲字的白讀音是否也有相同的韻值，若有，則視作後世曾梗合攝後產生的韻讀，不屬秦漢古讀。三地中，符合第一步審查門檻的有廈門與建甌，廈門梗攝四等入聲韻白讀爲 aʔ、at、ak 等均無-i-介音；建甌入聲白讀僅-ɛ 一例，且是開尾韻，不同廈門以塞音-ʔ、-t、-k 收束。接著檢視以上摘出的韻值是否也見於曾攝入聲的白讀韻值，答案是肯定的，下表舉廈門、建甌曾、梗攝入聲字的白讀例字：

表 4-40　廈門、建甌曾、梗攝入聲字的白讀韻值相同者

方言點	廈　　門						建　甌	
例字	覓	抑	笛	克	剔	墨	錫	力
韻攝	梗四	曾三	梗四	曾一	梗四	曾一	梗四	曾三
音值	ba?⊇	a?⊇	tat⊇	k'at⊇	t'ak⊇	bak⊇	sɛ⊃	sɛ²

表中「梗四」表示梗攝四等韻的入聲字，由上表可知，原先疑似秦漢古讀的梗攝四等入聲白讀音，於今日曾攝入聲白讀音中都能找到相同的韻值，說明這些梗攝白讀韻值其實並非秦漢古讀，而是曾梗合攝後才出現。以這樣的概念檢視玄應書中另一方言歧異的字例，如下所示：

序號	詞目	內　容　與　出　處	方音的音韻地位（聲、韻、調）
46	不劈	普狄反。《說文》劈，破也。《廣雅》劈，裂也。《埤蒼》劈，剖也。又音披厄反，江南二音並行，關中但行疋狄反。剖音普後反。（第十九 868-5）	關中：滂錫開四入 江南：滂錫開四入 　　　滂麥開二入

玄應記關中、江南「劈」音都有梗攝四等錫韻音讀，江南另有梗攝二等麥韻音讀，該二等入聲韻就很難視作初唐閩地遺存的秦漢古讀，因為今日閩地不見梗攝四等入聲韻值屬秦漢古讀者，遑論和初唐同攝二等入聲韻同音。若考中古錫韻與麥韻的上古韻部，二韻皆隸上古錫部，所以初唐江南「劈」音二讀的現象，當解讀為劈音由上古演變至中古，除了南北兼具四等錫韻音讀外，南方又發展出二等麥韻音。不過劈音二讀勢力在南方的消長，可以從江都人曹憲的注音窺得，他於《博雅音‧釋詁》注劈音為「普狄」與「普歷」，二切均是錫韻音，根據董忠司的研究，主張《博雅音》注音依據乃曹憲家鄉江都的讀書音，〔註129〕而曹憲生處隋代，與玄應時代不遠，由此推得，隋代乃至初唐，南方劈字讀書音以錫韻音為主，麥韻音恐是少數，也不見韻書《全王》、《廣韻》注錄，《全王》注劈音「普激反」，滂母錫韻，《廣韻》注劈音「普擊切」，滂母錫韻，但見劈字錫韻音，未見麥韻音。

〔註129〕董忠司：《曹憲博雅音之研究》（台北：政治大學中國文學研究所碩士論文，1973年），頁 614～618。

序號	詞目	內　容　與　出　處	方音的音韻地位（聲、韻、調）
47	澆澻	又作濺同，子旦反。《說文》澻，汙灑也。<u>江南曰澻，山東曰湔，音子見反</u>。（第十七 770-8）	江南「澻」：精翰去 山東「湔」：精霰去

　　《說文》澻釋二義，一是「汙灑」義，段玉裁注：「謂用汙水揮灑也。……史記廉藺傳作濺。」另一義為「水中人」，段注：「中讀去聲。此與上文無二義而別之者，此兼指不汙者言也。上但云灑，則不中人。」根據許慎釋澻的二個本義，以及段玉裁註解，此處玄應記江南言「澻」，山東言「湔」，當泛指水灑或液體濺出，或中人或不中人，該液體不一定專指「汙水」。澻與湔的音韻地位差別在韻母，澻是山攝一等翰韻，湔是山攝四等霰韻，上古均隸元部，可見澻、湔上古是同聲紐同韻部的關係，至中古分途發展，長江以南讀一等韻的「澻」，函谷關以東（即山東）讀四等韻的「湔」，屬於地域不同所造成的別讀。

　　查考現代漢語方言南北對於「液體濺出」義的用字，是否仍保存初唐玄應記錄時的區別，以李榮主編的《現代漢語方言大詞典》（以下簡稱《詞典》）為參考依據，翻檢「澻、湔、濺」三字分布的方言點與釋義內容，其中「湔」僅「洗髒污之處」一義，與本處查索對象「液體濺出」義不符，故不列入討論。之所以列入「濺」字，乃《廣韻》注「濺」與「湔」同音，皆為「子賤切」，精母三等線韻，上古同澻、湔隸元部，且「濺」釋義為「濺水」，與「液體濺出」相符，因此取「濺」代替「湔」。值得一提，《廣韻》無收錄「湔」的精母霰韻音與濺水義，僅見《廣韻》於「濺」字釋義「濺水」底下另注又音「作甸切」，精母霰韻，但未見《廣韻》霰韻底下有「濺」字，恐韻書失收。「湔」雖不見韻書收錄精母霰韻音，古籍中卻察得陸德明於《釋文・春秋左氏音義之二》「湔也」條下注「湔」字首音為「音薦」，薦屬精母霰韻，可見濺與湔應當存在「精母霰韻」的音讀，只是《廣韻》失收「湔」的四等霰韻音讀，而玄應注「湔」音不僅突顯該音，更說明其義同「澻」為「液體濺出」，如此，湔與濺都有精母霰韻音，且字義均是「濺水」，更可以合理將「濺」等同山東的「湔」看待。

　　《詞典》釋「澻」字為「濺，液體受衝擊向四外射出」，該義符合玄應釋「澻」的字義，而現代漢語方言以「澻」字表示「液體濺出」的方言點有：揚州 tsæ̃˧武漢 tsan˧ 貴陽 tsan˧ 柳州 tsã˧ 西安 tsæ̃˧ 西寧 tsã˧ 銀川 tsan˧ 萬榮 tsæ̃˧ 上海 zɿ˧杭州 tsɛ̃˧ 寧波 tsɛ˧ 溫州 tsa˧ 金華 tsɑ˧ 長沙 tsan˧ 婁底 tsã˧ 南昌 tsan˧ 南寧平話

tsanʔ 廣州 tsanʔ 等十八處，各音值一致沒有-i-介音，明顯來自中古一等韻。倘若以玄應劃界的三大方言區域歸類，西安、西寧、銀川隸關西，萬榮隸關東，近函谷關，其餘十四處均歸江南地區，知今日「灒」字主要用於江南地區，偶見關西使用，萬榮位置接近西安，用語恐受西安影響。

再看「濺」字的使用範圍，以「濺」字表示「液體受衝擊向四外射出」的方言點有：黎川 tɕiɛnʔ 忻州 tɕiɛ̃ʔ 太原 tɕieʔ，各音值都有-i-介音，當來自中古四等韻。忻州、太原隸玄應劃界的關東地區，黎川隸江南，是三地中唯一在南方的方言點，衡度漢語方言發展由北而南的總體趨勢，黎川「濺」字的使用很可能來自北方中原，而移民是北方語言南下的主要途徑。西晉末永嘉之亂開啓中原第一波來勢洶洶的移民潮，此時中原移民分三股勢力向南方挺進，即秦雍（今陝西、山西一帶）、并司豫（山西、河南）、青徐（山東、江蘇北部），〔註130〕其中并司豫流民南移至江西北、中部，南昌位於江西中部偏北，黎川地處江西中部偏東，「濺」字可能在此時移入，南昌、黎川同屬今日贛語區，但今日南昌仍以「灒」字表濺義，不受中原影響，可見北人南下雖在語言上帶來不容小覷的影響力，但並非所到之處都被當地方言接受，南昌維持「灒」字用法而有別黎川易爲「濺」，就是最好的例子。從今日使用「灒」、「濺」二字的方言點觀之，其分布情況與玄應記錄的初唐南北用法大致相符，今日關東（即山東）仍以「濺」（或「渮」）表示「液體濺出」義，江南則用「灒」字，說明初唐的語言實錄於今日尚見痕跡。

序號	詞目	內　容　與　出　處	方音的音韻地位（聲、韻、調）
48	掐心〔註131〕	他勞反。《說文》掐，揞也。揞，一活反。中國言掐，江南言挑，音土彫反。（第二十五 1139-2）	中國「掐」：透豪平 江南「挑」：透蕭平

同義之下，中國言掐，江南言挑，掐與挑的音韻地位差在韻母不同，中國讀效攝一等豪韻，江南讀效攝四等蕭韻，掐字上古隸幽部，挑字上古屬宵部，據王力上古分部，幽部與宵部是旁轉關係，韻值接近，掐、挑應視作地域不同造成的方言異讀，中國即北方中原，隸玄應劃界的關東轄境，屬北地範疇，江

〔註130〕三股移民路線詳見羅香林：《客家研究導論》（台北：古亭書屋，1981 年），頁 41。
〔註131〕周法高先生編製、索引的麗藏本《玄應一切經音義》誤作「掐心」。

南則代表南方，然今日漢語方言搯、挑二字的使用情形是否尚見初唐時期的南北分界？先從清人段玉裁注《說文》搯字談起。《說文》云：「搯，捾也，从手舀聲。」段注：「……此正謂哀之甚，如欲挑出心肝者……今人俗語亦云搯出……《通俗文》捾出曰搯，爪按曰掐。搯即搯也。」段注內容須注意二件事，一是段氏云「挑」出心肝而非「搯」出；二是搯與搯同義，搯、搯屬異體字的關係。段玉裁（1735-1815）里籍江蘇金壇，地處玄應劃界的江南轄境，段氏謂捾義為「挑」，正符合玄應記錄初唐江南的用語現象，而江蘇金壇於清代隸吳語區，檢視今日吳語境內的方言點是否保存捾義謂之「挑」的遺跡，《詞典》收錄吳語上海、寧波、蘇州、崇明、杭州、金華、丹陽、溫州等八處方言點，除溫州未見「挑」的讀音與義項外，其他七處「挑」字音讀與義項如下：

表 4-41　吳語「挑」字的音讀與義項

方言點	挑音	挑　字　義　項
上海	₋tʻiɔ	1.挑剔、挑選 2.扁擔等兩頭掛上東西，用肩膀支起來搬運 3.引逗，使人高興。
丹陽	₋tʻiɔ	1.挑剔 2.用扁擔挑 3.用針或刀等挖取。
崇明	₋tʻiɔ	1.挑選 2.用小刀從地裡挖取蔬菜、青草等。
杭州	₋tʻiɔ	挖，用工具或手從物體表面向裡用力，取出其一部分。
寧波	₋tʻio	1.挑剔 2.用肩支扁擔承物 3.借助細棍、針等工具將物挑出。
蘇州	₋tʻiæ	1.挑揀、選擇 2.扁擔兩頭掛上東西，用肩膀支起來 3.有意讓人得到好處。
金華	₋tʻiɑu	1.用竹竿等的一頭支起（垂掛物）2.用細長的東西撥 3.民間治療頭疼、肚子疼、中暑等的方法，用縫衣針挑有關穴位，再用手擠出積血。

上表挑字義項大致分成四類，一是挑剔、挑選，二是用扁擔挑，三是用手或工具針、刀挖取，四是個別方言的特殊用法，如上海、蘇州、金華的義項 3。其中最接近捾義的是「用手或工具針、刀挖取」，不過同樣是「挖」的動作，得視其動作大小與挖取對象，玄應詞目是「搯心」，段玉裁言「挑出心肝」，挖取的對象皆屬人體內臟，而丹陽、崇明用於挖取植物，寧波、金華則指用針剔除某物的小動作，唯杭州「挑」字義項最傳神貼切表達搯出內臟的意思。《詞典》有「搯」無「搯」，若翻檢杭州「搯」義，搯字有四個義項，分別是翻、攪動、伸

手去拿、在市場上到處尋覓所需的商品，都和掐義無涉，更加確定杭州掐義以「挑」字表示，玄應記初唐江南謂掐義為「挑」也因此在今日杭州找到遺跡。

至於「掏」字用法，北地釋作挖義的有西安、西寧、萬榮、烏魯木齊、哈爾濱，其中哈爾濱有「掏心肺腑」、「掏心窩子」的說法，詞彙中的「掏心」吻合玄應詞目「掐心」，無論掏或掐都釋作掐義。哈爾濱位於中國大陸東北，隸東北官話，據說自遼代開始才有大批漢族人從內地移居東北，而這些漢族人大都是契丹建立遼國前後，從幽燕地區被掠奪到東北的。〔註 132〕由此可知，初唐玄應記中原謂掐義為「掐」（或掏），該用語隨著時光荏苒與人口遷移逐步擴展到幽燕甚至更北端的東北地區。

序號	詞目	內　容　與　出　處	方音的音韻地位（聲、韻、調）
49	訓狐	關西呼訓侯，山東謂之訓狐，即鳩鴟也，一名鵂鶹。經文作勳胡非體也。（第一 44-6）	關西「侯」：匣侯平 山東「狐」：匣模平

根據玄應記錄，關西與山東稱呼鳩鴟的名稱不同，關西呼作「訓侯」，山東名之「訓狐」，其中顯著差異處在「侯」與「狐」。訓侯與訓狐應是玄應記音之別，所以侯、狐無實義，純粹是語音不同，玄應書中無侯、狐切語，以《廣韻》「侯」，戶鉤切，以及「狐」，戶吳切，分別表示二字的音韻地位。侯與狐差別在韻母不同，侯屬中古侯韻，上古隸侯部，狐屬中古模韻，上古隸魚部。根據王力的上古分部，侯部與魚部是旁轉關係，韻值接近，因此，同義之下，關西名訓侯，山東謂訓狐，侯與狐之間的差異當是地域不同產生的別讀，意即函谷關以西的音讀發展自上古侯部，以東則發展自上古魚部。此外，文獻中尚見一例記載上古侯部字於他地作不同讀法，如初唐顏師古《匡謬正俗》云：

> 丘之與區，今讀則異，然尋案古語，其聲亦同，何以知之？陸士衡元康四年從皇太子祖會東堂詩云：巍巍皇代，奄宅九圍，帝在在洛，克配紫微，普厥丘宇。時罔不綏，又晉宮閣名所載某舍若干區者，列為丘字，則知區丘音不別矣。且今江淮田野之人，猶謂區為丘，亦古之遺音也。〔註 133〕

〔註 132〕侯精一主編：《現代漢語方言概論》（上海：上海教育出版社，2002 年），頁 8。

〔註 133〕秦選之：《匡謬正俗校注》（台北：台灣商務印書館，1970 年），頁 13～14。

上述引文透露兩個訊息，一是陸士衡（即陸機）於詩中把「區宇」寫作「丘宇」，而初唐江淮田野之人也謂區爲丘。二是顏師古認爲上古區、丘同音，所以詩人創作區丘不別，而江淮野人謂區爲丘正是上古區丘同音的最佳例證。陸機（261-303）里籍吳郡吳縣（今江蘇蘇州），是南方人，江淮亦隸屬南方，謂區爲丘恐怕是南方特有的語音現象，陸機生處西晉，語音當以上古音檢視，「區」上古屬溪紐侯部，「丘」上古屬溪紐之部，顏師古認爲區丘同音，或許可以解讀成上古南方侯部與之部偶見混同，但不普遍，可能只有少數幾個字，區丘是其一，而初唐江淮野人「謂區爲丘」即是上古南音侯、之二部混用的遺存。

之所以將區丘混用視作上古南音特有現象，而不及北方，乃因秦選之注《匡謬正俗》尙舉古籍數例證明區丘相通，其中可以明辨作者何人與作者取字傾向者有二例，分別是馬融〈廣成頌〉坰場「區宇」與〈西都賦〉「區宇」若茲，以及劉熙《釋名・釋典藝》言「丘，區也」。馬融（79～166）生處東漢，里籍右伏風茂陵（今陝西興平）；劉熙（？～329），生處五胡十六國，匈奴人，其父劉淵建都平陽（今山西臨汾）。馬融、劉熙都是北方人，前者作品寫「區宇」不言「丘宇」，似暗指區丘二字有別，而後者謂「丘」即是「區」，也道出北人以「區」爲常用語，否則不會用區字釋丘義，二者均透顯北人區、丘二字在語音上應該是不同的。總括上述，上古侯部字於他地或見異讀，如玄應記關西呼訓侯，山東呼訓狐，關西言侯部字，山東則云魚部字；又顏師古云江淮野人謂區爲丘，區爲北人讀法，丘爲南人使用，北人讀侯部字，南人讀之部字，以上都屬方言異讀之例。

附帶一說，上古侯部字也見古今變讀者，如唐人封演《封氏聞見記》「二朱山」載：「密州之東，臨海有二山，南曰『大朱』，北曰『小朱』……古謂『州』爲『朱』，然則此山當名『州山』也。」〔註134〕密州位於今山東省，唐人封演云「古謂州爲朱」，「朱」上古屬侯部，今謂之「州」，「州」隸中古尤韻，朱、州關係不同於「區丘」和「侯狐」，「朱州」乃時間不同產生的變讀，從上古侯部字的「朱」，至中古變讀成尤韻「州」字，屬縱向歷時的變化，而「區丘」和「侯狐」則是空間不同造成的異讀，屬橫向共時的差異。

〔註134〕〔唐〕封演撰，趙貞信校注：《封氏聞見記校注》（北京：中華書局，2005 年），頁 72。

序號	詞目	內　容　與　出　處	方音的音韻地位（聲、韻、調）
50	一睫	《說文》作睞，《釋名》作瀱同。<u>子葉反</u>。目旁毛也。<u>山東田里間音子及反</u>。（第二十四 1117-4）	玄應音：精葉入 山東田里：精緝入

　　玄應注「睫」音與所記山東田里間音的差別在韻母不同，玄應音是三等葉韻，山東田里間音是三等緝韻。查考字書《篆隸萬象名義》注「睫」音「子葉反」，精母葉韻；音義書《釋文‧莊子音義下》「眉睫」條下注「音接」，直音「接」也是精母葉韻。韻書《全王》注「睫」音「紫葉反」，《廣韻》注「即葉切」，都是精母葉韻，不見緝韻音，就連蒐羅字音務從該廣的《集韻》，也無睫字緝韻音讀，可見該音罕見。山東指函谷關以東，等同關東，田里間音當指俗音，意即玄應記錄關東某地俗音，可惜目前語料不足，不明該地睫字讀緝韻音是顯示葉、緝二韻混同，抑或該地葉韻韻值在玄應聽來像緝韻音，因此記成緝韻？若是前者，意味該地葉韻與緝韻不分，已然合併；若是後者，表示方言間韻值的差異，該地葉、緝韻仍有別，只是該地葉韻音值恰與玄應韻系的緝韻音值近同，玄應由是記作緝韻。無論玄應記音反映的是韻類合併或韻值差異，筆者都姑且將玄應注音與山東田里間音的差別視作方言異讀。

第三節　造成方音歧異的原因

　　通過上一節五十筆字例的分析，得出玄應書中造成方音歧異的原因凡十種，分別來自辨別字義造成的異讀、地域不同造成的異讀、文字假借造成的異讀、歷史音變造成的異讀、歷史層次不同造成的異讀、語流音變造成的異讀、書音俗音有別而造成的異讀、經師釋義的特殊讀法、字音受聲符類化、開合口訛讀等，以下針對五十筆字例作一簡單整理。

（一）來自辨別字義

　　來自辨別字義造成的異讀有序號 3 骺、序號 4 揣、序號 36 怕。玄應注骺音匣母去聲翰韻，江南音則記作曉母平聲寒韻，二者差別在聲母清濁與聲調平去，對照《廣韻》注骺音與釋義，玄應注音與所記江南音實際上屬於辨別字義的異讀，和音變無涉。同樣情形也發生在揣字，玄應記江南揣音為初母上聲紙韻，記關中音為端母上聲果韻，二音聲、韻差異大，對照韻書，揣字二音底下分釋

二義，是爲了辨別字義而產生的異讀。玄應注怕音爲滂母入聲陌韻，記俗音爲滂母去聲禡韻，二音也是字義不同產生的異讀，與鼾、揣不同的是，鼾揣二字無論玄應注音或所記音讀都是書音，而怕字記的是俗音，說明玄應所謂「俗音」不一定指與書音系統相對的音讀，書音通常向標準語靠攏，而俗音一般指方言自身的發展，與書音分別兩個不同的語音系統。從玄應記俗音「怕」爲禡韻音可知，禡韻音本爲別義而讀，玄應卻列入「俗音」範疇，可見玄應的「俗音」意涵包括辨別字義的異讀在內。

（二）來自地域不同

來自地域不同造成的異讀有序號 14 江南言「斗擻」北人言「鬡鬡」、序號 48 江南言「挑」中國言「搯」、序號 49 關西言訓「侯」山東言訓「狐」、序號 50 睫字玄應注音與山東俗音不同，以上地域間的差異均屬韻母不同。序號 7 銼、序號 8 蠡，玄應注聲調皆爲平聲，記蜀人音讀則分別去聲與上聲；序號 18 蘆玄應注上聲，記江南蘆音則爲去聲，以上差別在聲調，玄應記錄突顯的並非江南上聲與去聲不分，江南仍分上、去兩個調類，只是江南上聲調值在玄應聽來似所操音系的去聲調值，所以記成去聲。蜀人讀銼、蠡二字與玄應注音的差別也可作如是觀，都是因爲地域間調值不同，使玄應記音時依據自身語音系統而作有別當地調類的記錄。另外還有因地方名物不同而造成用詞差異，如序號 16 通語謂「甘蔗」蜀人謂「竿蔗」，蜀人據物產蔗的外形似竹而云「竿」。

（三）來自文字假借

來自文字假借造成的異讀有序號 6 通語謂「蕃」息，中國謂「媲」息，中國指中原，因媲的引申義近同蕃，中國借媲字取代蕃字，故言「媲息」不言「蕃息」。序號 12 掊字玄應注音肴韻與所記江南侯韻不同，乃因掊字與另一字「捊」音、義俱近，古人經常取二字互作借字，使原本讀侯韻的掊因而新增與捊相同的肴韻音讀，然玄應注掊音與江南音不同，乃經師取音偏向不同所致，玄應擇肴韻音，江南經師則偏好侯韻音。序號 44 通語謂彈繩墨爲「拼」，江南謂之「抨」，古籍拼與抨經常通假，《說文》不見拼，僅見抨，抨本義「彈」可能因通假而賦予拼，通語由是以「拼」字言彈繩墨義，江南則保留彈繩墨義的本字與本音「抨」。

（四）來自歷史音變

來自歷史音變造成的異讀在玄應音義書中數量最多，玄應記錄的這類方

音，不僅反映共時空間上的語音歧異，深入探究，更能透視語音在歷史時間上的發展序列。異讀原因大別為兩地方言音變的遲速不同，以及上古同源中古分途發展所致。因兩地方言音變遲速不同造成的異讀，就聲母論，序號 1「髀」北人讀濁音並母，江南讀清音幫母；序號 2「瘵」關東讀清音知母，關中讀濁音澄母；序號 5「葫」關中俗音讀清音曉母，江南讀濁音匣母；序號 7「鉊」玄應讀濁音從母，蜀人讀清音清母。以上均屬聲母清濁音的異讀，讀清音者表示來自濁音弱化，較維持濁音者音變速度快。值得注意的是，關中「瘵」書音讀濁塞音，「葫」俗音讀清擦音，或許關中俗音的濁擦音聲母比書音的濁塞音聲母音變速度快，提早清化。序號 33「齦」字在中國、關中讀鼻音疑母，江南讀擦音匣母，江南音讀來自聲母舌根鼻音的擦音化，意即疑母是匣母音變的前一階段，江南齦字聲母的音變速度較北方中國、關中快一步。就韻母論，序號 22「淰」關中讀二等賺韻，江南讀四等忝韻，乃江南部分二等韻混入同攝四等韻；序號 28「鞘」中國、關中讀三等笑韻，江南讀四等嘯韻，因江南三等韻併入同攝四等韻；序號 35「鎔」玄應注鍾韻，記江南為東三韻，當是江南少數地區發生鍾韻混同東三韻。以上併韻情形均發生江南地區，表示江南韻母演變較北方發展快速，北土韻母仍從分，南方卻已合併。

　　歷史音變造成異讀的另一形式，是上古同源至中古分途發展。序號 20飼字玄應讀聲母為徹母，陝以西讀書母，二母自上古*st‘-發展來，後來因演變條件不同而分化，而玄應與陝以西讀飼音的差別，除了以聲母分化為前提外，聲母分化後各地經師對徹母、書母的取捨也不盡相同，如玄應取徹母音讀，陝以西的經師取書母音讀。有聲母上古同源至中古分途發展者，玄應書中亦不乏異讀形式為韻母上古同部，至中古分途者，如序號 1「髀」北人讀四等薺韻，江南讀三等紙韻，上古同隸支部；序號 13 通語言「火」，一等果韻，齊語言「煓」，三等紙韻，上古同隸微部；序號 23「欬」山東讀三等志韻，江南讀一等代韻，上古同隸之部；序號 26「曬」北土讀三等寘韻，江南讀二等卦韻，上古同隸支部；序號 29「蝨」與序號 30「瀄」，玄應都注質韻音，蝨音在山東會稽則讀職韻音，瀄音在江南也是讀職韻，質、職二韻均發展自上古*ik；序號 34「穀」玄應讀二等覺韻，吳會間音讀一等屋韻，上古同隸屋部；序號 43「髯」關中讀三等鹽韻，江南讀一等談韻，上古同隸談部；序號 46「劈」關中讀四等錫韻，江

南讀錫韻與二等麥韻，同隸上古錫部；序號 47 山東謂液體濺出爲「湔」，四等霰韻，江南謂之「濽」，一等翰韻，同隸上古元部。亦見中古聲、韻皆異的二音，但上古卻同聲紐同韻部者，如序號 21「螫」關西讀書母昔韻，山東讀曉母鐸韻，書母與曉母來自上古同一聲母*h-，昔、鐸二韻均發展自上古鐸部；序號 42 通語云橋「上」，禪母三等漾韻，高昌云橋「宕」，定母一等宕韻，禪母與定母同自上古*d-發展，漾、宕二韻均隸上古陽部。綜觀上古韻部至中古分途發展的情形，若以南北大域中古所讀的韻母來看，發現北方韻母多讀細音三四等韻，南方則偏讀洪音一二等韻，如序號 23 欻、26 曬、43 觱、46 劈、47 湔與濽。

（五）來自歷史層次不同

來自歷史層次不同而造成的異讀有序號 32「跢」玄應注箇韻音，記江南俗音是泰韻音，跢隸上古歌部，至中古發展成箇韻音，泰韻音是上古歌部語音的遺存，表示江南俗音語音層次較玄應音早，玄應音的語音時代在中古，而江南俗音的語音時代在上古，層次有別；序號 45 通語云「脛」，江南云「胻」，脛、胻二字的歷史層次也不同，脛屬六朝時期的音讀，胻當是秦漢時期的讀音，語音層次以江南爲早，通語較晚。從上述二例知，初唐南方保留較多古老層次的語音，北方則少見古音遺存。

（六）來自語流音變

來自語流音變造成的異讀有序號 9 關東言「嫗嫗」，關中呼「𤿈遞」。關中「𤿈遞」當由「嫗嫗」演變，過程爲嫗嫗→𤿈嫗→𤿈遞，嫗字先受後字嫗的韻母同化爲「𤿈」，後字嫗再因急讀而聲母濁化爲「遞」。序號 10「蠆」字玄應注夬韻音，陝以西「蠆蝲」連用，玄應則記蠆爲曷韻音，與「蝲」韻母相同，是受後字韻母同化的結果。序號 11「蚨」玄應注虞韻，關西讀尤韻，玄應蚨字韻讀也是受後字「蝬」的韻母同化，蝬讀虞韻，蚨也讀虞韻。序號 31 通語云「加」趺，山東云「甲」趺，甲比加多出塞音韻尾-p，該韻尾是受後字趺聲母 p-的影響而增生。由上述四例得，發生語流音變的對象可大可小，大則擴及整個方言區，如陝以西（即關西）、山東（即關東），小則出現在個人，如玄應。

（七）來自書音俗音不同

來自書音俗音不同而造成的異讀有序號 39「疼」玄應讀多韻，北地俗音讀登韻，玄應音代表北方書音，疼字二讀的關係就屬書音與俗音的差別，俗音特

徵是多韻併入登韻，書音仍劃然二分；序號 41「虹」玄應注匣母東一韻，江東俗音與北地俗音讀見母絳韻，二者音韻差異大，玄應代表書音，與俗音差異起於原始音讀不同，書音原始音讀是*gʻoŋ，俗音原始音讀為*koŋ，發展至中古自然不同。此處書音與俗音相當於今日文讀與白讀，書音向標準語靠攏，俗音是方言自身發展的結果，和書音是不同的兩個語音系統。

（八）來自經師別讀

經師別讀指經師解經時為區辨字義或師承的特殊讀法。來自經師別讀造成的異讀有序號 15「厭」字韻書收琰韻與葉韻二讀，關中經師讀琰韻，山東經師讀葉韻；序號 17「圖」字相同字義下有上聲與去聲二讀，玄應讀上聲姥韻，江東經師讀去聲暮韻，玄應是北方人，表示南北經師對二音取捨不同，北方取上聲，南方取去聲。以上二例具有顯著的地域性，經師對字音的標注可能來自師承。序號 19「胡」玄應讀平聲模韻，中原經師解「胡跛」的「胡」讀去聲暮韻，經師當是為了辨別字義而作的特殊讀法。

（九）來自聲符類化

來自聲符類化而造成的異讀有序號 24「揀」玄應讀聲母為生母，與韻書注錄相同，中國（即中原）讀書母，是受聲符「束」聲母的類化。序號 25「讔」玄應讀禪母，俗音讀以母，俗音當受聲符「闇」類化，闇也是以母。序號 27「銚」山東讀以母宵韻，保留本音，江南讀定母嘯韻，是隋代以後受聲符「兆」類化而起自南方的音讀。序號 40「欔」玄應讀覺韻，俗音讀二等陌韻，俗音受聲符「矍」類化而後起。玄應記俗音讔、欔都是字音受聲符類化後的訛讀，此處又見「俗音」，綜觀玄應所謂「俗音」的意涵至少有三，一是受聲符類化的訛讀，如「讔、欔」。二是相當於今日的白讀，如「虹」。三是區辨字義的音讀，如「怕」。

（十）來自開合口訛讀

來自開合口訛讀所造成的異讀有序號 37 篇、38 槃。玄應記江南音「篇」讀合口仙韻，與《廣韻》相符，記中國音讀開口仙韻，未見韻書，恐開口音是訛讀造成。玄應注「槃」與所記江南音相同，都是開口代韻，關中則讀合口隊韻，《廣韻》收開口音讀，未收合口，合口音可能是訛讀所致。

由上述十點造成方音歧異的原因可知，玄應記錄方言字音間差異，非盡屬歷史音變，足以顯示語音發展抵達某個階段，反而非歷史音變者在歧異現象中

佔絕大多數，包括原本就屬別義的異音、經師取向不同造成的別讀、文字假借、方言異讀，以及口吻間產生的訛讀，如開合口訛音、聲符類化、語流音變等。甚至存在不同語音系統疊置同一時空，如書音與俗音的異讀；或者是不同時期的語音出現於同時異地中，如南方語音的歷史層次較北方古老。若以玄應劃分的三大方言區關西、關東、江南，觀察各區內發生的語音現象，就非歷史音變者而言，除了江南保存較北地古老的語音層次外，其他語音現象都可能發生在三大方言區內；就歷史音變來說，江南鼻音聲母較北方關東關西提早擦音化，同攝韻等併韻的情形也以江南為盛，至於上古同韻部，中古在南北分途的情形則是南方多讀洪音一二等韻，北地偏讀細音三四等韻。

第五章　結　論

　　關於玄應音系的性質，前賢皆由音義書中注音的依據立論，然玄應注音的
依據大別兩造說法，一是徵引自古籍，一是反映時音。徵引說的代表學者有唐
蘭、黃淬伯以及日人太田齋，該主張著眼玄應書中的釋文或反切，唐蘭以玄應
明引的少數《韻集》切語爲據，主張玄應注音依據《韻集》；黃淬伯則依釋道宣
對玄應的部分評價，以爲高僧注音有所徵引，且當引自《切韻》；太田齋直取音
義書中的釋文與反切，比對顧野王的《玉篇》，二者一致性高，認爲玄應音系與
《玉篇》音系相似，但二書中仍存在一些無法解釋清楚的部分。以上三人所強
調的不外玄應注音引自古籍，其音系反映充其量與徵引的古籍相類或相同，不
足顯示玄應本身的語音系統。由於三位學者的論述皆偏於一端，當今支持徵引
說的學者少見，且筆者從玄應注音的形式發現，徵引自古籍的音切若置於首位，
表示該切語拼切出的音讀正符合當時語音，玄應才取之作注，如此，玄應徵引
的古籍音切究竟是呈現古籍音系，抑或反映當時語音，端視古籍音切擺放的位
置而定，置於首，代表與時音相符，非置於首，則意在存古音，筆者也不認同
徵引說，因此本論文多著墨討論時音說的論點。

　　主張玄應注音反映時音的學者，認爲玄應標注字音是以當時語音爲據，然
該時音的性質爲何，可分成四種憑據，五種主張。學者立論的憑據不同，結果
也二致，多數學者根據高僧駐錫地判斷玄應的語音基礎，率先提出者是周法高，

認為玄應久居長安，長安又貴為唐都，於是主張玄應音系反映長安方音，王力、葛毅卿亦支持該說。黃坤堯則認為高僧反映的不是長安方音，而是帶有長安地域色彩的雅言和經音，經音的「經」指儒家典籍，經音相當於讀書音；周玟慧同黃坤堯主玄應注音依據長安地區的標準語，不過該標準語的實質內涵，周玟慧僅確定屬北方方言，究竟是長安或洛陽卻語焉不詳。不難發現，判斷玄應音系的性質，上述學者同以高僧駐錫地為據，卻產生長安「方音」與「書音」兩種主張，其中周玟慧主張的書音說僅能確知屬北方音，不明是否為長安，所以必須與黃坤堯主張的長安雅言區隔，視作第三種主張。

第四種主張的憑據乃就史實而論，提出者為周法高，周法高更易早先長安方音的觀點，主張玄應語音當淵源自洛陽舊音，比較周法高前後主張，長安方音隸關西音，洛陽舊音屬關東音，且前說主方俗音，後說主讀書音，無論從地域或語音屬性來看，全不相同。周法高改弦易轍的舉措側點出高僧駐錫地不足憑恃當作判斷玄應音系性質的依據，著實動搖長安方音或長安書音說的立論基礎。另外兩種憑據分別由董志翹與徐時儀提出，前者從玄應書中行文用語考察，後者自古籍基本音系相同的觀點出發，立論的切入點不同，但結果同主張玄應音系反映當時讀書音，至於該讀書音據何地語音立基，董、徐均認為無所專主。

通過上述前賢時俊研究玄應音系的成果，主張時音說的學者大多認為玄應所操音系性質當屬長安音，無論長安方音或書音都根據高僧駐錫地與國都所在地來論斷。但駐錫地與當朝首都能否表徵玄應語音基礎也是如此，由於玄應生平史載未詳，僅知其久居長安，卻不明里籍、語音習成之所，而後者才是真正主導玄應音系的性質所在，基於這樣的理由，筆者認為前賢論述尚有討論空間。

主時音說的學者利用反切系聯得出的音系比較其他古籍音系，或結合玄應生平背景論斷其音系性質，反疏於從注音本身查考玄應取音的傾向。為了檢驗前賢論斷的憑據是否合理，有必要補苴前賢的疏漏，自書中切語考察玄應注音的依據為何。從玄應標注字音的形式中，得知玄應注音多取關中音，關中音即長安音，和前賢主張似指同一事，其實不然，因玄應注音的取向可能隨當時通語轉移，畢竟高僧編纂音義書意在弘法傳教，選擇通語當作注音依據乃人情之常，不見得恰為高僧所操方音。

倘若再從玄應韻系考究音系性質，在不明玄應語音習成之地是南或北的情

況下，首先和時代相當的南北語音進行比較，南音取隋代曹憲《博雅音》反映的江都音為代表，北音取初唐顏師古《漢書註》呈現的關中音為代表，據董忠司研究，曹憲、顏師古所操語音俱為家鄉讀書音，玄應音系與之相較，無論與何音接近，不僅能夠確立玄應音系是南或北的地域屬性，也能藉此知悉玄應的語音基礎是讀書音而非方俗之音。比較後察得，玄應韻系韻目析合多處與北音相同，當屬北音性質。確定玄應音系屬北音後，摘出玄應不同於顏師古韻系的五組韻組，先後探詩人用韻的分布情形與梵漢對音呈現的韻目析合，比對玄應的五組韻組，尋索與玄應韻系相符的方言點，進而推測玄應音系的地域範圍可能在「洛陽與函谷關之間」，屬北方關東音。不獨玄應韻系反映關東地區的語音特徵，自玄應聲母系統考察，鎖定玄應與顏師古聲系唯一不同處「明微分立與否」進行探究，察得玄應明微二母分立乃關東地區的語音特徵，不但驗證自韻系考察所得的結論，也說明無論玄應韻系或聲系都足以證實玄應音系的語音基礎來自關東。

玄應注音多取關中音，音系性質卻是關東音，證明玄應注音是一回事，本身的語音基礎是另一回事，高僧駐錫地與國都所在地能左右的僅止於玄應注音的取向，不能決定玄應的音系性質。細究前賢與筆者觀點的差別，在於前賢把玄應注音取向等同玄應音系性質看待，以為高僧長年駐錫長安，長安又貴為國都，當地語音深具代表性，玄應取其作標準音替難字注音，玄應的語音基礎應該也是長安音無誤。而筆者認為，取長安音替難字注音不能類推玄應本身語音基礎也是如此，因為沒有證據指出玄應語音習成之所就在長安，也無法從史載中推測玄應駐錫長安始於何時，是否有足夠的影響力主導其語音習成。職是，玄應音系性質若以注音取向來掌握恐怕很危險，必須從音系本身反映的特徵著手探究才行。

掌握玄應注音取向與音系性質，有助於解釋音義書中出現的方音現象。玄應解釋字義時偶爾使用區域名稱，周法高嘗於文章中專立一節討論玄應書中的方言區域，周氏論述可謂學界先發，首創之功厥偉，不過仍見可增補與待商榷處，筆者便立足於前輩的論述上，另援引玄應書中的內證與外部證據，確立玄應劃界方言區域的基本架構與範圍，並補充周氏論述中未提及卻實見於音義書中的區域名稱。綜集全書玄應使用的區域名稱，可知玄應劃界方言區域，南北

以長江爲界，南方謂之江南，北方又以函谷關爲界劃分山東與關西，即以山東、關西、江南爲三大基本架構，但玄應指稱該地域時用語並不一致，如山東或稱關東，關西或稱陝以西、秦人，江南或稱南人、南土、江淮以南。此外，三大地域下轄的區域名稱多寡不一，屬關西最少，這可以從高僧注音取向推想，玄應注音多取關中音，關中隸關西轄境，就語音而論，倘若玄應取關西音與他地方音參看，關西音定以關中音爲準，關中音以外的關西方音自然被忽視，被拿來當區域名稱也由是減少，無怪關西境內的區域名稱除「關中」以外僅「高昌」一地。

　　了解玄應音系屬關東音後，才能據此檢視其所記錄的方音。如玄應注「鞘」音「思誚反」，心母三等笑韻，記錄江南鞘音則直音「嘯」，心母四等嘯韻，差別在韻等不同。已知玄應音系基礎是北方音，而南方音同攝三四等韻多併韻，笑韻與嘯韻分屬效攝三等與四等，於南方合併爲一韻，玄應記爲四等韻，除了明白表示玄應音系效攝三四等仍區分外，也透露南方併韻情形是三等韻併入四等韻。又玄應注「蘆」音「千古反」，清母上聲姥韻，記錄江南蘆音爲「七故反」，清母去聲暮韻，差別在聲調不同。已知玄應以前的經師無論南北均注蘆上聲音讀，不見去聲，排除經師別讀的可能，且中古韻書僅收錄蘆音上聲，亦未見去聲讀法，由是推測該方音歧異當是南北上聲調類的調值不同所致，玄應主北音，以北音調值揣度南音，南音上聲調值似北音去聲調值，玄應因此記去聲調。以上若未能先掌握玄應音系屬北音的性質，就無法解釋南北方音歧異的現象，更無從瞭解造成方音歧異的原因。

　　關於玄應書中方音歧異的研究，徐時儀從上古同源與否檢視造成方音歧異的原因，上古同源者，至中古發展分途而異音，屬於歷史音變；上古不同源者，至中古發展亦分途，屬於非歷史音變的範疇。事實上，造成方音歧異的原因不止「上古同源與否」單一思考面向而已，據筆者考證，尚含原本就屬別義的異音、經師取向不同造成的別讀、文字假借、方言異讀，以及口吻間產生的訛讀，如開合口訛音、聲符類化、語流音變等。甚至存在不同語音系統疊置同一時空，如書音與俗音的異讀；或者是不同時期的語音出現於同時異地中，如南方語音的歷史層次較北方古老。儲泰松以有唐一代音義書中的方音作爲研究對象，語料時代自初唐跨度五代，研究結果當反映各區方音歷時的積累，欠缺共時平面

差異的探究，筆者專取初唐玄應生處時代的方音深入考察，適能彌補此一不足。黃坤堯則以爲書中南北方音無規律可尋，其實不然，以歷史音變爲例，江南鼻音聲母較北方關東關西提早擦音化，同攝韻等併韻的情形也以江南爲盛，若逢上古同韻部，中古在南北分途的情形則是南方多讀洪音一二等韻，北地偏讀細音三四等韻，在在指出南北方音的發展呈現某種規律性。

　　本論文撰寫目的爲補苴前賢研究尙未觸及的空缺，希冀通過前賢研究成果，重新審視初唐玄應的音系性質與深入探討《玄應音義》中的方音現象，由於筆者讀書未徧，學不及精，論述過程恐下筆雌黃而不自知，望方家斧正。

附錄　玄應使用的區域名稱

【說明】

1、以區域用語出現的形式「並舉」、「互用」、「單獨出現」為綱，「並舉」者根據地域間方位或隸屬關係下分「南北並舉」、「東西並舉」、「同區內的方言並舉」與「三地並舉」；「互用」者單視互用的兩地隸屬與否，分別「異區間的方言互用」與「同區內的方言互用」；最後列舉的「單獨出現」區域用語，乃循「江南」、「山東」、「關西」三大區依序羅列。各小標下的詞條盡依出處先後次第排序。

2、相同詞目或不同詞目，只要釋義內容重複者都不復計。如：

詞目	內　　　　容	《玄應一切經音義》周法高編製索引
厭人	於冉反，鬼名也。梵言烏蘇慢，此譯言厭。《字苑》云眠內不祥也。《蒼頡篇》云伏合人心曰厭，字從厂，厂音呼旱反，獸聲。<u>山東音於葉反</u>。	第一 29-2
即厭	於冉反。《字苑》眠內不祥也。<u>山東音於葉反</u>。	第九 420-6
厭禱	於冉反。《字苑》云眠內不祥也。<u>山東音於葉反</u>。字從厂音呼旱反。禱，都導反，禱，請也，請於鬼神也。《廣雅》禱，謝也。《說文》告事求神為禱也。	第十四 664-7
厭禱	於冉反，下都道反。《字苑》厭，眠內不祥也。<u>山東音於葉反</u>。《說文》告事求神曰禱。禱，請也，請於鬼神也。	第二十二 1025-1

玄應書中凡上述四筆詞目的釋義內容出現「山東音於葉反」，該切語記錄山東的

「厴」字音讀，由於四筆所記的山東音都是「厴」字，底下僅收錄最先出現的
詞目「厴人」及其內容、出處於區域名稱「山東」一欄中。

一、玄應區域用語「並舉」例

（一）南北並舉

1、江南與中國並舉

序號	詞目	內　　容	《玄應一切經音義》周法高編製索引
①	甲冑	古文軸同，除救反。《廣雅》冑，兜鍪也。中國行此音。亦言鞮鍪，江南行此音。鞮音伍。鍪，莫侯反。	第一 16-6
②	葍薤	又作韲同。子奚反。醬屬也。醯醬所和細切曰韲，全物爲菹。今中國皆言韲，江南悉言菹。	第一 39-9
③	狗齩	又作齩同。五狡反，中國音也。又下狡反，江南音也。《說文》齩，齧也。經文作骹，苦交反。脛膝骨也。骹非此用。	第一 51-7
④	血膋	……力彫反。字書膋，脂膏也，謂腸間脂也。今中國言脂，江南言膋。	第五 238-114
⑤	兩腨	又作腨同，時夬反。《說文》腨，腓腸也。腓音肥。江南言腓腸，中國言腨腸或言腳腨。	第十 468-7
⑥	淅米	思歷反。江南言淅，中國言洮，經文作錫非體也。	第十二 574-3
⑦	刀鞘	《小爾雅》作鞘，諸書作削同。思誚反。《說文》削，刀鞞也。《方言》劍削。關東謂之削，關西謂之鞞，音餅。江南音嘯，中國音笑。	第十四 679-5
⑧	陶河	字宜作搯，徒刀反。中國言搯河，江南言鵜鶘，亦曰梨鶘。詩草木疏云一名搯河是也。鶘郭璞注三蒼音梨，又大奚反。	第十七 805-4
⑨	八篿	市緣反，江南行此音。又上仙反，中國行此音。《說文》判竹圜以盛穀也。論文作簞音丹，笥也。一曰小筐也。簞非此用。	第十七 809-9
⑩	骹節	又作垸同，胡灌反。《通俗文》燒骨以桼曰垸。《蒼頡訓詁》垸以桼和之。今中國人言垸，江南言髓，音瑞。桼古漆字。	第十八 827-9
⑪	舂㫪	尸容反，下徒朗反。世本雝文作舂杵，黃帝臣也。《廣雅》㫪，舂也。《韻集》云帀，㫪米也。今中國言帀，江南言㫪。論文作蕩，非躰也。帀音伐。	第十八 845-14
⑫	三辣	《字苑》作萩同。盧葛反。《通俗文》辛甚曰辢。江南言辢，中國言辛。論文作刺，乖戾也。刺非字躰也。	第十八 859-3

| ⑬ | 或趣 | 求累反。今江南謂屈膝立爲跟趣，中國言胡跽，音其止反。胡音護。跟，音丈羊反。《禮記》授立不趣作跪，借字耳。 | 第二十四 1110-3 |
| ⑭ | 掐心〔註1〕 | 他勞反。《說文》掐，掐也。掐，一活反。中國言掐，江南言挑，音土彫反。 | 第二十五 1139-2 |

2、江南與關中並舉

序號	詞目	內　　　　　容	《玄應一切經音義》周法高編製索引
①	牆者	又作檣同，才羊反。《字林》牆，柱也。江南行此音，關中多呼作竿。	第三 136-7
②	纈目	賢結反。謂以絲縛繒染之解絲成文曰纈檀。札，庄黠反。《三蒼》柹，札也。今江南謂斫削木片爲柹，關中謂之札，或曰柹札。柹，音敷廢反。	第十 445-2
③	鏢鑽	匹燒反。《說文》刀削未銅也。《釋名》云矛下頭曰鐏，音在困反，江南名也。關中謂之鑽，音子亂反。	第十四 660-5
④	淰水	江南謂水不流爲淰，音乃點反。關中乃斬反。《說文》淰，濁也。《埤蒼》淰，水无波也。律文作澹，非也。	第十六 750-8
⑤	刀鞘	《小爾雅》作鞘，諸書作削同。思誚反。《方言》劍削。關東謂之削，關西謂之鞞，音餅。《說文》削，刀鞞也。江南音嘯，關中音笑也。	第十七 775-1
⑥	弋輪	又作杙同，余職反。《爾雅》橛謂之杙，注云杙，櫐也。橛，音徒得反。關中言阿橛，江南言樑杙也。	第十七 802-8
⑦	如槩	古代反。《蒼頡篇》槩，平斗斛木也。江南行此音。關中工內反。	第十七 808-4
⑧	狗齩	又作齧同，五狡反，關中音也。《說文》齧，齧骨也。《廣雅》齧，齧也。江南曰齩，下狡反。	第十八 820-1
⑨	搏食	徒官反。《通俗文》手團曰搏。《三蒼》搏，飯也。論文作揣，音初委反，測度前人曰揣，江南行此音。又都果反，《說文》揣，量也。關中行此音。並非此義。	第十八 830-4
⑩	不劈	普狄反。《說文》劈，破也。《廣雅》劈，裂也。《埤蒼》劈，剖也。又音披厄反，江南二音並行，關中但行疋狄反。剖音普後反。	第十九 868-5
⑪	頤髯	子移反，下又作頿同，而甘反，江南行此音。又如廉反，關中行此音。《說文》口上之須曰頿下。《說文》頰須毛也。經文作髭，近字也。	第十九 877-2
⑫	无糕	又作麧同，痕入聲，一音胡結反，堅米也。謂米之堅硬舂擣不破者也。今關中謂麥屑堅者爲糕頭亦此也。江南呼爲䴗子，音徒革反。	第二十二 984-3

〔註1〕周法高先生編製、索引的麗藏本《玄應一切經音義》誤作「掐心」。

3、吳人與關中並舉

序號	詞目	內　　容	《玄應一切經音義》周法高編製索引
①	掣電	昌制反。陰陽激耀也。關中名覒電，今吳人名礛碟，音先念反、大念反。《釋名》云掣，引也。電，殄也，謂乍見即殄滅也。	第六 294-7

4、江南與山東並舉

序號	詞目	內　　容	《玄應一切經音義》周法高編製索引
①	加趺	古遐反。《爾雅》加，重也。今取其義則交足坐也。除灾橫經毗婆沙等云結交趺坐是也。經文作跏，文字所无。按俗典江南謂開膝坐為跰跨，山東謂之甲趺，坐也。跰，音平患反。跨，音口瓜反。	第六 263-2
②	妖嬥	又作娛同，於驕反。壯少之貌也。《說文》妖，巧也。下於縛反。今江南謂作姿名嬥伊，山東名作嬥也。	第十 451-5
③	氣欶	宜作欬瘶。欬音苦代反，江南行此音。又丘吏反，山東行此音。下蘇豆反。《說文》瘶，逆氣也，上氣疾也。《蒼頡篇》齊部謂瘶曰欬。論文作氣非也。	第十 471-2
④	須銚	古文鐎同。余招反。《廣雅》銷謂之銚。《說文》溫器也。似鬲上有鐶。山東行此音。又徒弔反，江南行此音。銚形似鎗而無腳，上加踞龍為飾也。銷呼玄反。鬲音歷。	第十四 658-2
⑤	皰沸	《淮南子》作皰同。彭孝反。《說文》面生熱氣也。《通俗文》體蚌沸曰瘭沮。音扶分、才與反。江南呼沸子，山東名瘭沮。律文作疱、皰二形，未見所出。	第十四 658-10
⑥	澆灒	又作濺同，子旦反。《說文》灒，汗灑也。江南曰灒，山東曰湔，音子見反。	第十七 770-8
⑦	脛骨	又作踁同，下定反。《說文》脛，腳胻也。胻，音下孟反，今江南呼脛為胻，山東曰胻敞。敞，音丈孟反。脛胻俱是膝下兩骨之名也。《釋名》脛，莖也，直而下如物莖也。	第十八 837-1

5、會稽與山東並舉

序號	詞目	內　　容	《玄應一切經音義》周法高編製索引
①	蠅蝨	補奚反。《說文》蠅，螎牛虫也。今牛馬雞狗皆有蠅也。下所乙反，齧人虫也，山東及會稽皆音色。	第十七 791-1

6、江南與秦人並舉

序號	詞目	內　　　容	《玄應一切經音義》周法高編製索引
①	若箄	又作簰同，父佳反。《廣雅》云簰，筏也。今編竹木以水運爲簰。秦人名筏，江南名簰。箄音敷。	第十四 658-8

7、江南與江北並舉

序號	詞目	內　　　容	《玄應一切經音義》周法高編製索引
①	鳥伏	又作勽同，扶富反。謂菢伏其卵及伏雞等，亦作此字。今江北通謂伏卵爲菢，江南曰蒀，音央富反。	第五 228-7
②	泔汁	音甘。《說文》泔，潘也。謂淅米汁也。江北名泔，江南名潘，音翻。	第十四 673-11

8、江南與北人並舉

序號	詞目	內　　　容	《玄應一切經音義》周法高編製索引
①	柱髀	古文䏶同，蒲米反，北人行此音。又必尒反，江南行此音。《釋名》髀，卑也，在下稱也。經文作跰、胜二形，此並俗字，非其體也。	第二 89-2
②	摶食	徒丸反。《說文》摶，圜也。《通俗文》手團曰摶是也。律文作揣。《說文》揣，量也。音都果反，北人行此音。又初委反，江南行此音。揣非字義。	第十四 645-4
③	斗擻	又作籔同，蘇走反。郭璞注《方言》曰斗擻，舉也。難字曰斗擻，鑿繫也。江南言斗擻，北人言鑿繫，音都穀反，下蘇穀反。律文作抖揀二形，抖與拯字同，下揀音戍，縛揀也。又作科，之庾反，杓也。楝，山厄反，楝，木名也。並非字義。	第十四 667-1
④	桼箆	又作漆同，音七，下又作籭同，音瑞。江南名籭，北人名睆，音換。	第二十 939-6

9、南土與北人並舉

序號	詞目	內　　　容	《玄應一切經音義》周法高編製索引
①	筏喻	扶月反。《方言》簰謂之筏。編竹木浮於河以運物者是也。南土名簰，北人名筏，字從竹。經文從木作栿，非也。簰，音蒲佳反。	第三 164-6

10、江南與北土並舉

序號	詞目	內　　容	《玄應一切經音義》周法高編製索引
①	中曬	又作㬭，《方言》曬，暴也，乾物也。郭璞音霜智反，北土行此音。又所隘反，江南行此音。	第十四 649-5
②	舂磨	《字林》作礳同，亡佐反。郭璞注《方言》云磑即磨也。《世本》輸班作磑。北土名也。江南呼磨。	第十四 664-3
③	什物	時立反。什，聚也、雜也，謂資生之物也。今人言家產器物猶云什物，物即器也。江南言什物，此土名五行。〔註 2〕《史記》舜作什器於壽丘，《漢書》貧民賜田宅什器並是也。	第二十三 1044-2

11、江淮以北與以南並舉

序號	詞目	內　　容	《玄應一切經音義》周法高編製索引
①	牛桊	居院反。《字書》桊，牛拘也。今江淮以北皆呼牛拘，以南皆曰桊。	第四 180-6

（二）東西並舉

1、山東與關西並舉

序號	詞目	內　　容	《玄應一切經音義》周法高編製索引
①	訓狐	關西呼訓侯，山東謂之訓狐，即鳩鵅也，一名鵂鶹。經文作勳胡，非體也。	第一 44-6
②	蜂螫	舒赤反。《說文》虫行毒也。關西行此音。又呼各反，山東行此音。蛆，知列反，東西通語也。	第二 70-5
③	毒螫	式亦反。《字林》虫行毒也。關西行此音。又音呼各反，山東行此音。蛆，知列反，南北通語。	第三 120-2
④	箭金	箭鏃也。關西名箭金，山東名箭足，或言鏑也。	第十一 492-1

2、山東與陝以西並舉

序號	詞目	內　　容	《玄應一切經音義》周法高編製索引
①	斯蜴	斯歷反，下音亦。山東名蛈蝍，陝以西名辟宮。在草者曰蜴蜥也。經文作蜥，非體也。蛈音七賜反，蝍音覓。	第十一 486-8

〔註 2〕全書三處「什物」（第二 78-4、第十四 652-10、第二十三 1044-2）皆謂「此土名五行」，徐時儀先生易「此土」爲「北土」。由於玄應譯經在北方，筆者姑從徐氏將「此土」視作「北土」，但不更易原文。

序號	詞目	內　　　容	《玄應一切經音義》周法高編製索引
②	蜂蠆	丑芥反。毒虫也。山東呼爲蠍，陝以西呼爲蠆蜴，音土曷、力曷反。	第十八 841-3

3、關東與關西並舉

序號	詞目	內　　　容	《玄應一切經音義》周法高編製索引
①	椎鍾	直追反。《說文》椎，擊也。字從木。經文作槌，直淚反。關東謂之槌，關西謂之桴。又作搥，都回反，搥，擿也。二形並非字義。擿音知革反。	第六 288-5

4、山東與關中並舉

序號	詞目	內　　　容	《玄應一切經音義》周法高編製索引
①	若撈	借音力導反。關中名磨，山東名撈。編棘爲之以平塊也。	第十四 681-6

5、冀州與關西並舉

序號	詞目	內　　　容	《玄應一切經音義》周法高編製索引
①	粟床	字體作麋麛二形同，亡皮反。禾稔也。關西謂之床，冀州謂之糝。	第二 106-1

（三）同區內的方言並舉

1、江南與江東並舉（江東隸江南區）

序號	詞目	內　　　容	《玄應一切經音義》周法高編製索引
①	其鏃	《字林》子木反，鏃，箭鏑也。江南言箭鏑也，江東言箭足。《釋名》云箭本日足，古謂箭足爲箭族。《爾雅》金族箭羽是也。	第二 94-4

2、江南與蜀人並舉（蜀人隸江南區）

序號	詞目	內　　　容	《玄應一切經音義》周法高編製索引
①	瓢杓	又作瓠同。毗遙反。《三蒼》瓢，瓠勺也。江南曰瓢櫼，蜀人言櫼蠡，櫼音義，蠡，音郎抵反。	第十八 818-1

3、山東與幽州並舉（幽州隸山東區）

序號	詞目	內　　　容	《玄應一切經音義》周法高編製索引
①	池瀹	匹各反。瀹，陂也。山東名爲瀹，幽州呼爲淀，徒見反。經文作泊，非體也。	第五 238-52

（四）三地並舉

1、江南、山東、關西並舉

序號	詞目	內　　　容	《玄應一切經音義》周法高編製索引
①	菸瘦	《韻集》一餘反。今關西言菸。山東言蔫，蔫，音於言反。江南亦言矮，矮又作萎，於爲反。菸邑無色也，今取其義。論文睰，未詳字出。	第十 451-11

2、江南、山東、陝以西並舉

序號	詞目	內　　　容	《玄應一切經音義》周法高編製索引
①	櫨欂	來都反，下蒲麥反。《三蒼》柱上方木也。山東江南皆曰枅，自陝以西曰楮。枅，音古奚反。	第一 33-4
②	草蘩	音察，草蘆也，亦芥也。經文作溓，非也。蘆，音千古反，枯草也。今陝以西言草蘩，江南山東言草蘆，蘆，音七故反。〔註3〕	第四 204-8
③	守宮	此在壁者也。江南名蝘蜓，山東謂之蛦蜓，陝以西名爲壁宮。在草者曰蜥蜴，東方朔言非守宮即蜥蜴是也。蝘音烏殄反。蜓音殄。蛦，此亦反。	第六 274-5

3、江南、山東、中國並舉

序號	詞目	內　　　容	《玄應一切經音義》周法高編製索引
①	木柿	麩癈反。《蒼頡篇》柿，札也。《說文》削木朴也。江南名柿，中國曰札，山東名朴豆，〔註4〕朴，音平豆反。	第十八 846-9

4、山東、關中、幽州並舉

序號	詞目	內　　　容	《玄應一切經音義》周法高編製索引
①	陂池	筆皮反，池也。山東名濼，音匹各反。鄲有鷗鶩濼，今關中亦名濼。幽州名淀，音徒見反。	第十四 683-1

〔註3〕慧琳《一切經音義》卷四十三「草蘩」條云：「……蘆音山東云七故反。」備爲一說。

〔註4〕經文云「朴豆札」。段玉裁《說文解字注》注「柿」云：「札爲衍文者，玄應引倉頡篇曰：『柿，札也。』此下文云：『陳楚謂之札柿。』玄應曰：『江南名柿，中國曰札，山東名朴豆。』」經文字形「柿」，段氏易爲「柿」，筆者從經文；經文云「朴豆札」，筆者從段氏說法，將「札」視作衍文，更爲「朴豆」。詳〔漢〕許慎撰，〔清〕段玉裁注：《說文解字注》（高雄：高雄復文出版社，1998年），頁268。

二、玄應區域用語「互用」例

（一）異區間的方言互用

1、中國與關中互用

序號	詞目	內　　　容	《玄應一切經音義》周法高編製索引
①	狗骹	又作齩同。五狡反，中國音也。又下狡反，江南音也。《說文》齩，齧也。經文作骹，苦交反。胜膝骨也。骹非此用。	第一 51-7
①	狗骹	又作齩同，五狡反，關中音也。《說文》齩，齧骨也。《廣雅》齩，齧也。江南曰骹，下狡反。	第十八 820-1
②	如篾	眠結反。《埤蒼》析竹膚也。《聲類》篾，篿也。今蜀土及關中皆謂竹篾爲篿，音彌。析，音思歷反，字從斤，分木爲析。今俗作枂，皆從片。	第十 445-1
②	竹篿	亡卑反，竹膚也。《聲類》篿，篾也。今中國蜀土人謂竹篾爲篿也。	第十五 721-6
③	纈目	賢結反。謂以絲縛繒染之解絲成文曰纈檀札，莊點反。《三蒼》枂，札也。今江南謂斫削木片爲枂，關中謂之札，或曰枂札。枂，音敷廢反。	第十 445-2
③	木枂	麩癈反。《蒼頡篇》枂，札也。《說文》削木朴也。江南名枂，中國曰札，山東名朴豆，朴，音平豆反。	第十八 846-9
④	刀鞘	《小爾雅》作鞹，諸書作削同。思誚反。《說文》削，刀鞞也。《方言》劍削。關東謂之削，關西謂之鞞，音餅。江南音嘯，中國音笑。	第十四 679-5
④	刀鞘	《小爾雅》作鞹，諸書作削同。思誚反。《方言》劍削。關東謂之削，關西謂之鞞，音餅。《說文》削，刀鞞也。江南音嘯，關中音笑也。	第十七 775-1

（二）同區內的方言互用

1、南土與江南互用（同指南方大域）；北人與秦人互用（秦人隸北方大域）

序號	詞目	內　　　容	《玄應一切經音義》周法高編製索引
①	筏喻	扶月反。《方言》簿謂之筏。編竹木浮於河以運物者是也。南土名簿，北人名筏，字從竹。經文從木作栰，非也。簿，音蒲佳反。	第三 164-6
①	若簿	又作簰同，父佳反。《廣雅》云簿，泭筏也。今編竹木以水運爲簿。秦人名筏，江南名簿。泭音敷。	第十四 658-8

2、北人與關中互用（關中隸北方大域）

序號	詞目	內　　　容	《玄應一切經音義》周法高編製索引
①	摶食	徒丸反。《說文》摶，圓也。《通俗文》手團曰摶是也。律文作揣。《說文》揣，量也。音都果反，北人行此音。又初委反，江南行此音。揣非字義。	第十四 645-4
	摶食	徒官反。《通俗文》手團曰摶。《三蒼》摶，飯也。論文作揣，音初委反，測度前人曰揣，江南行此音。又都果反，《說文》揣，量也。關中行此音。並非此義。	第十八 830-4

3、北人與中國互用（中國隸北方大域）

序號	詞目	內　　　容	《玄應一切經音義》周法高編製索引
①	骯節	又作垸同，胡灌反。《通俗文》燒骨以桼曰垸。《蒼頡訓詁》垸以桼和之。今中國人言垸，江南言䯏，音瑞。桼古漆字。	第十八 827-9
	泰篗	又作漆同，音七，下又作䯏同，音瑞。江南名䯏，北人名骯，音換。	第二十 939-6

三、玄應區域用語「單獨出現」例

（一）南人

序號	詞目	內　　　容	《玄應一切經音義》周法高編製索引
①	相攢	扶未反。南人謂相撲爲相攢也。	第十七 794-1

（二）江南

序號	詞目	內　　　容	《玄應一切經音義》周法高編製索引
①	船筏	扶月反。桴，編竹木也。大者曰筏，小者曰桴，音疋于反。江南名簿，音父佳反。經文從木作栰，非體也。	第二 99-7
②	淳湩	上音純，下竹用、都洞二反。乳汁曰湩。今江南亦呼乳爲湩也。	第四 212-5
③	腹骼	又作䯏骳二形同，口亞反。《埤蒼》腰骨也。江南呼髀骨上接腰者曰䯏。	第五 238-118
④	三顀	直追反。《說文》顀出也。今江南言顀頭胅額乃以顀爲後枕高胅之名也。……	第五 240-9

⑤	鎮頭	牛感反。《說文》低頭也。《廣雅》鎮，搖也。謂搖其頭也。今江南謂領納搖頭爲鎮慘，亦謂笑人爲鎮酊。慘音蘇感反。	第五 242-7
⑥	粗架	渠賣反，下匡呂反。《蒼頡篇》粗架，餅餌者也。江南呼爲膏糫，音還。《字苑》粗架，膏糫果也。	第五 243-6
⑦	潷飯	碑密反。《通俗文》去汁曰潷。江南言逼，訛耳。今言取義同也。經文作匕，俗語也。	第五 247-5
⑧	喚嘶	陟黠反。《楚辭》嘲哳，鳥鳴也。案字義宜作呎，鳥交反。江南以多聲爲呎咋，咋音仕白反。	第七 311-6
⑨	因櫩	又作楔同，先結反。江南言櫼，子林反。楔通語也。	第七 323-2
⑩	耳鉋	蒲貌反。書无此字宜作掊、抱、捊三形同，蒲交反。今言掊，刮也，手曰掊，江南音平溝反。又平孝反。	第八 395-5
⑪	蟾蜍	之鹽反，下以諸反。《爾雅》蟾蠩，郭璞曰似蝦蟆居陸地，淮南謂之去父，此東謂之去蚁，蚁音方可反。江南俗呼蟾蠩，蠩音食餘反。	第十 448-2
⑫	鑱刺	仕衫反，下千亦反。《說文》鑱，銳也。今江南猶言鑱刺也。論文作攙，非體也。	第十 455-1
⑬	嘔血	又作歐、𠯢二形同，於口反。歐，欲吐也。江南或謂歐爲歐嗆，嗆音容。《釋名》云嘔也，將有所吐，脊曲傴也。	第十 459-6
⑭	抨乳	普耕反。江南音也。〔註5〕抨，彈也。經文作軿，音瓶，車名，非此用也。	第十一 500-1
⑮	踔骨	今作髀同，蒲米反。《說文》股外曰髀也。江南音必尒反。	第十二 570-3
⑯	跢地	丁賀反。江南俗音帶，謂倒地也。	第十三 606-3
⑰	吟哦	又作詤，牛金反，下吾歌反。江南謂諷詠爲吟哦。	第十三 634-1
⑱	拼地	補耕反。今謂彈繩墨爲拼也。江南名抨，音普庚反。	第十四 646-8
⑲	齁睡	下旦反。《說文》臥息聲也。《字苑》呼干反。江南行此音。律文作吁嚊翰三形，非也。	第十四 666-3
⑳	橫㯽	《字林》渠例反，木釘也。《廣雅》㯽，釘也。江南或謂之㯽。律文作揭。《說文》巨列反，揭猪杙也。	第十四 678-3
㉑	泅戲	又作汓同，似由反。《說文》水上浮也。今江南呼拍浮爲泅也。	第十五 725-8
㉒	胡荽	又作葰，《字苑》作蔧同，私佳反。《韻略》云胡荽，香菜也。《博物志》云張騫使西域得胡綏。今江南謂胡葰亦爲葫蔧，音胡祈。閭里間音火孤反。	第十六 757-10
㉓	相磕	苦盍反。《說文》磕，石聲也。今江南凡言打物破碎爲磕破。亦大聲也。	第十七 794-2

〔註5〕 周法高先生編製、索引的麗藏本《玄應一切經音義》脫失「江南音也」。

序號	詞目	內　　容	《玄應一切經音義》周法高編製索引
㉔	鐵杷	又作耙同，平加反。《方言》杷謂之渠挐，郭璞曰有齒曰杷，無齒曰朳，朳音八。今江南有齒者爲杷挐，字從木。挐音女於反。	第十八 825-5
㉕	小逬	又作跰趍趞三形同，補諍反。逬，散也、走也。江南言趍趜，趜音讚。	第十八 835-6
㉖	㭓者	又作桸瓠二形同，許宜反。《方言》蠡或謂之㭓。今江南呼勺爲㭓。《三蒼》觛，勺也。《廣雅》瓠，瓢也。論文作攕，非體也。	第十八 844-3
㉗	眼眵	充支反。《說文》兜眵也。今江南呼眵爲眵兜也。論文作眵非也。	第十八 852-1
㉘	氣瘶	蘇豆反。《說文》瘶，氣逆也。《蒼頡篇·齊部》謂瘶曰欬。欬音苦代反，江南行此音。	第十八 852-3
㉙	粡哉	字宜作𥹫、𥼁二形同，子各反。《說文》糳一斛舂取九斗曰𥼁。《三蒼》注云𥼁，精米也。今江南謂師米爲𥼁。糲音賴，論文作粡，非躰也。	第十八 854-5
㉚	漱糒	所霤反，下丘久反。今江南言林琴柰熟而粉碎謂之糒。	第十八 859-2
㉛	雜飣	丁定反。江南呼飣食爲飣餖。經文作奠，徒見反。奠，祭也，獻也。餖音豆。	第十九 870-7
㉜	甋甎	力轂反，下又作塼同，脂緣反。《通俗文》狹長者謂之甋甎。江南言甓，蒲歷反。	第十九 888-4
㉝	杭稻	俗作粳同，加衡反，不粘稻也。江南呼粳爲秈，音仙，方言也。	第二十二 984-2
㉞	及鎔	以終反，江南行此音。謂鎔鑄銷洋也。	第二十二 1005-5
㉟	鼓䕘	桑朗反。《埤蒼》鼓，柉也。字書鼓，材也。今江南名鼓匡爲䕘。柉音五寡反。	第二十四 1091-9
㊱	毒腠	又作㾒痺二形同，火斬反。江南言腠腫。《說文》肉反出也。	第二十五 1140-3

（三）江東

序號	詞目	內　　容	《玄應一切經音義》周法高編製索引
①	園圃	補五反。江東音布二音。《蒼頡解詁》云種樹曰園，種菜曰圃也。詩云無踰我園。傳曰有樹也。又云折柳樊圃。傳曰菜圃也。皆其義矣。	第一 16-4
②	曰虹	胡公反，江東俗音絳。《爾雅音義》云雙出鮮盛者爲雄，雄曰虹。暗者爲雌，雌曰蜺，蜺或作霓，霓音五奚反。	第一 47-7
③	白虹	古文杠同，胡公反。《說文》螮蝀，虹也。俗呼美人，江東呼爲霅。《釋名》虹，攻也。純陽攻陰氣也。	第四 205-1

序號	詞目	內　　　容	《玄應一切經音義》周法高編製索引
④	黍稷	古文稷同，姊力反。五穀之長也。《說文》稷，粢也。《爾雅》粢，稷也。注云粢一名稷，稷，粟也。今<u>江東</u>呼粟爲稷也。	第十 466-3
⑤	曲蟮	音善，即丘蚓也，亦名蜜蟮，<u>江東</u>呼爲寒蚓。	第十三 614-8
⑥	蛭虫	之逸反。《爾雅》蛭蟣。<u>江東</u>名蟣，音巨機反。謂入人皮中食血者也。律文作蠣，非也。	第十五 686-3
⑦	白鷺	字書作鷺同。來素反。白鳥也，頭翅背上皆有長翰毛。<u>江東</u>取爲睫䍦曰白鷺縗，音蘇雷反。	第十九 863-7
⑧	所瀹	又作爚、鬻、汋三形同，與灼反。《通俗文》以湯煑物曰瀹。《廣雅》瀹，湯也。謂湯內出之也。<u>江東</u>呼瀹爲煠，煠音助甲反。	第二十五 1141-5

（四）吳會之間

序號	詞目	內　　　容	《玄應一切經音義》周法高編製索引
①	明觳	字書作殻同。口角反。<u>吳會間</u>音口木反，卵外堅也。案凡物皮皆曰殻是也。	第二 106-4

（五）楚人

序號	詞目	內　　　容	《玄應一切經音義》周法高編製索引
①	口爽	所兩反。<u>楚人</u>名美敗曰爽。爽，敗也。《爾雅》爽，差也。	第十 473-5
②	哈笑	呼來反。《字書》蚩，笑也。<u>楚人</u>謂相調笑爲哈。經文作唉，於來反，應聲也。唉非此義。	第十六 759-7
③	潭水	徒南反。亭水也。<u>楚人</u>名深爲潭。論文作澹，徒濫反，安也。澹非此義。	第十八 823-7

（六）荊州

序號	詞目	內　　　容	《玄應一切經音義》周法高編製索引
①	椑桃	音卑，似柿，南土有青黃兩種，<u>荊州</u>謂之烏椑。	第十四 662-3

（七）吳楚之間

序號	詞目	內　　　容	《玄應一切經音義》周法高編製索引
①	熸燼	子廉反，下似進反。熸，<u>吳楚之間</u>謂火滅爲熸。燼，火餘也。經文又燀。	第七 320-1

（八）巴蜀

序號	詞目	內　　容	《玄應一切經音義》周法高編製索引
①	陰䪼	徒雷反。《釋名》陰腫曰䪼。《字林》作痽，重疾也。䪼血又作癉，上隴反。《爾雅》腫足爲痽。今巴蜀極多此疾，手臂有者亦呼爲痽也。	第十 471-5

（九）蜀人

序號	詞目	內　　容	《玄應一切經音義》周法高編製索引
①	鍑鋪	於胡、餘六反。《廣雅》鍑鋪謂之銼䥶，亦云銅鏵也。經文又作鑷，非也。銼音才禾反。䥶力和反。銅古我反。鏵莫朗反。或作鍑鏵，或作鎬鏵，或作鈷鏵。蜀人言埵皆一也。字林小釜也。鎬音古盍反。鈷音古。埵七臥反。	第十三 600-8
②	竿蔗	音干，下又作柘同，諸夜反。今蜀人謂之竿蔗，甘蔗通語耳。	第十四 654-5

（十）北人

序號	詞目	內　　容	《玄應一切經音義》周法高編製索引
①	鬼胭	又作咽同，一千反。胭喉也。北人名頸爲胭也。	第二十五 1140-4

（十一）江北

序號	詞目	內　　容	《玄應一切經音義》周法高編製索引
①	炙爒	又作爍同。力照反。今江北謂炙手足爲炙爒。經文作燎，非體也。	第七 310-2
②	螽螽	古文蟲同，止戎反。下徙移反。詩云螽螽羽傳曰螽螽，蚣蝑也，亦即蝗也，俗名舂黍。今江北通謂螽蝗之類曰蝩，亦曰簸蝩。蝩，音之凶反。	第十 463-4

（十二）山東

序號	詞目	內　　容	《玄應一切經音義》周法高編製索引
①	厭人	於冉反，鬼名也。梵言烏蘇慢，此譯言厭。《字苑》云眠內不祥也。《蒼頡篇》云伏合人心曰厭，字從厂，厂音呼旱反，猒聲。山東音於葉反。	第一 29-2

序號	詞目	內　　　　　容	《玄應一切經音義》周法高編製索引
②	欀棟	所龜反，下都弄反。《爾雅》桷謂之欀棟，即椽也。棟，屋極也。<u>山東</u>呼棟爲檼，音於靳反。	第七 308-10
③	陂池	筆皮反。<u>山東</u>名爲瀄。瀄，音疋各反。亦名阬。阬，音公朗反。	第十 473-2
④	衣銂	音滑。橫，礙也，未詳字出。案《通俗文》堅硬不消曰礚砎。音莫八、胡八反。今<u>山東</u>謂骨縮紐者爲礚砎子，蓋取此爲也。縮，音烏板反。	第十四 660-8
⑤	如睫	《說文》作睞，《釋名》作𦙄同，子葉反。目旁毛也。<u>山東</u>田里間音子及反。論文作𣏌𣏌二形，非也。	第十八 819-1
⑥	播鼗	又作韶鞉鼓三形同，徒刀反。鞉如鼓而小柄，其柄搖之者也，旁還自擊。<u>山東</u>謂之韶牢。	第二十 916-12

（十三）齊

序號	詞目	內　　　　　容	《玄應一切經音義》周法高編製索引
①	燬之	又作煨焜二形同，麾詭反。<u>齊</u>謂火爲燬，方俗異名也。	第二十二 999-5

（十四）江淮之間

序號	詞目	內　　　　　容	《玄應一切經音義》周法高編製索引
①	餬口	又作餰同，戶姑反。言寄食也。<u>江淮之間</u>謂寓食爲餬。《爾雅》餬，饘也。注云即糜也。	第八 390-4

（十五）江沔之間

序號	詞目	內　　　　　容	《玄應一切經音義》周法高編製索引
①	繷卷	側耕反。《說文》繷，縈繩也。<u>江沔之間</u>謂縈收繩爲繷，繷亦屈也。沔音彌善反。	第十五 719-11

（十六）南陽

序號	詞目	內　　　　　容	《玄應一切經音義》周法高編製索引
①	雨霽	子詣反。《通俗文》雨止曰霽。今<u>南陽</u>人呼雨止爲霽。	第七 348-4
②	鉤鵅	古侯反，下加額反。《爾雅》怪鴟舍人曰謂鵂鶹也。<u>南陽</u>名鉤鵅，一名忌欺，晝伏夜行，鳴爲怪也。	第十九 880-2

（十七）青州

序號	詞目	內　　容	《玄應一切經音義》周法高編製索引
①	鯤鱧	達隸反，下音禮。《字林》鯤，鮎也。鱧，鯠也。《廣雅》鯠鯤，鮎也。青州名鮎爲鯤。鯠音胡瓦反。鯠音徒奚反。	第十九 883-3

（十八）幽冀

序號	詞目	內容	《玄應一切經音義》周法高編製索引
①	前庌	五下反。《廣雅》庌，舍也。《說文》堂下周屋曰庑。幽冀之人謂之庌，今言廳庌是也。	第十七 806-4

（十九）中國

序號	詞目	內　　容	《玄應一切經音義》周法高編製索引
①	蕃息	父袁反。蕃，滋也，謂滋多也。《釋名》息塞也，言物滋息塞滿也。今中國謂蕃息爲媙息，音匹万反。周成難字作媙，息也。同時一媙亦作此字。	第一 45-2
②	裝捒	阻良、側亮二反，下師句反。今中國人謂撩理行具爲縛捒，縛音附，捒音戍。《說文》裝束也，裹也。	第十八 826-2
③	鸕鷀	郎都反，下又作鶿同，才資反。《字林》鸕鷀似鶂而黑，水鳥也。頭曲如鉤，食魚。此鳥胎生，從口內吐出，一產八九，中國或謂之水鴉。鶂音五歷反。	第十九 863-8
④	勦勇	《說文》作勶同，助交反。捷健也，謂勁速勦健也。中國多言勦，勦音姜權反。	第十九 868-18

（二十）關西

序號	詞目	內　　容	《玄應一切經音義》周法高編製索引
①	趁逐	丑刃反。謂相追趁也。關西以逐物爲趁也。	第一 53-1
②	蚑蜂	巨儀反。《通俗文》矜求謂之蚑蛷也。關西呼蚑蜂爲蚑蛷，音求。蛷，所誅反。聲類云多足虫也。	第九 421-5
③	虵蠆	勑芥反。《字林》皆行毒虫也。關西謂蠍爲蠆蜴，音他達、力曷反。	第十六 751-5
④	穄栗	子裔反。《說文》穄，麋也。似黍而不粘者。關西謂之麋，麋音亡皮反。	第十七 810-5

（二十一）陝以西

序號	詞目	內　　　　　容	《玄應一切經音義》周法高編製索引
①	齝食	又作齝。毛詩傳作呞同。勅之反。《爾雅》牛曰齝。郭璞云食已復出嚼之也。《韻集》音式之反。今<u>陝以西</u>皆言詩也。	第十四 681-7

（二十二）關中

序號	詞目	內　　　　　容	《玄應一切經音義》周法高編製索引
①	癃下	又作膡同。《字林》竹世反。癃，赤痢也。<u>關中</u>多音滯。《三蒼》癃，下病也。《釋名》云下重而赤白曰癃，言屬膡而難差也。經文作蜇字與蛆同，知列反，虫螫也。又作哲也，哲，了也、智也。二形並非經旨。	第二 84-3
②	若牆	又作㧍同，才羊反。柱也。<u>關中</u>曰竿是也。	第三 148-3
③	匾匬	《韻集》方殄、他奚反。《纂文》云匾匬薄也。今俗呼廣薄為匾匬。<u>關中</u>呼牌遞。牌，補迷反。經文作膈腉，近字也。	第六 292-7
④	頸鴉	於牙反。白頭烏也。<u>關中</u>名阿雅。《爾雅》鸒斯鵯居。郭璞曰雅烏也，小而群飛腹下白者，江東呼為鵯鳥，鵯音匹。	第十八 846-6

（二十三）高昌

序號	詞目	內　　　　　容	《玄應一切經音義》周法高編製索引
①	橋宕	徒浪反。宕猶上也。<u>高昌</u>人語之訛耳。	第十二 541-1
②	曼今	莫槃反。<u>高昌</u>謂聞為曼，此應是也。律文有作聞，勿雲反。《說文》聞，知聲也。	第十四 675-7

徵引文獻

一、古　籍

1. 〔漢〕班固撰，〔唐〕顏師古注：《漢書》，北京：中華書局，1962 年。

2. 〔漢〕許慎撰，〔清〕段玉裁注：《說文解字注》，高雄：高雄復文出版社，1998 年。

3. 〔魏〕楊衒之撰，范祥雍校注：《洛陽伽藍記校注》，台北：華正書局，1980 年。

4. 〔梁〕顧野王：《原本玉篇殘卷》，北京：中華書局，2004 年。

5. 〔唐〕陸德明：《經典釋文》，台北：學海出版社，1998 年。

6. 〔唐〕魏徵等撰：《隋書》，台北：鼎文書局，1987 年。

7. 〔唐〕釋空海編：《篆隸萬象名義》，北京：中華書局，1995 年。

8. 〔唐〕王仁昫：《唐寫本刊謬補缺切韻》，台北：廣文書局，1964 年。

9. 〔唐〕李肇：《唐國史補》，台北：世界書局，1968 年。

10. 〔唐〕劉肅：《大唐新語》，北京：中華書局，1997 年。

11. 〔唐〕李涪：《刊誤》，台北：台灣商務印書館，出版年不詳。

12. 〔唐〕李匡乂：《資暇集》，收入〔清〕永瑢、紀昀等撰《文淵閣四庫全書》子部雜家類，台北：台灣商務印書館，1983 年。

13. 〔唐〕封演撰，趙貞信校注：《封氏聞見記校注》，北京：中華書局，2005 年。

14. 〔後晉〕劉昫等撰：《舊唐書》，台北：鼎文書局，1976 年。

15. 〔宋〕司馬光：《資治通鑑》，台北：世界書局，1972 年。

16. 〔宋〕歐陽修、宋祁撰：《新唐書》，台北：鼎文書局，1976 年。

17. 〔宋〕陳彭年：《新校正切宋本廣韻》，台北：黎明文化事業，1999 年。

18. 〔宋〕丁　度：《宋刻集韻》，北京：中華書局，1989 年。

19. 〔宋〕楊億口述，黃鑒筆錄，宋庠整理：《楊文公談苑》，收入《宋元筆記小說大觀》第一冊，上海：上海古籍出版社，2007 年。

20. 〔宋〕陸游：《老學庵筆記》，收入〔清〕永瑢、紀昀等撰《文淵閣四庫全書》子部雜家類，台北：台灣商務印書館，1983 年。

21. 〔宋〕劉攽：《貢父詩話》，收入嚴一萍選輯《百部叢書集成》，台北：藝文印書館，1965 年。

22. 〔遼〕釋行均：《龍龕手鑑》，北京：中華書局，1991 年。

23. 〔清〕王念孫：《廣雅疏證》，南京：江蘇古籍出版社，2000 年。

24. 〔清〕楊芳燦等撰：《四川通志》，台北：京華書局，1967 年。

25. 〔清〕永瑢、紀昀等撰：《四庫全書總目提要》，台北：台灣商務印書館，1983 年。

26. 〔清〕郝懿行、王念孫、錢繹、王先謙：《爾雅、廣雅、方言、釋名》清疏四種合刊，上海：上海古籍出版社，1989 年。

二、專　書

1. 丁鋒，《《博雅音》音系研究》。北京：北京大學出版社，1995 年。

2. 于安瀾，《漢魏六朝韻譜》。鄭州：河南人民出版社，1989 年。

3. 于亭，《玄應《一切經音義》研究》。北京：中國社會科學出版社，2009 年。

4. 大藏經刊行委員會編，《大正新修大藏經》。台北：新文豐出版社，1983 年。

5. 中國社會科學院語言研究所古代漢語研究室編，《古漢語研究論文集》。北京：北京出版社，1982 年。

6. 中國大百科全書出版社編輯部編，《中國大百科全書・語言文字》。北京：中國大百科全書出版社，1988 年。

7. 王力，《漢語語音史》。北京：中國社會科學出版社，1985 年。

8. 王力，《王力語言學論文集》。北京：商務印書館，2000 年。

9. 王力，《漢語史稿》。北京：中華書局，2004 年。

10. 王國維，《觀堂集林》。台北：河洛圖書出版社，1975 年。

11. 北京大學中國語言文學系語言學教研室編，王福堂修訂，《漢語方音字匯》（第二版重排本）。北京：語文出版社，2003 年。

12. 朱祖延主編，《爾雅詁林》。武漢：湖北教育出版社，1996 年。

13. 李榮，《音韻存稿》。北京：商務印書館，1982 年。

14. 李榮主編，《現代漢語方言大詞典》。南京：江蘇教育出版社，2002 年。

15. 李方桂，《上古音研究》。北京：商務印書館，2001 年。

16. 李如龍，《福建方言》。福州：福建人民出版社，2000 年。

17. 李如龍，《漢語方言學》（第二版）。北京：高等教育出版社，2007 年。

18. 李新魁，《李新魁音韻學論集》。汕頭：汕頭大學出版社，1997 年。

19. 何宗周，《訓詁學導論》。台北：香草山出版社，1981 年。

20. 吳安其，《漢藏語同源研究》。北京：中央民族大學出版社，2002 年。

21. 汪壽明選注，《歷代漢語音韻學文選》。上海：上海古籍出版社，1986 年。

22. 沈兼士主編，坂井健一校訂，《廣韻聲系》（校訂本）。台北：大化書局，1984 年。

23. 竺家寧，《聲韻學》。台北：五南圖書出版，1992 年。

24. 竺家寧，《音韻探索》。台北：台灣學生書局，1995 年。

25. 周法高編製索引，《玄應一切經音義》。台北：中央研究院歷史語言研究所，1962 年。

26. 周祖謨，《方言校箋》。北京：中華書局。，1993 年

27. 周祖謨，《魏晉南北朝韻部之演變》。台北：東大圖書公司，1996 年。

28. 周祖謨，《周祖謨語言學論文集》。北京：商務印書館，2001 年。

29. 周玟慧，《從中古音方言層重探《切韻》性質》。台北：國立台灣大學出版委員會，2005 年。

30. 林燾，《林燾語言學論文集》。北京：商務印書館，2001 年。

31. 林慶盛，《李白詩用韻之研究》。台北：東吳大學中國文學研究所碩士論文，1986 年。

32. 季羨林，《中印文化關係史論》。台北：彌勒出版社，1984 年。

33. 邵榮芬，《邵榮芬音韻學論集》。北京：首都師範大學出版社，1997 年。

34. 俞敏，《俞敏語言學論文集》。北京：商務印書館，1999 年。

35. 侯精一主編，《現代漢語方言概論》。上海：上海教育出版社，2002 年。

36. 耿振生，《20 世紀漢語音韻學方法論》。北京：北京大學出版社，2004 年。

37. 高本漢〔瑞典〕（Karlgren,Bernhard），《中國音韻學研究》，趙元任、李方桂合譯。台北：台灣商務印書館，1975 年。

38. 馬伯樂〔法〕，《唐代長安方言考》，聶鴻音譯。北京：中華書局，2005 年。

39. 馬祖毅，《中國翻譯史》。武漢：湖北教育出版社，1999 年。

40. 徐時儀，《玄應《眾經音義》研究》。北京：中華書局，2005 年。

41. 徐時儀、陳五雲、梁曉虹編，《佛經音義研究》。上海：上海古籍出版社，2006 年。

42. 秦選之，《匡謬正俗校注》。台北：台灣商務印書館，1970 年。

43. 張世祿，《張世祿語言學論文集》。上海：學林出版社，1984 年。

44. 張樹錚，《清代山東方言語音研究》。濟南：山東大學出版社，2005 年。

45. 張鴻魁，《明清山東韻書研究》。濟南：齊魯書社，2005 年。

46. 陳寅恪，《陳寅恪史學論文選集》。上海：上海古籍出版社，1992 年。

47. 陳垣，《中國佛教史籍概論》。北京：中華書局，1962 年。

48. 陸志韋，《陸志韋近代漢語音韻論集》。北京：商務印書館，1988 年。

49. 梁廷燦、陶容、于士雄合編，《歷代名人生卒年表》。北京：北京圖書館出版社，2002 年。

50. 黃淬伯，《慧琳一切經音義反切考》。台北：中央研究院歷史語言研究所，1931 年。

51. 葉玉森，《殷虛書契前編集釋》。台北：藝文印書館，1966 年。

52. 曾棗莊、劉琳主編，《全宋文》。上海：上海辭書出版社，2006 年。

53. 楊廷福，《玄奘年譜》。北京：中華書局，1988 年。

54. 楊秋澤，《利津方言志》。北京：語文出版社，1990 年。

55. 董忠司，《曹憲博雅音之研究》。台北：政治大學中國文學研究所碩士論文，1973 年。

56. 董忠司，《顏師古所作音切之研究》。台北：政治大學中國文學研究所博士論文，1978 年。

57. 董忠司，《七世紀中葉漢語之讀書音與方俗音》。台北：台灣省政府教育廳，1988 年。

58. 董志翹，《中古文獻語言論集》。成都：巴蜀書社，2000 年。

59. 董琨、馮蒸主編，《音史新論：慶祝邵榮芬先生八十壽辰學術論文集》。北京：學苑出版社，2005 年。

60. 葛毅卿，《隋唐音研究》，李葆嘉理校。南京：南京師範大學出版社，2003 年。

61. 劉心源，《奇觚室吉金文述》。北京：北京圖書館出版社，2004 年。

62. 龍宇純，《韻鏡校注》。台北：藝文印書館，1974 年。

63. 鮑明煒，《唐代詩文韻部研究》。南京：江蘇古籍出版社，1990 年。

64. 戴均良主編，《中國古今地名大詞典》。上海：上海辭書出版社，2005 年。

65. 羅香林，《顏師古年譜》。台北：台灣商務印書館，1972 年。

66. 羅香林，《客家研究導論》。台北：古亭書屋，1981 年。

67. 羅常培，《唐五代西北方音》。台北：中央研究院歷史語言研究所，1933 年。

68. 羅常培、王均，《普通語音學綱要》（修訂本）。北京：商務印書館，2002 年。

69. 羅常培、周祖謨，《漢魏晉南北朝韻部演變研究》（第一分冊）。北京：中華書局，2007 年。

70. 譚其驤主編，《中國歷史地圖集》。台北：曉園出版社，1992 年。

三、期刊論文

1. 丁邦新，2008 年，〈論《切韻》四等韻介音有無的問題〉，原載《中國語言學集刊》2006 年 1 月：1～14，收入《中國語言學論文集》，89～99。北京：中華書局。

2. 于亭，2007 年，〈玄應《一切經音義》版本考〉，《中國典籍與文化》2007 年 4 月：38～49。

3. 王力，2000 年，〈南北朝詩人用韻考〉，原載《清華學報》卷 11 期 3（1936 年），收入《王力語言學論文集》，1～58。北京：商務印書館。

4. 王力，1982 年，〈玄應《一切經音義》反切考〉，《語言研究》1982 年 1 月：1～5。

5. 方孝岳，1979 年，〈論《經典釋文》的音切和版本〉，《中山大學學報》1979 年 3 月：51～55。

6. 太田齋著，何琳譯，2005 年，〈玄應音義中《玉篇》的使用〉，《音史新論：慶祝邵榮芬先生八十壽辰學術論文集》，223～237。北京：學苑出版社。

7. 史存直，1986 年，〈日譯漢音、吳音的還原問題〉，《音韻學研究》第二輯，172～186。

北京：中華書局。

8. 李榮，1982 年，〈隋韻譜〉（1961～1962），《音韻存稿》，135～209。北京：商務印書館。

9. 李葆嘉，2003 年，〈葛毅卿遺著《隋唐音研究》導讀〉，《隋唐音研究》，1～31。南京：南京師範大學出版社。

10. 李新魁，1997 年，〈上古音「之」部及其發展〉，原載《廣東社會科學》1991 年 3 月，收入《李新魁音韻學論集》，1～14。汕頭：汕頭大學出版社。

11. 吳瑞文，2002 年，〈論閩方言四等韻的三個層次〉，《語言暨語言學》2002 年 1 月：133～162。

12. 吳敬琳，2008 年，〈從《法華經》密咒看中古舌音之分化〉，《第 35 屆中區中文研究所碩博士生論文發表會論文集》，37～54。台中：逢甲大學中文系。

13. 吳敬琳，2009 年，〈漢語方言「虹」字特殊的音變現象〉，《聲韻學會通訊》2009 年，18：50～58。

14. 周法高，1948 年，〈從玄應音義考察唐初的語音〉，《學原》1948 年 3 月：39～45。

15. 周法高，1948 年，〈玄應反切考〉，《歷史語言研究所集刊》第 20 冊上冊，359～444。北京：中華書局。

16. 周法高，1952 年，〈三等韻重唇音反切上字研究〉，《歷史語言研究所集刊》第 23 本，385～407。北京：中華書局。

17. 周法高，1984 年，〈玄應反切再論〉，《大陸雜誌》1984 年 5：197～212。

18. 周祖謨，1948 年，〈齊梁陳隋時期詩文韻部研究〉，《周祖謨語言學論文集》，177～197。北京：商務印書館。

19. 周祖謨，1966 年，〈校讀玄應一切經音義後記〉，《問學集》，192～212。北京：中華書局。

20. 周祖謨，1942 年，〈宋代汴洛語音考〉，《問學集》，581～655。台北：河洛圖書出版社。

21. 周長楫，1991 年，〈濁音清化溯源及相關問題〉，《中國語文》1991 年 4 月：283～288。

22. 周長楫，1994 年，〈濁音和濁音清化芻議〉，《音韻學研究》第三輯，305～315。北京：中華書局。

23. 林燾，2001 年，〈陸德明的《經典釋文》〉，原載《中國語文》1962 年 3 月，收入《林燾語言學論文集》，337～348。北京：商務印書館。

24. 林燾，2001 年，〈經典釋文異文之分析〉，原載《燕京學報》1950 年 3 月 8 日，收入《林燾語言學論文集》，349～460。北京：商務印書館。

25. 季羨林，1984 年，〈論梵文 ṭḍ 的音譯〉，《中印文化關係史論》，9～69。台北：彌勒出版社。

26. 邵榮芬，1963 年，〈敦煌俗文學中的別字異文和唐五代西北方音〉，《中國語文》1963 年 3：193～217。

27. 邵榮芬，1982 年，〈略說《經典釋文》音切中的標準音〉，《古漢語研究論文集》，1～9。北京：北京出版社。

28. 邵榮芬，1997 年，〈《晉書音義》反切的語音系統〉，原載《語言研究》1981 創刊號，收入《邵榮芬音韻學論集》，211～245。北京：首都師範大學出版社。

29. 施向東，1983 年，〈玄奘譯著中的梵漢對音和唐初中原方音〉，《語言研究》1983 年 1 月：27～48。

30. 俞敏，1999 年，〈古漢語裡面的連音變讀（sandhi）現象〉，原載《燕京學報》1948 年 3 月 5 日，收入《俞敏語言學論文集》，343～362。北京：商務印書館。

31. 耿振生，2005 年，〈詩文韻部與實際語音的關係〉，《音史新論：慶祝邵榮芬先生八十壽辰學術論文集》，351～357。北京：學苑出版社。

32. 耿志堅，1991 年，〈由唐宋近體詩看陽聲韻 n、ŋ、m 三系（臻、山、梗、曾、深、咸六攝）韻尾間的混用通轉問題〉，《靜宜人文學報》1991 年 3 月：163～179。

33. 唐作藩，1990 年，〈蘇軾詩韻考〉，《王力先生紀念論文集》，91～113。北京：商務印書館。

34. 徐時儀，2005 年，〈敦煌寫本《玄應音義》考補〉，《敦煌研究》2005 年 1 月：95～102。

35. 徐時儀，2009 年，〈玄應《一切經音義》寫卷考〉，《文獻季刊》2009 年 1 月：30～41。

36. 陳寅恪，1992 年，〈從史實論切韻〉，原載《嶺南學報》卷 9 期 2（1949），收入《陳寅恪史學論文選集》，274～298。上海：上海古籍出版社。

37. 陳亞川，1986 年，〈反切比較法例說〉，《中國語文》1986 年 2 月：143～147。

38. 張世祿，1962 年，〈杜甫與詩韻〉，原載《復旦大學學報》第 1 期（1962 年），今收入《張世祿語言學論文集》，444～466。上海：學林出版社。

39. 張光宇，1999 年，〈東南方言關係綜論〉，《方言》1999 年 1 月：33～44。

40. 尉遲治平，1982 年，〈周、隋長安方音初探〉，《語言研究》1982 年 2 月：18～33。

41. 尉遲治平，2002 年，〈對音還原法發凡〉，《南陽師範學院學報（社會科學版）》2002 年 1 月：10～15。

42. 陸志韋，1988 年，〈記邵雍《皇極經世》的「天聲地音」〉，《陸志韋近代漢語音韻論集》，35～44。北京：商務印書館。

43. 許寶華，1991 年，〈中古全濁聲母在現代方言裡的演變〉，《中國語言文學研究的現代思考》，275～283。上海：復旦大學出版社。

44. 梁玉璋，1986 年，〈福州方言的語流音變〉，《語言研究》1986 年 2 月：85～97。

45. 黃淬伯，1959 年，〈切韻「內部證據」論的影響〉，《南京大學學報》（人文科學）1959 年 2 月：97～100。

46. 黃坤堯，2006 年，〈玄應音系辨析〉，《佛經音義研究》，1～24。上海：上海古籍出版社。

47. 黃典誠，1986 年，〈中古鼻音聲母在閩音的反映〉，《廈門大學學報》（哲社版）1986，4：160～162。

48. 黃仁瑄，2006 年，〈玄應音系中的舌音、唇音和全濁聲母〉，《語言研究》2006 年 6 月：27～31。

49. 傅熹年，1981 年，〈陝西岐山鳳雛西周建築遺址初探〉，《文物》1981 年 1 月：65～74。

50. 楊潛齋，1981 年，〈釋冥放〉，《華中師院學報》1981 年 3：109～110。

51. 董忠司，1998 年，〈陳隋初唐漢語聲母綜論——曹憲、陸德明、顏師古、玄應四家音註的綜合考察〉，《新竹師院學報》1998 年 11：487～509。

52. 董志翹，2000 年，〈《切韻》音系性質諸家説之我見〉，《中古文獻語言論集》，363～383。成都：巴蜀書社。

53. 潘悟云，1990 年，〈中古漢語擦音的上古來源〉，《溫州師院學報》（哲學社會科學版）1990 年 4 月：1～9。

54. 潘悟云，1994 年，〈上古脂、質、眞的再分部〉，《語苑新論：紀念張世祿先生學術論文集》，364～372。上海：上海教育出版社。

55. 魯國堯，1981 年，〈宋代蘇軾等四川詞人用韻考〉，《語言學論叢》第八輯，85～117。北京：商務印書館。

56. 魯國堯，2003 年，〈論宋詞韻及其與金元詞韻的比較〉，原載《中國語言學報》1991 年 4 月，收入《魯國堯語言學論文集》，385～425。南京：江蘇教育出版社。

57. 鄭張尚芳，1983 年，〈溫州方言歌韻讀音的分化和歷史層次〉，《語言研究》1983 年 2 月：108～120。

58. 鄭張尚芳，1987 年，〈上古韻母系統和四等、介音、聲調的發源問題〉，《溫州師院學報》（社會科學版）1987 年 4 月：67～90。

59. 鮑明煒，1957 年，〈李白詩的韻系〉，《南京大學學報》（人文科學）1957 年 1 月：25～39。

60. 錢學烈，1984 年，〈寒山詩韻部研究〉，《語文研究》1984 年 3：51～56。

61. 鍾兆華，1982 年，〈顏師古反切考略〉，《古漢語研究論文集》，16～51。北京：北京出版社。

62. 儲泰松，2004 年，〈唐代音義所見方音考〉，《語言研究》2004 年 2 月：73～83。

63. 王吉堯、石定果，1986 年，〈漢語中古音系與日語吳音漢音音系對照〉，《音韻學研究》第二輯，187～219。北京：中華書局。

64. 錢曾怡、蔡鳳書，2002 年，〈山東地區的龍山文化與山東方言分區〉，《中國語文》2002 年 2 月：142～148。